D1716146

ALBERTO FUGUET

Por favor, rebobinar

punto de lectura

© 2003, Alberto Fuguet
c/o Guillermo Schavelzon & Asoc. Agencia Literaria
info@schavelzon.com

© 1998, Alberto Fuguet
© 1999, de la edición de Aguilar Chilena de Ediciones S.A.
© De esta edición: noviembre 2003, Suma de letras S.L.

ISBN: 956-239-277-5
Inscripción Nº 11.723
Impreso en Chile/Printed in Chile
Segunda edición: abril 2006

Diseño de colección: Ignacio Ballesteros
Fotografía de portada: Jorge González

Impreso en Quebecor World Chile S.A.

ALBERTO FUGUET

Por favor, rebobinar

Índice

En nuestras vidas americanas, donde no hay coacción en las costumbres y tenemos derecho a cambiar nuestra vocación con tanta frecuencia como se desee y sea posible, es una experiencia corriente que nuestra juventud se prolongue durante los primeros veintinueve años de vida y sólo al llegar a los treinta descubrimos por fin la vocación para la que nos sentimos capacitados y a la que voluntariamente dedicamos un esfuerzo constante.

GERTRUDE STEIN, 1904

Lucas García
Una estrella-y-media

Está claro: soy un extra en mi propia vida. No he tenido dirección, me he confundido con los decorados, mi personaje no aparece siquiera en los créditos.

Necesito un agente. Rápido. Cuanto antes.

Mi vida es como una producción Quinn-Martin. Eso está mejor. Estoy en algo así como el segundo acto de un capítulo aislado de una serie de televisión que ya se ha dado hasta el cansancio. Aún no sé cuál será mi epílogo, pero sé que lo tendré. Tengo que tenerlo. Es lo lógico.

Digamos que estoy en un punto intermedio de mi vida. No sé exactamente cuál es, pero sé que es un momento de *transición* más que de *decisión*. O sea, un momento privilegiado, que no siempre ocurre, un gran lugar desde donde mirar lo que vendrá y, peor aún, lo que pasó.

Estoy en la punta del Empire State, no funcionan los telescopios y está nublado. ¿Se entiende? Digamos que así me siento. Así estoy.

Pasemos a comerciales, será mejor.

Creo que debería empezar a planear mi futuro, puesto que el futuro va a estar conmigo el resto de mi vida, no así el pasado que, con un poco de suerte y un poco de esfuerzo, perfectamente podré exterminarlo de mi sistema. Ése es mi primer objetivo futurista: borrar el pasado. Al menos las partes que duelen. Lo otro es trabajar en algo, mantenerme levemente activo.

He retornado al Errol's, tal como en los viejos tiempos. He vuelto a ser un chico de videoclub. Pero ya nada es igual que antes. Éstos son mis planes para lo que queda de este verano: trabajar, dormir, regar este pasto ajeno y llenar este cuaderno que me regaló Max.

Ése es mi plan.

Éste puede ser el febrero de mi vida.

En dos semanas más cumplo veinte. No se me ocurre a quién invitar. Por suerte ya no tengo casa, nadie se va a poder dejar caer. Mejor dicho: no tengo a quién invitar. No tengo muchos amigos. Tampoco muchos conocidos. Antes tampoco.

Eso es lo único que se ha mantenido más o menos igual.

Veinte años. Dos décadas. Harto. Jamás me lo hubiera imaginado. Lo increíble del asunto es que me siento de mucho menos. Por lo menos siete menos. Hay días, eso sí, en que de joven no tengo nada y lo único que siento es un cansancio y un desánimo que pesa como si tuviera un siglo a mis espaldas.

Físicamente, soy bastante nerd, aunque si me vieran de lejos no se darían ni cuenta. Moralmente, también, supongo. Digamos que no soy del tipo Jerry Lewis/Pee Wee Herman, ni me visto como niñito de primera comunión. Digamos que soy un poco como Christian Slater en *Suban el volumen*, claro que cuando va a clases, no cuando es bacán y se encierra en el sótano y habla por la radio y se roba el aire. No, definitivamente no. Por lo menos tengo la honestidad de admitirlo. Soy nerd, tengo el pelo extremadamente corto (aún está rojo) y casi no hablo.

Levemente autista, como todos los grandes.

Cuando me fui a presentar al Errol's, me aprobaron de inmediato. Influyó mi experiencia anterior y mi cinefilia patológica. Incluso un tipo tartamudo y con chaleco tuvo la osadía de insinuar que estaba «sobrecalificado» para un trabajo así. Le respondí que necesitaba una pega como la que ellos ofrecían para distraerme mientras terminaba mi guión.

Eso puede ser cierto: una vida es como un guión. Lo que necesito es un director. Ése puede ser Max. Debe ser Max. Y una estructura, un orden. Necesito una historia para poder llegar a alguna parte. Para así llegar al final.

El tipo tartamudo del Errol's me creyó. Después le solicité que me instalara en la sucursal Santa María de Manquehue y, tal como en una película-hecha-especialmente-para-la-televisión, me dio el puesto. La gente, por lo general, me cree. Mientras más uno miente, más te creen. No creo que trabaje en esto toda mi vida. Mi meta no es tener sesenta años, panza y seguir arrendándoles comedias banales a parejas acabadas que buscan algo que hacer los sábados por la noche. Pero por ahora, salva.

De eso se trata: salvarse.

Si sobrevivo este verano, sobrevivo a cualquier cosa. Por ahora, el Errol's y mucha paciencia. El mejor remedio. Después se verá. A cada día su propio afán. O cada cosa en su momento, como dice Max. Quizás tenga razón.

Max va a terminar leyendo esto, supongo.

Hola, Max, ¿qué tal?

Max fue el de la idea de todo esto. Me dijo: «Lucas, mientras esté fuera, escribe tus ideas. Las cosas que te gustaría discutir conmigo cuando regrese».

Te estoy haciendo caso.

Es lo único que estoy haciendo. Ya no escribo carátulas, ya no reseño cintas, ya no estudio, ya no voy al cine. Todo lo que antes me llenaba, ahora sólo me deja vacío. Ya ni el Errol's me vuela. Estoy aburrido de tanta ficción, de tanto nombre, de tanto dato.

Me aterra darme cuenta de que ya no soy el de antes. Me echo de menos. No sé con quién estoy.

Max se fue de veraneo y me dejó solo. Justo ahora. Max veranea en Costa Rica y Tikal con su novia y después dice que lo que más le interesa es ayudar a la gente. Lo único que te interesa eres tú. Eres igual a todos, Max Domínguez, igual a todos. No te engañes.

Ojalá me hubieran enviado a la cárcel. No debí haber salido de la casa. Me debí haber quedado ahí, ardiendo.

Soy un chico bueno, Max, me porto bien, qué más se puede pedir. Además, no me he matado. Te he hecho caso. Viste, soy tu paciente favorito. Quién si no yo te recomienda tantas películas.

Me he transformado en Ana Frank, quién lo hubiera dicho. Aquí estoy, escribiendo un diario de vida como si fuera una mina de doce. Con razón andan diciendo por ahí que me volví loco.

Cuando pienso en Ana Frank, pienso en una niña que estuvo conmigo en el jardín infantil. Era igual a la foto de Ana Frank, ojeras y todo. Esta niñita, me acuerdo, era muy flaca, casi desnutrida, y siempre andaba con unos vestidos de encaje blanco manchados con jugos rojos. Tenía la manía de bajarse los calzones y mostrarnos todo. Incluso nos dejaba meter el dedo. Yo no metí nada, pero quedé bastante impresionado, me acuerdo. Pensé: qué horror, esta chica va a quedar estigmatizada. A ninguno de estos tipos se les va olvidar esta tardecita y, el día de mañana, cuando esta chica esté a punto de casarse, se va a encontrar con un tipo que le va a decir: «Quizás no te acuerdas de mí, pero yo una vez te metí el dedo».

Así, creo, funciona un poco mi mente: más que creer que los ojos de Dios siempre me están mirando, siento que lo que tengo dentro del cerebro, conectado a los ojos, es una cámara que registra cada uno de mis actos. Creo que cuando uno se muere, se va a un gran microcine que está en el cielo y, junto a un comité ad hoc, uno se sienta a ver lo que ya vio.

Eso se llama el infierno.

Algunos, supongo, creen que es el cielo.

Leonard Maltin es el autor del libro *Leonard Maltin's TV Movies & Video Guide*, también conocido como el *TV Movies* o simplemente «el libro de Maltin». Leonard Maltin es un gran tipo. No lo conozco, pero lo intuyo. Debe tener entre 28 y 48, una de esas edades indefinidas para tipos indefinidos. Usa gafas tipo Clark Kent, tiene barba y en la foto que está en la tapa de su libro sale de corbata. El libro de Maltin es como una minienciclopedia y resume y reseña alrededor de 18 mil cintas. Cada año, además, sale una nueva edición que cambia de color y actualiza la anterior.

Si uno es cinéfilo, este librillo es imprescindible, una verdadera Biblia, algo así como las páginas amarillas del cine. Un año intenté subrayar cada cinta que vi, pero antes que terminara el proceso, ya me había llegado la nueva edición. Incluso comencé a memorizarlo en orden alfabético, película por película. Lo leía antes de quedarme dormido. Lo scaneaba en el baño, en la micro. Aprendí cosas realmente insólitas, absolutamente inútiles. Parte de mi problema radica en la información. En el exceso de información, mejor dicho. Sé demasiadas cosas que no debería y no sé demasiadas cosas que me hacen falta.

Podría ser peor, supongo.

Lo más importante del libro de Maltin, sin embargo, es su sistema de calificación. Maltin y sus asesores, un grupo de freaks adolescentes, trabajan con el viejo sistema de estrellas. Cuatro estrellas es lo máximo, lo mejor, lo sublime. No siempre estoy de acuerdo con Maltin, claro, pero cintas de tres estrellas-y-media y cuatro estrellas son las de ese tipo de cinta que más vale revisar aunque sea por si acaso. Para Maltin y compañía, lo más bajo de la escala es una estrella, pero en vez de poner una sola, la reemplazan por la palabra onomatopéyica BOMB, que viene de bomba, claro, e implica lo peor, algo que falló, los rastros humeantes que quedaron después de un estallido.

Algunos se enredan y creen que BOMB es positivo, lo confunden con *bomba*, que en Chile, quién sabe por qué motivo oculto, es sinónimo de positivo. En el Errol's siempre me preguntan «y cómo es esta película» y yo les respondo «BOMB» y, típico, se la llevan a la casa y después me dan las gracias.

Max una vez me preguntó cómo calificaba mi propia vida. Si la encontraba BOMB o no. Ese día andaba particularmente mal y no supe qué hacer. Después de mucho pensarlo, de estirarme en el diván y taparme la cara con mis manos, le respondí que una estrella-y-media.

«Es un buen punto para empezar», me contestó.

No he podido sacar de mi mente eso de la película-de-mi-vida. Ésa que uno supuestamente ve cuando entra al cielo e ingresa al multiplex de San Pedro, donde uno se sienta y es obligado a revisarlo todo, hasta esos repugnantes y embarazosos detalles que uno hubiera preferido olvidar.

Mi fantasía paranoica post mortem se estructura de la siguiente manera:

Llego al cielo y está nublado. Todo es como una villa de casas pegadas. Ingreso al mall y veo la cartelera. Mi vida está en la sala VI, la más pequeña de todas. En la I proyectan la de un tipo que estuvo en mi colegio y que se agarraba todas las minas. Me fijo que esa cinta tiene calificación para mayores de 18 años. En rigor, dice NC-17 porque el mall está en el cielo sobre Miami o algo así.

El afiche que anuncia la historia de mi vida no es feo, pero nadie lo colgaría en su pieza. Es una gran foto de una inmensa calle vacía y yo camino por el medio, con las manos en los bolsillos de una jardinera tipo Chucky, el muñeco diabólico. Todos los otros cines están repletos y se escuchan risas y números musicales y hasta balazos.

Hay pocos críticos en mi función. Uno de ellos, me fijo, se queda decididamente dormido después de pasar la secuencia que narra mi pubertad. Decido salir al pasillo donde me largo a comer popcorn salado en forma compulsiva. Cuando el filme termina, capto que no hay aplausos. Escucho la deliberación de los críticos:

Uno dice que todo está bien, pero que no entendió quién era el protagonista. Otro piensa que es absolutamente imposible que alguien sea tan pasivo. «Antonioni rehecho por John Hughes», sentencia un tercero. Uno con voz amanerada señala que no está tan mal si se piensa que es un filme chileno. «Por lo menos hay algo de historia», dice, gentil. Al final, llegan a un acuerdo. En forma unánime la califican con una estrella-y-media.

Soy un maestro del zapping, de la cultura de la apropiación. Digamos que afano, pirateo, robo sin querer. Es como si tuviera un digital sampler en mi mente que funcionara a partir de puras imágenes. No soy un tipo creativo. No invento, absorbo. Trago. No soy –ni seré– un cineasta. Tampoco un guionista.

En esencia, soy un crítico de cine. Es un trabajo sucio pero alguien tiene que hacerlo. Ningún niño dice cuando es chico, «papá, cuando grande quiero ser crítico». Ninguno. Ni siquiera Truffaut. Ni siquiera yo. Pero lo fui y lo más probable es que, una vez que salga de todo esto, continúe ejerciendo el oficio. *Crítico*, por si no lo saben, viene del verbo *criticar*, pero, curiosamente, también es un adjetivo que significa *grave*, en estado terminal. Extraña casualidad. No me había percatado antes. Ahora me queda del todo claro.

Tengo este tic. O hobby. Consiste en anotar, en una hoja de block de composición, un nombre inventado. Generalmente, anglosajón. Como Jay Bellin o Mike Bradford o Justin Rolston o Lori Silverman o Leslie Powers. Después, pongo una fecha de nacimiento a su lado. Típico, post asesinato de Kennedy, no más antiguo que eso. La idea es que estos nombres sirvan de excusa para inventar una carrera cinematográfica: actores y directores, más bien. Después, voy anotando su filmografía falsa. Me imagino cada una de sus películas, desde los títulos, el estudio, el tema, los coprotagonistas. A veces, estos actores falsos trabajan con directores de verdad, pero también debo ir inventando actores. Y nominaciones al Oscar. Y matrimonios, muertes, etapa de decadencia, etcétera. Es un juego tonto, pero me entretiene. Es como escribir una novela sin tener que recurrir a la prosa. No sé por qué, pero nunca le había contado esto a alguien. Era como un secreto. Hay gente que saca crucigramas o solitarios. O juegan Nintendo. Yo invento carreras cinematográficas. Nadie es perfecto.

El año pasado, para variar, no quedé en la universidad, pero ésa no es la única de mis tragedias, sólo la más reciente y no es ni para tanto, he tenido peores, mucho peores. Me fue mal en la prueba de aptitud, peor de lo que esperaba, seiscientos tres ponderado. Más bajo que la primera vez. En la específica de Biología, en cambio, que la di por darla, saqué 698, que no es tan poco y eso que no sabía nada, sólo cara y sello, pura intuición.

Como no me dio para las universidades tradicionales, entré a estudiar algo que no me gustó en una privada que detesté. Para ser más específico: Periodismo en la Gabriela Mistral. Una experiencia más que lamentable. No era lo que esperaba y simplemente no estaba de ánimo para meterme dentro de una sala de clases. Y menos con ese tipo de gente. Nunca me sentí parte de nada; ni siquiera del recreo. Me encerraba en el baño, daba vueltas por el patio. Jamás fui a una fiesta. Me miraban en menos. En ese ambiente, o eres parte o no eres nada. No era nada. Así que me salí. No me costó demasiado. Ya tenía experiencia al respecto.

Cuando el verano pasado compré *La Nación* y vi que, a pesar de todo, o quizás justamente por eso, una vez más mis puntajes dejaban harto que desear, se me ocurrió que la vida académica tal y cual todos la conocen no era lo mío. Mi tercera y última prueba de aptitud demostró –claramente– que mis aptitudes no sólo no eran computables sino que no promediaban. Lo otro que entendí a la fuerza es que, contrario a lo que todos podrían pensar, un coeficiente intelectual de 143 no sirve para nada, no garantiza ni éxito ni notas ni, como decía mi madre, ese invento contemporáneo que llaman felicidad.

Así que acepté lo del Errol's. Video-club en la noche y preuniversitario por la tarde. Ése era el plan, la rutina. En el Errol's aprendí más que en el Pre. El que me contrató fue un nerd al que ya lo tenía loco con todas mis preguntas de cinéfilo alienado. Fue él quien me propuso trabajar y recomendarles películas a los clientes.

En el Errol's conocí a mi mejor cliente que después pasó a ser mi mejor amigo. O lo más parecido que haya tenido a un amigo, digamos. Hablo del Félix, el más freak de los freaks. Un ser que es mejor no conocer. Ninguna madre quisiera parir un freak como Félix. A Félix todos le dicen Fango, por ser freak y fanático de la revista *Fangoria*, que es una especie de fanzine del gore y la sangre y los F/X y Stephen King y la ropa negra y todo eso que trastorna a los tipos que no tienen mina. Vía el Fango empecé como crítico y vía el Fango empecé con mis frases para el bronce. No quería más. El sueño del pibe se había realizado. Pensé que mi vida estaba hecha. Había logrado lo que siempre había deseado.

Uno en esta vida se equivoca.

El otro día estaba leyendo una revista de cine española y me encontré con un reportaje bastante bueno sobre Eric Rohmer y su obra. Que yo sepa, no hay ninguna película de Rohmer en video y nunca se ha estrenado una comercialmente en Chile, aunque una vez vi en el Espaciocal una que se llamaba *El amigo de mi amiga* que me encantó de verdad. En el artículo salía que el viejo Rohmer partió como crítico de cine y escribió un par de libros sobre directores y pertenecía a un clan de cinéfilos en el que estaban François Truffaut y otros futuros cineastas más, gente muy alienada que se pasaba viendo películas y tomando cafés en cafés para analizarlas una a una. Y había una cita, del propio Rohmer, que subrayé. Dice:

«Nuestros veinte años no fueron desafortunados pero sí bastante grises. No vivíamos más que de esperanzas; no vivíamos realmente. A quien nos preguntaba: *pero de qué viven ustedes*, nosotros acostumbrábamos responder: *nosotros no vivimos.* La vida era la pantalla, era el cine».

La cita, obviamente, me identifica. O me identificaba. Sólo habría que cambiar algunas palabras. Desde luego, *nosotros* por *yo*. Y *cine* por *video*. Aunque quizás, ni siquiera eso.

La otra noche fui al Espaciocal. No estaba tan

vacío. Daban un programa doble genial: *Willy Wonka y la fábrica de chocolates* y *El joven manos de tijera*, quizás mi película favorita. Pero cuando llegué y vi que no estaba tan vacío, que había gente como de mi edad, engrupida, leyendo los folletos y hablando de cosas que no sabía, algo me pasó. Y no pude entrar. No quise. Sentí que no era suficiente. La noche estaba fresca, aromática y transparente. Empecé a caminar de vuelta donde los Herrera. Y me asusté al pensar que el cine ya no me anestesiaba como antes. Quedé tan asustado que me paralicé. De un teléfono público llamé a Max. Respondió su contestador. Le dije que no podía abandonarme así, que qué se había creído, si uno le quiebra las defensas a alguien, lo menos que puede hacer es estar ahí con la escoba barriendo los escombros. Pero sonó el pito y tuve que colgar. Max aún no piensa en volver. Y yo ya no sé qué hacer.

La primera vez que llegué donde Max estaba tan desconectado que ni siquiera me acuerdo. Creo que no hablé. Me fijé en su oficina, que es bastante pequeña y más parece el departamento de un soltero que gana mucha plata. En la sala de espera suena todo el día la Interferencia y la monótona voz del tal Toyo Cox siempre me distrae. En su consulta tiene un pequeño refrigerador y una

27

máquina de café express italiana que deja todo embriagado con un olor a moca y canela que me gusta. Max lee esos libros Anagrama amarillos y está suscrito a la *Esquire*, a la *GQ* y a una revista de esquí, pero nunca me las ha prestado. Max Domínguez es joven y siempre viaja y aunque no usa terno ni corbata, siempre se ve demasiado elegante. En la consulta de Max hay un inmenso cuadro de un pintor que, según yo, representa un gran drive-in cósmico, un cine en el cielo. Se lo dije y él me dijo que pensaba lo mismo. Después me preguntó por mi pelo. Quería saber por qué me lo había teñido rojo.

–De puro aburrido –le dije–. Necesitaba un cambio drástico. Quizás lo hice para llamar la atención, no sé, para puro pintar el mono.

Comenzó lento, haciéndome algunas preguntas de rutina. Hasta que lo detuve.

–Perdón –le dije–, pero tú sabes por qué estoy aquí, ¿no?

–Me imagino que es porque te sientes solo o necesitas a alguien con quien hablar. Quizás te sientes confundido.

–O sea, mi tía Sandra, que es la que paga todo esto, no te dijo...

–Mira, Lucas, lo que aquí dentro ocurre es entre tú y yo. Si quieres invitar a alguien, puedes hacerlo. Éste es tu espacio. Aquí vas a hacer tu camino y nadie puede hacerlo por ti. Yo te voy a acompañar, pero el camino lo tienes que hacer tú.

–Espero que no se me acabe la bencina.

–Tu tía me pidió hora; me dijo que estabas mal, con problemas.

–¿Y no le preguntaste cuáles? ¿Cómo aceptas pacientes sin conocerlos? Yo jamás haría algo parecido: que un desconocido entre así, sin más ni más, en mi vida. Podría ser un sicópata. Podría matarte y comerte, así de improviso. Como Lecter.

–Veo que ves muchas películas.

Antes de irme de esa primera sesión, Max me preguntó si tenía algún deseo relacionado con la terapia.

–Me gustaría pasar de ser un introvertido a ser un extravertido. Quizás por eso...

–Por eso qué...

–Lo que pasa es que me hastié de ser un espectador pasivo y decidí actuar. Tomar la acción en mis manos. Por eso hice lo que hice...

–Bien –me dijo–. Peor hubiera sido que hubieras hecho otra cosa.

–¿Cómo qué?

–Mira, Lucas, aquí en este lugar hay cuatro opciones de salida. Tú eliges la que más te acomode. Son como las esquinas de estas paredes. En una está la muerte. En otra, la locura total. En otra, la locura parcial. Y la última, la que coincide con la puerta, es la de la vida. Ésa es la mejor salida.

–¿Y en cuál estoy ahora?

–¿Cuál crees tú?

A veces pienso que sería bastante más agradable si uno pudiera apretar fast forward y saltarse todas las etapas de la vida que aún te quedan. La idea sería llegar lo antes posible a los treintitantos, que se supone es la mejor edad, la mejor época, y así tener algo de plata, una profesión más o menos estable, una mujer como Hope, igualita a Mel Harris que me encanta, y un hijo idéntico al sobrino que tiene John Cusack en *Dime lo que quieras*, una de mis películas-para-adolescentes favoritas. Pero la vida no es como en el cine ni menos como en el video.

La última vez que vi a Max hablamos sobre todo esto y él, para variar, se rió y me dijo que no me exigiera tanto. Que esperara. Y eso estoy haciendo: esperando. Esperando y escribiendo. Esperando que Max regrese de una vez por todas de su veraneo caribeño, esperando que algún día deje de esperar y lleve una vida como todos esos amigos que ni siquiera tengo que no se dan ni cuenta de lo que tienen.

Yo siempre me doy cuenta de las cosas. Desde chico. No es que sepa mucho, ni sea tan culto. Nada de eso. Sólo soy capaz de darme cuenta. Veo bajo el agua. O, en el caso de mi casa, bajo el hielo. Un poco como en *Mentes que brillan*, de Jodie Foster, que siempre les recomiendo a los clientes. Es uno de mis filmes fetiches. Tengo anotado el slogan. Se lo leí al Max: *No es tanto lo que sabe; es lo que siente.* Ojalá lo hubiera escrito yo.

Max dice que trato de hacerme el que no siento y el que no me doy cuenta. Que reniego de mis emociones, que trato de no sentir. Él opina que, mientras tanto, eso está bien, que lo que en el fondo trato de hacer es tapar mi dolor porque me da miedo sentir tanto. Es más: Max dice que ser capaz de sentir tanto no es para nada un problema sino una virtud. Yo le dije que se fuera a la cresta. Él, típico, se rió y me dijo que yo era muy creativo, que debería escribir, que soy el depositario de varias generaciones que han luchado entre ellas para no sentir. Quizás, no sé. No me consta.

Lo único que sí tengo relativamente claro es que si no siento, si ya no me involucro en cosas que me importan, si ya no pueden usarme como depositario de nada, no es del todo a propósito. Pero tampoco es una pose. O algo planeado. No es como si hubiera apretado un botón, todo se borró, y listo: adiós a mis sensaciones. Simplemente pasaron a mi lado, se fueron. A veces, incluso, trato de que vuelvan. Intento rebobinar, pero me es imposible. Le he contado cosas a Max que deberían haberme provocado pena, o rabia, y nada. No me salió una lágrima. Es como si no tuviera. Quizás es sólo una tranca. Pero no sé qué hacer. Quizás por haber sentido tanto, me quedé sin sentidos. Anestesiado. Agoté lo que tenía almacenado. Digamos que me gasté.

Desde hace cuatro meses vivo en una casa tipo mar Egeo que se encuentra en la parte más alta de Santa María de Manquehue. La casa está en una bajada y desde la cocina siempre veo cómo un grupo de pendejos del barrio se lanzan en sus skateboards calle abajo. La calle esta tiene bastante pendiente, tanto que a veces los autos ni siquiera encienden el motor y agarran vuelo como si fueran un carrito de una montaña rusa.

Uno de estos skateboard-punks se llama Felipe Iriarte y a pesar de que estoy seguro de que se va a transformar irremediablemente en un asesino en serie, es un gran tipo y le tengo harto afecto porque me recuerda al chico de *Los cuatrocientos golpes*, pero a la grunge. Felipe Iriarte es un tipo muy piola y es vecino de por aquí. Es idéntico a Edward Furlong en T2. Tiene catorce años, pero ya no puede ser más reventado; es un adicto a la velocidad, a las *gomas*, a los discos de Josh Remsen y los demos de un tal Pascal Barros y al videoclub, donde se especializa en arrendar cintas de terror gore. Felipe Iriarte es un guionista de Joe Dante en potencia y me cuenta unas historias increíbles que han logrado que, a pesar de la diferencia de edad, seamos amigos. El cine tiene esa capacidad: une a gente disímil, les inyecta la misma

32

historia a personas radicalmente opuestas para que así tengan tema en común.

Como es costumbre acá en Santa María de Manquehue, la casa donde ahora estoy tiene varios niveles y es bien blanca, con vigas a la vista y muchos ventanales. El piso es, dicen, de una cerámica que sólo se consigue en Estambul. Y la chimenea es redonda y está en medio de una sala que, si tuviera más libros, perfectamente podría ser tildada de biblioteca. En la sala hay una mesa de pool y un video-game Ms. Pac-Man original, igual a los que se encuentran en los Delta. También hay un gigantesco televisor Sony de 32 pulgadas que parece la cabina de un avión y está conectado a un video JVC cuatro cabezales y a un laser Yamaha que no sólo sirve para meter laserdiscs sino cantar con el karaoke, que a mí me parece lo peor, lejos lo más inútil del mundo. Pero la mayor excentricidad, el verdadero hito high-tech del lugar, es el procesador de efectos de sonido DSPA 1000, que está conectado a todo lo visual, además del equipito Nakamichi, y que deja el Dolby Stereo del cine Las Condes en real vergüenza. Para un cinéfilo, instalarse en esta sala de juegos a ver películas es como un sueño mojado. Es realmente increíble, lejos el mejor sistema. Mucho mejor que ir a las privadas del centro. El sonido –y los efectos– es de no creerlo. Además, uno puede scanear todo en cámara lenta o cuadro a cuadro, contar los cortes que tiene una secuencia o fijar una escena en la que alguna actriz salga desnuda.

Esta casa, por cierto, no es mi casa ni tampoco es de mi familia. Ni mi casa ni mi familia existen. Esta casa es de los Herrera, que ahora están en un tour Lan Chile por México. Yo les estoy cuidando la casa, aunque una vez por semana viene un jardinero de nombre Rubén a cortar el pasto, regar las plantas y limpiar la piscina. Las dos empleadas están de vacaciones. Por suerte. Se quedaban plantadas viendo ese bodrio llamado *Cuarto «C»* y suspiraban cada vez que aparecía ese imbécil del Andoni Llovet tratando de actuar como Polo, el jovencito perdido. Las empleadas ya no están. Una se fue al sur; la otra, a Los Vilos. Estoy solo. Tres noches atrás los Herrera me llamaron de Cancún para saber cómo estaba todo. Se acordaron de mí, me dijeron, porque se toparon con un equipo que estaba filmando una película en la playa y no los dejaron pasar. Yo les pregunté cuál, que quién actuaba, si era yanqui o mexicana. «Parece que era americana», me dijo la tía, «porque actuaba una niña que he visto harto en la tele».

Los Herrera ya han estado en Puerto Vallarta, Cabo San Lucas, Guanajuato y no sé dónde más. Desde Cancún van a tomar un vuelo a Miami y de ahí a Austin, Texas, donde van a visitar a Serafín, el hijo mayor, que vive allá. Serafín estudia en la universidad. Está becado porque es atleta. Corre. Ha ganado montones de campeonatos y tiene un récord sudamericano, creo. Corre 400 metros, pero también salta vallas. Serafín estudia computación. Se supone que terminará experto en software y su idea, o tesis, es crear un software que programe al atleta moderno.

Desde que estoy acá, duermo en la pieza de Serafín que aún tiene ese toque de decoración de cabro joven que yo una vez tuve y que hoy no se me ocurriría tener. La pieza de Serafín es estrictamente Muebles Sur, totalmente elegida por su madre. Sus repisas están llenas de copas y medallas y banderines y una Enciclopedia Británica que no se ha abierto nunca. También tiene colgado el afiche ese de *Carros de fuego* que le conseguí con Apablaza.

Con Serafín fuimos compañeros de curso, pero después de que me echaran y me fuera al Liceo Fleming, perdí contacto. Pero lo veía para las pascuas y los cumpleaños. Lo que pasa es que Serafín también es mi primo. La tía Sandra, su mamá, es hermana de mi mamá. Ése es el parentesco. Cuando ocurrió todo lo que ocurrió, me ofreció venirme para acá. La tía Sandra fue la que negoció todo, la que logró que mi padre no me entregara a la policía, la que consiguió que Max me atendiera.

Ése fue el trato: que viera a Max tres veces por semana y que viviera con ellos un tiempo hasta que todo se enfriara. Pero como ellos ya tenían el viaje en mente, no tuvieron otra que dejarme cuidando la casa.

Deben estar aterrados.

Mi hermana Reyes es como Linda Manz. En un principio era igual, igual. En especial el tono de su voz. Y sus pecas. Y su mirada. Después cambió. Se transformó en Drew Barrymore, pero menos rica.

Linda Manz no es la actriz de cine más conocida del mundo. No es Rossana Arquette ni Debra Winger. Linda Manz brilló algunos minutos y desapareció. Como mi hermana. Nunca supe qué fue de Linda Manz. Tampoco sé mucho qué es de mi hermana. Me imagino que debe estar viva. Linda Manz, digo. No me consta, en todo caso. No se ha sabido nada más de ella. Y como nunca fue demasiado conocida, ninguna revista se ha dedicado a ubicarla. Hoy debe tener unos 28 años. Fácil.

A Linda Manz la conocí en una cinta que, creo, nunca se volvió a dar. Por lo que tengo entendido, fue su tercera y última película, pero para mí fue la primera. Fue una aburrida noche de verano y el cine El Biógrafo trataba de competir con el Normandie en el horario de trasnoche. Yo andaba, como de costumbre, con Fango. Ese sábado ya nos habíamos mamado dos cintas en el centro, incluyendo una de Agnieska Holland, por lo que estábamos un poquito agotados. Unos freaks de la revista *Plano americano*, me acuerdo, organizaban   un ciclo de películas supuestamente cult que habían encontrado en una distribuidora que se había declarado en bancarrota. En ese ciclo vi *Eraserhead*, que me pareció nunca-tanto, y *El topo*, de nuestro sobrevalorado compatriota Alejandro Jodorowsky (el Fango no comparte esta apreciación y considera que *Santa Sangre* está a la misma altura que *Evil Dead II* del gran Sam Raimi).

La cuestión es que nos dimos una vuelta por El Biógrafo y entramos igual. Penaban las ánimas, como de costumbre. La película se llamaba *Chica Punk*, estúpida traducción de *Out of the Blue*. El filme, maldito como pocos, lo dirigió Dennis Hopper en 1980 y muy poca gente que se respete lo ha visto. En Estados Unidos, desde luego, ni siquiera se distribuyó. Linda Manz se roba la película y desde que aparece en escena, uno queda prendado. Es como el lado oscuro de Mary Stuart Masterston. La amé de inmediato. Quise que fuera mi amiga del alma. Según uno de los sesudos seudocríticos de *Plano americano*, *Chica Punk* podría subtitularse *Easy Rider's Daughter*, porque gira en torno a la generación mutante que parieron los hippies drogos de *Busco mi destino*. Fango, más acertado, la tildó rápidamente como *Perdió su destino*.

La película parte con una escena increíble. Hopper, totalmente volado, choca su camión contra un bus amarillo lleno de niñitos escolares. Todos los chicos mueren y Hopper cae en la cárcel. Durante los cinco años que está preso, su hija

(Linda Manz) lleva una existencia gris y mediocre. Su único escape es escuchar música rock y perderse en los laberintos de la «escena punk». La Manz es dura, garabatera, independiente, pero es sólo su máscara porque en realidad es una chica sola, triste, que duerme chupándose el pulgar. Cuando Hopper regresa a la casa, su madre termina su affaire y todo está bien por unos meses. Hasta que todo estalla. Y Linda Manz saca sus garras y quiebra sus defensas. El final, entre ella y Hopper, me dejó pagando. Totalmente para adentro.

Out of the Blue es una de esas cintas que uno cree se basaron en uno. Así de buena. A la salida, no paré de hablar de Linda Manz. Al día siguiente Fango me llamó y me dijo que estaba con buena suerte puesto que en la Católica iban a exhibir *Días de gloria*, de Terence Mallick, con el legendario trabajo fotográfico que le valió el Oscar a Néstor Almendros.

–Sabías que se filmó sólo entre ocho y nueve de la noche porque ésa era la hora en que atardecía.

–¿Y la Manz?

–Es su debut. Se supone que es la estrella. La narradora, al menos.

El miércoles siguiente, entonces, ahí estuve, en la Plaza Ñuñoa, en la séptima fila, punta y banca. El filme me encantó. Es lo que se llama un filme de arte por el arte, pero tiene un ritmo pausado que me devolvió un cierto equilibrio. Eso de ver el trigo mecerse al viento, esa glorieta con cortinas de seda, esa inmensa mansión que se levanta en medio de la nada. Linda Manz sale mucho más chica y más extraña y a veces parece hombre y siempre anda con trajes de inmigrante pobre. Ella narra la historia y no dice nada, comenta, lanza ideas como espigas. Richard Gere es su hermano y Brooke Adams, que parece chilena, su novia, aunque él dice que es su hermana porque son amantes y en esa época la gente se casaba. *Días de gloria* transcurre a comienzos de siglo y todo tiene que ver con este trío desarraigado que llega a esta hacienda de Texas donde vive un frágil millonario enfermo desahuciado que es Sam Shepard y que se enamora de Brooke Adams. Gere le dice que se case con él para quedarse con la plata, pero el tipo no se muere y el amor entre los dos surge y la tragedia se desata y un inmenso incendio lo quema todo.

Casi un año después, creo, Fango se consiguió, en video, *The Wanderers* que, según investigó, se exhibió en Chile bajo el nombre de *Los pandilleros* a fines de los setenta. *The Wanderers* es la segunda película en que actuó la Manz. La cinta la dirigió el errático pero respetable Philip Kaufman, y está basada en la novela cult de Richard Price.

El filme es raro y está estructurado a partir de viñetas. Todo ocurre en el Bronx, en 1963, y la música que tocan es genial. Básicamente es la historia de un grupo de amigos pandilleros y sus peleas y aventuras eróticas y todo lo que se supone que uno hace de adolescente antes de perder eso que llaman inocencia, que es cuando uno deja de ser teenager y crece. A mí nunca me ha ocurrido nada por el estilo y así y todo no me siento para nada inocente. Da lo mismo. La Manz en todo caso se roba la película como una chica dura y mala que vaga por todo el Bronx con un amigo-guardaespaldas, que es un inmenso pandillero totalmente calvo y gordo que debe pesar tres o cuatro veces más que ella. Lo fascinante de la relación es que la Manz parece un mono de taca-taca al lado, pero así y todo lo manda y lo somete. La Reyes es un poco así: dura de roer, a cargo de todo, siempre la líder, siempre lista para hacerse respetar.

Max se parece sospechosamente a Matthew Modine, en especial en *Birdy*, cinta que a mi me carga, pero que a Max le fascina. Esto se lo dije porque se supone uno no debería mentirle a su psiquiatra. Se lo comenté y él se rió y me contestó que yo veía las cosas desde otra perspectiva. Yo le respondí que quizás, pero que por el lado que se viera, el cine de Alan Parker era lamentablemente falso y pretencioso.

Durante una de las primeras sesiones que tuve con él, hablamos sólo de cine. Quedé destrozado porque me di cuenta de que la única persona con la que podía contar, el tipo al que le había confiado mi destino, no sabía nada de cine.

–Max, tus gustos son tan abominables que me haces cuestionarte como persona. No puedo confiar en alguien que ame *La selva esmeralda*. No es por meterme, pero creo que no deberías citar *Hombre mirando al sudeste* ni en broma. Alguien te podría escuchar. Y por mucho que te especialices en gente joven, trata de no recomendar ni *Azul profundo* ni *Pescador de ilusiones*.

Max, que tiene menos de treinta, es capaz de transformar todo a su favor. En vez de enojarse o taimarse, me señaló que le parecía bien que expresara mis sentimientos.

–De qué sentimientos me hablas si ni siquiera tengo –le grité, exasperado–. Quizás por eso fui un mal crítico. Fui un descarado hipócrita; escribía sobre emociones cuando no tenía ni la más puta idea de qué implicaba una.

Me quedó mirando fijo y me dijo:

–No te mientas. Emociones has sentido de sobra. Si no, no hubieras hecho lo que hiciste.

Si alguna vez tuviera una polola que me quisiera de verdad, me gustaría que fuera como Mary Stuart Masterston. Me conquistó en *Alguien maravilloso*, donde hizo el rol de una chica rebelde, que tocaba la batería y era levemente ahombrada. Después, en *Vivir para contar*, que es un gran filme, me dejó ansioso, triste y sintiéndome demasiado solo. Como la polola inocente de Sean Penn, Mary Stuart rápidamente aprende lo que es la vida y lo que puede llegar a ser eso que ahora todos llaman una familia disfuncional. Estuvo notable. Sin ella, Penn no hubiera resistido todo lo que resiste.

Si bien es cierto que aparece poco en *Jardines de piedra*, la vilipendiada e incomprendida cinta de Coppola, Mary Stuart brilla como una joven viuda. Cómo alguien tan joven es capaz de transmitir ese tipo de emociones es algo que me supera. Yo creo que ella sabe lo que son la tristeza y el abandono. Por eso es capaz de sumergirse en esos estados.

En *Casi una familia*, que es más reciente, Mary Stuart estuvo insuperablemente bella, tierna y vulnerable. En ésa interpreta a una chica proletaria soltera que queda embarazada y decide entregar su bebé a James Woods y Glenn Close, que tienen plata, pero no pueden tener hijos. Después que vi *Casi una familia*, me compré el compact con los greatest hits de Van Morrison.

Chances Are, en tanto, es un delicioso soufflé sobre la vida después de la vida que combina toques de la screwball comedy de los '30 con el nihilismo de fines de los '80. Mary Stuart sale aquí como la hija de Cybill Sheppard y uno lo cree absolutamente. Es, pienso, uno de los grandes aciertos de casting de los últimos años. Mary Stuart es universitaria y conoce a Robert Downey Jr. El asunto se complica cuando sabe que Downey Jr. es, en rigor, la reencarnación del padre de Mary Stuart. Por eso, cuando conoce a su futura suegra, todo se desata y enreda. Cuando Apablaza exhibió *Chances Are* bajo el título de *El cielo se equivocó*, algunos críticos se quedaron dormidos y uno se fue a la mitad. Apablaza me regaló varias fotos de Mary Stuart. Las tenía colgadas en mi pieza. Debí haberlas sacado. Seguro que se quemaron todas.

La relación con mi padre se resume en dos hitos cinematográficos bastante claros y decidores:

El primero tiene que ver con un veraneo. Estábamos en Arica, en un motel con piscina, y mi padre se había comprado en la Zofri de esa época una filmadora Super-8. La película está, la he visto, existe. Salgo yo, en pañales, caminando alrededor de la piscina y hago unas caras y unos gestos que hoy me dan vergüenza. La película es en colores y todo se ve desteñido, con los típicos tonos y grano de los filmes de esa época. Mi madre también sale y está en una silla de playa con un bikini rosado, de esos antiguos, y está embarazada de mi hermana Reyes. En la imagen que tengo grabada luce un peinado inflado, lleno de laca, y anteojos oscuros que hoy serían considerados absolutamente cool. No hay nadie más en la piscina y, como hay unas palmeras al fondo, el ambiente parece decididamente extranjero, hollywoodense casi. Todo es un gran plano secuencia, una típica home-movie de los sesenta; incluso hay una toma en que mi padre filma sus propios pies. Todo bien, todo trivial, hasta que yo me caigo al agua y empiezo a descender bajo el agua celeste, hundiéndome como un melón maduro. Lo increíble es que mi padre sigue filmándolo todo. Mi madre empieza a gritar, le dice cosas y todo se vuelve desenfocado y saltón, lleno de jump-cuts: mi madre decide tirarse al agua y nada al fondo y me tira del pelo hasta que salgo a la superficie y me saca y me pega y yo lloro y todo está muy desenfocado y mi madre está histérica y mojada y le grita a la cámara y ahí todo se va a negro.

Esta peliculita la he visto sólo dos veces y quizás merece unas cuatro estrellas sólo por ser tan cinéma-verité. Aun así, me la sé de memoria. Nunca he hablado con mi padre sobre esto, pero podría jurar que mi madre grita algo así como «¡tírate, tírate!, ¡es Lucas!, ¡es Lucas!» y mi padre chilla algo así como «¡la cámara, la cámara!» y el huevón no atina, para variar no sabe qué hacer y mi madre termina rescatándome.

Mi padre, es bueno aclararlo, no es ni ha sido ni nunca será un cineasta. No es Scorsese. Ni siquiera trabaja en televisión o publicidad. Tampoco es un fanático del Super-8 ni nunca se entusiasmó con el video. Es más: creo que después de que nació mi hermana, mi padre nunca volvió a usar la camarita. Esto me hace darle una segunda lectura a la home-movie.

–No era tanto su amor al cine sino su incapacidad de relacionarse conmigo lo que lo hizo no tirarse al agua –me acuerdo que le dije a Max.

–Los análisis los hago yo –me respondió–. No hay que sacar conclusiones apresuradas.

De más está decirlo: yo siempre las saco.

El segundo hito cinematográfico que marcó mi curiosa relación con mi padre se armó una fría tarde de invierno cuando me invitó a ver *Las 24 horas de Le Mans*, con Steve McQueen. Yo era bastante chico, unos seis o siete años, quizás. Era la primera película que veíamos juntos, por lo que la salida se rodeó de un cierto ceremonial. Yo estaba nervioso y comencé a echar de menos a mi madre antes siquiera de salir de casa. Lloré mientras me peinaban a la gomina. Esto, claro, fue un grave error y aún lo estoy pagando. Me refiero a llorar, no a la gomina. Mi reacción estuvo fuera de lugar: creí que me iban a secuestrar y sufrí como en una película centroeuropea. La idea de irme con él, de vivir como yo creía que él vivía, me aterró. Lo insólito del asunto es que mi padre nunca se ha ido de la casa. Siempre he vivido con él. Lo que pasa es que no lo conocía.

Lo cierto es que llegamos al cine y a partir de ahí todo fue un horror. Como ya debe intuirse, detesto los autos, no los entiendo, no me excitan en lo más mínimo. Soy incapaz de cambiar un neumático. Digamos que jamás he hojeado una *Mecánica Popular*, revista a la que mi padre probablemente está suscrito hasta el día de hoy. Para resumir: la cinta se me hizo eterna y no entendí nada. Era incapaz de saber en qué auto corría McQueen. Aburrido a más no poder, me quedé profundamente dormido. Y mi padre, estoy seguro, quedó profundamente decepcionado. Igual debe ser un rollo complejo: que tu primer hijo te salga freak, siempre cerca de la mamá, que raye con *Dumbo* y no con *Las 24 horas de Le Mans*. Quizás yo también exigiría que me devolvieran la plata. Pero el quedarme dormido esa tarde en el cine fue sólo el inicio. A la salida nos topamos con un amigo de mi padre que andaba con sus cuatro hijos hombres, todos locos de fascinados con esos autos que corrían y corrían a velocidades inimaginables. Me acuerdo que instantes antes le había dicho que deseaba ir al baño, pero en ese instante desistí. Me imaginé que si iba, él se iría con ellos y me dejaría solo. Mi padre nunca me llevó al baño, nunca me enseñó a hacer pipí. Igual aprendí. No es tan difícil, todos a la larga aprenden, pero esas cosas son las que arman eso que llaman intimidad y confianza.

Cuando uno es chico, uno es miserablemente vulnerable y la pena que se siente es mucho más violenta y totalizadora que la que uno podría sentir ahora. Quizás sea una estupidez, pero si tu viejo no te toma en cuenta, uno empieza a dar por hecho que nadie lo hará. Algo así. Te obsesiona y te llena de dudas e interrogantes porque, la verdad de las cosas, siento que es como poco natural que un padre no pesque a su hijo, en especial si es hombre. Si yo tuviera un hijo, sería tal el orgullo y el cariño que sentiría por él que me pondría a vomitar.

Antes de que ocurriera todo, que todo se quemara, me ganaba la vida inventando frases-para-el-bronce. Fango me presentó a la gente de Video-Austral, que es la distribuidora que saca a la calle la mayor cantidad de videos. Tienen los derechos de los principales sellos yanquis, incluyendo cualquier cantidad de productoras independientes, esas que hacen cintas «B» y «Z» y que son lo peor, pero al Fango, que es un freak y un sicópata en potencia, lo matan.

Video-Austral es un verdadero monopolio y más que fabricar videos, pareciera que fabricaran salchichas. Esto sucede quizás porque tienen su base en la Avenida Italia, justo donde antes había una fábrica de salchichas, cecinas y embutidos que tuvo que cerrar debido a la mala fama que se ganó luego de que descubrieran restos humanos dentro de los patés, las gordas y el arrollado huaso. Esto me lo contó Fango, que exagera todo lo levemente relacionado con sangre y gore. Al parecer, lo que ocurrió fue un drama pasional entre trabajadores de la empresa. La mujer, en un acceso de furia, no sólo asesinó a su amante sino a sus hijos. Todo esto pasó un sábado, cuando él estaba de guardia. La mujer puso todos los cuerpos en una inmensa batidora de carne y luego se suicidó. Cuando empezaron a aparecer los restos, la empresa estaba tan mal económicamente que no pudo soportar el embargo moral: nadie compró esas cecinas y pronto declararon la quiebra. Ahí entraron los pirañas de Video-Austral, que limpiaron y desinfectaron todo, cambiaron el color de las paredes a un rosa seco, remodelaron y ampliaron y ahora Video-Austral da la impresión de ser un viejo estudio de cine.

Fango me recomendó al jefe de producción y marketing debido a que necesitaba ayuda con las carátulas. Fango es lo que se llama un crítico limitado: sólo le hace al gore y a las cintas de acción y karate. Mi jefe fue un tipo de nombre Estanislao Risopatrón, pero todos le dicen Stan. Él era un cuico educado por los curas que no tenía demasiados años más que yo, pero ya estaba casado, gordo y con úlcera. Nos caímos bien de inmediato. Me regalaba afiches, fotos, diapos, press-books y gadgets como tazones para el café, poleras, lápices y una alcancía como la planta Audrey II de *La pequeña tiendita del horror*. Stan odiaba el cine arte y las películas en blanco y negro; encontraba que Clint Eastwood era un traidor porque ahora filmaba cosas serias. Viajaba regularmente a Hollywood y yo le encargaba libros raros de películas raras. La meta en la vida de Stan era combatir a los traficantes de video piratas. Según él, estaba dispuesto a cualquier cosa con tal de erradicar la plaga.

Mi labor inicial en Video-Austral consistió en traducir carátulas, o sea, encargarme del texto que aparece atrás de los videos. Pero pronto Stan me pidió que me encargara de las frases-para-el-bronce que aparecen adelante, en la portada, y de las otras, que aparecen en la parte de atrás. También tuve la oportunidad de inventar títulos a cientos de cintas desconocidas. Debía proponerle cinco posibilidades y él elegía la mejor. Con Stan aprendí a sintetizar, a ser capaz de vender cualquier cosa, de mentir con orgullo y recurrir a lo que fuera con tal de sacar a una cinta del infierno de las bodegas polvorientas. Teníamos adjetivos fetiches: *maravillosa, sensible, sensual, aterradora, notable*. Incluso la mujer más fea pasaba a ser «la atractiva no-sé-cuánto en su rol más audaz hasta la fecha». A medida que fui agarrando confianza con Stan, liberé algo mi pluma. Usaba el paréntesis como si fuera un boomerang y trataba de llenar con la mayor cantidad de datos posibles el corto texto. Privilegiaba director y fotógrafos, citaba premios, el nombre del autor de la novela y fui agregando adjetivos nuevos como *camp*, *gore* y BOMB, claro.

Lo otro que me sucedió fue que, poco a poco, a medida que iba resumiendo el argumento, intercalaba frases personales, frases que más que para-los-amigos eran para mí, que me interpretaban ciento por ciento. Esto después fue adquiriendo un tono más grave, pero eso fue después, al final, no al comienzo.

Para *Su última oportunidad*, por ejemplo, escribí: «Nunca es tarde para recuperar lo perdido y alcanzar lo que se quiere». *Libertad condicional*, con Dustin Hoffman, quedó así: «Max Dembo acaba de salir de la cárcel. Ojalá nunca lo hubiera hecho». *Hairspray*, de John Waters, fue fácil: «¡El mundo era un caos, pero sus peinados eran perfectos!» Las de terror me salían sin problemas. Para *Cementerio maldito*, de Stephen King, inventé «¡A veces es mejor morir...!» Mi favorita, sin embargo, fue la que se me ocurrió para *Pesadilla 3*, con Freddy Krueger claro: «Si piensas que saldrás vivo, ¡debes estar soñando!»

Retrospectivamente, todas mis mejores frases-para-el-bronce, ésas que cuando las veo en las carátulas aún me hacen sentir orgulloso, tienen la virtud de no sólo promover la cinta sino que, de un modo u otro, resumen alguna parte de mí.

Mi hermana Reyes es dos años y medio menor que yo, pero es mucho mayor e independiente y tiene un aro en la nariz y otro en el ombligo y se pinta los labios color sangre coagulada y es bien blanca, como tiza, y se pinta los ojos muy negros, como si fuera la estrella de una película muda.

El nombre real de mi hermana es María de los Reyes, pero todos le dicen Reyes, lo que no sólo es poco femenino sino que enreda porque la gente cree que Reyes es su apellido. «Voy a salir con Reyes», es un buen ejemplo. Alguien podría creer que el tal Reyes es Juanito Reyes o Sergio Reyes, pero es sólo Reyes, mi hermana.

Mi hermana se fue de la casa muy joven. Lleva dos años fuera. Salió del colegio a los quince años. Cuando estaba en Cuarto Medio, pasaba alojando en las casas de sus amigas. Reyes nunca se llevó bien con mi madre. La encontraba una «hipócrita». Mi madre la consideraba una «puta». Mi hermana se fue a estudiar diseño a Valparaíso. Estuvo allí un año, viviendo en un loft en el cerro Alegre. Pasaba en Ritoque y en Horcón, vivía borracha en el Cinzano, pasaba metida en todos los bares de la subida Ecuador. Después se apestó con su grupo y se fue a la Austral de Valdivia a estudiar lo mismo. Según la Reyes, Valdivia es el Seattle chileno. Mi hermana es un poquito grunge y se

51

engrupe con facilidad. Allá fundó un grupo rock de mujeres llamado Flujo Menstrual. Ahora ayuda a mi prima Co, que se cree diseñadora sofisticada y se viste que da risa.

Hace tiempo que no sé de mi hermana. Ella debe considerarme un nerd, un perno. Mi hermana no es un extra en su propia vida. Es una estrella. Ella jura que siempre hay una cámara filmándola. Claro que más que películas, Reyes es la reina de los video-clips. Incluso salió con el Pac-Man antes que éste se hiciera famoso. Según ella, se acostaron, pero no me consta. Mi hermana es un poquito *groupie* y siempre dice que se ha acostado con gente famosa. Ahora dice que anda con Pascal Barros, el mito del under santiaguino. Según Reyes, en *Habitación 506 (City Hotel)* hay una estrofa donde ella sale mencionada, pero yo he escuchado la canción varias veces y aún no logro descifrar dónde supuestamente aparece ella.

Tengo la mala costumbre de juzgar a la gente por sus libros y discos. Es algo que no puedo evitar y tiene algo compulsivo, lo reconozco. Entro en una casa y voy directo a la biblioteca a scanear qué libros tienen. Si puedo, abro y miro el refrigerador. Reviso las mostazas y el tipo de fiambre. Los botiquines son vitales y dicen un montón. Lo mismo que los discos. Por ejemplo, una tipa del preuniversitario una vez me invitó a tomar té.

–¿Qué quieres escuchar, Lucas?

–¿Tienes alguna banda sonora? ¿Howard Shore, Bernard Herrman?

Tenía Ana Gabriel, Sandra Mihanovich, Celeste Carballo y Cecilia. Me quedó todo claro. No valía la pena seguir cultivando esa amistad. Así que después de mi segundo pedazo de kuchen, me retiré de la forma más civilizada. Nunca le volví a hablar.

Eso que sobre gustos no hay nada escrito es una de las grandes mentiras de todos los tiempos. Todo se define por los gustos. Una reproducción de *La última cena* colgada en la pared puede decir más que un certificado de antecedentes. Llorar con *Ghost*, escuchar Viva FM, leer el *Reader's Digest* son hechos definitorios, no meras anécdotas, y no se pueden perdonar así como así. Los gustos dicen mucho. Demasiado. Creo que aquello que uno odia, tal como lo que uno ama, refleja el engranaje moral que uno tiene.

En una de mis últimas salidas, cuando aún creía en la posibilidad de ser normal, invité a una chica al cine. Grave error. Se llamaba Catalina. Como todas las chicas de mi edad.

–¿Cata?

–Catalina, por favor. Ubícate.

Catalina era buenamoza y muy cuica y muy esprit. Tenía un pololo que estudiaba en la Adolfo

Ibáñez y un peinado absolutamente irresistible: mitad Verónica Lake, mitad Jessica Rabbit.

A Catalina la conocí en la escuela de publicidad, pero nunca me dirigió la palabra. Las chicas como Catalina no acostumbran dirigirle la palabra a nadie, excepto a su mejor-amiga-de-turno y a su respectivo pololo. Las chicas como Catalina pololean siempre. Pololean incluso antes de nacer. Siempre ocupadas, siempre inalcanzables. Después me topé con ella en el Errol's. Me reconoció, la reconocí, le dije «hola» me dijo «hola», y comencé a recomendarle videos. Ella confiaba en mí y después me los comentaba. Partí primero suave y después comencé con ciertos guionistas, ciertas cintas cult. Enganchó. Hasta que una noche tuve el coraje de invitarla a salir. Me robé el auto de mi vieja y la pasé a buscar y hasta le abrí la puerta y no usé mi pase de crítico de cine sino que pagué las dos entradas. Fuimos a ver una película de terror. *Re-animator*. Sugerencia del Fango, claro. A mí me pareció genial. Grité y me reí durante toda la función. Ella encontró que la película era fome y tonta. No «mala» o «aburrida» sino «tonta», como recalcando que era para tontos. Como diciendo que yo era tonto. La llevé a comer algo. No le abrí la puerta del auto. En el restorán chino, seguimos discutiendo la cinta. Después salió el tema Woody Allen.

—Odio a Woody Allen —me dijo.

—Lo amo.

–Cuestión de gustos.

–¿Pero no te gustó *Zelig?* Yo te la recomendé.

–Algo, pero mentí. Yo soy un poco Zelig. Miento para agradar. Mi sicóloga me ha dicho que debería decir la verdad y empezar a visitar a un ginecólogo.

–*Zelig* es una gran cinta. No hay que jugar con *Zelig*. Ni en broma.

–Está bien, pero me cargó.

–Me acabas de decir que te gustó un poco.

–Lo que te guste a ti no me puede gustar a mí.

Le di plata para un taxi y me fui. Me gritó «maricón». Las mujeres siempre gritan «maricón». Es el único garabato que creen que realmente puede herir a un hombre. La Catalina nunca volvió al Errol's. Me acuerdo que borré su ficha del programa. Si quería volver a sacar un video, iba a tener que volver a hacerse socia. Desde entonces voy al cine solo. Y al centro, como corresponde.

Somos una familia de ateos. No es que seamos masones o agnósticos. A lo mejor, ni siquiera somos tan ateos, pero no tenemos nada que ver con la Iglesia. Esto es raro porque en Chile todos son, cuál más, cuál menos, religiosos. Da lo mismo que sea pura boca. Cuando me preguntan mi religión respondo «de origen católico» porque no somos ni judíos ni budistas ni krisnas ni amish. Ni yo ni la Reyes fuimos bautizados.

Para nosotros, la Navidad era una fecha maldita: había que regalar a la fuerza, no armábamos pesebre ni árbol, por lo que trataba de evitar que fueran compañeros a la casa para que no se dieran cuenta de que éramos tan freaks. Mi madre, me acuerdo, se desgastaba alegando que todo era puro marketing, por lo que en la familia se optaba por la teoría del regalo secreto: uno sacaba un papel y ofrecía un solo regalo. Generalmente me tocaba una tía vieja que ni conocía, por lo que recurría duro y parejo a la colonia Barzelatto.

Dos años atrás, creo, decidí ir contra la corriente y regalarles a todos algo que me naciera de adentro. Había visto *Qué bello es vivir* y *Gremlins*, por lo que andaba más susceptible que de costumbre. Gasté bastante, pero tenía plata, así que no me importó. Esa noche, cuando todos se dieron cuenta de que yo le había regalado algo a cada uno, mi madre, furiosa, se me acercó y me dijo que yo siempre arruinaba todo, que si pretendía hacerla sentir culpable o dejarla como una avara ante todos los demás:

—Teníamos un trato, Lucas. Y lo quebraste. Espero que te arrepientas.

Claro que me arrepentí, pero de otra cosa. No volví a regalarle nada a nadie. No vale la pena. Quizás tengan razón: un trato es un trato. Mi familia tenía su forma de ser y mi gran error fue tratar de cambiarla.

Yo sé que todo esto, este estado de ánimo, esta desesperanza crónica y latiguda, es transitorio. Incluso sospecho que algún día miraré para atrás con humor, hasta con nostalgia, capaz que hasta eche de menos este verano o estos últimos años tan raros. Max me lo prometió. Pero me cuesta creerle. Yo creo que me lo dice para subirme el ánimo, para fortalecer mi ego. Me ha dicho que, durante este período, no va a ser raro que me sienta errático, desconfiado, que pierda el ánimo, que no quiera ver a la gente. El otro día me comparó con una serpiente. Me dijo que yo estaba botando mi piel. Dejándola atrás hasta que se secara. Esta empresa, me dijo, evidentemente tenía su costo. Como perder ciertos amigos. O aislarse por un tiempo. Yo le respondí que ya no tenía amigos y tiempo tenía de sobra. Me leyó algo de un filósofo danés sobre eso que todos somos náufragos y que es normal sentirse perdido, a la deriva. Pensé en *La isla de Gilligan*, pero no le dije nada. Después me pidió que definiera mi personalidad. Le dije que me consideraba un tipo reservado, que me reservaba. Max entonces me contestó para qué, para quién me reservaba tanto. No supe qué responder y sentí, por un instante, esa vieja sensación de que todo se abría, que el abismo estaba ahí y me sentí tan mal que quise abrazarlo, pero no me atreví, sólo salí corriendo y en medio de la calle me di cuenta de que, más allá de los espasmos, estaba claro que me estaba muriendo.

Quizás he dicho demasiado.
Quizás no he dicho lo suficiente.
Hay cosas que uno ha hecho, o le han hecho a uno, que no sólo estigmatizan sino desvían y hasta encarcelan, como ser Miss Chile, supongo. Si alguien sale elegida Miss Chile, pase lo que pase, evolucione como evolucione, nadie la va a tomar en serio. Imposible. Quedó marcada.
No tolero esas películas en que el comienzo es un engaño. Los primeros planos de un filme son decisivos porque adelantan lo que viene, sientan las leyes con las que la historia luego se va a regir. Esas cintas que parten con sueños me parecen altamente sospechosas. O ésas en que se ve una prostituta de tacos altos y medias caladas y, a los diez minutos, uno se entera de que en realidad es una detective, tiene tres hijos rubios, va siempre a misa y tiene una niñera latina de nombre Rosa. La información iniciática, por así decirlo, es vital. Es como cuando se conoce a una persona. Si se parte

mintiendo, ocultando algo, es muy difícil superar ese vacío moral que se arma. Uno entra en la paranoia y se pierde la confianza. Los cimientos del edificio se vienen abajo.

Así que ya que estamos en esto, mejor ir aclarando algunos puntos. Quizás no sean tan relevantes. De hecho, creo que lo son. Pero da lo mismo. En realidad, no da lo mismo. Lo que quiero decir es que, con estos datillos que voy a aportar, mi verdadero yo queda más claro, por así decirlo.

¿Se entiende?

No es que haya mentido sino que escudé ciertas superficies. Me he ido un poco por la tangente.

Ya, da lo mismo.

Quemé mi casa. Se quemó entera. Por mi culpa.

El mundo de las mujeres me es enteramente ajeno. Partamos por eso. Las conozco, claro, pero no las entiendo. Supongo que esto es algo que cualquier joven chileno alimentado con Milo podría decir, pero en mi caso esto se agranda, se subraya, se lleva al límite. Cuando leía *Mampato*, el personaje de Rena me era totalmente lejano. No la pescaba, no comprendía su manera de pensar, de actuar. No es que no las encuentre ricas. Michelle Pfeiffer me parece sublime. Samantha Mathis, también. Simplemente no las entiendo. Ni ellas a mí. Nos hemos relacionado demasiado poco.

Quizás hubiera sido preferible ir a un colegio de puros hombres. Ahí, se me ocurre, la competencia es tan grande que uno se zambulle en el mundo de las mujeres como si fuera una piscina temperada. En mi colegio, las minas tomaban en cuenta sólo a los que lo tenían todo a su favor. No era mi caso. Algunos compañeros, los más pernos, optaban por la estrategia del mejor amigo, pero yo siempre consideré eso patético. Tener como mejor amigo a una amiga me parecía riesgoso, tonto y, sobre todo, inútil.

Nunca he pololeado y, si por eso debo morir, empiecen a apuntar los rifles.

Otra cosa: soy virgen. Por suerte la castidad está empezando a estar de moda.

Virgen, pero no huevón. Solitario, quizás. Nerd. Es un estado, una consecuencia. No creo que me defina.

Durante una época de mi vida salí bastante con chicas. *Cita a ciegas*, como esa película con Kim Basinger. Algo así. Pero era un puro gastadero de plata y todo siempre terminaba de dos maneras: si me gustaban, trataba de besarlas cuando las iba a dejar, pero se corrían. O bien, si yo les gustaba mucho (ocurrió, es cierto), trataban de besarme y yo me urgía, me pasaba películas de que iba a perder quién-sabe-qué y lograba correrme olímpicamente.

Así que preferí quedarme solo. Me sentía mejor.

Un microcine es un cine chico, con pocas butacas y una pantalla reducida del tamaño de una cama matrimonial gigante. Los asientos son cómodos, a veces de cuero, y tienen unas cositas de metal para colocar vasos con bebidas o trago. Los microcines son parte de las distribuidoras, o sea, de esas compañías comerciales que, en vez de importar repuestos o computadoras, traen películas. Películas malas, por lo general, aunque no siempre. A veces se equivocan y aparece algo realmente bueno.

En Santiago los microcines tienden a ubicarse en un solo edificio. El edificio es bastante feo y queda en la calle Santo Domingo y para ingresar hay que pasar primero por un pasaje lleno de tiendas de calzoncillos y objetos de numismática. El edificio es bastante raro; en el subterráneo existe un teatro donde siempre dan obras infantiles por la mañana y semipornográficas por la tarde. También hay un entrepiso lleno de peluquerías especializadas en depilación, por lo que siempre hay olor a cera y pelo quemado que lo inunda todo.

Las distribuidoras están ubicadas en distintos pisos, pero en el décimo están las oficinas del legendario Genaro Apablaza, una suerte de Broadway

Danny Rose fílmico. Apablaza les maneja la publicidad a casi todas las distribuidoras. No sabe nada de cine, pero sí de contactos y centímetros-columna. Antes manejaba a ciertas vedettes y cómicos y administraba un teatro de revistas. Apablaza es el tipo encargado de las fotos, las diapos, los afiches y toda la parafernalia cinematográfica. Físicamente, es igual a Danny Aiello y tiene la costumbre de usar trajes de polyester que trae de sus peregrinaciones anuales a Hollywood y Las Vegas.

Desde la distancia, Apablaza no es más que un buen personaje secundario, esos tipos entre sebosos y escurridizos que son vitales en los filmes policiales. Cuando lo conocí, sin embargo, me pareció el más amenazante de los seres, una suerte de padrino del celuloide, un tipo que armaba y quebraba las carreras de los críticos a su antojo. Conquistar a Apablaza no era fácil, lo sabía. Odiaba a la gente y trataba a sus empleados, todos ex reos recomendados vía su cuñado alcaide, como un negrero. Encontraba que todas sus cintas eran estupendas, excepto las de cine-arte. Muchas veces hacía exhibiciones privadas de filmes «artísticos e independientes» y repartía formularios entre los críticos para que los llenaran. Si todos encontraban que era «una obra maestra», recomendaba no estrenarla.

–El público huye de las cintas raras que son catapultadas por los críticos. No llevo treinta años en este negocio por casualidad.

Apablaza conocía bien el espíritu de los críticos y sabía cómo chantajearlos, seducirlos y coimearlos. Leía cada crítica y, cuando alguien se lanzaba muy en contra de alguno de sus filmes, lo castigaba sin poder ver ningún estreno durante dos o tres semanas. Algunos se dejaban querer con afiches o con el compact de la banda sonora. No era casualidad que aquellos críticos que Apablaza invitaba a los codiciados press-junkets, suerte de conferencias de prensa que se realizaban en Hollywood, terminaban encontrando todos sus filmes excelentes.

Conocí a Apablaza gracias Fango, el tipo que me enseñó que podía transformar mi hobby en profesión. Por esa época, Fango enviaba sus columnas de cine a *La Estrella* de Valparaíso. No le pagaban nada, pero gracias a eso podía ver las exhibiciones privadas y tener el codiciado pase de prensa. Fango, además, pituteaba para la radio Interferencia. Era el nexo entre la disquería Lado «B» y Gonzalo McClure. Fango asesoraba a la disquería, recomendándole qué bandas sonoras traer. Como sólo recomendaba bandas muy raras, se le ocurrió armar un programa de medianoche en la radio. Fue a hablar con McClure y el tipo enganchó. Fango escribía los libretos y el programa se emitía los domingos a la medianoche. Era un horario cult y el asunto funcionó. Tiempo después lo echaron porque robaba discos y complicaba todo. McClure odia a la gente rara y no tolera que no lo respeten.

A veces me costaba creer que Fango fuera tan chico, y no tanto en altura. Eso de que sólo tuviera dieciséis años y estuviera en Tercero Medio impresionaba a todos. Visualmente, era raro: flaquísimo, como de un metro cincuenta y cinco, casi calvo, blanco como los muertos vivos. Moralmente, para qué decir. La gran diferencia entre Fango y yo, creo, era que él se pasaba películas y yo decidí entrar en acción. Ésa es una gran diferencia, la gran línea que divide las aguas. Cuando uno cruza esa frontera se da cuenta de muchas cosas, pero quizás la más difícil sea que ya no se puede volver atrás. Da lo mismo que no se tenga adónde ir.

El Fango fue lo que se llama un amigo transicional: ese tipo de persona que acompaña a otra mientras ésta encuentra un grupo al cual adherirse. Alguien que ayuda a pasar por épocas oscuras, que sirve para conversar aunque sea de nada, que te hace reír, que te hace sentir menos solo. Nunca quise ser muy amigo de Fango porque me hacía sentir que yo era un freak. Pero cuando uno no tiene amigos, hasta el peor amigo se puede transformar en el mejor.

El asunto es que un buen día Fango me invitó a una exhibición privada de *Darkman*, de Sam Raimi. Apablaza me atajó a la entrada y casi no me deja entrar. Le dijo a Fango que el microcine no era un lugar de entretenimiento público y que era la última vez que iba a dejar que esto se repitiera. A la salida de la función, función inolvidable no sólo por la cinta (tres-estrellas-y-media, por lo menos) sino porque ahí me topé con todos los críticos que odiaba, temía y envidiaba, Apablaza se acercó a mí y me ofreció un trabajo:

–No pude dejar de escuchar tus comentarios. Veo que sabes de cine y aprecias lo comercial. Si te interesa, te puedo contactar con una muy querida amiga mía que ahora está dirigiendo la revista *Casa-Avisos*, ésa que tiran en forma gratuita debajo de las puertas. No creo que paguen mucho, pero al menos podrías integrarte al club.

Fango estaba verde de envidia.

–No debí haberte convidado. «Una muy querida amiga». Seguro que se la come a diario.

–Si quieres te traspaso el contacto. Me da lo mismo.

–No, si no es tu culpa. El huevón me odia desde que destrocé *Imperio del sol*. Creo que nunca le he caído bien. Debe creer que soy un freak.

–Eres un freak.

–Sí, pero eso es asunto mío.

Me contacté con Analía Telleda, de la revista *Casa-Avisos*, pasquín comercial que tenía como centro de operaciones una casa con forma de barco en la calle Roberto del Río. *Casa-Avisos* estaba llena de alumnas en práctica poco atractivas. Analía Telleda quería una orientación cinematográfica.

–Nada denso, te fijas. Algo liviano, que dé una idea. Ojalá un dato para el fin de semana, ponte tú. Que sea más que nada una sugerencia. Lo único que te pido, amoroso, es que quede bien claro de qué se trata para que la gente no se sienta estafada. Si es triste, di que es triste. Si tiene mucho sexo, mejor adviértelo. Y nada de terror. Me carga el terror.

Así ingresé al vicioso círculo de los críticos. Sin título, sin contactos, sin demasiados conocimientos técnicos, pero con energía y datos de sobra. Me convertí en el segundo crítico más joven del país. Me asimilé, a duras penas, al grupo de freaks y pasé demasiadas tardes encerrado en algún piso de ese edificio de la calle Santo Domingo. Sin planearlo, entré a la élite de los cronistas y críticos. Todo un mundo, toda una moral: tipos obesos que roncaban durante las funciones, jubilados con cronómetro, ancianas que tejían, solterones con marcapasos, ex actrices de telenovelas, exiliados-retornados antihollywoodenses, ventrílocuos del *Cahiers du Cinema*. Ninguno de ellos me tomó en serio; muchos se asustaron ante mi aparición. Así y todo, y por un leve instante, fui el tipo más feliz de la tierra. Aprendí a mentir tanto que hasta me llegaron a gustar aquellas películas aburridas e ininteligibles que decía que eran buenas con tal de no quedar mal. Claro que todo duró poco. Demasiado poco. Tanto que ni siquiera alcancé a darme cuenta. Al poco tiempo, *Casa-Avisos* quebró. Y yo ya estaba en decadencia.

Durante varios años mantuve algo así como un diario de vida cinematográfico. Esto fue pre-Max y pre-Macintosh. Antes de que cualquier Apple llegara a la casa. Esta sistematización partió en forma totalmente espontánea en un cuaderno de ciencias sociales Torre. La primera película que anoté fue *Cada amigo, un amor*, de Arthur Penn. La vi en el Normandie, en la Alameda, un domingo a las once de la mañana, completamente solo. Llovía. Había dos o tres personas en la sala. Inmediatamente se convirtió en una de las películas de mi vida. Me caló como si fuera un tipo que iba a la guerra. Quedé para dentro, destrozado. Me compré el álbum de Ray Charles donde salía el tema central: *Georgia on my Mind*.

En el Normandie vi *La ley de la calle;* creí que no me iba a poder parar. Era como mi biografía falsa, enterita. Rusty James era todo lo que yo no era y, a la vez, podía ser. Ambos éramos parecidos, pero no teníamos nada que ver. Yo era como Steve, el personaje de Vincent Spano, el rubio nerd, el que siempre anotaba. «Oye, Rusty James, para ser un tipo tan duro tienes la mala costumbre de encariñarte con la gente», le dicen, pero él no acusa recibo y deja que Steve se quede en la pandilla.

En ese mismo cine, a la misma hora matinal, vi ese vómito existencial de Altman llamado *Tres mujeres*, con Shelley Duval y Sissy Spacek. No entendí nada, pero me cautivó. Lo mismo que esos ciclos de Martin Ritt y Blake Edwards y *Estallido mortal*, de De Palma, y muchísimo Woody Allen, y *Bobby Deerfield*, de Pollack, con Al Pacino como un corredor de autos enamorado de la muerte, que da vueltas y vueltas y siempre anda con anteojos oscuros y no se entusiasma con nada.

Mientras la mayoría se levantaba los domingos a duras penas para llegar a misa, yo corría por los parques para entrar al cine. La idea era refugiarse de la luz, sumergirse en la liturgia. Como no tenía con quién compartir lo que veía y aún no conocía el libro de Maltin, me compré un cuaderno nuevo y comencé a llenarlo. Cada página, una ficha. Título, título original, año de producción, fecha en que la vi, cine en que la vi, con quién, director, guión, fotógrafo, todo el elenco, censura, compañía cinematográfica y premios obtenidos. Además, le ponía una nota. Nada de estrellas ni de BOMB. Del uno al siete, como en el colegio, aunque después pasé a los 5,5 y 6,5 para darme más flexibilidad mental.

Tiempo después, el tío Gustavo Herrera me trajo, por casualidad, un ejemplar de *American Film* con Susan Sarandon en la portada. Me suscribí a la revista de inmediato (en esos días no existía ni la *Première* ni el cable, por lo que intentar estar informado era una tarea de titanes). Comenzó a llegarme antes de lo esperado. El primer número que recibí tenía a Martin Scorsese en la tapa a raíz del estreno de *Después de hora*. Yo tenía quince años y estaba iniciando Segundo Medio. En esa entrevista, que logré entender gracias a un diccionario (el inglés lo fui perfeccionado con tanta cinta semanal), Scorsese hablaba de su cinefilia, de los filmes bíblicos y sus cuadernos con las películas de su vida. Inmediatamente puse a Scorsese en la portada de mi primer cuaderno –año 85– y lo forré con esos forros plásticos. Así se inició mi colección.

El primer año vi 127 cintas. El año 86 tuve dos cuadernos: uno chico, para video, y el grande, universitario, para las cintas de verdad. Ese año, me acuerdo, elegí, en forma solitaria pero unánime, *Cuenta conmigo* como la mejor cinta de año. Al final de esa película, River Phoenix simplemente desaparece. Me acuerdo de esta escena con todos los detalles que sólo puede dar la memoria cinematográfica. Segundos antes le confiesa a Gordie, su amigo del alma, que cree que nunca va a salir de ese pueblo llamado Castle Rock. Gordie, que va terminar de escritor y algo intuye acerca de la condición humana, le dice que él va a salirse con la suya, que va a transformarse en lo que quiera. Pero el tiempo, como los ríos, pasa y fluye y el personaje de River muere, acuchillado, a la salida de un local de fast food. Gordie ya es mayor y mientras escribe, recuerda: «Aunque no lo había visto en diez años, sé que lo echaré de menos. Nunca he vuelto a tener amigos como los que tuve a los doce. Dios, ¿alguien los tiene?».

Yo nunca los tuve. Y los echo de menos igual.

Ese año 86 rompí mi récord: vi 234 filmes en un año. Nunca he vuelto a ser tan feliz. Nunca he vuelto a ver tantas películas. Para qué.

La delación es algo muy grave que afecta en forma severa y eterna a todos aquellos que se ven involucrados en esta acción que generalmente surge a partir de la ira y los deseos no expresados. Algo así. Estoy tratando de transcribir las palabras de Max, pero no me quedan exactamente igual.

Con mi padre nunca volví a ir al cine, pero sí salí con él un par de veces más. Tengo guardado un retrato fotográfico en el que tengo unos doce años. Lo que más llama la atención son mis inmensos ojos pardos. Ojos malditos, que no se pierden una. Los mismos ojos traidores con los que siempre he mirado, con los que he visto mucho más de la cuenta.

Cuando tenía doce, días antes de esa foto, ocurrió el siguiente episodio:

Estábamos todos almorzando en El Arrayán, en una especie de parcela de una tía abuela. Estaba buena parte de la familia, incluyendo los Herrera y Serafín. Después del almuerzo, todos salieron al jardín a conversar. Los mayores incluso se retiraron a dormir la siesta. Mi hermana y yo estábamos aburridos. Así que mi padre, de lo más amable, decidió sacarnos a dar una vuelta antes de la hora del té.

Bajamos hasta una heladería en la avenida Las Condes. Yo pedí un barquillo de chocolate suizo y la Reyes uno de frutilla. Claro que ella lo quería doble: de frutilla y guinda, que es de un rojo más oscuro. Mi padre le dijo que no, pero la heladera le dijo que ningún problema y le puso dos inmensos terrones de helado arriba del frágil barquillo. A mí, que me daba igual, me hizo lo mismo: dos de chocolate suizo. Los dos salimos a la vereda a comer los helados. Mi padre se quedó atrás, conversando con la heladera. Incluso la heladera le dio un vasito con un helado verde-agua. La heladera era joven y tenía el pelo muy largo y era morena y usaba un uniforme celeste y tenía el primer botón del escote desabotonado.

Decidí ir al baño. Mientras me acercaba, noté la absoluta familiaridad que había entre ellos dos. Cuando pasé cerca, escuché que ella le decía «se parece mucho a ti», lo que es falso, absolutamente falso. Cuando llegué al baño, no supe qué hacer porque no tenía necesidad de nada, pero me daba miedo salir por temor a que descubrieran que los espiaba. El temor pronto dio paso a un pánico real al darme cuenta de que capaz que él se fuera con ella, que me abandonara ahí mismo, en el baño. Entonces fue cuando me dieron las arcadas y el barquillo con el helado de chocolate se me cayó al agua del water, fundiéndose rápidamente mientras yo trataba de atajar las náuseas. Cuando salí del baño, la heladera me dijo:

–Espero que no te haya caído mal mi regalo, huachito.

Nos despedimos y mi padre, todo cínico, le dio las gracias y ella respondió, en forma más sincera, con un «nos vemos». Después volvimos adonde estaba el resto de la parentela y nos sirvieron un inmenso té, con helados incluidos. Ni mi hermana ni yo comimos.

Un tiempo después, en pleno invierno, en uno de esos días de bruma, niebla y llovizna, me encontraba dando vueltas con un compañero de curso por Providencia. Un profesor había faltado y nos dieron las últimas dos horas libres. Por esa época yo ya regresaba a la casa por mi cuenta. Según mi madre, teníamos que ir aprendiendo a sobrevivir en la selva. Estaba resfriado y mi bolsón de cuero pesaba una tonelada. Habíamos estado jugando flippers en los Delta de los Dos Caracoles, me acuerdo. Pero ya era como la una y media y debía irme. Así que partimos a la esquina a esperar la micro. Y se largó a llover. Me empecé a mojar de verdad, tanto así que mi montgomery comenzó a oscurecerse aún más, absorbiendo el agua que caía del paradero. Miro.

Frente a mí se detiene ante una luz roja un Mitsubishi Galant verde botella. Lo reconozco de inmediato; salto de alegría. Miro por el vidrio y mi padre me mira a los ojos. Junto a él hay una tipa que anda con una chaqueta de jeans. Es la heladera. Mi padre me sigue mirando. Levanto mi mano y antes de que alcance a acercarme para intentar subir, la luz cambia y el auto parte.

–Oye, ¿no era ése tu viejo, Lucas?

No respondo. Una micro, repleta, se acerca. Viajo la mitad del trayecto en la pisadera. Me sigo mojando. Pienso en saltar para así quedar herido y llenarlo de culpa, pero no lo hago. Camino las largas cuadras hasta mi casa. Mi madre está con su madre, mi abuela. Hay flan de atún con salsa de erizos. De la cocina sale olor a manjar blanco. Mi madre me reta por llegar todo mojado y me trata de inconsciente e inmaduro y me dice que ojalá me dé bronquitis para que así aprenda. Le dice a la empleada que me prepare una limonada caliente.

–Me mojé entero porque las micros venían llenas –digo.

–Seguro que te quedaste callejeando por ahí con tus amigos.

–Sí, pero cuando vi al papá pensé que él me iba a traer en auto.

–¿Y por qué no te trajo?

–Quizás estaba ocupado –le dije en forma casi irónica.

Después respiré y lancé lo que ya había ensayado en la micro: –Andaba con una tipa de pelo largo. Me miró y simplemente se fue. Tiene que haber estado muy ocupado.

Por un segundo nadie habló.

–Ese roto tal por cual –dijo mi abuela.

Después subí a mi pieza y me saqué toda mi ropa y me tomé la limonada. En efecto, caí enfermo. Así no tuve que ver a mi padre en un par de días. Ni siquiera entró a mi pieza a saludarme. Cuando me mejoré, lo vi, pero él no dijo nada. A partir de ese día, nunca volvió a dirigirme la palabra. Excepto para insultarme, claro.

Un día estaba en Video-Austral totalmente intoxicado con café y Diet Pepsi. Era tarde en la noche y sólo quedaban los guardias y unos tipos totalmente nerds y masturbatorios que siempre andan con delantales blancos y parecen médicos, pero son los encargados de copiar los videos. Estos tipos son realmente increíbles y tienen como misión en la vida cuidar el original y hacer las copias necesarias para repartir entre los video-clubs. Estos tipos pasan sus turnos encerrados en una sección que es algo así como top-secret, totalmente higienizada, con suelos blancos, y un aire acondicionado que llega a helar. El ambiente es decididamente nuclear. Cuidado, peligro de radiación.

Los tipos de blanco me ubicaban y a veces me mostraban las cintas con los cortes que Stan los obligaba a hacer para pasar la valla de la censura. Lo que pasa es que Video-Austral tenía una línea porno, que no era porno sino soft-porno, pero igual vendía. Stan era católico y, según él, como padre de familia, jamás editaría *La última tentación de Cristo*.

—Ya sufrí y pequé bastante sacando al mercado *El pájaro canta hasta morir*.

La pornografía, eso sí, no atentaba contra la familia porque la arrendaban «puros rotos y degenerados». Esto es falso, por cierto, pero Stan realmente creía que la gente decente no estaba demasiado interesada en el sexo. Stan al menos no. Eso nos unía en algo. Claro que él estaba casado y tenía niños.

Para caer en la categoría de soft, los videos tenían que tijeretearse en forma electrónica. Cercenaban las partes más heavy. Los descartes hot los iban guardando en una cinta prohibida. Entrar a la sala de copiados cuando traspasaban una cinta de sexo era toda una experiencia. La escena en cuestión se repetía en decenas de televisores. Era como si, por error, una sala de edición de un noticiario mostrara copulaciones en vez de transacciones. Algo por el estilo.

Esa noche, en todo caso, me encontraba en la sala que me prestaban como oficina y tenía la ventana abierta y el computador encendido y trataba de ver, en forma fastforward, una película clase Z de origen canadiense que aún no estaba subtitulada y que debía resumir para mandar a hacer, temprano por la mañana, la carátula correspondiente.

La película era horrible: dos amigos van a esquiar y enganchan con dos minas tremendamente ricas-pero-huevonas que los involucran en un complot para vengarse de unos inversionistas libaneses.

Eran como las dos de la mañana, pero sentía como si fueran las seis. Estaba agotado, muerto, al borde del más completo colapso mental. Era mi última carátula del mes. Por la ventana sentía cómo los tipos de blanco analizaban la anatomía de una determinada actriz. Respiré hondo y comencé a escribir. A inventar. Pero más de la cuenta. Empecé a escribir de mí, primero, y de gente que conocía, después. Fue tal el embale que borré todas las carátulas que ya había escrito y alteré todas las tramas.

Me puse a inventar como nunca lo había hecho:

Sally Field interpreta a una profesora de castellano de La Ligua que, hastiada de chombas artesanales, decide fugarse a Papudo, donde inicia un tórrido romance con un mariscador amante de la zarzuela (Michael Caine, en uno de sus mejores roles)...

Julie Andrews y Jack Lemmon dan vida a una pareja que produce cintas de pornografía infantil. Pero no todo es dinero y status en la playa de Malibú: cuando una de sus protagonistas sufre una precoz enfermedad venérea, la pareja decide adoptarla e iniciar una nueva vida: el sexo telefónico...

John Waters dirige a Johnny Depp en la historia de un chico que trabaja en un video-club, escribe carátulas de video y trabaja como bombero.

Cuando la hija de un dictador queda atrapada en un incendio, Depp la salva. Pero la chica (la obesa Ricki Lake) queda alterada y acusa a Depp de violación y olor a ajo. Una cinta que fusiona la denuncia policial con la comedia musical. La escena del juego de bridge, con las cuatro ex Primeras Damas cantando (ojo con Lucía Hiriart de Pinochet), es de antología...

Si algún día alguien hiciera una película sobre mí, podría llamarse *Home Alone 5*. O sea, *Solo en casa 5*, que es el título español, y no *Mi pobre angelito 5*, que es un título muy tonto y sudaca. La cinta podría estar dividida en dos partes: mi casa vieja, mi casa real, donde a pesar de haber mucha gente siempre me sentí solo; y, la parte dos, en una casa como ésta: yo solo, en una casa ajena, a cargo de todo y, de alguna manera, de nada.

Si alguien realmente quisiera filmar mi vida, tendría que convencerme de que, en efecto, el material disponible no sólo es interesante sino universal. Si se toma en cuenta mi presente, mi vida no da más que para un cortometraje minimalista. Un largometraje tendría que incorporar el pasado. Yo exigiría que el filme tuviera una progresión lineal porque no tolero los flashbacks.

No tolero los recuerdos. Punto.

La película sobre la historia de mi vida tendría que estar dirigida por un buen director que realmente entendiera mi vida, que no fuera un artesano eficaz ni un tipo contratado a última hora ni un graduado de cine que se cree vanguardista ni menos un autor autoconsciente y megalomaníaco. El director que se hiciera cargo de la historia de mi vida tendría que tener, como todo gran artista, empatía con sus personajes y, para facilitar las cosas, sería bueno que adoptara mi punto de vista porque si hay algo que no soporto, algo que no tolero, son los filmes –y las vidas– sin punto de vista.

Si bien nunca he pisado los Estados Unidos, me encantaría que la película sobre la historia de mi vida se filmara en USA, con actores yanquis. No toleraría que se filmara acá en Chile ni menos que cualquier galán de teleserie tratara de cambiar de giro interpretando a un tipo que trabaja en un club de videos y que se sabe de memoria todas las películas menos la suya propia. Podría ambientarse en un pueblito del norte de California o en una caleta de Nueva Inglaterra. Entrando al tema de quién podría interpretarme, ahí se entraría a deliberar en forma seria. Sólo Elijah Wood podría hacerse cargo de mi infancia para luego transformarse en Emilio Estévez, que se parece bastante a mí. El problema es que Estévez es demasiado viejo. Matt Dillon, también. Christian Slater, entonces, podría tomar el rol. Lo haría genial. Me identifiqué bastante con él en *Suban el volumen*, así que no tendríamos problemas. Físicamente, claro, no me molestaría que eligieran a Ethan Hawke o, mejor aún, a River Phoenix, que tiene onda y es respetado como artista y hace películas de arte y todo eso. Si un galán taquilla ayuda a que la gente la vea, a que la gente me entienda, entonces no tengo ningún reparo al respecto. Para eso está la ficción, supongo: para lograr en el celuloide lo que uno no puede en la vida real.

Mi madre consideraba que tocarse era de pésimo gusto. Si uno andaba en la calle y ella veía gente sobajeándose, decía:

—¿Qué quieres? No saben cómo expresarse de otro modo.

Unos tíos de ella, que eran de Viña, aparecían por la casa dos veces al año. Eran ya mayores y la tía Chela tenía el pelo levemente lila. No hablaban casi nada, pero siempre andaban tomados de la mano. Como si fueran pololos.

—¿Qué quieres? Son poca cosa, lo han sido toda la vida. Además, son de provincia.

Expresar afecto era visto como lo más bajo, lo más ordinario, lo más desubicado. Mi madre detestaba la tienda Village y consideraba que mandar tarjetas era lejos lo peor. Tampoco celebraba el día de la madre ni el día del padre.

—Puros negociados —decía.

Según mi madre, sólo aquellos que no se quieren, que tienen dudas, necesitan recurrir a los gestos de cariño.

—Una familia que realmente se quiere, no tiene que andar demostrándolo. Es como la clase. No hay que andar ostentándola por ahí. Nada más desubicado.

Si bien una de mis cintas favoritas de todos-los-tiempos es *Toro Salvaje*, creo que *Gente como uno*, la subvalorada película de Robert Redford, que ese año le arrebató el Oscar al filme de Scorsese, merece una segunda oportunidad. No es la «estupidez americana» que los críticos sesudos se han encargado de esparcir. Tampoco me parece «una cinta reaganiana sobre la familia». Todo lo contrario: es *contra* la familia. *Gente como uno* está entre las cintas de mi vida. Primero la vi en la tele, un domingo por la noche, junto a mi madre y mi hermana, que encontró estupendo a Timothy Hutton. Cuando terminó, me acuerdo de que mi madre comentó lo «poca cosa» que le pareció el personaje de Donald Sutherland.

—Un pusilánime. Como tu padre. Incapaz de tomar una decisión. Por eso la mujer lo abandona. No iba a arruinar su vida para siempre. Ya harto había sufrido.

Así pasaron los años, y yo convencido de que Mary Tyler Moore, en el rol de su vida, interpretaba a una suerte de madre-del-año que intenta mantener a flote lo que queda de su familia. A las pocas sesiones de conocer a Max, decepcionado por no llegar a ningún breakthrough respetable, le comenté la película y le saqué en cara no ser como Judd Hirsh, el sicólogo que atiende a Timothy Hutton, un tipo que trata de suicidarse luego de sobrevivir a un accidente en un velero que le cuesta la vida a su hermano mayor.

–Vela de nuevo –me dijo–. Y te propongo un trato. La ves tú y yo, por mi parte, la veo también; así podremos comentarla durante la próxima sesión.

Obviamente, la vi. Creo que si uno se mete a terapia, lo mínimo es hacer sus tareas y, en lo posible, no mentir. Por suerte tuve la buena idea de no verla en el Errol's, rodeado de gente. La vi donde los Herrera, tarde. Y fue como si nunca la hubiera visto. Es como hablar de nieve y vivir en el trópico. Uno intuye de qué se trata, pero no sabe. No tiene ni idea.

Gente como uno me agarró de sorpresa. Max sabía lo que hacía. Mary Tyler Moore ya no me pareció fuerte ni segura, sino una pobre mujer perdida. Y me recordó a mi madre. Yo no quería acordarme de ella. Para nada. Y fue raro porque, por un lado, me traía buenos recuerdos, recuerdos tibios, cercanos; pero, por otra parte, me llenó de odio, de una rabia que no supe cómo saciar. La escena que más me tocó fue cuando los abuelos quieren tomarle una foto a la madre y al hijo, pero se demoran en enfocar y le dicen que lo abrace y ella no quiere, o no puede, creo, y ella se exaspera y se enoja y anula toda la sesión y Hutton le grita y sube a su pieza, llorando.

Esa noche llamé a Max y le dije que tenía que verlo de inmediato. Que yo no respondía, que podría hacer cualquier cosa. Me dijo que me calmara, que mañana a la mañana pasara por su consulta.

Mi madre era una mujer especial. O es. No lo sé. Nunca he sabido qué pasa por su mente. Mi madre intentó suicidarse. En vez de irse de la casa, se cortó las venas, como lo que trató de hacer Timothy Hutton. Lo hizo en la tina. El que la encontró fui yo, rodeada de sangre. Casi la dejo como estaba, pero no me atreví. Mi madre, al final, se salvó, pero no del todo. Había tomado muchos barbitúricos y abrió el gas sin prenderlo. Quedó viva, pero cerebralmente muerta. Esto ocurrió hace unos seis meses. Ahora está en una clínica de reposo que sale muy cara. Se alimenta intravenosamente. Una vez pensé ir a verla, pero ella no responde y la sola idea de entrar me supera.

Prefiero no escribir más de estas cosas.

Casi todo el mundo cree que murió. Que lo logró. Ni en eso mi madre resultó una vencedora. A veces pienso que salí igualito a ella.

—Tu vida está cada día más gore —me comentó una vez Fango, a la salida de una función privada—. Por tu familia corre más sangre que por los pasillos de la mansión de los Corleone.

—Esto no es una película, imbécil —le contesté, empujándolo contra una pared—. No hables de cuestiones que no sabes. Yo no me meto en tu vida ni ando interesado en todos tus secretos freak.

No nos volvimos a ver por un tiempo. Cuando se supo de las carátulas falsas, me llamó para decirme que yo estaba loco y tenía que confesar que todo fue idea mía, que Stan estaba a punto de enterarse, que le dijera que él no tuvo nada que ver en la conspiración.

—¿Qué conspiración?

La mañana del día del derrumbe-uno, las secretarias de Video-Austral me telefonearon en forma frenética. Me dejaron recados con la empleada, con mi viejo. *Que se comunique de inmediato... Es urgente...*

Esa noche, además, era la noche de Video-Austral. Cumplían cuatro años en el mercado y ya eran número uno y estaban proyectándose a todo el cono sur. La fiesta iba a ser en grande. Contrataron a una empresa experta en eventos y gastaron una millonada. La idea era hacer una especie de première hollywoodense. Un cubano amanerado de Miami hizo de coordinador. Se le ocurrió instalar un inmenso letrero en el costado del cerro San Cristóbal que dijera Video-Austral y que fuera blanco y con cada letra separada, igualito al letrero Hollywood de Los Ángeles. El letrero brillaba y se veía desde todo Santiago.

Pero eso no fue todo. Stan quedó tan entusiasmado que firmó y firmó cheques. La idea era que los invitados llegasen en sus respectivos vehículos hasta los pies del cerro, en Pedro de Valdivia Norte, donde dos inmensos reflectores los estarían esperando. Dos minas escotadas, con guantes largos, escoltarían a la gente por una gran alfombra roja hasta la caseta del teleférico. Ahí, cada pareja, subiría a un huevito previamente decorado y, con un trago en la mano, iniciaría el ascenso a la cumbre por entre los árboles oscuros y las interminables luces de la ciudad.

Arriba, al lado de la otra caseta del teleférico, se instaló una gigantesca carpa con mesas y banquetes y fuentes de aguas danzantes y pantallas con escenas de películas famosas y pequeñas estatuillas de Oscar y dos orquestas y un escenario lleno de neones y palmeras y esculturas de hielo esculpidas por Edward, el joven manos de tijera, rodeadas de inmensos camarones a lo *Beetlejuice*.

Llegué esa noche al cerro en un estado lamentable. Le saqué el frac a mi viejo. Me quedaba un poco ancho, pero bien. Me llené el pelo de mousse y otras cosas que mi madre dejó atrás en su botiquín y partí a la fiesta de aniversario.

Yo nunca le he hecho a las drogas. Siempre me han asustado. Quizás es puro miedo de que me transforme en Mr. Hyde o Freddy Krueger. Max me recomendó tomar pastillas para dormir, pero no quise. Ese día, esa noche del aniversario de Video-Austral, tuve la mala ocurrencia de hacerle caso a Felipe Iriarte, que venía llegando de una filmación. Participó de extra en un video-clip del Pascal Barros que filmaron en el viejo City Hotel. Recién estaba conociendo al Felipe y nos pusimos a hablar de Steve Martin y Bill Murray. Como no había nadie en el club, pusimos *Colegio de animales* como video-de-fondo. Felipe me dijo que su padrino le regaló un montón de videos del programa *Saturday Night Live* y que me los podía mover. De ahí salió el tema recurrente de John Belushi y de ahí saltamos a las drogas y Felipe me contó que él andaba cargado, si quería Tonaril o lo que fuera. Le pregunté de dónde las había sacado y me dijo que se ganaba unos pesos repartiendo mercancía para un tal Damián.

–Como el niño de *La profecía*.

–Tú lo has dicho, man.

–¿Y qué hace?

–Antes repartía pizza. Ahora, motes.

Algo había en mí que me tenía errático, nervioso, saltón.

–Tómate dos Prozac. Importación directa. Tómatelo con Zipeprol, que es jarabe para la tos. Es rico.

–¿No me harán mal?

—Todo piola. Vas a quedar más que legal.

—¿Y cuánto?

—Paga la casa. Pero préstame ese video pirata del Josh Remsen que te conseguiste.

Me tragué las pastillas con el jarabe. Después me dio, por si acaso, una goma, que me tomé con agua mineral sin gas para pasar el sabor del Zipeprol. Cuando llegué al cerro, aún no sentía nada. Subí en el teleférico solo, sorbiendo un trago llamado Fellini que era rojo y amargo. El letrero de Video-Austral era impresionante. La vista, también. Sentí como si flotara, como si todo fuera un video-clip, como si me hubiera sumergido en un juego de realidad virtual.

Cuando llegué arriba, un cantante del circuito-del-mediodía cantaba *Fly Me to the Moon* y la luna, en honor a la verdad, estaba en el aire, amarillenta, sólida, increíble. Todo parecía un inmenso matrimonio; los vendedores y la gente de los video-clubes de provincia se habían sobrevestido, por lo que había plumas y trajes largos y muchas lentejuelas. Yo partí al bar y ya que estaba con drogas, decidí hacer otra cosa poco habitual en mí: tomar. Primero, otro Fellini, pero con más azúcar. Después, un Fassbinder y dos Hitchcocks, con jugo de tomate y salsa tabasco incluidos.

Seriamente borracho, me senté en una mesa que tenía un puesto vacío. Las luces se apagaron y en las numerosas pantallas comenzaron a proyectarse escenas de las grandes películas que pronto se iban a estrenar. La música era marcial, celebratoria, y sonaba fuerte en mi oído. Seguí tomando. Esta vez unos brebajes rosados y burbujeantes llamados Brigitte Bardot. De pronto, escucho una voz. Una mujer, que está en mi misma mesa. Por la oscuridad no la veo, pero su timbre de voz me recuerda el de mi madre. Al parecer, no está interesada en las sinopsis. Está con una amiga y le habla de su hijo. «Lo único que hace es ver videos. Estoy tan arrepentida de haberme metido en este negocio. No sale, no tiene amigos, no habla con niñas, no tiene novia, nada. Todo el día ahí, pálido, con los ojos clavados al televisor...».

Y se pone a llorar. Llora en silencio. Combate las lágrimas, no las deja salir. Las luces se encienden y trata de taparse, de secarse los ojos. Respira profundo, pero la paz no le llega. Yo la quedo mirando fijo y estoy a punto de hablarle cuando siento una mano en mi hombro. Me doy vuelta y es Stan.

–¿Qué mierda estás haciendo aquí? Te estuve llamando toda la mañana. Hay que volver a hacer quince mil carátulas, ¿entendiste? Quince mil carátulas. Muchas ya estaban distribuidas. ¿Sabes lo que cuesta eso? ¿O cuánto nos va a atrasar tu gracia? ¿Tú estás loco o esto es lo que se llama una broma?

–No sé lo que me pasó...

–Quizás Félix tenga razón: lo que hay que hacer contigo es internarte en un loquero. Tu familia, dicen, está más loca que los Addams.

Stan trató de agarrarme, pero lo empujé. En vez de correr, caminé rápido y llegué hasta el teleférico, donde me subí a una de las cabinas y mientras bajaba, todo se me vino encima y comencé a llorar, a llorar como un becerro, pero no me salían lágrimas, sólo gritos pero nada de dolor. Pensé que podría estar la policía esperándome abajo y pensé en saltar, pero me daba miedo. Cuando finalmente la cabina llegó a tierra, la puerta se abrió y nadie me dijo nada. Salí y caminé por entre los reflectores hasta que llegué a la calle Pedro de Valdivia y sólo ahí, bajo los añosos árboles, me di cuenta de que algo estaba pasando y ni siquiera yo me estaba dando cuenta.

Esta cita es de *Blade Runner*. Le dice Deckard al final, después que Rutger Hauer, el androide rubio, muere:

«Lo único que deseaba era intentar responder las mismas preguntas que todos se hacen: de dónde vengo, adónde voy, cuánto tiempo tengo».

No sé, no sé, no sé.

Antes, cuando mi madre estaba presente, mi

padre tomaba tarros y tarros de cerveza Heineken que luego pulverizaba con la mano como si fuera un terminator. Pero de la cerveza pasó al gin. Uno tras otro. Y comenzó a aficionarse a ver televisión. También alteró su rutina: salía temprano, hacía trámites y volvía a la casa, donde se atornillaba. Colocó la tele en la sala de estar del segundo piso y desde ahí exigía que le llevaran el almuerzo. Tenía un bergère de cuero rojo que se estiraba hasta quedar como una cama. Y una mesa plegable donde le colocaban la bandeja con el almuerzo y el gin. Gordon's, por lo general. Ahí se quedaba dormido. Hasta que despertaba y ponía el canal del deporte y CNN, aunque apenas sabe inglés. Después las noticias. Y las series nocturnas.

Su etapa televisiva duró poco. Del control automático pasó a la violencia gratuita. Y aumentó de peso. Veinte o veinticinco kilos, fácil.

La última noche que lo vi fue la noche en que todo ocurrió. Era invierno y me había mandado a comprar parafina. Le dije que si me prestaba el auto para salir y me dijo que sí. Pero me quedé dormido y cuando desperté, tenía poco tiempo para pasar a buscar al Fango y llegar al cine, así que salí rajado, pasé por la bencinera, llené los balones, recogí al Fango y partimos rumbo al Espaciocal a ver *Videodrome* de Cronenberg. El asunto es que llegamos y como no apareció nadie más, suspendieron la función. Ambos nos apestamos y Fango se fue para adentro y yo me aburrí de su autismo y me di cuenta de que, en realidad, lo miraba en menos y me hastiaba, que no tenía ganas de reconciliarme con él, así que lo dejé botado en la plaza Lo Castillo, y partí rumbo a mi casa.

Entré por atrás, con los bidones llenos de parafina azul. Mi padre estaba sentado en el bergère, con la televisión prendida. Estaba viendo *Las 24 horas de Le Mans*. Desde la puerta, miré un rato en el más total de los silencios. No me pareció tan aburrida como la imaginaba. Steve McQueen se veía inmoralmente joven y saludable. Me acerqué a mi padre y abrí una de sus Heineken. Tenía la esperanza de que me dijera algo, que recordara esa tarde infernal en el cine Santa Lucía. Le pregunté qué daban.

–Una de autos –me dijo–. No creo que te interese.

Casi le respondí, «Oye, si sólo tenía siete años, dame otra oportunidad», pero después lo miré de nuevo, olí su típico olor a nicotina y colonia Brut, y me dije a mí mismo que el esfuerzo no valía en absoluto la pena.

–¿Y si me interesara?

–¿Qué?

–Que qué pasaría si me interesara...

–Lucas, déjame ver la película tranquilo, ¿quieres?

–Nada de lo que yo hago te interesa.

–No es porque yo no quiera; simplemente es así.

Entonces hice algo raro. Algo por lo cual no respondo. Algo que vi en una película que una vez dieron en el cable. Tomé el control remoto y le apagué su televisor. Después cerré la puerta de la pieza de estar con llave y bajé a la cocina; ahí tropecé con uno de los bidones. La parafina azul se derramó por todo el suelo. Y, tal como sucede en las películas, se me ocurrió una idea. Arrastré el otro bidón al comedor y empapé la alfombra, la mesa y las cortinas. Sin querer, tomé un fósforo y lo encendí. Repetí mi acción en la cocina. También abrí el gas.

Me acuerdo de que subí a mi pieza y vi mis cuadernos de cine. Vi mi archivador con todas las fotos, con todas mis diapos. Las dejé ahí. Para dar vuelta una página, a veces hay que rajar un libro. Sólo saqué mi viejo abrigo, una gorra de lana y mi polera *Edward Scissorhands*. Marqué el número de emergencia. Desde la sala de estar, mi padre gritaba: «Qué pasa, qué estás haciendo. Huelo humo. Abre esta puerta inmediatamente. Lucas, no seas imbécil».

Bajé al primer piso. Todo ardía, el calor me estalló en los ojos. Lo mejor era el ruido: como una bestia que ruge. Todo crujía y los vidrios de la cocina estallaron. Respiré el humo y cerré la puerta. Tomé el auto. Partí. Por el espejo retrovisor vi cómo parte de mi pasado ardía en medio de la noche. Traté de recordar el nombre de la cinta, pero tenía todo confuso; sólo me acordaba de que

Vincent D'Onofrio actuaba. Pirateo hasta mis actos, pensé. Nunca voy a ser original. Después escuché el ruido de la sirena.

Creo que no soy un tipo estable. Aún estoy lejos de saber qué implica ser feliz. No sé gozar con algo que no sea fílmico. Y lo fílmico ya no me anestesia como antes. Sí creo que estoy mejor. Levemente. Menos paranoico, menos obsesivo, menos autorreferente. Esto no lo sé; sólo lo intuyo. Hace tiempo que no veo a Max y siento que me hace falta. Escribir me ha hecho bien, creo. Es como si hubiese entrado aire a mi pieza encerrada. Pero ha habido tardes –entre las seis y las nueve, especialmente– en que he sentido que voy a reventar. Me desespero y agarro el control-remoto y el zapping se apodera de mí por completo. Me lanzo a la piscina y nado. Pero como me canso me sujeto las narices y me sumerjo, de espaldas, hacia el fondo y ahí me quedo, abajo, hasta que solo, de a poco, vuelvo a flote y el olor del cloro me reanima. Max me ha hecho hablar, me ha hecho largarme. Es como si hubiera introducido un alfiler en un globo de una manera tal que, en vez de estallar al instante, el aire empezara a filtrarse en forma leve, apenas. Pero al irse, volvió a dejar el alfiler adentro. El globo no estalla,

pero tampoco se libera el aire. El alfiler sigue a-
dentro y duele. Más que nada, se siente. Antes,
no me daba ni cuenta.

Mi madre siempre nos dijo que mi padre era
un poco roto. Que era de La Cisterna, pero que no
tenía mala pinta ni era mala persona y que en esta
vida todos éramos iguales y que la gracia de mi padre era que, a pesar de su apellido materno y sus
orígenes, igual había salido adelante, había ganado
mucha más plata que cualquier niñito-bien con los
que ella había salido y que, más que vergüenza, lo
que debíamos sentir era orgullo. Nunca nos dijo
esto frente a él. Era nuestro secreto.

Mi padre tenía varios negocios y empresas
con unos socios que mi mamá consideraba de lo
peor. Mi padre comenzó vendiendo autos; tuvo
una cuadra entera en la calle Bilbao. Por eso no
era raro que él cambiase de auto todos los días. De
una Luv podía pasar a un Civic y de ahí a un Vita-
ra para terminar en un Tercel. Durante unos años
tuvo un «complejo turístico» a la salida de Santiago, en la Panamericana Sur, que consistía en una
parrillada, una piscina y un motel parejero. Por
suerte, lo vendió. Mi padre ahora posee una empresa constructora que fabrica casas para pobres.

–Siempre va a haber pobres, así que cuando

me muera, van a heredar una mina de oro –nos dijo una vez.

Ahora no voy a heredar nada. Cuando lo volví a ver en la comisaría, me dijo en forma escueta:

–Debiste de haber buscado otro modo.

Mi padre ya no está. Por desgracia, sigue vivo. Después de la intervención de la tía Sandra, declaró que todo fue un accidente. Como tenía seguro, capaz que hasta haya ganado plata. Mi padre se fue a vivir a Arauco. Algo relacionado con la celulosa. Y unas poblaciones para los obreros que van a construir allí. La compra venta de autos se la vendió a sus socios. Antes de partir, supe, vendió el sitio donde se levantaba mi casa. El otro día pasé por ahí. Estaban demoliendo los restos calcinados. Van a construir un edificio. Un edificio para ricos, me informaron. No casas para pobres.

Hoy es mi cumpleaños. Como si importara tanto, pero igual importa. No tolero las fechas simbólicas porque simbolizan algo y tratan de transformar algo ordinario en un evento extraordinario.

Aún quedan bastantes días para que febrero termine. Este año, además, es bisiesto, por lo que hay un día de más, un día regalado, que no cuenta. De yapa. Santiago está bastante vacío y desde aquí se aprecia que el aire caliente eleva el smog porque la atmósfera está limpia, transparente, y los árboles abajo se mueven con la brisa; las ventanas de los refugios de esquí de Farellones y La Parva refractan la luz del sol que ya está seriamente iniciando su descenso. Las calles se ven vacías, expeditas. Poca gente, pocas micros.

Estoy arriba del teleférico. Ya llevo dos vueltas completas. El tipo me miró un tanto raro y le dije que estaba de cumpleaños y seguro que creyó que estaba un tanto loco, pero uno no puede andar siempre preocupado de lo que piense la gente. Mucho más importante es preocuparse de lo que uno piensa de uno. Eso es vital.

Max regresa el día 29.

El criminal siempre vuelve al lugar del crimen, pienso. Aún no sé por qué hice lo que hice en la fiesta de aniversario de Video-Austral. O por qué quemé la casa. Quizás estuve, por unos días, loco. O sicótico. El nombre da lo mismo. A veces hay que cortar todo de raíz. Pararlo todo antes de que sea tarde. La mayoría de la gente logra escapar con ayuda. Yo tuve que arreglármelas solo. Pero aún estoy aquí.

El otro día pensé si echaba todo de menos. Mi casa, mi hermana, mi madre, mi padre, mi pasado. Me respondí que no y me sentí culpable. Después pensé sí y me sentí hipócrita.

Lo raro es que, a pesar de todo, hay veces en que echo de menos. Pero lo que más me bajonea es saber que sólo puedo contar conmigo. No me asusta tanto la soledad sino el tener que confiar en mí.

Es algo que cuesta. Y duele. Aunque a estas alturas, ya no. Quién sabe. A veces, como hoy, cuando veo las piscinas llenas, me achaca una suerte de nostalgia que me apena. Por eso trato de recordar poco. Claro que hay ocasiones en que uno está caminando por la calle y siente un olor o una brisa, escucha una canción o reconoce en un desconocido un gesto, y todo se vuelve a abrir, todo regresa, como una ola, como una bofetada.

El sol ya está un tanto más escondido. Sigo suspendido, en el aire, dando vueltas. Abro la ventanilla y entra el viento. Es como si el aire que estuviera adentro saliera expulsado y un aire nuevo, limpio, llenara esta pequeña cápsula.

Estoy de cumpleaños. Y solo.

Allá lejos, al final del valle, un avión despega.

Antes siempre estaba solo, es cierto. Ahora, al menos, siento que me tengo a mí. Lo que no es poco. Algo es algo.

Es un buen punto donde empezar.

Revista *Acné*, columna «Santiago», SCL

Totalmente confusos

Por Ignacia Urre

Este local me suena, me es intensamente familiar. Afuera, el letrero de neón celeste en forma de pie encierra la palabra «Patagonia», pero para todos aquellos que hace tiempo dejaron atrás el colegio, que tienen demasiado asumido que la vida no empezó necesariamente con la aparición del Nintendo, este localcillo nocturno no es otro que el inolvidable Juancho's.

Los actuales dueños, unos gemelos peruanos high-class apestados con la violencia limeña, que hablan con un acento de lo más atractivo, ni siquiera *saben* lo que es el Juancho's. Ellos me aseguran que antes esto era una tienda de animalitos. Pet-Shop Boys, pienso. Y después agrego: *what have I done to deserve this?*

Los peruanos (Agustín y Gustavo), mortalmente parecidos, idénticamente iguales, a punto de cumplir los odiosos treinta, me hacen pasar a su oficina donde hay un afiche de Machu Picchu, un poster de Keith Richards, un cenicero robado del Mirage de Las Vegas y un cuadro de una desnudísima chica pintada sobre un pavoroso terciopelo negro. Aterrada ante esta imposible mezcla, esperando cualquier cosa, les pregunto algo esperanzada y con un innegable dejo nostálgico por el legendario Toro, por esas famosas fiestas llenas de guapetones chicos CNI, por esos divinos baños con espejos y pajillas al alcance de la mano.

Me explico: aquellas que alguna vez usamos pantalones piel-de-durazno/pata-de-elefante, que nos enamoramos perdidamente de Peter Frampton y nos peinamos como Farrah Fawcett, nos moríamos de ganas de entrar al mitológico Juancho's. Pero éramos muy chicas y/o no teníamos pituto. Una amiga mía, me acuerdo, atracó con un tipo de un cierto colegio alternativo, con tal de ingresar al Juancho's, para luego, en medio de una de esas fiestas toque-a-toque, enredarse –a propósito– con el tipo que realmente le interesaba.

¿Tan locas éramos?

Pero en esta vida todo es *timing*, supongo, así que cuando pudimos entrar en la legal, ya no valía la pena: no estaba Paz el gran barman de Chile; ni Chalo, el primero de los dejotas criollos. Como dice un ex, «ya no quedaba nada; todo se había funado». Al poco tiempo, y como era de esperar, el Juancho's cerró y las protestas políticas llegaron. Y con ellas arribaron los cachorros, los loros, las tortugas y los peces de color.

Y ahora, la venganza inca.

El local se llama Patagonia, pero adentro hace tanto calor como en Iquitos. Y está lleno de bichos raros, adolescentes con anillos en la nariz, shorts muy largos y la mejor ropa usada jamás vista. Los tipos –como todos los adolescentes del mundo, supongo– se creen con el derecho de adueñarse de cualquier lugar que les parezca atractivo. Típico de seres que creen que Woodstock sólo es el amigo amarillo de Snoopy (tuve primas hippies, lo confieso).

El Pata es un local con futuro. Y es lógico que lo sea porque, más allá de la oficina de los gemelos y sus brillosas camisas de seda, más allá del fantasma del Juancho's y de esos chicos perdidos aspirando polvo-de-ángel que circulaban entre estas mismas paredes a comienzos de los ochenta, este local las tiene todas para ser un gran antro.

Lo repito: un gran, pero gran antro. Algo así como el centro de la renaciente escena rock santiaguina.

Me explico: si la oficina tiene el aroma y el ambiente de un motel parejero, no se preocupen; el resto parece sacado de un mal comic francés. Según los peruanos, se quedaron sin dinero. Por suerte. Habían pensado llenar todo con pingüinos y pumas y *hasta* querían pintar las paredes con fiordos y hielos eternos (la típica obsesión por el hielo que tienen los nacidos bajo el trópico). Pero no se vayan: el Patagonia no tiene la moral de un estelar de Canal 13. Tampoco es posmo, altamente diseñado, lleno de esa gráfica catalana. No, nada de eso. Simplemente es un basural. Un basural rodeado de rascacielos y departamentos de 350 metros cuadrados. Es, sin querer, lo más parecido a la verdadera Patagonia, supongo: una gran idea que aún no se explota.

El Pata, como dije, es un gran sitio. Las paredes rayadas de graffiti, portones de metal, ventiladores retro. El primer piso está amueblado con sillones robados de la casa de una abuela y tiene un bar con una gran barra. El subterráneo es una suerte de loft/estudio de tevé, donde hay un pequeño escenario frente a un montón de cañerías. Ahí casi siempre suben chicos a tocar rock en vivo. Ojo: esto no es una discotheque. No tocan lentos donde uno puede aprovechar de correr mano y besar cuellos. No. Éste es un local duro. Es un local para chicos malos.

El Patagonia, para que nadie diga que no les advertí, es territorio de pandillas, de solitarios, de ese típico tipo de chico que uno ama porque sabe que es peligroso e incapaz de amar de vuelta. El tipo de chico que definitivamente no se le presenta a mamá. Por eso las chicas que entran aquí son de armas tomar. Compiten de igual a igual. Se hacen respetar y pagan sus propios tequilas. Son tías duras, carreteadas, independientes. El tipo de mina, como me dice un chico demasiado rubio y mal alimentado para estar a esta hora despierto, que «te meten la mano en el paquete si tienen ganas».

El panorama de hoy, me cuentan los peruanos, es inmejorable. No sólo hay tequila barato porque es jueves (todos los días hay un trago distinto a mitad de precio) sino que, más allá de la despedida definitiva y final de la banda penquista Bistec y Los Pobres, hay un número sorpresa.

Pues bien, tío, comencemos que yo también tengo que ganarme la vida. Antes de bajar al sótano-de-las-torturas, sentado en una silla de mimbre tipo Julio Iglesias, se encuentra, junto a una chica con un innegable aspecto de promotora, el intenso Luc Fernández que, según él, viene llegando de Manhattan, donde estudió cine en la NYU. Me dice que piensa rodar algo llamado *Dulce de membrillo*, pero que aún no consigue financiamiento. Yo le creo porque así me criaron, aunque ver para creer, le digo. Anda con un grupo de sus alumnos del IACC filmando un registro que capte los últimos estertores de Bistec y sus Pobres,

ya que Bistec (no es su verdadero nombre) parte a Canadá a estudiar tecnología en alimentos y Los Pobres regresan a su natal Concepción, donde esperan retomar el curso de sus vidas.

–Quiero hacer algo tipo The Band, ¿viste? –me dice mientras fuma algo que podría ser un pito–. Algo muy *The Last Waltz*. Estos tipos van a ser leyenda, Ignacia, acuérdate de mí. El otro tipo que va a tocar hoy, Pascal Barros, ése sí que es bueno. Es una mezcla entre Robbie Robertson, Josh Remsen y Paul Westerberg con un toque de Perry Farrell, no sé si me explico. Es como Tom Araya, pero al revés. El compadre ya está empezando a sonar. En Concepción y Valdivia, mata. Ese Barros va a llegar lejos: acuérdate de mí. Quiero proponerle que hagamos un video.

En este país todos tienen ideas para clips, pienso.

Abajo, en el sótano, no se distingue nada, excepto una mole viviente que, pronto concluyo, son nada menos que unos quinientos adolescentes de negro bailando entre ellos. No cabe nadie más; ésa es la idea. Mientras más cerca, mejor. Parecen ratas ahogándose en un pozo hirviendo, pienso; algo muy Indiana Jones. Hace tanto calor que toda mi ropa se me pega al cuerpo. Las paredes literalmente rezuman sudor. Hay tanta energía suelta que si los tipos siguen transpirando, alguien se va a electrocutar.

Decido hundirme en la fosa; agradezco no andar ni con grabadora ni cartera ni tacos altos o cualquiera de esos inventos que hacen que una chica no pueda integrarse al mundo de los chicos. Y nada puede ser más chico que esto. Al pozo le dicen *the mosh pit* y la sola imagen que me produce la palabra *mosh* me asquea no saben cómo. Estar inmersa en este ente resbaloso lleno de pelos es como naufragar en un mar furioso y tibio que se mueve para todos lados. Literalmente. Aquí es cuerpo contra cuerpo. La ropa se hace pedazos, casi nadie anda con camisa, las pocas chicas quedan con sus petos y lo que se respira es catarsis y hormonas descontroladas. Aquí todos se tocan y se resbalan y el ruido es tan fuerte que casi todos tienen tapones en los oídos, por lo que las letras apocalípticas de Los Pobres les importan poco. No así la carne, la sangre, los golpes. La idea, al parecer, es palparse los unos a los otros, es romper las barreras de la intimidad y oler y tragar y sentir cientos de cuerpos ajenos que te manosean como si fueras una jalea que se escapó de su envase. Pero cuando te elevan –no sé cómo– y flotas por el aire, caminas entre manos que te sostienen y te hacen circular, te queda todo claro: sientes algo que tiene mucho de erótico y mucho de hermanable y llega un momento en que lo único que quieres es que siga, que no pare, que te toquen hasta el alma siempre y cuando sea en buena.

De pronto, estoy en el suelo, rodeada de bototos huachos, poleras empapadas y trozos de leñadoras. Tirado junto a mí, casi durmiendo de alegría como si recién hubiera eyaculado, un chico con pinta de todavía no entrar a enseñanza media, mira como tratando de ligar. Tiene una polera Rosh Remsen, ser mítico que aquí todos idolatran y quieren como el padre del que, evidentemente, carecen.

Bistec y Los Pobres ya no están y un cuarteto de chicos con peinados mohicanos de color azul lloran abrazados. Los parlantes vomitan un techno duro, reiterativo, acechante. Ya hay más espacio en el suelo; veo que el chico sangra de un oído.

–Perdí mi aro –me dice–. Bajón.

El chico se llama Felipe y no me dice su apellido porque no quiere aparecer en una «revista alternativa apestosa». Dice que le gusta venir aquí a bailar porque puede hacerlo solo y «en la dura».

Le pregunto si está drogado y me dice que no sea tan mil-nueve-ochenta.

–Realismo virtual, loca –me responde y después me guiña un ojo. Me conmuevo y hasta los encuentro atractivo, a su modo. Más tarde lo veo transando papelillos en un rincón y siento que me ha engañado.

–¿Qué esperabas? –me pregunta–. ¿Adoptarme? Ya me he metido con minas mayores y son lo peor. Llenas de trancas.

Dolida, por decir lo menos, opto por entrar al único refugio fiel que puede tener una chica en apuros: el baño de mujeres.

Sentada en el lavatorio, pintándose las uñas, hay una chica que con vestido, aritos, zapatos de charol y una cruz podría ser tildada de «adorable». Bajo ese estuco blanco yace innegablemente una niñita, pero la niñita quiere ser grande y tiene la mitad de las uñas pintadas color verde oliva.

Me pregunta si tengo pitos y le digo que no. Le digo que ando con una petaca de whisky y me dice que sí. La chica es rolliza, pero tiene «buenas gomas», como dirían los adolescentes. No es casualidad que ande con una apretada polera que dice Primus. Bajo la luz fluo-

102

rescente del baño su cara se ve casi azul; en su nariz tiene incrustado un diamante falso. Sus labios los lleva rojo-sangre y su pelo castaño es crespo, mojado, sucio y con todas las puntas florecidas.

Es del tipo de chica que podría gustarles a los chicos que vienen acá, concluyo. Comenzamos a charlar. Cosas de chicas. Cosas de baño. Terminamos, claro, hablando de minos.

Se llama Reyes y ése es su nombre, dice, no su apellido.

–Ya no tengo apellido. Típica familia disfuncional, ¿me entiendes? Me viré en breve. Obvio.

Reyes está ligada al arte, pero ni ella sabe exactamente lo que quiere. Tuvo un grupo de rock de puras mujeres de nombre Flujo Menstrual.

–Ahora son todas meseras –sentencia decepcionada.

Al rato de hablar me doy cuenta de que Reyes, además de artista, es algo así como la hija ilegítima de Pamela Des Barres, la famosa *groupie* norteamericana. Me confiesa varias conquistas.

–Cuando estaba más gorda, sólo me agarraba sonidistas y *roadies*. Después embalé con gente mejorcita, te digo. Mi meta es Pascal, pero ése es más escurridizo que no te explico. Es un onanista compulsivo. No pesca nada.

Le pregunto si ella alguna vez tuvo *groupies*.

–Tres. Dos de los cuales eran vírgenes. Tenían como catorce. Descartuchar minos es lo peor. Da pena, te juro. No saben nada.

Reyes, a pesar de todo, tiene las cosas claras. Ha trabajado en lo que sea. Repartió pizzas, fue tequilera, movió drogas, fue mesera en un restorán vegetariano.

–Tú eres una de esas chicas posmodernas, ¿no? –me pregunta algo irónica–. Nada personal pero odio a las posmos. Mi prima Co es posmo.

Después agrega, como si fuéramos de los más íntimas:

–Éste es el mejor lugar para agarrar gallos. Como bailan tanto, quedan raja de calientes, pero no saben qué hacer. Ahí atino.

Dos chicas con el maquillaje todo corrido entran al baño y se encierran en un privado. Reyes termina mi petaca y sigue:

—Estaba hablando con una amiga y empezamos a comparar nuestras vidas y llegamos a la conclusión de que no éramos más que los desechos tóxicos de nuestros padres. De la generación anterior, cachai.

Miro el reloj y me percato de que es hora de que siga con mis labores y parta en búsqueda de Pascal Barros. Reyes está, como diría ella, «para adentro». Le formulo la pregunta cliché. Le pregunto si es feliz.

—Digamos que tiendo a ello. Pero no me da miedo estar sola. Confío más en mí que en el resto. Onda que me veo bien, pero me siento mal, ¿cachai? Algo así. Totalmente confusos. Así estamos todos.

Salgo del baño y pienso que quizás sea cierto, que quizás ése sea el estado de las cosas imperante. Totalmente confusos. Totalmente perdidos.

Decido alejarme del pozo y los dos peruanos me ofrecen, por ser de la prensa, una suerte de balcón-secreto donde el aire que se respira es espeso y usado, pero al menos tiene la ventaja de que no te largan escupos. Al escenario sube un chico con un rapado carcelario que responde al nombre de Pac-Man y que es famoso porque es un vejota. Pac-Man, por si no queda claro, es el chico que anuncia los videos en *La hora del espanto*. Pac-Man es parte de la movida nocturna porque, de hecho, está toda la noche en pantalla. Pac-man está a punto de irse y el público lo sabe. Ahora va a ser el vejota de América. Los gringos lo descubrieron a través del satélite y se lo llevan a Miami donde, vía MTV Latino, será la voz de los que no tienen voz. Pac-Man es ídolo entre estos chicos. Él lo sabe. Por eso se atreve a presentarles, como si estuviera en su casa, a Pascal Barros.

—Aún no han visto el video, es cierto, pero ya está sonando el tema. Y su voz está llenando de ecos este valle.

Desde el norte de California y desde el sur de Chile llega este brother que deja a todos los otros pósers del rock nacional como lo que son: aficionados de garaje. Patagonia se enorgullece en presentar el debut capitalino de Pascal Barros y sus sicópatas.

Lo que pasó a continuación arriba del escenario ni siquiera voy a intentar describirlo. No soy crítica de rock ni me interesa serlo. Tampoco voy a gastar toda mi materia gris intentando describir con palabras sacadas del amarillísimo diccionario de sinónimos y antónimos lo que, en rigor, es imposible de describir. Lo único que voy a decir es lo siguiente:

He visto el futuro del rock and roll y se llama Pascal Barros.

El tipo tiene el don de la palabra, de la convocatoria, de la escena. Cuando Barros está arriba del escenario, uno ni siquiera se acuerda de que uno existe. Sólo importa Barros. No sólo es la música: es su vida que sube al escenario y lo acompaña mientras el tipo fusiona, sin recurrir a ningún elemento que no esté en su propio cuerpo, todas las siete artes. Barros vomita sus emociones sobre las personas y de pronto, en medio del delirio, uno termina acordándose de cosas propias, y se da cuenta de detalles que pensaba olvidados. Barros a pesar de ser un desconocido, se transforma en un amigo. En un doble. En un par. En medio de la oscuridad, es como si Barros prendiera una luz. Y lo que se ve no es bonito. Pero es real.

Si todos estamos totalmente confusos, entonces Pascal lo está más. Claro que hay una diferencia inmensa: Barros está vivo. Uno ve sus fisuras, sus quiebres. El tipo se ve mayor –y menor– de lo que es. Incluso hay momentos en que pareciera que quisiera estar en su casa, pero algo mayor, misterioso, lo obliga a desenrollarse en público, el lugar menos indicado.

Pero no sólo es Pascal y su sucia música y sus lacerantes letras y esa voz de papel de lija que nos talla los tímpanos. Son los chicos que lo siguen. Una hora antes no lo conocían; ahora no quieren más. Ni siquiera bailaron slam o pogo o armaron otro *mosh-pit*. Se quedaron callados, gritando para adentro, moviéndose como autistas.

Algo pasó en el Patagonia y se llama Pascal Barros.

A partir de hoy, es el enemigo número uno del establishment criollo. Barros no es peligroso en sí; es peligroso porque ve. Porque entiende. Es el poeta de la alienación. Algo así como el espejo trizado de toda una generación desencantada, idiotizada, apática, solitaria, traumada, sobrestimulada y adicta.

Pascal Barros es grande. Es ídolo.

¿Pero quién es este tipo que, recién ahora, viene a estallar con una energía absolutamente compulsiva y ansiosa?

Decido ingresar al backstage aunque no tengo pase. Barros no quiere que entre nadie, excepto un grupo de sus amigos, entre los cuales se incluye un cierto modelito algo desechable, pero nada de despreciable, que de un tiempo a esta parte viene adornando páginas de moda y avisos de televisión.

¿Qué puede tener en común un rockero levemente sicótico con un narciso-perofrío-maniquí con aspiraciones intelectuales? Ésa es, al parecer, una de las tantas aristas contradictorias de este tipo que, en vez de compartir con sus pares, prefiere la compañía de postadolescentes crónicos desarraigados.

Barros, mal que mal, es hijo de Federico Barros, el famoso dirigente socialista que fue asesinado cuando estalló una bomba en una oficina de la solidaridad en pleno centro de París. Pascal terminó exiliado, aprendiendo inglés en vez de español y criándose en Eureka, al norte de San Francisco, junto a su madre, en vez de recorrer las capitales de Europa junto a su padre.

Pascal ahora está en Chile y canta mejor el español de lo que lo habla. El camarín no es más que una bodega llena de cajas de pisco amontonadas. Pascal parece un surfista que ha pasado demasiado tiempo en el agua. Su desproporcionado pelo tiene ese brillo que sólo dan el cloro y el sol. Anda con shorts tres cuartos y bototos Caterpillar y una suerte de canguro artesanal que, según Andoni Llovet, su amigo modelo, sólo se consigue en Baja California.

Pascal está tirado en una silla de playa. Me acerco a felicitarlo y, en vez de aceptarme un beso, me da la mano. No me deja acercarme demasiado. De cerca se ve de rasgos más finos que los que luce en el escenario (tiene pinta de niño bueno), pero su afán de no mover ningún músculo facial, anulando así toda capacidad de expresión, le da una aire casi demoníaco. Es como si estuviera taimado y se negara a comer. Es como si el sobrinito de dos años que todos tenemos estuviera recuperándose de una sobredosis de barbitúricos y champagne.

Le digo quién soy, pero no acusa recibo. Me dice que no ubica la *Acné*, que ya superó su etapa teen age. Sus amigos, algunos de los cuales

ubico, interceden a mi favor. Finalmente acepta, pero les pide a todos que se retiren. Dice que, si quiero conversar, me quede.

Acepto

–¿Qué característica heredaste de tu padre?

–Cierta incapacidad de expresar afecto.

–¿Has estado en el lado salvaje?

–¿Qué crees tú?

–Algunos dicen que tu música no es un gran aporte...

–Me da lo mismo lo que opinen mis enemigos. Hay insultos en la boca de cierta gente que se convierten en alabanzas.

–¿Qué cosa te parece intolerable en una *gruopie*?

–Que no se lo trague.

Pascal comienza a desanudar los cordones de sus bototos y a canturrear en inglés. Es como si yo no estuviera.

–Dicen que eres onanista –sigo.

–¿Qué significa «onanista»?

–Que te masturbas mucho.

–No debiste haberme

dado la mano, entonces.

Golpean la puerta y entra uno de los peruanos.

–Puedes irte, por favor –le dice Pascal.

–Después hablamos, entonces.

–Claro, me tienes que pagar.

–Hay muchas chicas esperándote afuera. Mataste, primo.

–Diles que es tarde y mañana es día de colegio.

El peruano sale y Pascal se saca el canguro artesanal y una polera gris que está negra de sudor. Tanto así que cuando la estruja caen gruesas gotas que rebotan en el suelo.

–¿No te interesan esas chicas? Es sexo fácil –le afirmo.

–Para qué quiero más sexo si ya me tiré a todo el local. Fornicar a quinientas personas es bastante agotador, te digo. ¿Podrías darte vuelta, por favor? Me tengo que desvestir.

Me doy vuelta y siento que el tipo que está detrás de mí cambiándose es un tanto tímido y bastante distante y nada de simpático. No es el mismo tipo que estuvo arriba en el escenario. Se lo digo.

–Uno ve lo que quiere ver –me responde sin demasiado interés.

–*Caída libre* ya está sonando en las radios –le comento.

–I know.

–¿Te alegra eso?

–Que yo sea tocado en la radio implica que mis valores están ganando al menos un lugar importante. Significa que hay lugar para todos. Lo alternativo no tiene que ser underground. Tiene que ser sólo una alternativa. Ya, puedes darte vuelta.

El rockero parece ahora un estudiante universitario con crédito fiscal.

–¿Te puedo preguntar sobre tu infancia?

–Si quieres, claro.

Pascal comienza a ordenar su bolso.

–¿Cómo fue? –le pregunto.

–¿Qué?

–Tu infancia.

–Ah. Fue buena y normal hasta que cumplí los ocho y todo se fue a la cresta.

Everthing got fucked-up y yo me encerré en mí mismo.

Pascal esconde su pelo dentro de un gorro de lana negro.

–Supongo que sabes que vas a ser famoso –le digo–. La gente ya está diciendo un montón de cosas sobre ti.

El se detiene y me mira directamente a los ojos. Levanta las cejas y me sonríe un rato, pero no habla. Pasan los segundos y el tipo ni siquiera pestañea.

–Mira –me responde por fin–, los grandes son siempre objeto de conversación de los pequeños; supongo que tendré que ir acostumbrándome.

Pascal abre la puerta y un montón de fans se abalanzan sobre él.

–A partir de ahora nunca vas a éstar solo.

–Mientras más rodeado de gente uno está, más solo se puede sentir. Eso lo dijo Josh Remsen, que es un sabio.

Segundos después, el tipo ya no está y el local está vacío. El suelo, me fijo, está pegoteado con cerveza. Busco a los peruanos, pero no los encuentro. El Patagonia se ha quedado vacío.

Curiosamente, yo también.

Enrique Alekán
El cielo sobre Santiago

EL CIELO SOBRE SANTIAGO a veces funciona, a veces brilla y aparece azul, logra romper la niebla, la bruma. Camino bajo ese cielo, que está anaranjado porque el sol seguro se puso sin que me diera cuenta y las calles están rotas, inmensos hoyos se abren frente a mí, excavaciones profundas desde donde unos punkies perdidos aspiran neoprén y pareciera que la Plaza Italia se iluminara entera, los neones tiñen las gárgolas y allá en los altos una anciana cierra una cortina y se persigna.

Es bueno sentir el aire en la cara, el abrigo que roza la vereda, el frío que hiela pero no congela. Durante estos últimos días he perdido mi rumbo, me he encontrado chocando conmigo mismo. El Pelado Talavera y José Ignacio Bascuñán son lo mejor que se puede esperar en cuanto a amigos, pero tienen su vida y no puedo contar siempre con ellos. Ellos están recién empezando y no tienen para cuándo parar.

Anoche salí con ellos. Siento que todo ocurrió

hace un mes, pero es sólo la sucesión de estímulos, emociones fuertes y sicotrópicos de más. Falta de costumbre, nada más, nada menos. De un tiempo a esta parte, me he ido dando cuenta de que el día que más me cuesta llenar es el jueves. Para eso están los amigos solteros: para salir de caza y embriagarse con el espíritu metropolitano. Opté, erradamente, por iniciar la noche con algún estimulante que me permitiera recuperar la energía que siento que ya perdí para siempre. Usé el contacto de mi hermano Diego y llamé al tal Damián Walker y sus servicios de pizza a domicilio. Tal como me instruyeron, solicité una pizza con pollo y anchoas. Para no sentir el silencio, puse la Interferencia y subí el volumen. No demasiado tiempo después, el propio Damián llegó con la pizza, los tres sobrecitos solicitados escondidos en la caja de cartón y una cara de perdido que me asombró. Mis amigos no tardaron en llegar. Les ofrecí pizza. José Ignacio optó por un par de líneas y Absolut Citron. La noche recién vislumbraba su potencial.

Unos yuppies –algo me hace reconocerme en ellos, algo me hace rechazarlos– pasan a mi lado y ni me ven. Sigo caminando, por el parque, a la sombra de los castaños y los faroles importados de París. Sé adónde voy, pero sé que es una excusa. Una excusa a veces es mejor que nada y lo asumo. Mi madre me contó del nuevo trabajo de la Paula; allí es adonde me dirijo.

Después de unos tragos y de escuchar, con excesivo detalle, los pormenores de una transacción que al Pelado Talavera le había justificado la semana, decidimos que lo mejor sería no dejarse llevar por los impulsos un tanto conservadores de siempre y hacer algo total y radicalmente distinto. Partimos así a un extraño pero no por eso menos cautivante lugar con delirios de night-club que no era más que una boite decididamente decadente que ostentaba una cierta pretensión y exotismo. El local estaba a un costado del Parque Bustamante y el letrero de la entrada bañaba los viejos plátanos orientales con una luz verde agua. El lugar era un secreto muy bien guardado porque no sólo estaba lleno sino que la clientela la conformaban tipos de mi edad, de buen nivel, que celebraban una despedida de soltero. Lo más asombroso del sitio, sin embargo, era un inmenso estanque de agua iluminado de calipso. En vez de presentar bailarinas topless, los creativos propietarios sumergían unas cuantas sirenas criollas a las profundidades del estanque; el show duraba hasta que se les acabara el aire. Un grupo de japoneses con tarjetas doradas y las corbatas salpicadas de polvo blanco terminaron invitando a todos a todo. Antes de irme, me acuerdo, vi que el soltero que despedían flotaba, desnudo y borracho, en el agua, rodeado de peces fucsias y una chica teñida que trataba inútilmente de excitarlo.

Podría llover o yo podría andar con un sombrero, un impermeable y un cigarrillo. Estoy de espía, me dedico a mirar, con los ojos escudriño la calle, no dejo de observar la puerta de ese banco. Todo es inútil y de una disquería se escucha a Sting cantar *There's a Moon over Bourbon Street*, pero no hay luna llena esta noche, sólo un cielo iluminado, y pienso en otro tipo de días, o de noches, yo sentado en una cuneta en el French Quarter de New Orleans, tomándome un Southern Comfort muy helado, de la mano de una Paula distinta, fascinada con ese mundo nuevo, fascinada de estar compartiéndolo conmigo.

Antes, cuando creía en los finales felices y en la fidelidad, me gustaba volver a casa lo más rápidamente posible. Ahora no tolero estar ahí. Pienso en ella y en cómo todo se aruinó tan rápido. José Ignacio me lo advirtió: no te cases, papito, vas a sufrir mucho; estás demasiado joven aún.

Me acuerdo de que salía temprano de la Bolsa, tomaba el Metro, compraba flores en Providencia y subía a prepararle unos Amaretto-sours. Cuando Paula regresaba, elegante y perfecta, todo estaba listo, la radio Horizonte tocando su música para el adulto-joven y yo con un par de anécdotas listas para lanzárselas, porque una de las cosas que le gustaban de mí era que yo era capaz de hacerla reír y cuando ella se reía, todo valía la pena.

José Ignacio me dijo hace poco, totalmente de improviso, que es imposible creer que uno va a volver ileso, limpio, después de haber pasado por superficies rugosas. Lo que uno ha hecho, ha sufrido, lo acarrea siempre. La gracia, me dijo, es que ese bulto no sea una mochila sino una simple experiencia. Cuando uno ya ha visto, es imposible cerrar los ojos.

Después de la boite náutica, decidimos internarnos por los laberintos de lo que el Pelado Talavera denomina el Village criollo. Terminamos en el Café del Biógrafo, de la calle Lastarria. Estaba repleto y sonaba un jazz un tanto abigarrado que me pareció adecuado al ambiente reinante. Nos sentamos peligrosamente cerca de una mesa con cuatro notables mujeres jóvenes que estaban solas y tenían una facha de intelectuales que asustaba un tanto. Al rato, gracias a la gestión de José Ignacio y su entrenada sonrisa, unimos las mesas. Según el Pelado, ellas eran típicas representantes de lo que él llama chicas posmodernas: aparentemente muy seguras de sí mismas; esas miradas como diciendo «no te pesco» aunque en el fondo se mueren de ganas; ese look aprendido de la *Interview* (cara pálida, labios rojos, pelo corto, anteojos retro); y, claro, los infaltables vestidos negros apretados. El Pelado dijo que estaban bien para pasar el rato, pero él prefería mil veces el modelo deconstructivista: más sano, más fácil, más tierno. La posmo cuando ama, huye, me explicó el Pelado. La deconstructivista, en cambio, cuando siente, actúa; no hay dónde perderse.

Pedimos unos kir-royal y varias tablas de queso y una chica levemente colorina, periodista de una de esas revistas de izquierda que aún subsisten, me empezó a fascinar con su cuento de que estaba preocupada por Luisa, su sicóloga, porque tenía un amante cubano que la había abandonado.

–Yo fui donde un tal Max y me enamoré tanto de él que me tuve que retirar –opinó una chica que, según el Pelado, era mitad posmo, mitad deconstructivista.

La periodista se llamaba Ignacia Urre y yo pensé qué hacía una chica como ésa en un ambiente como ése, en especial cuando sus amigas empezaron a discutir temas como los pezones umbilicales y el abuso infantil.

Una tipa de nombre Sara Subiabre rápidamente desvió el tema a la figura de Frida Kahlo y al lesbianismo como opción.

–Venga, no porque una tía se acueste con otra significa necesariamente que sea lesbiana –opinó la tal Ignacia.

–Se nota que no lo has hecho –le dijo la Subiabre.

–¿Cómo lo sabes? –le contrarrespondió en forma alarmantemente coqueta.

–Te hubiera quedado gustando y ahora andarías conmigo.

El tema, por suerte, terminó diluyéndose, y después de más kir-royal la conversación se fragmentó. La Ignacia se acercó más a mí e iniciamos nuestra propia conversación. Me habló de una tal Silvia Plath y de una jarra de cristal, de que no toleraba a García Márquez y echaba de menos la marcha de Madrid, donde estuvo un año becada. También me informó que daba gracias a Dios por no haber estudiado en un colegio de izquierda y que odiaba la tarjeta de crédito que le obsequió su padre como regalo de cumpleaños.

–Como opina la Luisa, cuando uno no ama, compra –me dijo, casi susurrando.

Yo le conté algo de mi vida, de mi separación, y lo que opinó de la Paula me dolió porque quizás tenía razón. Después me tomó la mano y me pidió una opinión:

–Enrique –me dijo–, me están ofreciendo escribir una columna en la revista *Acné*. ¿Qué opinas? ¿Debería aceptarlo? Quieren que reportee la noche, la vida social. Vamos, que escriba cuentos a partir de aquellos que sienten la compulsión de ser observados. No hay problemas de extensión. Tendría muchos más lectores y hasta una cuota de poder. Yo, en rigor, quiero ser escritora y me parece que ése no es un mal camino. ¿Tú qué crees?

–No creo que me corresponda involucrarme.

–¿Tú siempre eres así o es un residuo de tu separación?

–¿Así cómo?

–No creo que tenga que explicarte, ¿o sí?

Cuando las aromáticas velas ya no ardían, nos fuimos. Nos subimos a una serie de autos y las chicas nos llevaron a una fiesta en un viejo palacete que se caía a pedazos por la calle de la Moneda abajo, pleno *west-side*, como me explicaron.

Empezó a sonar música del año anterior.

–No hay nada más pasado de moda que lo que recién pasó de moda, ¿no crees? –me preguntó mientras mordisqueaba un trozo de sushi.

La fiesta era de gente de teatro y un tipo en zancos tragaba fuego y alguien estaba de cumpleaños y todas las chicas posmodernas bailaban entre ellas mientras que unos tipos se encerraban en el baño a besarse. En medio de todos ellos, mi hermano Diego –¿qué hacía ahí?– no paraba de manosear a una quinceañera totalmente anoréxica que vestía sólo una polera de futbolista que le quedaba grande. Avancé hasta el final de la casona donde me encontré, degustando unos fierritos a la teriyaki, con mi primo Julián Assayas. Estaba junto a Pía Bascur, la modelo de moda, que ahora es su novia de turno.

–¿Qué haces acá, primo? –le pregunté.

–Son amigos de la Pía. Ellos nos invitaron. Se supone que es gente creativa. No los tomes a mal. Parecen peor de lo que son.

–Yo creo que no tienen idea de cómo son. Están seriamente perdidos.

–No seas cartucho, Enrique –me dijo la Pía–. No todo el mundo puede ser igual que tú.

Ahí me di cuenta de que yo poco tenía que ver con esta gente, con este mundo. No lo entendía, me era ajeno. Quizás las cosas avanzan muy rápido o yo, como esa música, ya estoy pasado de moda.

—No pienses, actúa —me dijo esta chica Urre, que se veía bastante menor que yo.

—¿Qué?

—Que me saques a bailar. Me carga bailar sola.

Comenzamos a danzar por el parquet. La tipa se sabía mover. Después me desanudó la corbata. Mi hermano Diego me guiñó un ojo.

Más tarde, mucho más tarde, desperté.

Eran las cinco de la mañana y no sabía dónde estaba. Estaba tapado por un plumón. Un poster de un tal Rimbaud me miraba directamente a los ojos. Revisé algunas de las revistas españolas que estaban esparcidas por el suelo. Después la miré dormir. Quise dejarle una nota, pero me arrepentí. Comencé a vestirme en silencio. Pensé en quedarme, servirle el desayuno, pero un café en la cama es un compromiso y creo que aún no estoy listo. Salí a la calle y la brisa y el rocío me azotaron. Me dolía la cabeza, el corazón me bombardeaba de más.

¿Por qué uno siempre escapa de lo que más desea?

Ahora ya es de noche y el frío no es broma. Llevo varios minutos esperando. Las puertas del banco se abren y aparece la Paula. Perfecta, como siempre. Peinado nuevo, tacos altos, una chaqueta con hombreras. Sale sola y camina con pasos firmes. La sigo. Un verdadero detective. Bajo las escaleras del Metro. Ella sigue adelante. De pronto, se da vuelta. Todo para, siento que el mundo se triza, me quiero morir, desaparecer. Ella me mira un rato, pero noto que no es su mirada y que lo que mira es el horizonte, algo que está más allá. Siento como si su mirada me atravesara y buscara otra cosa. Después se da vuelta como si yo no estuviera y desaparece, se pierde entre la gente y yo, sin querer, me río un poco, quizás de puros nervios y salgo de la estación y el cielo sigue allí, fiel como siempre.

Anexo 1458

Pascal Barros (rockero, actor, ídolo)

–¿Aló, Pascal? Aquí la Zona.

–Hola, Zono.

–No me llamo Zono. Soy Lucas.

–¿El Pato Lucas?

–¿Debo reírme?

–Es una opción.

–Escribo para la Zona de Contacto.

–¿Me estás llamando de Santiago?

–Exactamente. ¿Cómo está Venecia?

–Increíble; hace mucho calor y no me la creo. No lo puedo estar pasando mejor. No quiero volver, pero mañana nos echan del hotel. El festival terminó anoche.

–¿Y cómo son los canales?

–Hay hartos, pero yo me quedo con el cable.

–¿Estás drogado?

–No, ¿y tú?

–Para nada. Oye, dime, ¿qué se siente ser estrella de un filme chileno que acaba de ganar el León de Plata?

–Me creo bastante. Casi no me soporto.

–Cuando el director Eugenio Castañón te eligió para el rol titular de «Toque de queda» la comunidad de actores reclamó. Hoy que el filme es un éxito de crítica, ¿qué opinas?

–Que estaban profundamente equivocados.

–Es obvio que Pablo Zamora está inspirado en Rodrigo Rojas Denegri, el joven fotógrafo chileno radicado en Washington que fue quemado por los militares a mediados de los ochenta.

–Tiene mucho de él, es cierto. Me siento muy cercano a su historia aunque yo nunca fui muy político. Todo lo contrario. Rodrigo vino a Chile a encontrar sus raíces y lo quemaron. Eso me parece un gran símbolo. Chile tiene tendencia a aniquilar lo que no conoce, a la gente que nos ve de otro modo. Rodrigo era fotógrafo y tenía una mirada. Por eso lo mataron.

–**¿Te consideras político?**

–Para nada, pero obviamente el filme tiene una gran carga política que no puedo desconocer. Como alguien dijo por ahí, nosotros somos los desechos tóxicos de las generaciones anteriores. Ellos no fueron capaces de resolver sus conflictos: ni personales, ni matrimoniales, ni sociales. Terminaron matándose entre ellos. Ésa es nuestra historia. No hay que andar pregonándola, pero tampoco hay que olvidar de dónde salimos. En este país corrió sangre y aún no cicatriza. Ahora no se reprime a los comunistas sino a los que piensan distinto, a los que denuncian la hipocresía.

–**Cambiemos de tema, te pusiste denso. ¿Te apenó no haber ganado la Copa Volpi al mejor actor?**

–Hubiera sido como mucho. Prefiero ganarme un Grammy. El mejor premio para un actor es que nadie se dé cuenta de que está actuando. En ese sentido, yo ya he recibido premios de sobra.

–**¿Te gustan los hoteles?**

–Me encantan. Trabajé en uno y he estado en miles. Mi sueño es comprarme uno y alhajarlo con todo y sólo aceptar que aloje gente con onda. Ahora mismo estoy en el Des Bains, que es alucinante. Visconti filmó aquí. En los hoteles se compone muy bien. No hay referencias de ninguna especie y eso te ayuda a crear. Además, es muy cómodo dejar todo desordenado, salir y, cuando uno vuelve, ver que te tienen todo limpiecito.

–**¿No te ordenas solo?**

–Me gusta que me cuiden.

Así se pasa mejor.

–¿Por qué optaste por ser rockero?

–Pensé que deseaba ser un solitario. Inconscientemente pensé que si estaba en esa posición, la gente no podría tocarme. Quería que me amaran sin tener que responder. Amar me parecía una verdadera carga.

–¿Sigues onanista?

–A veces. Pero las groupies son más fuertes.

–¿Quiénes son tus héroes?

–Tengo más de cien. Hago mía una frase de Max Jacob: «Siéntete más orgulloso de tus héroes que de ti mismo».

–¿Crees en la hermandad cósmica? ¿En esas amistades de gente que no se conocen pero tienen muchas cosas en común, casi como si llevaran vidas paralelas?

–Es lo único en lo que creo. Lástima que casi todas mis almas gemelas no estén en Chile. Aunque quién sabe. Conozco a demasiada poca gente.

–¿Harías más cine? ¿Te venderías a Hollywood?

–De todas maneras. Incluso me gustaría más adelante dirigir. Si Tim Burton me llama y me ofrece interpretar una piedra, lo haría. Gratis.

–El joven manos de tijera es lo que se llama un tipo incompleto. ¿Qué te falta para completarte?

–Si lo supiera, no estaría cantando arriba de un escenario y estaría en mi casa, con mi chica, con mi crío jugando frente a la chimenea. En todo caso, Edward Scissorhands es uno de mis héroes. Me gustaría que fuera mi jardinero.

–¿Te consideras un narcisista?

–En el sentido de que sólo aprecio las cosas cuando estoy solo, sí. Soy demasiado sensible. Pienso demasiado en cómo las cosas me afectan. Me demoro en recuperarme. Me siento acompañado cuando estoy sin nadie. Cuando hay mucha gente, me desintegro.

–¿Cómo ordenarías, a nivel personal, el famoso cliché, «sexo, drogas y rock and roll»?

–El sexo y el rock and roll

no tienen efectos secundarios. Mi medida favorita para ambos es «más». Con las drogas hay que tener cuidado. Nada es muy poco y mucho puede ser fatal. Aunque no lo creas, las drogas exigen preparación, inteligencia y conocimiento.

–¿Qué es lo mejor del McDonald's?

–Las pajas. Y el Filet O'Fish.

–¿Por qué amas a Josh Remsen?

–Por qué no. Es más que un ídolo. Es un amigo. Aún no lo conozco, pero siento que tengo una gran conexión. Con su música él me ha apoyado. Me ha hecho sentir menos solo. Es un gran tipo. A veces creo que soy su doble, su equivalente tercermundista. Si llegara a conocerlo, creo que le daría un gran beso. Después le diría si le gustaría escuchar algunos de mis discos.

–¿El coyote se comió al correcaminos?

–De a poco. Es una lucha a largo plazo.

–¿Cuánto te queda de nerd?

–No estoy dispuesto a confesarlo. Menos a ti.

–¿Alguna pasión?

–Dormir. Ojalá solo.

–¿Qué te saca de quicio?

–Casi todas las acciones de los fans: que te saquen fotos sin permiso, que te interrumpan para pedirte autógrafos, que te acaricien la cabeza. Lo otro que odio es cuando te das cuenta de que tus amigos no son tus amigos y son sólo groupies disfrazados que citan tus letras y suben de status por el solo hecho de juntarse con uno. Eso es apestoso.

–¿Qué opinas de la envidia?

–Que no hay que subestimarla. Si surge entre amigos, cómo no va a florecer entre enemigos. La envidia está en todas partes y tiene la fuerza de un huracán. Se apodera incluso de la mejor gente. La envidia se anida como un parásito en la gente insegura. Y como la mayoría de la gente es insegura, cualquiera puede sufrir un ataque de envidia. Es como *The Invasion of the Body Snatchers*. Por suerte yo estoy vacunado. Claro que ahora soy blanco de las envidias de otros.

–¿**Qué vas a hacer cuando la fama se te acabe?**

–Vivir de verdad.

–¿**Con qué no estás ni ahí?**

–Con entrevistas de este tipo.

–¿**No te da asco que te lancen escupitajos mientras cantas?**

–Peor sería si me escupieran otra cosa.

–¿**Qué color te gusta?**

–El verde: el color de mis ojos. Es el color de la seguridad. De la tranquilidad. Es el color de Irlanda, del norte de California y del sur de Chile.

–¿**Por qué siempre trabajas con amigos?**

–Cada vez que uno no ayuda a un amigo, le pavimenta el camino al enemigo. Cuando uno no ha tenido una familia normal, trata de inventarse una. Además, cómo no va a ser mejor estar con amigos que con desconocidos o gente que te odia, desprecia o envidia. Uno es más creativo en confianza.

–¿**Te gusta cantar bajo la ducha?**

–Lo que a mí me gusta hacer en la ducha es asunto mío.

–¿**Has escuchado a los Pigmeos Mutantes?**

–Los vi en vivo en el Cow Palace de San Francisco. Son puro mito.

–¿**Crees que en Chile hay crisis moral?**

–Cómo va a haber crisis si no hay moral. No sean pretenciosos. En todo caso, lo que a Chile le hace falta son más putas y menos monjas.

–¿**A qué tiene olor la gente joven?**

–A sandía. Especialmente las chicas.

–¿**Has tenido sexo telefónico?**

–Sí, pero ésta no va a ser mi segunda oportunidad. Disculpa. Nada personal.

–¿**Cómo se llama tu perro?**

–Patán. Ahora está con mi manager.

–¿**Qué conexión hay entre la literatura y las letras de tus canciones?**

–No sé, bastante. Leo harto.

–¿**Conectas de manera consciente con la música?**

127

–Yo no conecto conscientemente con nada. A veces ni siquiera conecto.

–¿Qué es lo que más te avergüenza de Chile?

–Las páginas de vida social.

–¿Qué nos sorprendería saber de ti?

–Que uso piyama.

–Tu último álbum se llama «Pantofobia», es decir, el temor a todo. ¿A qué le tienes miedo?

–A terminar solo. A no ser capaz de superar mis rollos y vivir una vida plena, tal como la he soñado.

–¿Qué opinión te merecen los críticos?

–Los críticos son pasivos y los artistas, activos. Es todo lo que tengo que decir.

–¿Cuál es tu próximo proyecto?

–Tengo varios. Una gira por Latinoamérica. Promocionar *Toque de queda*. Grabar otro disco. Creo que se va a llamar *Dormir en ciudades ajenas*, pero no me consta.

–¿Te consideras un reventado?

–Sí, pero a nivel moral. Ya casi ni me drogo: para qué. Es redundante.

–¿Desde cuándo eres paranoico?

–Desde que comencé a llamar la atención.

–¿Qué cosas te alegras de haber superado de tu época de adolescente?

–La falta de fe en mí.

Julián Assayas
El desorden de las familias

A VECES, CUANDO MIRO A GABRIEL, así de reojo, sin proponérmelo, me sorprendo de lo bello que es. Esto –que quede claro– no es algo fácil de confesar. Para nada. Más bien es algo que me asombra, que me provoca la más infundada pero crítica de las envidias. La Pía, que siempre está preocupada de estas cosas, fue la que me metió esta idea en la cabeza. «Míralo no más, ni siquiera se da cuenta», me dijo una vez, sin avisar. «Ésa es la belleza que vale: la que no se puede atrapar. Si lo fotografiaran, sabría lo que quieren de él y se retraería aún más. Perdería espontaneidad. Como lo que le está ocurriendo al Andoni. Se la creyó y ahora no atrae a nadie».

Gabriel, por cierto, no tiene la menor idea de todo esto. Si se lo comentara, probablemente ni me miraría. Sólo cerraría su puerta con llave. Eso es típico en él, lo retrata medio a medio. Siempre cierra algo, esconde cosas, se refugia, ni habla. Por eso no se lo digo. Por eso nunca le digo nada.

Me gusta mirarlo dormir. Como ahora. Así es menos enrollado, más fácil. Gabriel no se da ni cuenta y todo puede seguir su curso normal. Si es que se puede usar esa palabra: normal. A veces creo que ni siquiera sé lo que significa. Sólo que no tiene nada que ver conmigo, claro.

Mientras duerme, miro por la ventana. No es la primera vez que lo hago. Es tarde y ya se ve ese azulino tan quieto del amanecer. Es raro, pero uno nunca percibe el amanecer tal como es. No como hoy, al menos. El amanecer lo asocio a estados límites, a cansancio, a ojos desgastados que se niegan a aceptar el sol después de una noche de farra, de trago, de quién sabe qué. Es raro porque, en rigor, lo único que hay a esta hora es paz, una quietud muy extraña y sospechosa que asusta. Pero aun así, a pesar de la brisa fresca y los primeros pájaros que empiezan a conversar, lo que queda es el recuerdo de amaneceres en casas ajenas y moteles, tratando de arrancar, de escapar sin provocar tanto daño, de irse en silencio evitando a toda costa la despedida. Esta hora, esta luz, la cordillera de este color, con la nieve recién asomándose bajo la oscuridad, me trae sólo malos recuerdos, creo. Enfermo con tifus, delirando, lleno de fiebre, esperando a mi mamá, sabiendo que –por fin– alguien se va a levantar, que un despertador va a tener la decencia de sonar y sonar hasta ponerle fin a una noche eterna de escalofríos y transpiración.

Esta noche he estado en la calle. En un lanzamiento con desfile de modas. La Pía fue la estrella, claro. Estaba todo el mundo: mi primo Enrique, Gonzalo McClure, Flavia Montessori, Luc Fernández. Gabriel hubiera abandonado el local al momento de llegar. Pero la fiesta siguió, aunque no necesariamente la celebración. Así que me dediqué a pensar. De un tiempo a esta parte, eso es lo que hago: pensar, unir ideas, rebobinar recuerdos. Ya ni duermo, ya ni sueño.

Después que dejé a la Pía en su casa, manejé bastante. Pasé por la casa de Damián, con la esperanza de que tuviera algo para ayudarme a sobrevivir la noche, pero no estaba. Decidí, entonces, dar la vuelta completa por la circunvalación. Pasé por el costado del aeropuerto y vi los aviones, quietos y silenciosos, absorbiendo la luz de la luna que estaba casi llena; pensé desviarme hasta el final de la pista pero era muy tarde y ya no iba a aterrizar nada. Así que seguí, sin rumbo. Anduve, en la soledad más absoluta, pensando en Gabriel y en mi padre, cruzando esos pantanos de Quilicura, jugando con las luces altas, escuchando los monótonos monólogos del Toyo Cox en la Interferencia, reconociéndome en los temas de *Pantofobia* de Pascal. Después subí por el San Cristóbal, por la parte del camino que está más nuevo y que brilla todo amarillo por esas luces que instalaron, hasta que volví a Vespucio, donde terminé tomando un café aguado en el Esso Market que estaba vacío porque no era ni viernes ni sábado sino sólo jueves.

Miro a Gabriel. Sigue durmiendo, no se ha dado cuenta. Duerme un sueño profundo, abismal, como cuando éramos chicos y compartíamos la misma pieza. Gabriel se duerme al tiro, como si tuviera la conciencia limpia, como si no tuviera ningún problema de estar consigo mismo. Cuando Gabriel duerme –o decide dormir– jamás uno siente que lo que él desea es escapar. Por mal que esté. Lo contrario. Es como si fuera su propio espacio al que accede. Un lugar donde sólo él puede estar y al que yo jamás intentaría ingresar. Lo miro. Tiene todas las sábanas revueltas. Como siempre. Y sus párpados, me fijo, le laten. Debe de estar soñando. Le deben estar pasando cosas. Ya lo creo que le deben estar pasando cosas.

Hace tiempo que no dormimos en la misma pieza. Juntos. Lo echo de menos. Echo de menos dormir con él y lo echo de menos en sí. Me da pena, nostalgia, pensar en todo esto. Ya estamos grandes, supongo. Pero no es tanto por eso. Es por la dependencia. Porque simplemente está mal. No debería seguir preocupándome por él. Está fuera de lugar, se inmiscuye y hasta podría arruinar el plan. El juego se tiene que acabar; ya no somos adolescentes, así que no hay excusa. Yo creo que siempre seré uno, eso sí. Sólo tengo veintitrés pero no es tan poco; Gabriel tiene dos años más. Es el mayor. Nunca tan viejos, es verdad. Pero igual. Esto es difícil, está complicado, no sé lo que me pasa. Esta conversación va a ser clave, no me puede fallar. Es la idea perfecta, la solución más honrosa. Una nueva oportunidad para empezar y arreglar todo lo malo, compensar todo lo desechado.

Decido dejarlo un rato. Aún duerme tan profundamente que no puedo despertarlo; mirarlo así, fijo, durante tanto tiempo, no me parece del todo adecuado. Pero es a pesar de mí. Es como si me vigilara a mí mismo, como si mirándolo pudiera ver algo en mí. Dejo su pieza pero soy incapaz de quedarme en la mía. Tengo ganas de entrar y despertar a mi mamá, pero sé que ha tomado pastillas para dormir y aún le falta un par de horas de sueño y quién soy yo para andar interrumpiendo lo que ella misma ha declarado que es su mejor estado, quizás las únicas horas del día en que se siente realmente bien.

Esta cocina, me fijo, es lo que más llama la atención de esta casa; quizás por eso fue tan fácil arrendársela al tipo de la embotelladora que contactó el corredor. «Lo que más echo de menos de Estados Unidos son los grifos y los desayunos», decía siempre mi padre. Por eso, cuando finalmente tuvo el dinero, mandó construir esta casa a imagen y semejanza de aquella en que vivimos cuando éramos chicos y él era un cirujano joven que estaba becado e investigaba en la Clínica Mayo, allá en Rochester, Minnesota. Por eso esta casa, a la americana, perdida aquí en La Dehesa, mucho antes de que parcelaran y se transformara en el suburbio de moda que es hoy. Por eso, también, la cocina exageradamente grande y los estupendos grifos y unas inmensas cañerías para que siempre haya agua caliente y buena presión.

La cocina, diría, es mi lugar favorito, lo que más voy a lamentar. Está toda enchapada en madera y está llena de plantas, con un comedor de diario, donde desayunábamos, y un televisor para ver a Comparini o el *Extra* o seguir, capítulo a capítulo, las desventuras de Andoni en *Cuarto «C»*. También hay dos refrigeradores y un gran mesón de pino donde cortar cebollines y mozzarella y ajos y todas esas especialidades que mi mamá cocinaba cuando la Emma estaba en su día de salida y todos nos juntábamos, como si fuera lo más común, como si fuera a durar para siempre, a preparar platos exóticos y gourmet, aliñados con esos polvos y especias que mi mamá traía de su luna de miel anual. En esos domingos fríos y neblinosos, antes de que la Camila se casara o mi padre nos traicionara, yo agarraba el auto y bajaba hasta el Mercado de Providencia y compraba la mejor fruta y lechugas y champiñones y endibias y montones de flores salpicadas de gotas de agua y después seguía hasta Pocuro, al local de los camarones ecuatorianos, inmensos y gordos, y de ahí hasta Los Ciervos para recoger algo de jamón pierna y salmón ahumado, y ostras si era invierno, y de ahí, me acuerdo, a veces recogía a la Co, en esa época todavía pololeaba con ella, y juntos íbamos a la Avenue du Bois a elegir pasteles o una Saint Honoré que a la mamá y al Gabriel les gusta tanto.

La cocina ahora vive vacía y está llena de cajas repletas de platos y ollas y vasos envueltos en hojas de diario. Sólo uno de los refrigeradores está prendido, pero ya no hay tanta comida, solamente sobras escondidas en cajitas tupperware, recuerdo prescindible de una fiesta que una vez mi mamá organizó por el solo hecho de jugar. Saco una caja de jugo de naranjas y tomo la mitad desde el mismo envase. Costumbre antipática que heredé de mi padre, me doy cuenta, pero ya es tarde y no voy a estar negándolo todo, sé que tengo cosas de él, rasgos, como eso que se me enrula el pelo cuando me crece demasiado. Y el tono de voz, por cierto. Y el gusto por la ropa tipo Ralph Lauren y esa energía necesaria para no dejarse vencer, para salir adelante y ganar, negando demostrar aunque sea la más ligera de las debilidades.

A lado de la cocina se halla la sala de estar. La mamá le dice *den*. Gabriel, igual. Esta pieza es como un imán y me atrae especialmente; he vivido cosas especiales aquí, pero, claro, eso lo podría decir cualquiera que alguna vez se ha avecindado en alguna parte. Decir en esta pieza perdí mi virginidad o sentí por primera vez lo fácil y liberador que podía ser querer a alguien, expresarse sin temerle al ridículo; o recordar un cumpleaños o una reunión sin importancia en que uno se dio cuenta de que ese pololeo jamás iba a ser igual o ese instante en que mirando un documental sobre los sesenta uno se sintió imperdonablemente viejo o esa vez en que vislumbré antes que nadie que ya no había nada más que hacer y que lo poco que nos unía ya se había trizado.

Todos, por cierto, tienen recuerdos y es ridículo pensar que los míos son mejores que los de otros. Pero sí sé que son más personales –quizás demasiado personales– y eso me basta para que la sola idea de que la familia de ese tipo ocupe y usufructúe de esta sala me enfurezca. Y es que aquí está «el teléfono de los niños». Nuestra propia línea. Mi línea. Antes peleaba con la Camila por usarla, pero ahora que se casó y dejó de enamorarse de todos los tipos que conocía, el teléfono casi ni se usa. Gabriel apenas habla y sólo recibe llamadas de un tal Roberto o la famosa Ingeborg, sus aburridos y muy serios compañeros de estudio de Medicina, que le dejan recados en el contestador sobre pruebas y turnos y diagnósticos y todos esos términos que se alzan como un idioma propio, egoísta, del que yo nada sé. Mi padre, a veces, también llama. Pero llama a Gabriel y casi nunca lo encuentra. Si mi madre o yo contestamos, cuelga. O deja recados en la máquina. Algo corto, preciso: «Gabriel, soy tu padre. Llámame».

Parte de mi rito diario, lo que quizás más me une a esta pieza, es llegar del estudio o de clases e instalarme en este sofá que milagrosamente sigue vivo, insertar un compact con la banda sonora de una película («la nueva música clásica», según Gabriel) y escuchar, uno a uno, los recados. Cuando aparece la voz de mi padre, con su recadito letal, lo dejo pasar; después de oír el beep final, dejo que la cinta se devuelva, borrándose entera, específicamente ese mensaje cronométrico. Gabriel llega tan tarde, tan cansado, que no alcanza a sacarse su delantal blanco y se tira en su cama a dormir un rato para luego despertar, comer algo, hojear el diario y volver a estudiar hasta las tres de la mañana. Ni me ve. O si me ve, se escuda en el estudio para no hablar. Y yo aprovecho de no darle el recado, aunque sospecho que de todas maneras lo averigua porque tengo la certeza de que se juntan y que mi padre le pasa plata, le presta libros de medicina, seguro que hasta le da consejos o le cuenta esas típicas anécdotas que lo hacen reír.

Va a ser difícil dejar esta casa, este *den*. Desde aquí se ven la piscina –que está quieta, con algunas hojas que flotan– y el jardín y las flores que a esta hora aún están escondidas, apretadas. También está la parrilla, excusa de tantos asados y reuniones o simplemente longanizas y salchichas con piel quemada y crujiente por el carbón al caer la tarde después de habernos bañado y salpicado y jugado a ese juego llamado Marco Polo –nadar a ciegas hasta pillar al que grita– que aprendimos allá en Rochester. Gabriel casi nunca jugaba con nosotros, ni siquiera con el papá. Le gustaba –ya no lo hace– nadar solo, de noche, a oscuras, ya que la piscina nunca tuvo luz tal como se había planeado. Una vez, me acuerdo, jugamos Marco Polo los dos. Hace unos cuatro años, creo. Estábamos absolutamente solos porque el resto de la familia se había ido a la playa. Aún estaba Pinochet y los terroristas perpetraron un atentado que cortó toda la luz de la ciudad. No había luna y no se veía nada, pero hacía calor y el agua conservaba la temperatura de la tarde. Nos tiramos a la piscina y empezamos a hacer competencias de natación y a jugar Marco Polo: «¡Marco..!», gritaba yo, «¡Polo!», contestaba él, para así saber cuán lejos estaba de mí. En una de las jugadas, lo agarré bajo el agua, choqué con él, empezamos a reírnos, a jugar, y Gabriel trató de zafarse pero yo lo sujeté con todas mis fuerzas y su traje de baño cedió. A pesar de lo oscuro, me acuerdo, vi el terror en sus ojos, pero no nos soltamos de inmediato, seguimos rozándonos hasta que el juego, y el nado, y la complicidad desaparecieron sin darnos siquiera oportunidad de arrepentirnos.

Miro las paredes de este *den*. Están llenas –tapizadas– de fotos ampliadas y pegadas sobre la madera. Fotos tomadas casi todas por mi padre. Pero él no aparece en ninguna. Y eso que hay por lo menos dos docenas. Había varias de él, claro. Solo, esquiando en el lago, recién despertado leyendo *The New England Review of Medicine* en la cama. También había algunas en que aparece junto a mi mamá: abrazados frente al Duomo en Milán, patinando en Rockefeller Center, disfrazados de romanos junto a un grupo de amigos y amigas que estaban veraneando en El Tabo. Ésa es la foto que más echo de menos; es la más ridícula, la más antigua, y se nota que fue ampliada por mi papá en su propio cuarto oscuro. En esa foto ninguno de los dos debe de tener más de dieciocho y el peinado de la mamá es inflado y él se parece un poco al Frankie Avalon de esas películas de surf que a veces pasan en la tarde.

Cuando mi padre se fue, mi madre le ordenó a la Emma que sacara todas las fotos en que él aparecía y las guardara en una caja. En un primer instante, me pareció más que lógico porque cuando uno odia a alguien no hay nada peor que acordarse de los momentos felices. La caja se la llevó Gabriel a la casa donde mi padre ahora vive con su nueva mujer. Pero ella tampoco quiso colgarlas, supe. Ahora esas fotos deben estar en una bodega o en el fondo de un closet, a lo mejor están escondidas en la consulta que tiene en Providencia. A veces, me imagino, cuando está muy borracho o muy arrepentido, debe abrir esa caja y mirar esas fotos. Tiene que hacerlo, no puede ser de otra manera. Pero aun así –porque ni siquiera me consta que lo haga, capaz que hasta le dé lo mismo– no tiene perdón. Gabriel dice que lo hizo por debilidad, porque es cobarde y eso, al final de cuentas, es respetable. Yo no estoy de acuerdo. Lo que los débiles hacen en nombre de su miseria es sólo una artimaña para vengarse –para destruir– a los que somos fuertes. Lo que se ha hecho por error, debido a esas flaquezas incontrolables, impulsado por el miedo o la confusión, es justamente lo que más daño hace.

Así sucedió con nosotros, con mi padre. Comenzó como una enfermedad suya que nos hizo sentir incapacitados, culpables. Mi padre vomitaba a toda hora, se quedaba callado en las comidas, tenía jaquecas que lo destrozaban, que lo obligaban a azotar su cabeza contra la pared. Estaba mal, débil, destruido, pero él era el médico, sólo él sabía los síntomas. Su cura llegó de improviso, un domingo a la hora del desayuno mientras mi madre revolvía huevos. Él estaba sacando el crucigrama de la *Revista del Domingo* y estaba atascado en una palabra. Mi madre pasó a su lado, miró el diario y le dijo la correcta.

Él sólo levantó su cara, la miró fijo a sus ojos y le dijo: «¿Hasta cuándo vas a ser tan perfecta?». La odiaba por eso, no soportaba que controlara todas sus emociones, que siempre fuera la madura. Yo no quise escuchar más, así que tomé mi auto y partí donde la Pía, que aún estaba durmiendo. Cuando volví, él ya no estaba y el daño era irreparable. Así que no dije nada, sólo prometí vengarme, sorprendido de que ni siquiera hubiera sido capaz de despedirse. Pero, claro, no era su culpa, era algo que tenía que hacer, su tragedia –el enamorarse como loco de esa paciente– era sólo una muestra de su debilidad, de su cobardía, de su tan humana miseria.

Ayer estuve hablando largo rato con mi madre sobre todo esto, sobre lo mucho que duele creer que uno hace lo correcto cuando no es así. Creo entender lo que ella siente. Lo intuyo, al menos. De todas maneras, solidarizo. Conmigo tiene un aliado, siempre lo ha tenido, siempre lo tendrá, cueste lo que cueste. Ayer conversamos tanto que terminamos tomándonos una botella entera de vino blanco. Estuvo bien. Ella, claro, intentó hablar mal de la Pía a propósito de su foto en la portada de la última *Paula*, que una modelo no es del todo confiable porque siempre está actuando, pero no tuvo mucho resultado porque en el fondo ella misma sabe que el mayor problema que tiene la Pía es que me aleja de ella. Eso es todo. A mi madre siempre le ha molestado eso de que la Pía duerma acá, conmigo, que se pasee en bata en la mañana o que nos duchemos juntos antes de partir a la universidad. Gabriel no opina, pero sé que el tema le desagrada y lo hace sentir aún más lejano. Y lo entiendo, entiendo que hasta se podría tomar como una suerte de deslealtad, pero a estas alturas no es algo que dependa de mí. Es algo que surgió una vez que mi padre desapareció de la casa. Ella pasó a ser una nueva integrante, a ocupar de alguna manera el lugar de la Camila que ahora que tiene un hijo casi no viene para acá. Se integró a esta familia, claro, pero por sobre todo se integró a mí.

Mi madre aprovechó el tema de la Pía, de mi privacidad, de lo escandalosamente liberal que me había puesto de un tiempo a esta parte, para insinuar una idea: que ya que todo estaba terminado, quizás lo mejor era asumir el fin con dignidad y empezar todo de nuevo. Su mejor amiga le había escrito. Viuda desde hace años pero loca como ella sola, esta tía que vagamente recuerdo, le dijo que estaba aburrida de vivir sola en Orlando y ahora que regresaba a Chile después de tantos años –había heredado dos farmacias que manejaba su cuñado–, le proponía que vivieran juntas como si fueran dos estudiantes recién llegadas de provincia. La propuesta, pronto me di cuenta, era aprovechar la coyuntura de la manera más civilizada posible y separar rumbos. Ella, con su amiga loca; y yo, con Gabriel. Nada menos. Yo ya estaba ganando algo, me dijo, y pronto sería un abogado «capaz de demandar a tu propio padre». Era tal su confusión que era obvio que por fin tenía las cosas claras. De lo que sí era incapaz era de hablar con Gabriel.

–Eso te lo pido a ti, Julián. Yo creo que la idea lo va a entusiasmar. Con el arriendo de esta casa, me alcanza de más para darles algo. Contigo a su lado, Gabriel se va a sentir mucho más seguro. Mucho mejor que conmigo, lo sé. Capaz que hasta salga de una vez por todas de su depresión.

Ahora que lo pienso, ahora que miro todas estas fotos y hurgo para encontrar las palabras necesarias para entusiasmar a Gabriel a que arriende un departamento conmigo, se me ocurre que no todo fue tan feliz como yo he tendido a pensar que fue. Todos hemos querido creer que fue el mejor de los tiempos pero sólo fue eso: tiempo, algo más que la suma de los años, un inmenso vacío de recuerdos y deberes y traumas y silencios que nos han hecho ser lo que somos, no lo que hemos querido ser. Ese tiempo, nuestra época, está llegando a su fin. Basta mirar las fotos con detención para darse cuenta. Las fotos lo dicen todo. Delatan. Revelan datos que alguien que no pertenece a la familia, que no ha compartido estos tiempos, no podría entender. No es que haya algo que ocultar. Todo lo contrario. Lo difícil es justamente demostrar, develar lo que estas fotos desnudaron en el momento preciso en que fueron tomadas. Como tratar de entender por qué en todas las fotos –fotos de veraneo y de cumpleaños, de viajes y paseos y graduaciones– Gabriel siempre aparece distante, lejos, sonriendo a la fuerza como si no estuviera acostumbrado a hacerlo.

«Gabriel es el solitario de la familia», es lo que dice mi madre. «Es introspectivo, callado; es el más intelectual». No creo que Gabriel se haya propuesto ser el cerebro del clan, el sereno, el que observa pero no habla. Si Gabriel siempre está solo, es porque yo he querido que así sea. Ésa es la pura verdad. Pero quizás *solo* no sea la palabra adecuada. Cuando Gabriel está solo, lo disfruta, lo aprovecha al máximo. Lo contrario de lo que sucede conmigo, por ejemplo. Para él la soledad no es una maldición sino el estado en el que él se siente más a gusto. Es el único estado que conoce. Lo que hiere a Gabriel, lo que lo hace sentirse perdido, lo que lo hace odiarme sin querer, es cuando está rodeado de gente. Gabriel, en este sentido, no es un tipo solitario, es un tipo aislado. Él se aísla, se esconde, rehúye y se va. El único con quien se puede comunicar es conmigo, pero me teme tanto, me envidia y me desprecia, yo lo opaco de tal manera, que no hay esfuerzo válido.

Todos, claro, creen que soy el más buenmozo, el más audaz, el que despierta más la atención. Quizás mi madre se encargó de recalcar incluso mis virtudes inexistentes. Yo siempre supe, sin embargo, que Gabriel era el más inteligente y el más bello, pero también sabía que era el más sensible, el más aprensivo. Así que para llamar la atención, utilicé el camino más fácil: deportes, montones de amigos, rebeldía, malas notas, mujeres, drogas, cualquier cosa. Le ganaba en todo y pocos en la familia se daban cuenta de que realmente existía. Excepto mi padre, claro. «Yo soy el que se porta bien, el que se saca buenas notas y tú eres el que se lleva los aplausos», me dijo una vez mientras mirábamos el Festival de Viña tirados en la cama de los papás, peligrosamente cerca el uno del otro.

Su peor golpe, lo que lo aisló aún más, no tuvo que ver conmigo, por suerte. Fue cuando no logró ingresar a Medicina: el puntaje no le alcanzó por décimas y debió quedarse en paréntesis durante todo un año, estudiando por su cuenta, sintiéndose fracasado y muerto. Gran premio para alguien que nunca hizo nada durante toda su enseñanza media excepto estudiar y pensar en mí. Sólo a través de mis chismes y anécdotas Gabriel se enteraba de lo que estaba pasando en la calle, de lo que estaba de moda.

Esa foto tomada en Pucón, por ejemplo, con las lanchas atrás, retrata a un Gabriel campeón de esquí acuático: quemado, con sus ojos bien verdes haciéndole juego a su cortaviento, con el pelo largo y desordenado, pero con cero sonrisa, con ese típico gesto que delata esa incomodidad que ahora trato de aprehender. Se ve bien en la foto pero no del todo integrado. A primera vista parece un ganador, pero él mismo sabe que eso no es verdad. Ese verano, Gabriel no hizo más que leer y nunca fue a La Suiza o a bailar. Nunca. No pololea ni lo ha hecho, se enamora desde lejos, no se permite caer ni errar. A su lado, claro, yo destaco y la foto termina siendo mía: chacoteando, haciéndome el triunfador, sin camisa, bronceado, con ese traje de baño fucsia fosforescente, con ese collar de conchitas, abrazado a la Pía, irresistiblemente deliciosa bajo esa polera de encaje transparente que le regalé, el bosquejo perfecto de la modelo top que es hoy. Y para rematarlo: la quietud conservadora pero amable, asegurada, de la Camila con el Álvaro, entonces un pololo un tanto reservado, hoy un marido de exportación.

El cielo ya está un blanco azulino, claro, pero aún es temprano, demasiado temprano para despertarlo y contarle la nueva, el plan, decirle que ya no vale la pena seguir distantes, que la idea de la mamá no es mala, que sería bueno para todos, que lo único que quiero es compensar lo que le he hecho sin querer, que todo va bien, no vale la pena amargarse ni refugiarse, que me perdone, que deje de castigarme y hacerme sentir mal por ser como soy. Si nos vamos juntos, podría ganar un poco más de plata, así él no tendría que ir como mendigo donde nuestro padre, podría ahorrarse esa humillación. Todo podría volver a ser como en esa foto en la que los dos somos chicos, ocho y diez años, un día primaveral, con nuestro elegante uniforme de colegio inglés, corbatas de seda a rayas amarillo con rojo, blazers azul marino. Gabriel abrazándome porque yo era más chico, porque me quería, porque mi mamá le había dicho que me cuidara y no me dejara solo.

Vuelvo a su pieza y por las persianas se cuela una luz pálida que rebota en el techo blanco y cae sobre las sábanas. Gabriel todavía duerme y la pieza tiene un aroma a encerrado y a él que me es familiar. Su pelo está todo revuelto y tiene un mínimo de barba que ayer no estaba pero que pronto desaparecerá porque Gabriel no soporta salir a la calle sin afeitarse. Agarro una silla que está tapada con su ropa, tiro ésta al suelo, me siento y lo miro a los ojos. Su mano sujeta firme la sábana; en la almohada hay manchas de humedad. Así que espero quieto, pensando en que todo aquello que no tenemos en común nos separa, jamás nos ha unido.

–¿Pasa algo?

–Nada... –le digo, tratando de despertar sin que se note.

Estoy en su cama, con zapatos, chaqueta. Me he quedado totalmente dormido. Por unos segundos, probablemente, pero dormido. Agotado. Gabriel me mira a los ojos, pero no ve del todo bien porque aún conserva esa neblina que delata sueño.

–¿Qué haces acá?

–Te estaba esperando. Desde hace rato, pero no quise despertarte. De tanto mirarte dormir, me dio sueño, supongo.

–Mejor te vas... Yo me tengo que levantar.

–Quería hablar contigo...

–Habla.

–No es tan fácil, Gabriel. Es sobre la mamá y el nuevo departamento. Hay una idea...

–Yo también quería hablarte de eso. Claro que no a esta hora, pero bueno... Incluso quiero que me ayudes. Me da lata involucrarte, pero no se me ocurre quién más.

–Para eso soy tu hermano, ¿no?

–No seas siútico, Julián.

Gabriel se estira y pasa sobre mí. Tiene puesta una vieja polera gris sin mangas y unos calzoncillos tipo short a rayas que eran de mi padre y que yo a veces también uso. Ha estado transpirando. Se sienta al lado mío, a la orilla de la cama.

—Tienes toda la chaqueta arrugada –me dice. Así que me la saco y la dejo en la silla. Él me mira y se ríe un poco:

—La dejaste aún más arrugada.

—Tú siempre has sido el más ordenado.

—Sólo porque tú has querido que así sea.

—Ni tanto...

—Da lo mismo. Lo importante es esto: lo he estado pensando y creo que no es buena idea que yo me vaya al nuevo departamento que va a arrendar la mamá.

—Estaba pensando lo mismo. Ella misma está de acuerdo. La idea es otra, es mucho más...

—Espera, Julián. Déjame terminar. Estuve hablando con el papá y creo que lo mejor, lo que yo más quiero al menos, es que yo me vaya a vivir con él y con la Patricia. Me tienen una buena pieza y creo que puedo estar bien ahí. Creo que lo necesito. Así es más fácil para la mamá: basta con dos dormitorios. Uno para ella y otro para ti. No sé si te parece muy desubicado... No porque tú no toleres al papá significa que yo tenga que pensar igual que tú, ¿no?

—Seguro –le digo, muy en silencio.

—¿Pero estás de acuerdo? ¿Crees que a la mamá le va a afectar mucho?

—No, no creo. No creo que ella sea la más afectada precisamente.

Entonces, Gabriel, que no se ha dado cuenta de nada, me abraza como nunca antes lo había hecho y hasta me da un beso en la mejilla, y me dice:

–No sabes lo importante que esto es para mí.

–Tú tampoco, hermanito. Tú tampoco.

Vampirismo

Por Baltasar Daza

La nueva y gótica cinta de Francis Ford Coppola, basada en la novela de Bram Stocker, intenta ser la película definitiva sobre Drácula. Coppola, utilizando todos los recursos cinematográficos que encontró a mano, explora las palpitaciones que hay debajo de la parafernalia típica de las cruces, los ajos y las dagas. *Drácula*, de Coppola, entusiasma y triunfa la taquilla pese a que todo el mundo sabe qué va a suceder, de qué se trata, por qué al conde le atraen tanto los cuellos.

Al parecer, cada cinco años el ciclo se repite y los hombres-murciélagos salen de sus ataúdes e invaden las pantallas. Lo monstruoso del asunto es que, después de Bela Lugosi y Christopher Lee, por qué alguien aún desea ver otra película de vampiros. ¿Dónde está el chiste? Según Stephen King, autor de tantas novelas de terror, incluyendo varias sobre el tema en cuestión, la gracia del mito del vampiro es que es tan flexible, tan actual, depositario perfecto de fobias tan asentadas en el inconsciente colectivo como la agresión sexual, la traición y la vulnerabilidad. Anne Rice, autora de Nueva Orleans, ha batido récords de venta con su saga de novelas sobre el vampirismo. Después de haber sido considerada sólo una escritora de best-sellers, la inventora de *Entrevista con el Vampiro* y tantas otras novelas góticas llenas de carga sexual está siendo tomada en cuenta. Así, mientras algunos ven en el filme de Coppola una alusión al Sida, estudiosos ven a los vampiros de la Rice como homosexuales de doble vida, vanidosos y elegantes, sanos de día, promiscuos de noche, condenados por una suerte de maldición hereditaria. ¿Será para tanto? ¿No es estirar demasiado la cuerda?

Pero hay otra forma de vampirismo más tangible que tiene que ver con la apropiación de alguna sustancia o elemento muy cercano y atesorado que no es necesariamente la sangre. Como el alma. O los secretos. «No te juntes con esa persona, es un vampiro», es una frase que se escucha a menudo. ¿A qué se referirá específicamente esa advertencia tan severa? Tildar a alguien de vampiro es, desde luego, un insulto, un ataque, pero –además– es una sutil forma de reconocimiento, puesto que reconoce que el vampiro en cuestión no sólo es un seductor sino que *posee* poder.

Es probable que existan muchos galanes con características de vampiro pero, no hay duda, los más peligrosos bien pueden ser los escritores. Aquellos seres que trabajan de noche (un mito) y recorren, camuflados, la calle de día buscando material que les pueda servir. Quien conozca a uno de estos seres o, peor aún, sea pariente de uno de ellos, sabrá que, a la hora de escribir, no hay secreto familiar que no aproveche. Para un escritor, o un artista en general, la moral de la rata es la única que vale y si hay que succionar material ajeno para inyectar de sangre a los personajes, entonces se hace. No importa el costo. La literatura perdura, la gente no.

Esto, claro, es una exageración, tal como lo es creer que todo lo que escribe un autor es autobiográfico. No existe paranoia más entretenida que la de los amigos de los escritores que temen que, algún día, se verán reflejados en sus páginas. Este vampirismo no es tan así. Hay otros, mucho peores, que nada tienen que ver con el arte y sí con la autoafirmación, el dinero, el status y la pura y franca conveniencia.

Las verdades succionadas, esas historias o anécdotas que contadas parecen tan buenas, a la hora de traspasarse a la ficción pierden fuerza. Aunque los amigos y la parentela crean lo contrario, un autor-vampiro no escribe para contar o delatar a nadie sino para transformar y, acaso, modificar la realidad que le tocó vivir. Los mecanismos de la creación y de la expropiación sirvan para ordenar aquello que está desordenado. Es para controlar lo incontrolable. O entender lo no entendible. Si un autor extrae sangre ajena no es por maldad; es porque, quizás, es la única posibilidad que tiene para hacer suyo lo que hace tiempo dejó de serlo.

Andoni Llovet
Una vida modelo

No es que haya mucho que contar, pero a veces son esas pequeñas cosas que uno se guarda las que más cuentan a la larga. Ahora que no sólo ha pasado tiempo sino que hay tiempo de sobra, creo que es hora de contar lo del accidente y todo lo que tiene que ver conmigo, con mi imagen pública y con la privada también, aunque muchos escépticos por ahí crean que no existe, que nunca la he tenido, que sólo soy –que sólo fui– lo que se veía en la pantalla, chica o grande, da lo mismo.

Estuve en tantas partes que la verdad es que no me di ni cuenta. No alcancé. Todo ocurrió demasiado rápido. Tan rápido como quizás terminó.

Se supone que iba a relatar otra cosa.

Siempre me han dicho que soy malo para las despedidas, que me las salto, que las evito, que hago cualquier cosa con tal de saltármelas. Incluso me cuesta despedirme por teléfono. Corto, sin avisar. No sé qué decir.

¿Pero qué estoy escribiendo? ¿Qué quiero decir?

Un poco de orden, mejor.

Señores del jurado, me gustaría que lo siguiente quedara sumamente claro: la novela –¿o nouvelle? – *Cosas que pasan* que adjunto es verídica. Lo juro. Nada es mentira ni invento.

Tampoco hay adornos. Siempre se ha dicho que les pongo color a las cosas, que exagero, que cuando cuento algo hay que dividir todo lo relatado por mil. Puede ser. Lo reconozco. Pero ya no. Esta introducción tiene por fin aportar un contexto para que, al leer la obra en competencia, ustedes puedan darse cuenta de hasta qué punto todo es autobiográfico.

Aclarado ese punto, continúo.

Los días que estoy viviendo son raros. Se estiran y estiran como chicles bajo el sol. Ésa es la idea, supongo; por eso estoy aquí. Un día tras otro, todos iguales, idénticos. Sin radio, sin diarios. A veces escucho el sonido de la televisión que sale de las otras habitaciones. O me miro horas en el espejo y apago las luces y enciendo una vela y trato de imaginarme cómo era antes del accidente, cuando todo estaba perfectamente en su lugar.

Aquí arriba el viento es cosa seria y las noches se funden con la mañana y uno se despierta tarde para sólo querer volver a dormir siesta. Después viene el baño cuando el sol está por caer y éste adormila aún más. El ciclo se repite así, en forma constante, eterna, calcada.

La cárcel, se me ocurre, debe tener este ritmo.

No sé cuántos días llevo encaramado en estos cerros mojados. Un par de semanas, por lo menos. He estado casi siempre solo. No como antes. O quizás como antes, pero mucho más notorio, mucho más obvio. La poca gente que circula por los patios y el comedor me saluda con las cejas. Los mozos y mucamas y las niñas de los baños me reconocieron de inmediato; me dicen «Polo» por la teleserie, pero ya saben que quiero estar por mi cuenta.

Lo que más me gusta son los baños termales. Estoy casi adicto a ellos. La sala de baños me recuerda una capilla y tiene un techo que parece un templo y cada tina está en su propia habitación y cada habitación tiene un nombre asignado, el nombre de un alemán o un francés que ayudaron a construir este remoto lugar que no parece del todo real. La piscina al aire libre está vacía, y tiene ramas de árbol en el fondo. Los baños calientes son en tinas. A solas. Para llegar al salón, que tiene algo operático, como de salón de baile de comienzos de siglo, hay que bajar unas escalas eternas. A cada lado de estas escalas hay accesos para sillas de ruedas. A veces aparecen en medio de la noche unos oscuros empleados y bajan, en sillas o camillas, a ancianos semiparalizados, esqueléticos, llenos de llagas que trato de evitar antes de que se queden grabados en mi memoria. Por lo general, lo que aquí prima es el reumatismo y eso que sencillamente se llama vejez, el peor mal de todos.

Una extraña perversión en mí me hace fijarme en ellos. Los hay gordos, rebosantes, de la provincia; los que me interesan, sin embargo, son los enjutos, los capitalinos, los que estiran su transparente piel cerosa sobre sus hinchadas venas. Se pasean en batas, o en mantas, y no hablan, sólo dormitan o tejen. Casi siempre aparecen en grupo. Yo me paseo entre ellos en traje de baño. O con una toalla amarrada a la cintura. Saludo a las viejitas. Ellas no entienden qué hago aquí. Miran mi cuerpo, en especial cuando hago flexiones, cuando no resisto exhibir mi descarada juventud. Deben creer que estoy sano.

¿Qué hago acá, entonces?

Para entretenerme, además de los baños, recurro a las siestas. Leo poco, no me puedo concentrar. Las ficciones ajenas no me interesan; con mi realidad tengo de sobra. En ocasiones, cuando salgo a caminar por los bosques, hablo. Me hablo. Tarareo canciones. Canciones en español. Recito sus estrofas. Ocupan mi mente, me mantienen activo. También escribo. Recurro a mis recuerdos. Aquí no hay mucho que contar. Es una dimensión que no vale, que no afecta.

No como el pasado.

El otro día, mientras flotaba en la tina –el calor y las sales minerales lo dejan a uno fatigado– pensé que esta temporada en el cielo no sirve de nada, que no me estoy curando en absoluto, sólo vegeto, envejezco un poco cada día, me deslizo

aburrido y triste por un hielo lleno de grietas y su-
turas que siempre está a punto de ceder pero no
cede.

Este sueño se lo conté a Luisa Velásquez. No
es la primera vez que lo tengo. A veces, sueño que
me hundo y me arrastra la corriente bajo el grueso hielo y veo cómo arriba todos mis conocidos
patinan y juegan hockey y hasta me miran, pero no
hacen nada porque el hielo es como vidrio y la corriente es demasiado rápida.

Según ella, el sueño es simbólico. Tiene que
ver con que te aterras a enfrentar las despedidas,
me comentó.

Lógico, le dije. Luisa Velásquez no es mi sicóloga, sólo una amiga de toda la vida. En verdad,
no es amiga mía, sino amiga de mis amigos. De
Balta e Ignacia, desde luego; incluso fue sicóloga
de Ignacia pero ahora sólo son amigas, aunque sea
por carta. También resultó ser ex compañera de
curso de colegio de Flavia y de Gonzalo McClure.
Todo en familia. Todos intrínsecamente ligados
sin siquiera darnos cuenta.

Cuando veo a Luisa –casi siempre por casualidad–, nos encerramos en una habitación o en un
baño o en un auto y conversamos. Mejor dicho: yo
converso y ella escucha y me analiza y me tira
alguno de sus dardos venenosos llenos de buenas
intenciones y me dice que no puedo ser tan inconsciente, que sencillamente no me cree.

No tolero cuando la gente no me cree.

Lo otro que me dice –que me ha dicho hasta el cansancio– es que debería empezar una terapia. Yo le he contestado que no la necesito y ella se ríe y me dice que justamente aquellos que dicen eso son los que más la requieren pero que no se atreven, se cagan en tres tiempos.

–Evitar la pena, querido, me parece más que respetable.

Se pasa demasiado mal, es verdad. Te entiendo, pero no te apoyo. Si no te encontrara tan estupendo, te atendería yo misma. Pero conozco la persona justa para ayudarte. Avísame, no más. Sabes mi número. Estoy en las páginas amarillas.

Luisa Velásquez es divertida y tiene la habilidad de sacarme confesiones, de abrirme como si fuera un tarro de erizos. Yo le digo que con eso basta. Que verla de vez en cuando me permite la descarga necesaria para mantener mi sanidad mental. Además, tengo amigos por kilo que me siguen para arriba y para abajo y llenan mi departamento. Antes, cuando vivía con Damián y Tomás, atiborraban «el pub», como le decían a la casa; se dejaban caer, aburridos, con trago y droga (de eso se encargaba Damián) y siempre terminaban contándome sus tragedias y trancas y rollos y yo les doy –¿les daba? –mi opinión y, cosa curiosa, al escucharlos, descubría que yo, de loco, no tenía nada.

Que estaba mejor que nadie.

Que estaba bien, digamos.

Muchísimo tiempo después, le conté esto

mismo a Max, mi psicólogo esporádico. Max me dijo que no me preocupara, que todo estaba perfectamente normal. Me pidió que confiara en él.

Como si la confianza fuera algo que se pudiera pedir.

Si bien hay muchas cosas de mi pasado que detesto, tengo que reconocer que son casi mis únicos recuerdos. Esto me da mucha rabia porque no consigo eliminarlos. Baltasar me dijo una vez que las despedidas son mucho más fáciles que las partidas porque al menos uno sabe lo que deja, en cambio no tiene idea qué es lo que va a enfrentar. Vale. Pero yo todavía no logro desprenderme del pasado así como así. Y el futuro, por malo que sea, no puede ser peor de lo que ya me tocó.

Da lo mismo.

En todo caso, no estoy loco, pero tampoco estoy sano.

Soy un tipo relativamente atractivo, con un aspecto entre agreste y calculado, un look de chico-bueno-con-más-experiencia-de-la-que-conviene-pero-aun-así-inocente que funciona a la perfección y que, más importante aún, me va.

Mejor dicho: me iba porque ya no soy el mismo. Ya no me veo igual. Ya no me veo tan chico, tan joven, tan bueno. Ya no parezco inocente y la inocencia, aunque sea falsa, es básica, es el mejor de los afrodisiacos. Vende como nada.

Antes del accidente me veía bien. Increíblemente bien. A veces, reflejado en un espejo, así de

165

pura casualidad, caminando por la calle, por ejemplo, no me reconocía: esos pómulos que delataban algún ancestrillo mapuche por ahí, la nariz romana, cejas gruesas pero controladas, ojos verde pardo siempre entrecerrados, pelo lacio, liso, café oscuro, que contrasta con mi piel pálida, transparente. Bien. Bastante bien. Casi perfecto, para ser chileno.

Estaba contento. Me había transformado en algo mucho mejor de lo que había esperado. Lo único que me faltaba era escribir.

Una cosa por otra, supongo. Ésa es mi teoría: Dios o quien sea reparte naipes cuando cada uno nace. A unos les toca una cosa y a otros, otra. No todos pueden poseer lo mismo. No todos pueden tenerlo todo. Así, unos salen bellos pero tontos y otros, feos pero con carisma. Hay deportistas que aman y científicos que odian. Gente inteligente que se casa pero no tiene hijos. Y hay otros que terminan ricos pero no hacen lo que quieren.

Algo así.

El accidente, ahora me doy cuenta, dejó en mí más de una cicatriz. No es que mi cara haya quedado lacerada. Me quebré la nariz, es cierto, y me pusieron algunos puntos sobre la ceja, pero lo que más se vio afectado fue mi autoimagen. Un choque tiene ese efecto: pierdes el control y estallas. Y algo que nunca se va recuperar se pierde. Entre las cosas que perdí fue eso tan inexplicable que le da coherencia y armonía al rostro. Mi cara sigue igual, pero ya no soy el mismo. Ya no atraigo del mismo

166

modo. Ya no atraigo nada.

Según Flavia Montessori, que fue algo así como mi manager, mi productora, el secreto de mi éxito se debió a que, paralelo a mi encanto con las mujeres, no ahuyentaba a los tipos. Por eso pude pasar fácilmente a la actuación y no alcené a nadie. Según Flavia, esto era algo parecido a un teorema y la razón por la cual muchos tipos bellos fracasan rotundamente en el mundo de la moda. O parecen minas o todos creen que son maricones o llegan a asquear por lo perfectos. Y eso molesta. Molesta más que nada a los hombres, que son inseguros por naturaleza.

En términos estético-morales, yo representaba algo así como el vecino pintoso, el que cuando está en la playa mata, pero aun así no es el rey; el compadre cool, piola, trancado, pero con onda, que no habla, pero tampoco pasa desapercibido. Ese era mi terreno, mi parcela, mi perfil público y, de repente, el privado también. Lo que pasa es que un modelo es un tipo que, más que nada, está al servicio de los deseos de los demás. Tanto de los clientes como del público. Mientras menos deseos propios tenga, mejor le puede ir. La ambición, las ganas de expresarse, de decir las cosas por su nombre, de sacar la voz y gritar, son fatales en este negocio. Aquí uno responde, no provoca. La gente cree que es lo contrario, pero yo que he estado arriba de la pasarela lo sé. Lo sé más que bien.

Los modelos son un gremio extraño, peor aún

que los actores, que es gente con la cual nunca pude entenderme. Para un modelo, lo más importante es mostrarse. La idea no es interpretar sino potenciar. El Baltasar odiaba con todo su ser este mundo. Le asqueaba la llamada «escena», el deseo de figurar, ese afán neurótico por aparecer. Despreciaba, por sobre todo, la televisión y los estelares y el jet-set juvenil que llenaba las estériles páginas de las revistas del corazón. En ciertos aspectos estaba en lo cierto: el ambiente era patéticamente liviano, lleno de egos frágiles y agendas secretas; gente tonta, narcisa y coja que corría por la vida en grupo. Yo al menos lo tenía asumido: un modelo quiere que lo vean, lo admiren, lo envidien. Es capaz de estar horas estudiando una pose, revisando sus fotos, ensayando una mirada, un gesto, un look. Una vez, me acuerdo, le dije a Baltasar que, en rigor, todos los artistas deseaban lo mismo. «Un escritor desea que lo lean, que lo entiendan. Lo que quiere es que lo quieran, valga la redundancia».

Ahí me di cuenta de que estaba un tanto perdido. Para ser querido por otros, hay que quererse uno. Y en este gremio, esa capacidad escasea. Como bien lo dijo Ignacia una noche mientras mirábamos televisión:

—Quererse no es lo mismo que creerse estupendo.

Yo mezclé las cosas. Lo deseaba todo. Me confundí. Quería que me vieran, claro, pero que también me entendieran.

Era un vanidoso de mierda.

Y me encantaba.

Tenía –teníamos– todo calculado.

Por eso, hasta el final, hasta que Flavia se aburrió de mí y partió a Barcelona, nunca fui símbolo de las calcetineras. Ése era mi terror, lo que me despertaba en las noches. Hasta que aparecieron esas primeras malditas postales coleccionables, esa instantánea de vida social en que aparecía con aquella Miss Hawaiian Tropic que ni siquiera conocía. Eso, más los rumores y la droga arruinan la más sólida de las carreras.

Cuando empezaron a llegarme cartas de niñitas que ni siquiera sabían leer, que vivían en barrios perdidos e iban a colegios con números, ahí supe que estaba en serios problemas. Fue el comienzo del fin. Pero eso fue al final, sólo al final. Antes de que me descontrolara y todo virase a negro.

¿En qué me metí?

Según Max, el choque fue algo así como un símbolo; perdí la capacidad de manejar mi propia vida.

Como si yo no lo supiera.

La noche del tropiezo comenzó en la barra de una discotheque que me conocía de memoria pero que, para variar, tenía un nuevo nombre, un nuevo dueño. Estaba solo; ellos ya no estaban. O si estaban, no estaban cerca de mí. Ella, al menos, no. Me acuerdo que sentí que se abría una grieta en medio de mi vaso, en medio de mi ego. Algo estaba mal: me hundía y me hundía, no podía concentrarme, lo único que deseaba era dormir, pero no tenía sueño, no tenía con quién. Ahí estaba, rodeado de gente, de gente que me miraba, y pensé: ahora sí que estás solo, mucho más de lo que pudiste haber imaginado. Entonces vi la atractiva mirada del tipo de patillas y el pelo teñido de azabache que estaba al otro lado del vidrio, en el espejo, en el reflejo. Estaba tan mal, tan disperso, que ni siquiera me reconocí a mí mismo. Si el tipo de las patillas era yo, entonces ¿dónde estaba el resto de mí?, ¿en qué momento nos separamos?, ¿cuándo dejamos de ser uno?

¿Uno?

El nuevo dueño me saludó y me regaló una tarjeta dorada para que volviera siempre y Damián Walker me pasó dos Escancil y tenía trago gratis y tantos tipos me saludaban que no sabía quién era quién y la fotógrafa de vida social disparaba y disparaba y el pendejo del Felipe Iriarte bailaba *Falling to Pieces* en la pista y el ruido ensordecedor del techno aumentaba mi pulso y vuelta a encerrarse en el baño, otra línea, otro trago gratis, otra línea, empiezo a mear, un tipo me mira y me dice todo suave «así que tú eres Andoni, ¿no?» y lo empujo y salgo y una minita dice «cacha a ese huevón, me cae como las huevas, se cree la raja, se quiebra entero» y otro trago, otra línea, «yo convido, compadre, yo convido».

Esa noche, con un cassette de compilaciones

depresivas insertado en la radio y ciento sesenta en el tablero, choqué. Con un poste y un árbol. La culpa la tuvo, más que todo, la neblina, el pavimento mojado y la paleta luminosa con mi foto encendida, brillando, afeitándome en medio de la noche y del hielo y del rocío congelado que se esparcía con la brisa y no perdonaba a los que aún no estábamos preparados para ser de todos antes de ser de alguien, antes de ser de uno.

Pero eso fue después, mucho después. Casi al final.

Lo que yo ansiaba en un principio era ser aceptado, entrar al club y ser algo más que un socio: el presidente, el cónsul honorario, el dueño. En ese sentido, no era tan distinto al resto. Todos desean lo mismo. Cuando uno ha estado afuera mucho tiempo, la sola idea de entrar se transforma en una meta. Estaba necesitado de cariño y mi plan era no parar hasta hastiarme. El éxito, dicen, es la mejor venganza.

Y yo quería vengarme.

Ah, quería vengarme como nada y hundir el cuchillo de la victoria en las carnes blandas de la mediocridad. Sobre todo a aquellos que antes se reían, que me miraban hacia abajo, que ni siquiera se daban cuenta de que existía.

¿Dónde están ahora?, ¿vendiendo zapatos?, ¿seguros?, ¿paseándose todo el día por el centro?, ¿haciendo colas en los bancos? Cierro los ojos y los veo: con veinte kilos de más, comiendo arroz con huevo mientras ven televisión y de pronto ahí estoy, invadiéndoles su territorio. Entonces dejan el tenedor y le dicen a la tipa que dejaron embarazada y que ya no quieren:

–Mira, gorda, yo a ése lo conozco, era del Liceo. Era amigo mío, compañero de curso, compadre.

¿Compadres? Sí, ¿ah? Cuándo fue el bautizo, ponme al día que no recuerdo. Cómo nos cambia la vida, ¿no? Unos suben y otros caen, o se estancan. Y a ti, compadre, ¿qué te pasó? ¿No eras tan campeón?

Me despreciaban porque era distinto, porque era mejor.

Para mí estar entre ustedes significaba el fracaso, un desvío, una ineptitud más de mi padre muerto, la típica economía mal entendida de mi madre; para ustedes, en cambio, estar allí era el sueño de la familia, el orgullo de esos tíos que llegaban los domingos en micro y armaban el asado y después partían en masa al fútbol. Si algo les envidiaba, era esa energía del resentido social que los inyectaba de fuerza, de empuje. Eran capaces de hacer cualquier cosa con tal de surgir. Estaban dispuestos a rearmarse y deshacerse y mentir y callar y omitir hasta lograr trepar, a costa de quien fuera, siempre enfocando los ojos hacia delante pero incapaces de dejar de mirar atrás, paranoicamente atentos a cualquier insinuación o chiste o pregunta que pudiera delatar sus orígenes.

Ahí, a la entrada de Cumming, plena Alameda,

frente a esa vieja iglesia, los aprendí a conocer y supe cuál era ese talón de Aquiles que los hacía cojear, daba lo mismo cuán rápido corrieran. Una cosa es querer y otra, muy distinta, poder. Y en esta sociedad, el que no tiene pinta, está jodido. Da lo mismo que sea bueno para tirar, que tenga más pelo y ya se afeite, que meta los goles, que sea campeón de pool, que haya acumulado más láminas del álbum y las queme delante de mí con tal de no pasármelas, con tal de establecer que yo a un lado y ustedes, al otro. Y pensar que yo creía que era raro, inferior. Casi.

Hasta que un día, en el camarín, me miré en el espejo. Estaba solo, fuera de forma, mal construido, blando. Y allá atrás, ustedes, hueveando, tirándose las toallas, en pelotas, orgullosos y desafiantes, totalmente relajados. Así que me hice a un lado, desaparecí, mientras ustedes seguían gastando la energía que les quedaba.

A veces, para ganar hay que saber perder. Es una cuestión de estrategia, de paciencia. Pero aún no los olvido. No podría. Los desprecié demasiado. Los odié. Los envidié. Anotaba sus nombres en mis cuadernos y me imaginaba que yo era como ustedes: dueño del mundo. Del centro. Del barrio, del Liceo. La meta del siglo: tirarse a las del Uno. Y después, apechugar.

Pero yo quería otra cosa.

Flavia tenía razón: ten mucho cuidado con lo que deseas porque lo puedes obtener. Yo antes no era así, eso está claro. Mi historia se resume, como me dijo Gonzalo McClure, en un *wishful thinking*. Quizás tenga razón.

–Es lo único en lo que nos parecemos –me dijo una vez–. Por eso, a pesar de todo, me caes bien. Hasta me inspiras un poco de lástima.

Después se rió. Yo, también. Pero mi risa era falsa.

Digamos que sufrí el síndrome Jim Morrison, viví a ciento ochenta la fábula del patito feo. Gordo, gordito. La armazón quizás estaba bien, pero la carburación fallaba. Algo ahí no funcionaba, como si esa parte de mí no quisiera salir a la luz. Pensé en dietas, en ejercicios. Pero era mucho trabajo. Hasta que descubrí el santo remedio: las anfetaminas, primero; las pastillas para dormir, después. Uno no sólo baja de peso, cambia. Se altera. Se llena de nervios, deja de lado el *baby-fat* y lo que sale es como si hubiera estado oculto hasta entonces: el mármol virgen y liso. Las drogas son el mejor cincel. Las drogas y los problemas. Y el odio. Y el sexo.

Cambio de tema.

Cuando reaparecí después del último verano, ya no necesitaba esconderme en las galerías o en las tiendas con tal de no saludarlos: ahí vienen, en grupo, riéndose, siempre armando alboroto. A partir de entonces, mi único deseo era toparme con alguno de ustedes. Total, eran todos iguales, intercambiables.

Y cuando después me los encontraba, me hacía el que no los reconocía, los humillaba y los obligaba a halagarme y a felicitarme y yo podía oler la envidia, estaba en el aire, áspera pero fragante y, créanme, putas que olía bien.

Desde un principio quise estar de este lado, recibiendo los aplausos; no dándolos. Yo sólo quería que me quisieran. Eso era todo. Nada tan anormal. Lo que no quería era pagar con la misma moneda.

Así que me quebraron la espina dorsal.

Y me desplomé.

Lógico, eso no se perdona. Nunca.

Calma, viejo. Calma. Olvídalo.

Después de mucho meditarlo, he decidido que lo que corresponde en una situación como ésta es contar mi vida, por aburrida que resulte. He decidido ir contra la corriente, cometer el error que no se debe cometer y contar la verdad. Tal cual.

Toda la gente que conozco que escribe, los imbéciles del taller de Néstor Quijano, incluyendo a Baltasar Daza e Ignacia Urre (en especial, ellos dos) proclaman –o proclamaban– que escriben a partir de la verdad. Según ellos, sus vidas son su principal materia prima. Pero, rápidamente, como quien cambia de canal, se dan vuelta la chaqueta y acotan que la ficción no es para nada un striptease psicológico, que la distancia es vital, la distancia y la autoconciencia, que más bien hay que partir

175

desnudo para terminar vestido, que la literatura no es sólo contar la verdad sino recrearla, retransmitirla, rebobinarla tanto en término éticos como estéticos.

Váyanse a la mierda.

No sé cómo duré tanto cerca de esa gente. No sé cómo tragué tanta huevada. Lo que pasa es que quería escribir. O quería ser escritor. Y cuando uno se mete en ésa, se vuelve raro, tenso. Pierde las defensas y sólo piensa en las fotos de solapa (frente a una playa, leyendo sobre una tabla de surf) y en las entrevistas que le van a hacer cuando salga el libro y en los críticos entusiasmados que descubren al nuevo jovencito de las letras y uno contesta frases pensadas, frases polémicas e ideales para titular, para hacer bajadas o lecturas de fotos, darle a la prensa la cosa servida para así durar un poco más en la lista de los best-sellers de la Cámara del Libro.

Lo mío es verídico. Pasó. Hace poco. Y hace mucho. Es la verdad y nada más que la verdad y que Dios me perdone si no es así. Baltasar Daza, que no necesita presentación y que fue de lo más amigo mío, fue quien me metió en esto de la verdad y la mentira que, mal que mal, es «la materia prima de esto que llaman ficción, brother».

¿Por qué escribo todo en pasado? ¿Como si alguien se hubiera muerto, como si ya nadie existiera?

¿Nadie?

A Baltasar Daza le encantaba citar diálogos famosos, citar primeras frases o párrafos («*A veces compensa tener amigos ricos*»; «*En esos días, los departamentos baratos eran casi imposibles de encontrar en Manhattan, así que me mudé a Brooklyn*»; «*Venía de una estirpe de exitosos mitómanos, nada le estaba prohibido*») y las citaba en los lugares más inadecuados e incluso inhóspitos, como en medio de una película o en el baño de un restorán o en la caja de un supermercado.

Según Baltasar, la verdad se encuentra en las mentiras. Néstor Quijano, nuestro maestro, el autor de la polémica y, de alguna manera, fundacional novela *Subsidio privado* y de ese pituto televisivo que se transformó en fenómeno de rating llamado *Cuarto «C»*, escribió al respecto en una columna de una revista de tarjeta de crédito que «las verdades, al final, no son más que mentiras que no le interesan a nadie más que a quien las escribió». A Néstor, a pesar de tener edad suficiente para ser el padre de Balta, le encantaba polemizar con su pupilo favorito que, además, era su escritor más odiado y su competencia más descarada, aunque a estas alturas ya nadie compite con Baltasar Daza. Nadie excepto yo, quizás, pero ésa es otra historia.

Pero quizás debería presentarme. De una buena vez.

Soy Andoni Llovet, hace tres años que tengo veintitrés, tengo cinco portadas de *Tevegrama* a mi haber, dos de *Caras* y una de *Acné*. Se podría decir que he sufrido eso que ahora todos llaman frívolamente «sobreexposición». Digamos que eso de *«pocas vidas privadas fueron más públicas»* (el epígrafe de *Famoso*, la novela de Baltasar Daza) me sienta como anillo al dedo. Mejor dicho: buena parte del personaje principal está basado en mí y, como todos saben a esta altura, en Pascal Barros, el cantante. El epígrafe se los cedí yo y, cuando Balta empezó a escribirla, se fijó más en mí porque apenas ubicaba a Barros, que ya estaba sumergido en su etapa salingeriana.

«Mi nombre es Cristóbal Zegers, tengo veinticinco años y soy el hombre más famoso de Chile.» Es más: esta famosa frase inicial de *Famoso* (veintinueve mil ejemplares vendidos sólo en nuestro país, Premio Municipal de Literatura, cinco traducciones, posible adaptación al cine sin mí de protagonista) la pronuncié yo, borracho, a la salida de la barroca ceremonia de los Premios APES donde no sólo fui elegido Revelación del Año sino que fui aplaudido de pie. Después los diarios me atacaron por «soberbio», «creído» y «mal educado», pero ya me había dado el placer, así que dio lo mismo.

Cómo pasa el tiempo.

¿Cuánto tiempo falta?

Lo acepto: tuve mis quince minutos. Exactos. Ni un minuto más. Balta me lo advirtió y no le hice caso.

–No sé cómo te puedes juntar con esa gente.

178

Tienen la consistencia de un tubo de gel.

Más allá de lo que digan (y sé que han dicho harto), no desearía continuar esta carta —¿esta introducción?— sin hacerme entender lo más claramente posible. Lo que aquí importa es *Cosas que pasan*, una novela –o nouvelle, como hubiera dicho Néstor– que intenta resumir algo de mi azarosa y no siempre satisfactoria vida. Como toda ficción tiene sus reglas, a veces internarse en una novela implica más amarras que licencias. Contradictorio, pero así es. Ustedes, como jurado, lo saben mejor que yo. Lo que tienen en sus manos es sólo un prólogo, una introducción. Ayuda –creo– a definir el contexto. A entender mejor quién es el autor.

Es como *The making off*...

Detrás de la escena. Pero creo que ya lo dije.

Para armar *Cosas que pasan* decidí que lo único que haría desde el punto de vista literario era enmascarar algunos de los nombres para proteger a los inocentes y sustituir algunas profesiones que, la verdad, eran realmente aburridas, poco inspiradoras y, si bien es verdad que son necesarias para que el mundo gire como gire, también es cierto que no entusiasman a nadie.

Este tema –esto de las profesiones– era un tema relativamente obsesivo en Néstor Quijano y siempre lo sacaba a colación en su taller. Según Quijano, era vital dejar en claro qué profesión tenía el personaje. Profesión o hobby o afición o vocación. Eso. Según él, estaba aburrido de meas culpas e introspecciones y cuentos sobre escritores o, peor aún, aspirantes a escritores.

Me queda claro que en el ambiente literario, en el mundo de ustedes, no soy muy conocido. Aún. Algún día, no me cabe la menor duda, lo seré. Pero todavía no logro hacer el *cross over*, como dicen en el mundo del espectáculo. En mi mundo –que a veces creo que es el de todos porque todos, por pobres que sean, tienen televisor– soy muy conocido. Demasiada gente me conoce, demasiada gente podría repetir mi historia, demasiada gente por todas partes.

Pocas vidas privadas fueron más públicas...

Flavia, mi manager, conoce a todo el mundo. Para ella, esto era una bendición, el motivo por el cual ganaba lo que ganaba.

–Si no sé quién es, es porque no existe –decía.

Yo no toleraría conocer a todo el mundo, aunque igual conozco superficialmente a *demasiada* gente. Pero eso no es nada comparado con la sensación de que *todo* el mundo me conoce a mí. No es recíproco. Ni tampoco es demasiado agradable. No es lo que esperaba. Escribir, en cambio, permite que sólo algunos (los que se toman el trabajo de leer) te conozcan y te conozcan bien.

Según Pascal Barros, la fama es entrar a una fiesta y saber que el 95% de la gente te ubica y que de ésos, un 80% te odia o te encuentra estúpido o te cuelgan rumores o no dejan de observar cada uno de tus movimientos. Pascal, que siempre ha tenido tendencia a la exageración, incluso pensaba que había un 20% que lo único que deseaba era matarte.

Baltasar Daza pensaba que la fama era un gran desagüe en el que uno se vaciaba más rápido de lo que alcanzaba a llenarse.

Aquí en las termas no tengo ese problema. Me dejan tranquilo. No hay teléfono. Hay, pero no me lo prestan. Les dije que no me lo prestaran. No tengo mucha gente a quien llamar.

–*Te llaman.*

–*Dile que la llamo de vuelta.*

Antes, cuando estaba en Santiago, cuando estaba bien, antes de que pasara lo que pasó, yo nunca llamaba a nadie. No sabía qué decir. Necesitaba una muy buena excusa para agarrar el teléfono y marcar. Para responder un recado, pedir algo, avisar, confirmar, siempre había asistentes. Que no haya teléfonos acá arriba me parece bien. Menos estresante. No tolero los contestadores automáticos. En especial, el mío. Con mi mensaje vergonzosamente críptico, con partitura de Danny Elfman de fondo, y mi voz leyendo como un demente la pedante contratapa del libro que aún no he escrito y que de más podría haber terminado si no hubiera andado por ahí perdiendo el tiempo, perdiendo el olfato.

Perdiéndome.

–*Te perdiste, compadre. ¿Qué te pasó?*

Pasaron tantas cosas. Cosas que pasan. Cosas

que uno no controla.

Después de mucho pensarlo, decidí que lo mejor que podía hacer en una coyuntura como ésta era arrancarme de todo y rebobinar. Era lo que me habían recomendado. Pensé en viajar, pero viajar solo no es demasiado entretenido porque no hay con quién reírse, no hay con quién compartir nada y eso termina deprimiendo de verdad.

Después me acordé de las Termas de Cauquenes, de una producción de modas que me tocó hacer para *Paula*, junto a Pía Bascur y otras top-models, y del feroz almuerzo que nos sirvió el chef, que tiene un montón de premios en su haber y que abandonó Francia para venir a instalarse aquí en este sanatorio termal perdido en medio de la cordillera de Los Andes.

Opté, una vez más, por la huida. Ya no podía más. Traje lo justo, no me despedí de nadie y partí rumbo a Rancagua. Tomé la carretera del cobre que sube la cordillera y lleva a las termas. Es un camino increíblemente bueno; uno no se lo espera. Lo más formidable son las curvas y las subidas, que hay que agarrar en segunda. El camino tiene tal pendiente que, cada tanto, hay unas pistas de emergencia de arena que tienen una curvatura que las eleva un resto. Están ahí para prevenir en vez de curar. Por si a los inmensos camiones que transportan el cobre les llegaran a fallar los frenos. Con esos colchones de arena ahí, chocan pero se salvan. Tienen dónde caer. Por eso pueden darse el lujo de correr, de pasar a los otros, de jugar cuanto quieran. Si algo malo les llegara a pasar, no importa. Alguien ya se ha preocupado por ellos.

El que quiera saltar, más vale que tenga red debajo.

De mi pieza veo el río Clarillo, que siempre suena y me ayuda a dormir. De un tiempo a esta parte, es lo único que hago bien. Más allá del río, están las laderas de los cerros y el cajón y los acantilados y un puente que me recuerda el viaducto del Malleco y me trae a la memoria el video-clip de Pascal Barros donde el tipo, hecho un loco, se dedica a saltar en *bungee* desde el viaducto mientras el tren pasa y todos escupen y él cae y cae y las imágenes se sobreimprimen y se ve cómo él cae, la steadicam cae y se siente el vacío, el descenso y Pascal canta «todos tenemos acceso al exceso...» y después, la toma final: Pascal, colgando al revés, sonriendo, con el río abajo, mirando a la cámara y diciendo, en forma seca, «a veces hay que caer...» y la música se detiene y una toma aérea lo muestra solo, colgando, en medio de ese valle increíblemente verde y peligroso.

Caída libre.

A veces hay que caer...

Ése va a ser el epígrafe de *Disco Duro*, la gran novela de Baltasar Daza. *Caída libre* es uno de los temas de Pascal Barros. Es el tema favorito de Baltasar. Daza lleva años trabajando en *Disco Duro*, pero nunca le ha mostrado nada a nadie. Sí ha contado cosas. Va a ser, se supone, su trabajo más autobiográfico y toma como punto de partida su familia.

–Quiero hacer una saga, pero sin caer en la fórmula del realismo mágico. Puro realismo virtual, pura literatura McCondo. Algo así como *La casa de los espíritus* sin los espíritus.

Yo, en lo personal, he tenido hartas ideas para novelas. Nunca se me ha ocurrido un cuento, por ejemplo. Mi imaginación, al parecer, es de largo aliento. De tan largo aliento que supera mis fuerzas, mis ganas, mis ambiciones más descaradas. Quizás por eso nunca he llegado más allá de las doce carillas. *Cosas que pasan*, en este sentido, es la excepción.

Quizá me cueste escribir, pero dentro de mi cabeza está todo. Tengo hasta los finales, que es lo más difícil. Si a *Cosas que pasan* le va bien, me catapultaría a la fama instantánea y obtendría un prestigio intelectual que a otros les costaría años obtener. Este apoyo, más el contrato con una editorial y la ayuda de una agente, me daría el suficiente ánimo y seguridad para sacar de mi disco duro cerebral un montón de materia prima disponible con la cual lanzarme a escribir todas esas novelas que nadie, por cobarde o mediocre, ha tenido la ocurrencia de escribir. Hay temas, hay historias, que no pueden esperar, que son urgentes. Saltarse las grandes historias de nuestro tiempo, decía siempre Balta, es una actitud literariamente estúpida, además de ser profundamente inmoral.

Gran valor, Balta.

Estoy absolutamente de acuerdo.

¿Pero aún te acuerdas?

De todas mis novelas frustradas que algún día tendrán que terminarse, la más cercana y personal es, sin duda, *Una vida modelo (la vida de un modelo)*, que trabajé –sin éxito– en el taller de Quijano. Llegué al taller con toda la ingenuidad literaria que me caracterizaba por ese entonces. Estaba en mi etapa «pateando piedras» y no tenía mucho que hacer, sólo discutir y fumar pitos con Damián y Tomás Gil y recibir a tipos como Julián Assayas o el Toyo Cox que se dejaban caer por la tarde en el «pub», como le decían todos porque, en rigor, la casa era casi propiedad pública y había cero privacidad.

Por esos días, tampoco trabajaba; sólo algunos pitutos por ahí que me conseguía Flavia. Recién estaba entrando en la onda del modelaje, así que todo era bastante nuevo y la posibilidad de acceder a ese submundo hermético y lleno de códigos me parecía alucinante, glamoroso y, no sé por qué, plagado de riesgos. Todavía no firmaba un contrato de exclusividad y casi todo se refería a pasarela y catálogos y estar de extra en un spot. Tenía tiempo y energía de sobra por lo que, además de trabajar de mozo en eventos y matrimonios (era parte de la organización Banquet's, donde todos éramos perfectamente bellos y ascéticos y nos peinaban con mousse antes de cada cóctel), me dedicaba a escribir.

Quizás debí haberme dedicado al deporte.

Cuando leí en el diario que Néstor Quijano estaba organizando un taller para jóvenes donde, además, iban a pagar por asistir, no dudé en postular. Obviamente, todos los que se juraron los nuevos elegidos enviaron su material. Eso lo supe después, cuando me llamaron a una entrevista y tuve que esperar una hora con otras tres personas, una de las cuales era nada menos que Ignacia Urre, la periodista. Me acuerdo que en esa época su pelo era curiosamente rojizo. Estaba en su etapa henna o algo así. Se veía insuperable, me acuerdo, a pesar de esos bototos que usaba con medias fosforescentes.

–¿Tú vienes a la entrevista? –me preguntó a toda boca. Yo la miré levemente aterrado y me fijé que las otras dos personas me observaban.

–Sí, me llamaron. Me dijeron que viniera hoy.

–Pero, vamos, el casting ya lo hicieron. Eligieron a Matt Dillon, ¿no te enteraste?

–Perdón, pero ¿esa frasecilla se te ocurrió recién o la ensayaste en tu casa?

–Eres rápido. Me gusta eso en un hombre.

No podía creer lo agresiva que me resultaba. Quizás era ese largo impermeable de cuero negro; o esa ajada biografía de Frida Kahlo que no paraba de subrayar. Algo en ella me atraía, pero poseía un rasgo del todo repelente. Me asusté, claro, porque las veces que había sentido algo así, había caído fulminado en forma instantánea. La miré de arriba abajo, rociándola de desprecio, evitando

186

mirarla a los ojos, fijándome en los otros, margi-
nándola. Después de mucho resistirme, le dije:

—Tú escribes, ¿no?

—Sí, claro.

—Me lo imaginaba —le dije. Pero se lo dije
lento, en forma cáustica, lleno de desdén.

—¿Y tú no?

Sabía que me iba a responder, que iba a caer en
el juego.

—Sí, pero también me dedico a otras cosas.

—¿Modelas?

—A veces.

—Te he visto en el comercial de los calzoncillos largos.

—Pero ése lo dieron super poco.

—Tengo una memoria extraña. Me acuerdo de
las cosas que no debo y olvido lo vital. Me compré
un par de esos calzoncillos. Son lo mejor. Otra cosa:
tienes bonitos glúteos. Vamos, mejor que los míos.

Mientras me hablaba, me cambié de asiento y
comencé a mirar a una tipa con ojos medite-
rráneos que estaba ahí comiéndose las uñas. Le
sonreí y comencé a coquetearle, aunque no me
gustaba en lo más mínimo. Seducir a una mina que
no te gusta es mucho más fácil que conquistar a
una que realmente te atrae. La tal Ignacia —aún no
sabía su nombre— hervía de rabia. Yo hubiera hecho cualquier cosa con tal de estar a su lado, pero
sabía que no era el momento. Todo toma su tiempo; ella no iba a ser la excepción.

En eso dijeron mi nombre. Entré a una oficina sin alcanzar a despedirme de ninguna de las dos. Hablé con Quijano y con un señor alemán que tomaba apuntes. Opté por exagerar. Les conté anécdotas del mundo de la publicidad. Les hablé de cine, de Wenders y de Fassbinder, de Peter Handke, de todos los fetiches de Damián. El alemán estaba feliz; me lo creyó todo. También les dije que pensaba estudiar teatro. El propio Quijano me preguntó si nunca había pensado trabajar en teleseries. Le dije que quizás y él me pasó una tarjeta con el teléfono de una academia de teatro que se especializaba en formar actores jóvenes para que trabajaran en televisión. Cuando salí de la reunión, ella ya no estaba.

La separación duró poco. Una semana después me topé con Ignacia en los patios de la Embajada de Francia. Había una gran recepción. Yo estaba de mozo, de riguroso blanco, sirviendo ciruelas envueltas en tocino cuando me topé con ella. El pelo lo llevaba trenzado en un inmenso moño que no le quedaba del todo bien, pero lucía un vestido largo de terciopelo granate, con encaje alrededor del cuello, que por desgracia nunca volvió a usar. Tampoco andaba con sus bototos.

—El escritor contraataca.

—Buenas noches –le dije.

—Ah, el servicio no puede entablar charla con los invitados.

—Algo así, disculpe.

—Quedé seleccionada en el taller de Quijano. ¿Y tú?

—No me han avisado.

—Vamos, no pienses así. Ojalá quedes, de esa forma conoceré al menos a alguien. Odio estar en un lugar donde no sé quién es quién. Además así nos podremos volver a ver.

—Siempre habrá alguna otra recepción.

—No te hagas de rogar. No conmigo.

—Disculpe, estas cosas se van a enfriar.

—No sólo eso, querido.

Durante toda la fiesta me crucé con ella, pero no volví a hablarle. Sí la miraba: miraba cómo se asociaba con todo el mundo, cómo saludaba a escritores famosos y a periodistas y actores; la vi coquetear con tipos que tendrían la edad de su padre. Se deslizaba entre ellos con una facilidad envidiable, dejando claro que era parte de todos ellos pero, a la vez, que no tenía nada que ver. Y cuando nuestras miradas se topaban, la rehuía con una torpeza adolescente que sabía que la descolocaba, que la entretenía a morir.

Esa noche, cuando volví a casa, Damián me dijo que me había llamado un tal Quijano respecto a un taller literario.

Lo había logrado. Estaba adentro. Era el inicio de mi «brillante carrera». Rápidamente me di cuenta de que ingresar era lo fácil; era sólo el comienzo y punto. Después vino la presentación. Casi todos me cayeron mal desde un principio y, estoy seguro, yo les caí peor. A continuación me tocó soportar eso que se llama «el período de adaptación». Muchos de mis compañeros literarios eran retornados del exilio o hijos de detenidos desaparecidos. El ambiente era, por decir lo menos, tenso. Más radical que el del Liceo. La cosa política ahora estaba más pesada; el registro electoral estaba al frente y siempre se armaban marchas y protestas y lanzaban bombas lacrimógenas y estupideces por el estilo.

La mayoría de las mujeres del taller eran feas; mal que mal, escribían y flirteaban con el terrorismo intelectual. La excepción, claro, era Ignacia, que aún ni empezaba a florecer. Pero había un espécimen llamado Danae Solís que no pasaba desapercibida. Era una tipa muy alta y espigada, de pelo corto negro azulado, que rápidamente fue apodada «la new-wave» debido a que siempre escribía sobre fiestas underground y artistas plásticos y sexo compartido y llenaba sus *textos* de citas pop y frases de películas que nunca nadie había visto. Era hija de una seudoexiliada de buena familia y de un mártir proletario desaparecido, por lo que se había criado en Berlín y siempre nos hablaba de rock europeo y de los recitales de Nina Hagen y Nick Cave.

La odié. Así y todo, fui el primero en acostarme con la Solís. Fue sin querer. Después casi todo el taller pasó por su cama crujiente llena de plumas de ganso. Incluso Baltasar se dio su vuelta por el loft de calle Libertad, allá en el *west-side* de Santiago. Lo mismo que algunas de las chicas, aunque, quizás eso es pura especulación. Sucede que Amelia Cenci –supuesta poeta y dramaturga– era una psicópata y no se le podía creer todo lo que contaba a la salida del taller. Pero eso daba lo mismo; un escritor tiene que acostumbrarse a que sus pares inventen chismes a costa suya.

El costo de una caída con Danae implicaba aparecer en sus escritos. Un día llegó al taller y se puso a leer un cuento llamado *Eyaculación precoz*, donde aparecía yo, con nombre y apellido y descripciones anatómicas varias. El texto narraba el encuentro entre una mujer «intensa pero contradictoria» que terminaba, en venganza, afeitándole «a ese adonis descarriado» su «vello púbico que era tan enredado como sus rollos internos». Me quería morir de vergüenza. Nada era cierto. Ni lo precoz ni la afeitada. Fueron dos las veces que me encamé con ella, lo juro. Además estaba totalmente borracho. Cuando Danae leía el cuento, Ignacia me miraba con repulsión. Fue de lo más embarazoso, en especial porque la tipa me daba lo mismo. Incluso me caía mal; había algo en su seducción que violentaba. Si uno no cedía, podía pasar cualquier cosa. Ella no aceptaba un «no» como respuesta y, a diferencia de lo típico, era ella la que te obligaba a hacer cosas que, en un principio al menos, parecían francamente asquerosas.

Después de un tiempo, el loft de la Solís se

191

hizo famoso porque terminó compartiéndolo con harta gente del ambiente, incluyendo a la larga, a nada menos que Sara C. Subiabre, otra compañera del taller, ex amiga de Ignacia, que sorprendió a todos escribiendo *Lápiz labial*, una novela sobre el fatídico romance que surgió entre ellas dos y que acabó ganando una mención honrosa en un concurso erótico organizado por la colección española La Sonrisa Vertical. El año pasado *Lápiz labial* fue adaptado al teatro. Por un grupo de mujeres, claro. Encabezadas nada menos que por Amelia Cenci, que después de acosar a Balta, le dio por el limitado de Claudio Videla, que entró al taller por puros contactos.

La dinámica del taller era clásica: dos alumnos leían un texto todas las semanas. Había que llevar fotocopias, que se financiaban con la beca. Se leía en vivo y después cada alumno decía lo que opinaba. Ésta era la parte más puntuda y entretenida y se decía de todo, se destrozaba sin piedad.

–La anécdota es adecuada y podría trabajarse más, pero la prosa me pareció bastante débil. Un verdadero naufragio estético, si me permiten –me acuerdo que una vez opinó de mí un tipo de nombre Oscar Grunderman que me despreciaba en forma profunda.

Como para arreglarla, Quijano comentaba la sesión al final y lanzaba una suerte de prédica equilibrada. Si un texto era malo, lo masacraba igual. Una vez que terminaba la ronda, Quijano se lanzaba a hablar de la vida, de la literatura, de la creación y, en forma reiterativa, de lo que se necesitaba para ser artista.

Lo primero que llevé al taller fue un error. No estilístico sino estratégico. Tampoco había mucha distancia entre el sujeto y el narrador. Tuve la mala ocurrencia de llevar el primer capítulo de *Una vida modelo*... Descubrí –no sin horror– que no sólo no les gustó lo que leí (*«Es difícil ser bello pero alguien tiene que serlo. Pregúntemelo a mí, no más. Yo sé de estas cosas. He sido bello toda mi vida. Es a lo que me dedico. Es lo que, de alguna manera, me define...»*) sino que el proyecto en sí les pareció «banal» e «inútil» y hasta «reaccionario».

Pensándolo, el taller de Néstor Quijano tuvo la virtud de aserrucharme el piso y el ímpetu. Quedé seco y asustado. Pero no me retiré. Seguí asistiendo, casi como un castigo o un placer levemente masoquista. No me perdí sesión. Lo que pasa es que, poco a poco, comencé a sentirme parte de algo, de un equipo. Y si bien dejé de lado mi novela autobiográfica sobre el mundo de la moda y la publicidad después de que la propia Danae Solís la tildara como «*un roman à clef* concebido para arrasar con el público ABC1», seguí siendo parte de la huerta de Néstor por un buen tiempo. Peor aún, seguí intentando escribir.

Como ahora, supongo.

¿Supones?

Algunos años más tarde, Ignacia me mandó

una postal en blanco y negro del Brooklyn Bridge diciéndome que, en su paso por las librerías de la ciudad, había descubierto, no sin asombro, un libro de cuentos titulado *A Model World*, de un tal Michael Chabon, y que se había acordado poderosamente de mí:

«En todo caso no es sobre moda ni modelos. Creo que es sobre un chico cuyos padres se separan (como todo el mundo, ¿no?). Hombre, cuando pase por Barcelona, voy a averiguar si está traducido –Anagrama y Versal están traduciéndolo todo– y te envío una copia desde París, ¿vale?»

Otro proyecto mío que quedó en nada y en veremos fue *Las hormigas asesinas*. Ni siquiera leí los apuntes del borrador que tenía. Me dada miedo ser atacado; la historia no iba a ser comprendida. Era muy «B», muy cultura-de-la-basura para los exquisitos paladares que formaban el famoso taller. Además, a pesar de ser del género fantástico, era bastante personal, con hartas escenas reales, incluso autobiográficas. *Las hormigas asesinas*, lo recuerdo como si fuera hoy, se lo relaté entero a Baltasar y a Ismael Sánchez Moreno, durante una borracha y picante cena en el sobrevalorado Club Peruano que, por estar cerca del Goethe, terminó transformándose en el lugar de reunión habitual post-taller.

Cuando cito a Ismael Sánchez Moreno cito, por cierto, al propio Ismael Sánchez Moreno, el supuesto niño terrible de nuestra generación.

Sánchez Moreno tenía sólo quince años, andaba siempre de boina, fumaba Liberty sin parar y su vocabulario era patéticamente amplio. Desde el primer día que lo vi me cayó mal. Lo único bueno que tenía Sánchez Moreno eran unos increíbles anteojos oscuros de comienzos de siglo. Baltasar, en cambio, lo encontraba genial, «nuestro Rimbaud en la era del sida»; e Ignacia, siempre sensible a las causas perdidas, lo tomó como su mascota y lo llevaba a bares, café topless y cine arte.

Ismael Sánchez Moreno era, igual que el resto del taller, un ladrón de ideas. El espionaje creativo en el mundo literario es cosa seria y no admite límites, respeto o franquicias. No exagero. El que lo escribió primero, gana, da lo mismo si la idea es ajena. Para mi gusto, Ismael Sánchez Moreno era un gran ladrón de ideas. Claro que esto no se puede probar porque Sánchez Moreno nunca publicó. De ahí el mito que se ha construido alrededor de él.

Así y todo, siempre fantaseé que Sánchez Moreno había enganchado demasiado con mi historia de las hormigas y que algún día me la iba a piratear. Me acuerdo perfectamente que cuando comencé a contarle mi idea, dejó su papa a la huancaína a un lado y no paró de mirarme fijo, dedicándose a anudar todas las servilletas rojas que encontró a mano. También comenzó a anotar cosas en esa grasienta libreta que siempre acarreaba. Yo paré mi relato y le pregunté qué estaba haciendo. Me dijo que una idea que se la había ocurrido para su próximo libro. Yo le dije que no le creía.

–Entonces no hay mucho que podamos hacer al respecto, ¿no? –me acuerdo que me dijo.

Esa noche también estaba en el Club Peruano Oscar Grunderman, que luego hizo un trabajo bastante bueno ayudando a Quijano con *Cuarto «C»*, la teleserie que me hizo famoso. También estaba, borracha con anís, Sara C. Subiabre. Ella me dijo que no fuera paranoico con Sánchez Moreno y que siguiera mi historia, así que decidí dar rienda suelta a mi ego y entretenerlos con la sinopsis de *Las hormigas asesinas*.

A pesar del título, la cinta era una historia de amor. Por esos días, el proyecto aún era una novela pero, algunos meses después, estando todos reunidos en mi casa, la típica asamblea dominical del pub, volví a contarla y Pascal Barros, que ya estaba empezando a trasformarse en mito, me dijo que *tenía* que ser una película y que él se ofrecía a interpretar a Paul Kazán, mi álter ego. Sería como una vuelta de mano porque yo actué –gratis– en el video *McVida*, el segundo single de *Acceso al exceso*. Julián Assayas, que andaba perdido y triste porque recién había terminado con la Pía Bascur, propuso que *Las hormigas asesinas* fuera un musical, pero Pascal le dijo que no, que *Las hormigas asesinas* podría tener música de fondo, pero que él no iba a cantar, sólo actuar. Pascal propuso como director a Luc Fernández, que había dirigido todos sus videos anteriores y que recién había estrenado

Dulce de membrillo.

Las hormigas asesinas, a todo esto, cuenta la vida Paul Kazán, un disc jockey que trabaja en una discotheque gótica llamada Insomnio, ubicada en las catacumbas del City Hotel (esto fue un aporte de Pascal). Por las noches Paul no duerme, pone música. De día, dormita. Y va al cine, compra discos, devora revistas, ingiere fast-food. Un hombre y su pieza. Un hombre solo, Un solitario que ya ni siquiera deambula. Paul Kazán, perdido en Santiago, acostumbrado a sí mismo, encerrado en la cárcel que se construyó no se acuerda cómo. Pelo muy corto, casi rapado. Abrigo largo, pasado las rodillas. Su color es el blanco muerto y cuando camina, porque eso es lo que más hace, pareciera que no pisara el suelo. Paul Kazán ya no vive, sólo vegeta. Ha vagado, ha viajado, ha consumido los años. Ya no es tan joven, ya no tiene tanto tiempo.

Paul Kazán no se siente un disc jockey y sabe que no lo va ser toda su vida. Es un trabajo más que se ha prolongado más de lo previsto. Como su soledad. A veces piensa que su futuro va a ser exactamente como su presente. Paul Kazan siente que ya nada le satisface, que su rutina se ha vuelto rutinaria y que eso de nunca conectarse ya no le sirve. Algún día llegará un cambio, tendrá que cambiar.

¿Pero cuándo? El reloj hace tic y él lo escucha sonar.

Paul Kazán está desesperado, pero no lo sabe. Lo niega casi todo. Pero pronto una serie de eventos darán vuelta su vida y no podrá seguir escondiéndose. A todos le llega su oportunidad.

¿Estará preparado? ¿Lo estaremos nosotros?

Ése es más o menos el contexto. Pero ¿qué es lo que va a ocurrir?

Santiago ha sido devastado por tormentas, aludes, apagones y deslizamientos. El escuálido río Mapocho se ha salido de su cauce y ha arrastrado todo lo que estuvo en su camino. La ciudad se ha quedado sin agua y hay cólera. Pero lo que nadie sabe es que, a la altura de Balmaceda, el río pasó a llevar una bodega de ferrocarriles donde, años atrás, para el Golpe, fueron fusilados y enterrados vivos medio centenar de obreros. Los militares tapiaron esa bodega con cemento. Pero los años, los temblores y los terremotos desgastaron los cimientos. Y ahora se ha trizado. Lo suficiente para que cientos de hormigas que quedaron atrapadas, alimentándose de esos cadáveres y de ellas mismas, salgan a la calle.

Entonces empieza la epidemia...

Los tabloides están de fiesta. Por toda la ciudad comienzan a aparecer cadáveres carcomidos, íntegramente vaciados de su interior. En todos los barrios, a toda hora. Primero se habla de un sicópata; después de una banda. No hay rastro alguno. Ni conexión entre las víctimas: hombres y mujeres, de todos los estratos, orígenes y profesiones. Los hay casados y solteros, viudos y separados, con hijos y sin, retornados y militares, enfermos y sanos, desviados y normales. La ciudad está aterrada. En la Insomnio la gente baila, se droga y emborracha. Todos usan el sexo como antídoto para paliar el terror y la desesperación.

Paul sólo lee los tabloides y anota aquellas víctimas que conoce.

Siente que toda la gente que alguna vez conoció está muerta.

Hasta que se topa con su padrino, un detective retirado que ahora trabaja por su cuenta. Entran a un bar que está al costado de la Estación Central. Su padrino está mal. Necesita desahogarse. Después de algunos tragos, le confiesa a Paul lo que ha averiguado después de semanas de rastrear la sangre de sus víctimas.

—Son las hormigas, Paul. Las hormigas asesinas. Son hormigas mutantes. Cada vez que atacan, se reproducen. Esto va en aumento. Cada día aumentan las víctimas. Podemos llegar pronto a cien mil.

—¿Y a quiénes atacan?

—A los que nunca han amado.

—¿Qué?

—Lo que acabas de escuchar. Es lo único que tienen en común las víctimas.

—Pero, tío, entonces usted puede ser una víctima potencial. Nunca se casó.

—Pero amé, Paul. No fui correspondido, pero amé. Estoy vacunado. Ese recuerdo es mi antídoto ¿Y tú?

—¿Yo qué?

—¿Crees que puedes salvarte?

Ahí, en ese segundo, Paul se da cuenta de que es una víctima potencial. Tiene menos de una semana para no sólo enamorarse sino amar.

—No se puede vivir sin amor, Paul. Busca una chica antes de que sea tarde.

Paul comienza a correr, inicia una búsqueda desenfrenada. Antes le daba miedo el amor, pero ahora lo asusta aún más la muerte.

¿Pero basta querer para poder? ¿No es acaso demasiado tarde? ¿Por dónde empezar? Dicen que cuando de amor se trata, no hay que buscar sino mirar a tu alrededor. A veces lo que uno andaba buscando estaba cerca, pero dónde.

¿Dónde?

¿Cómo?

A todos los que estaban en el Club Peruano esa noche les encantó, aunque no estaban de acuerdo con un final tan abierto. Las mujeres querían que se quedara con una antigua compañera de curso. O que salvara a una chica drogadicta que siempre vomitaba en los baños. Baltasar era de la idea de que se enamorara de la barwoman, pero que ella lo rechazara por un actor. Ella, claro, muere por traidora pero Paul queda vivo después de haber abierto su corazón. Mi final era más típico. Paul muere, en medio de la pista, mientras todos siguen bailando.

Cuando la Subiabre me preguntó cómo se me

había ocurrido una idea semejante, le dije que una vez estaba arriba de una micro, llovía a cántaros, el río Mapocho estaba desbordado y comenzaba a salirse, justo cuando en la radio empezó a sonar una canción que decía «si esto es escandaloso, es más vergonzoso no saber amar...». Nunca la volví a escuchar pero eso lo gatilló todo. Cuando llegué a casa me puse a escribir el borrador.

Nunca lo terminé.

Ismael Sánchez Moreno quedó loco con la historia, me acuerdo. Seguro se sintió identificado. Por eso comenzó a tomar esos apuntes. Pero nunca supe si realmente estaba dispuesto a piratear mi idea porque al poco tiempo ocurrió la tragedia.

Cuando Ismael Sánchez Moreno murió, todos quedamos decepcionados. No tanto de su fin sino del cómo: en una fiesta de matrimonio, en una de esas mansiones que arriendan para eventos y cócteles. Sánchez Moreno, de terno mil rayas, llegó a la fiesta. Solo, como era su costumbre. Posó para una foto para vida social. Salió junto a la viuda de un ex presidente y a una obesa, pero muy fina, directora de un instituto cultural. Sánchez Moreno fue invitado porque era primo en segundo grado de la novia. Por eso fue, pero no conocía casi a nadie. Aburrido, entró a un baño que estaba al final del ala izquierda. Un lugar sellado al público. Esto lo sé porque varias veces me tocó servir ahí. Esa ala quedaba tan lejos que nadie iba. Sánchez Moreno trató de encender un puro que le había regalo el suegro de la novia. Había gas acumulado, una filtración, algo así. Toda el ala izquierda voló por los cielos. Es un milagro que no haya muerto más gente. Ni siquiera hubo heridos.

La explosión fue portada de todos los tabloides. Uno tituló *¡Novia se queda sin regalos!* Después descubrieron el cadáver de Sánchez Moreno, agarrado de su bastón. Quijano lloró en el funeral y escribió sobre él en *La Época* y dejó entrever que esa noche el tipo andaba con una carpeta con todos sus escritos. Había ido al baño a leer. Destrozada, Ignacia le dedicó su columna, que tituló herméticamente *El fuego sigue adentro.* Baltasar, por su lado, metió un bonito pero poco veraz homenaje en el *Apsi* bajo el título *Retrato de un artista preadolescente.* El resto, como se sabe, es historia.

¿O quizás no?

¿Quizás no sea historia? Sólo una anécdota, personal y cerrada, autorreferente e inútil. Qué importa. Da lo mismo. Me entretuve recordando todo esto.

Rearmando el caos.

Algo parecido a una segunda oportunidad para entender lo que no entendí esa primera vez cuando estaba demasiado preocupado de mí como para andar tomando distancia.

Distancia...Ver más allá... Preocuparse de los otros...

Distancia. La misma distancia que nunca tuve respecto a mí, ni a los que quise, ni a los que no me quisieron, ni menos aún a los que me quisieron demasiado.

¿Realmente me quisieron o fue otra cosa?

El deseo, el ansia, poco tiene que ver con la creación, decía Quijano.

¿Y vos realmente crees que vas a crear?

Hay varias versiones que circulan respecto de mí y del incidente: todas, desde luego, son falsas y todas, de alguna manera, verdaderas.

Estaba tan duro que sólo me podía trizar. Vi el letrero, me vi a mi, no vi a nadie y todo estalló.

Te dije, todo pasa, es sólo un asunto de paciencia.

Lo pasado, pasado está, ¿no es cierto?

Digamos que todas las mentiras que dicen de mí son verdaderas, pero uno no va a andar creyéndolas así como así. Aunque todos veían lo que querían ver y cuando veían demasiado, cuando el reflejo era demasiado potente, cerraban los ojos.

Cerraban los ojos y se veían a sí mismos.

Pasemos a otra cosa, no entiendo nada.

Baltasar siempre idolatraba a los escritores que amaba y no paraba de hablar de ellos. Eso era típico en él: siempre admiraba a gente. Tenía esa necesidad. En especial le gustaba sobrevalorar a escritores y directores de cine. Odiaba a los poetas, los coreógrafos, los escultores, los mimos y, por sobre todo, a los cuidadores de autos. Poseía su tabla de prioridades. Una de ellas decía que el momento en que dejara de admirar artistas vivos, que el segundo en que dejara de entusiasmarse ante un libro nuevo o una nueva película, entonces ése iba a ser el instante en que iba a renunciar y a dedicarse a otra cosa.

Me cansé, renuncio.

–Lo que pasa, brother, es que todos estos huevones que se creen escritores son una tropa de inseguros que odian a todo el mundo menos a ellos mismos y son incapaces de admirar a alguien vivo. Sólo reverencian a los muertos porque los muertos no compiten.

–Pero a vos, Balta, todos los escritores chilenos te cargan.

–Estamos hablando de escritores; no de narradores que entusiasman a las viejas del club de lectores. La única que vale por aquí es Ignacia que sigue empantanada en la inmediatez del periodismo. Y vos, claro, que te cagas de miedo. Cuando dejes de preocuparte por tu cutis graso y te la juegues, sabes perfectamente que tu voz se va a escuchar y se va a escuchar fuerte. Por ahora, compadre, el único sólido por estos lados soy yo.

Con Balta a veces no teníamos ni que hablar: estábamos de acuerdo en todo. Si no hubiera habido tanta confianza y humor entre nosotros, jamás me habría atrevido siquiera a hablarle. Era obvio que era superior a mí, más inteligente, con más mundo y cancha. Pero también era verdad que no tenía tantos amigos, que no todos lo entendían ni soportaban. Uno se hace amigo de gente muy parecida o muy distinta. En ciertas áreas, Balta era mi álter ego; en otras, un completo desconocido. Pero sintonizábamos en la misma frecuencia.

–Tomémonos un café, Llovet. Así podemos pelar un rato.

Para nosotros, el pelambre fue más que un lazo, fue algo parecido a una filosofía. Dime a quién pelas y te diré quién eres. En el pelambre y el chisme, la persona real sale a flote: sus gustos, su moral, sus lealtades secretas. Nos encerrábamos en la cafetería del Goethe y comenzábamos a pelar: Quijano, los compañeros, los cuentos que se leyeron.

–¿Y qué te pareció?

–Lo peor.

–Opino igual. Me pareció patético. En especial ese ángel que se le aparece al final.

–Tuve que reprimir la risa.

Nuestros peores adjetivos-descalificativos eran «mediocre», «simple», «inauténtico», «impostado», «académico», «falso», «europeo» y «patético». Pocos se salvaban de nuestros ataques. Apenas nosotros.

Lo otro que hacíamos, aparte de comer empanadas fritas y tomar sangrías o borgoñas, era criticar las películas, canciones y programas de televisión de la semana. Cuando nos dimos cuenta de que ninguno de los dos pelaba a Ignacia, decidimos incluirla en el grupo. Ella, claro, no aceptó de inmediato porque estaba saliendo con un sociólogo criado en el exilio que no la tomaba en cuenta, pero sí la llevaba a comer a buenos restoranes «étnicos» y le regalaba cassettes de Leonard Cohen que, al final heredé yo.

—Tengo algo que anunciarles.

—¿Qué?

—Leí en la *Esquire* el último cuento de Ethan Canin.

—¿Y?

—Creo que me voy a dedicar a otra cosa. No tengo nada más que aportar.

—Ay, Balta, no seas paranoico –le dijo Ignacia–. Basta que seas tú mismo para que seas original.

—Preferiría ser otro. Para qué te voy a mentir.

Para nosotros, para nuestro triunvirato, nada podía ser peor que los periodistas jóvenes. En especial los que se creían escritores. Eso era lo peor a lo que se podía aspirar. Los periodistas jóvenes competían, mano a mano, con los publicistas, otro grupo de parias, según Balta. Ignacia llegaba a nuestras reuniones con fotocopias de ciertos artículos o críticas o entrevistas y, destacador en mano, se largaba, enfurecida, a pelar, a destrozar, a hacer justicia.

—Estos rotos son un arribistas desatados. No conocen ni Cachagua y se juran de Manhattan. Creen que porque piratean revistas americanas suben de nivel. Como si yo no me diera cuenta. Odio a la gente de la Chile.

—Me encanta cómo te ves cuando estás enojada –le dije esa vez.

—Tus opiniones estéticas no me interesan.

206

—Perdona.

—Está bien, pero que no se repita.

Una vez, me acuerdo, estábamos en el 777 con Claudio Videla, que después se dedicó a creativo publicitario, quizás lo peor a lo que se puede dedicar un ser humano. Para tratar de paliar su culpa mercenaria, Videla, que nunca publicó un libro en su vida, se las dio de crítico multi-media para una revista quincenal.

—Qué se puede esperar de un nerd que usa botas —sentenció Ignacia—. Seguro que se le quedó la Harley afuera. El tipo no tiene cuerpo para andar de negro.

—¿Y yo?

—Tú, Andoni, tienes cuerpo para cualquier cosa.

—Qué dirías se te confesara que fui un poco nerd.

—Un nerd siempre será un nerd. Por eso nunca podrá ponerse una casaca de cuero llena de cierres. O botas. Tú nunca fuiste nerd, Andoni. Tímido, quizás. Nerd, jamás. Se te nota en el pelo.

—¿En el pelo?

—Los nerds tienen feo pelo. Es un hecho universal.

Esa tarde, en el 777, después de que Ignacia se fuera y el perno de Claudio Videla volviera del baño, éste nos contó que había ido a ver una película pésima. Y se largó, como si estuviera en confianza, a destrozarla ideológicamente, llenándose de palabras difíciles de masticar y citando autores, fuentes y estilos extraídos de suplementos de alta cultura. Con Balta nos miramos y sin decirnos nada, estallamos de la risa.

–Creo que es una de las grandes cintas del año –dije.

–De acuerdo, compadre. Es lejos lo más contemporáneo y desechable de la temporada.

–La vi tres veces. Tengo la banda sonora.

–Préstamela.

Videla no sabía si reírse o no. Se quedó mudo mientras los dos nos pusimos a enumerar, como enfermos, datos y trivia sobre programas de televisión.

–¿Cómo se llamaba la prima caliente de Samantha en *La Hechizada?* –partí.

–*Serena.*

–¿Y el perro de *Los Supersónicos*?

–Astro.

–¿Y cómo se llama el amigo de Benito?

–Fácil: Cecilio. ¿Cómo creías que iba a olvidar a ése?

A partir de ese momento, creo, comenzó mi verdadera amistad con Baltasar. Es difícil saberlo a ciencia cierta, pero supongo que los momentos importantes entre dos personas surgen cuando se empiezan a decir verdades en forma tan casual como antes se decían mentiras. Para mí ese momento en el 777 fue vital porque confirmó que, tal como lo había sospechado, Baltasar era, después de todo, el ansiado hermano que había perdido. *Tenía* que serlo.

–Escribe sobre tu vida, es lo único que importa, es lo único que vale –me dijo un día, caminando por el Forestal para arriba.

Mientras avanzábamos de a poco, alterados con la conversación, hablando sobre lo que más nos interesaba, lo que realmente nos unía, me di cuenta de que Baltasar Daza era más complejo de lo que parecía y de que, a pesar de tener todo tan claro, igual estaba lleno de confusiones y por eso mismo, quizás, sufría el doble. Predicaba y predicaba sobre lo que había que escribir y, estaba claro, escribía sobre cualquier cosa menos sobre sí mismo.

Durante esos meses de invierno, antes de que todos y cada uno de nosotros sacara, a su manera, su propia voz y partiera volando a lugares tan diferentes, lo que nos unía a los tres era la sensación de estar empezando. Estábamos quietos, serenos, enfrascados en charlas inútiles que se prolongaban sin ansias ni culpas porque sabíamos a ciencia cierta que todo recién estaba por comenzar.

Antes de la tormenta hay calma, dicen.

A medida que el taller iba llegando a su fin, Quijano trataba de sacar lo mejor de nosotros antes de que fuera demasiado tarde. Nos daba consejos de vida que nos podían servir cuando él ya no estuviera.

Esa tarde, Quijano nos leyó un trozo de su novela incestuosa titulada *El patio del fondo*, que describía un amorío ilícito entre un tío de cuarenta años y su sobrina de dieciséis. Me acuerdo que Oscar Grunderman le preguntó si ese trozo era autobiográfico. Todos nos quedamos callados y yo me llené de vergüenza y miré a Ignacia que me guiñó un ojo y puso cara de «me cargan estos temas». Quijano miró a Grunderman y le dijo:

–Mira, cabro, si no duele, no vale. Escribir es fácil. Expresar verdades, no. Cualquiera puede redactar bien. Dios, mi secretaria redacta mejor que yo. Ésa es una verdad pública. Usar trucos no es difícil y recurrir a la imaginación es más fácil de lo que el más inimaginativo cree. ¿Quieren saber cuándo algo funciona? ¿Cuál es la clave para saber si lo que uno ha escrito es puro relleno o si está funcionando?

Se quedó callado unos segundos y nos miró a cada uno de nosotros. Después, siguió:

–La receta es simple y no falla nunca: si les duele, vale. Si no, no. Punto. En la medida en que uno sea capaz de escribir sobre cosas de las que uno jamás hablaría en público, ni en la más afianzada de las confianzas, entonces estamos en territorio real. Ahí es donde quiero que estén. Para eso estoy aquí y para eso pierdo el tiempo con ustedes y aguanto tanta tontera porque creo que algunos de ustedes, los más valientes, lo tienen dentro.

Me acuerdo de que todos respiramos profundo y a mí me costó tragar. Después ocurrió algo bastante curioso, sorprendente. Baltasar se levantó, furioso, agarró sus ejemplares de *Granta* y partió, sin mirar a nadie, dando un portazo que hizo temblar todos los vidrios.

—El día que ése escriba como debiera, yo me voy a dedicar a otra cosa. Lo peor es que lo sabe. Por eso reacciona así.

—Déjenlo tranquilo —interrumpió Ignacia.

Yo la miré y ahí me di cuenta de que estaba más ligada a Baltasar de lo que yo había querido admitir.

Admitir.

¿Qué quieres admitir? ¿A qué estás dispuesto?

Nunca he sido muy bueno para admitir cosas. En ese sentido, entendí —y entiendo— a Balta. Uno quiere que todos sean honestos hasta que le toca a uno.

Si no duele, no vale, cabro.

Vale.

Y duele, putas que duele y no por eso vale, ¿entiendes?

No se trata de que sea mentiroso o hipócrita, aunque he pasado por las dos etapas. Durante una época —años, quizás— mentía y mentía de una manera casi compulsiva. A veces sufría bastante porque yo contaba una cosa y, como era invento, se me olvidaba fácilmente y era agotador andar tras de todas mis mentiras como empleado de una perrera que persigue quiltros que siguen reproduciéndose sin permiso.

—Pero cómo, ¿si tú me lo contaste?

La teoría esa de que el tipo que miente al

211

final no se miente más que a sí mismo es verídica aunque suene cliché. Lo que pasa es que nadie decide mentir ni exagerar; simplemente sucede. Te pilla desprevenido y, con tal de modificar los hechos, los hechos terminan modificándolo a uno y así sigue la cosa hasta que, al final, uno termina creyendo las mentiras y recordándolas y construyendo realidades sobre ellas hasta que, supongo, todo se derrumba, verdades y mentiras incluidas y todo se va al carajo.

¿Estás enredado o eres así?

Me estoy enredando.

Al principio éramos cuatro y hoy, creo, no somos ni uno.

¿Por dónde empiezo?

Con Gaspar, supongo.

Gaspar, Baltasar...

Cuando mis padres recién se casaron, vivieron un tiempo en España y viajaron mucho. Mi madre tenía una libreta y anotaba nombres raros, es especial vascos y catalanes. Cuando nació mi hermano, estaban en Gibraltar y era el día 24 de diciembre. Después de revisar sus apuntes, determinó ponerle Gaspar, como uno de los reyes magos. Mi padre le dijo que por qué no le ponía un segundo nombre, mal que mal tenía tantos anotados, pero ella se negó porque consideraba que era de gente pobre andar llenando a un niño de tanto nombre cuando estaba más que claro que ese niño era único e irreemplazable y que no había posibilidad de confusión alguna.

Gaspar, por cierto, era irreemplazable y cuando murió, ni siquiera se comentó la posibilidad de tener otro. Años después, mi madre me confesó que, justo cuando le anunciaron la enfermedad de Gaspar, ella estaba embarazada de tres meses. Sin decirle nada a nadie, menos aún a mi padre, se sometió a un raspaje. No quería tener más hijos. Sabía lo que le esperaba. Una leucemia es lenta y carcome de a poco y los gritos de esa niñita iban a ser, en ese contexto, intolerables. Además, me dijo, para qué iba a necesitar compañía se sabía que me tenía a mí. Me acuerdo de que quemó su libreta con los nombres exóticos en la chimenea.

Gaspar y Andoni. Con eso bastaba.

Mi hermano tenía dos años y cuatro meses más que yo. Suficientemente mayor para que lo idolatrara y le temiera. Era más grande, más valiente, los tíos lo querían más y sabía tanto que a veces me encerraba en el baño y lloraba de rabia y le pedía a Dios que se lo llevara para que dejara de opacarme y la gente se diera cuenta de que yo también existía.

Mis deseos, sin quererlo, se cumplieron, pero no de la manera que quise. Es una culpa que, por suerte, ya se me ha quitado; poco tuve que ver con la muerte de Gaspar. Sólo fui testigo, sólo miré, era demasiado chico para entender qué estaba pasando. Lo que nunca he superado es que, sin él, efectivamente todos se fijaron en mí. Mucho más de lo que había soñado.

Para ser alguien que nunca olvida, que casi no perdona, me impresiona la cantidad de lagunas mentales que inundan mi memoria. De esa época recuerdo episodios aislados. A veces, en ocasiones como ésta, por ejemplo, ni siquiera me consta si son recuerdos reales o inventados. No me consta quizás porque en mi familia la memoria está mal vista. No se habla del pasado porque el pasado está lleno de dolor. De dolor, claro, pero también de momentos felices que, por perdidos, por lejanos, por estar involuntariamente esparcidos cerca de esos otros momentos oscuros, sólo provocan llanto y tristeza. No es algo demasiado agradable. Por eso, para evitar malos entendidos, el pasado se da por pasado.

Mejor.

De esa época, como dije, recuerdo poco. Vivíamos en Concepción y siempre llovía a cántaros y no podíamos salir a jugar y una vez una empleada dio vuelta una estufa y todo se llenó de llamas, pero no pasó nada grave, sólo el escándalo y el miedo y la fascinación. Gaspar dormía conmigo, en la misma pieza, en la cama del frente. Nos separaba un velador con una luz que tenía forma de elefante y de la trompa colgaba un hilito con el que se encendía o apagaba. Cuando todo estaba oscuro, quedaban encendidos unos enchufes anaranjados en forma de avioncitos que nos acompañaban a lo largo de la noche. Cuando Gaspar murió, yo tenía cinco años. Esto lo recuerdo porque mi hermano estuvo en mi cumpleaños y no tenía pelo y estaba muy flaco y cuando me tocó el turno de apagar las velas, me acuerdo que le dije que las apagara él porque de alguna manera sabía que él nunca más iba a cumplir años de nuevo.

Antes de enfermarse, Gaspar hablaba mucho y recitaba poesías. Después de su viaje a los Estados Unidos, se quedó callado y casi no me hablaba. Sí me envió una postal de Disneyworld –puras rayas y un dibujo de un niño sin pelo con Mickey al lado– que aún conservo. Cuando regresó a la casa de Concepción, sólo me miraba con sus inmensos ojos y me sonreía. No decía nada. Andaba siempre con una gorra azul de béisbol que decía Dodgers. Una vez que dejaron de llevarlo al hospital, siguió durmiendo conmigo. Yo iba al colegio y volvía y él estaba en la cama, mirando libros ilustrados o mirando tele. Me acuerdo que me observaba y me sonreía. Hasta que empezó a cansarme esa sonrisa.

–Te vas morir –le dije.

–Sí sé.

–No sabía que sabías. Me dijeron que no te contara.

–Siempre lo supe. Me voy a ir al cielo. Allá te voy a esperar.

–No quiero ir.

–Pero te voy a esperar igual.

215

–Bueno.

No recuerdo casi nada más. Se supone que murió a mi lado. Los dos dormíamos. Un día desperté y él no estaba. Mi nana, con los ojos todos rojos, me dijo que Gaspar se había ido.

–¿Al hospital?

–No, al cielo.

–¿Por qué nadie me avisó?

Esa traición nunca la pude perdonar. No fue tanto el dolor ni la pena –quizás era muy chico para darme cuenta– sino eso que no pude estar presente, la sensación de perderme la fiesta y, peor aún, la despedida. Fue tal el enojo que agarré a tijeretazos el oso de peluche con que se había encariñado Gaspar antes de desaparecer. En el colegio, todos los niños me preguntaban si era verdad que mi hermano se había ido al cielo mientras yo estaba con él. Querían saber si había visto ángeles o una nave espacial o incluso una cigüeña. Avergonzado, decía que no vi nada porque dormía. Que era como cuando pasaba el Viejito Pascuero. Desperté y todo ya había concluido.

No sólo no me despedí de mi hermano sino que no participé del velorio ni del entierro. No recuerdo qué hice. Me trasladaron donde unos primos. A un fundo. Cerca. Cuando volví, había un escritorio colorado en el lugar de la cama de Gaspar y un inmenso globo terráqueo que se encendía desde adentro. Me acuerdo que todo olía a pintura nueva. Ya no había más olor a remedios.

Tampoco recuerdo el funeral de mi padre. Todos los detalles los supe después por Norma, mi madre. Ella se encargó de ponerme al día. Me contó cada uno de los detalles. Me los contó como alguien le cuenta a un amigo una historia de gente que apenas conoce, pero que sabe que igual le va a interesar porque la historia es buena.

En este caso, sin embargo, la historia es más bien mediocre, como mi padre. La verdad es que nadie entiende cómo se casaron porque estaba claro que mi padre iba derecho a la más aburrida de las solterías. No era sociable, no le gustaba nada excepto leer novelas de espionaje y sacar problemas matemáticos; además, no sabía bailar. Otra cosa: recuerdo que se vestía patéticamente mal, ternos pasados de moda, chalecos café con leche tejidos a mano por su hermana; a lo más una camisa de franela gris los domingos y festivos.

Mi padre –se llamaba Emilio– era bastante mayor que mi madre. Quince años exactos. Eran del mismo signo y celebraban su cumpleaños juntos. Se conocieron por error. Mi madre, que nunca fue buena para los estudios pero sí estupenda y mucho mejor que Pía Bascur o cualquiera de éstas que se consideran top, trabajaba de secretaria en una compañía naviera. Ahí conoció a un tipo y se enredó con él. El tipo se llamaba Jordi y era hermano de mi padre. Jordi estaba de novio con otra chica y se casó con ella cuando supo que estaba embarazada y se fueron a vivir a Panamá. Mi padre trabajaba como agente de aduanas y terminó consolándola. En eso, murió mi abuela, con la que vivía mi padre. Según Norma, la relación no se basó en el amor, pero tampoco en el odio. Y cuando partieron a España, hasta lo quiso un poco. Le agarró cariño. Tomó como misión en la vida, seducirlo, sacarle partido.

No lo logró.

Cuando mi padre supo de la enfermedad de Gaspar le bajó un ataque de nervios. Tuvo que pedir licencia y de ahí en adelante sólo fueron tranquilizantes y antidepresivos. Me acuerdo que nunca me hablaba y que una vez que lo desperté de la siesta para pedirle que me llevara al parque, me agarró a correazos.

Mi padre murió de la siguiente manera: tres meses después del funeral de Gaspar, mi padre se lanzó al Bío-Bío con su Peugeot 404 desde el puente viejo. Era una noche de lluvia y aprovechó un choque anterior que había dejado la baranda en mal estado. El diario *El Sur*, que lo respetaba, dijo que fue un accidente, pero mi madre supo que se había suicidado. Mi madre sólo dijo:

–Fue poco hombre incluso para eso.

Mientras preparábamos las cajas para el traslado de vuelta a Santiago, encontré al fondo de su escritorio un montón de revistas que, hoy me doy cuenta, eran pornográficas. Suecas, probablemente, porque no eran muy grandes y la gente que salía en ellas se veía rosada. Me asusté bastante porque sabía que había encontrado algo malo, algo que no debía ver. Me acuerdo que se me paró, pero rápidamente me paralicé de miedo y me llené de asco y pudor. Después de revisarlas una por una las metí a la chimenea y nunca se lo comenté a nadie, ni siquiera a Norma, mi madre, a la que, hasta que la vi por ultima vez, le contaba todo.

Todo.

Casi.

¿Pero qué es lo que estoy escribiendo? ¿Para qué? ¿A quién le sirve? ¿De dónde salió esto? Ni siquiera me acordaba de que tenía todo esto adentro, guardado, escondido.

¿Escondido?

Rebobinado.

Así que esto es lo que llaman inconsciente, ¿ah?

Me acuerdo que una vez leí en un *New York Review of Books* que tenía Balta un largo artículo sobre creatividad, rockeros y drogadicción. Algo así. Estaba basado en Jung, el psiquiatra favorito de Sting, que lo puso de moda con *Synchronicity*. Esta información inútil la aportó Gonzalo McClure. El asunto es que el artículo analizaba y exploraba el por qué un tipo –un artista, más bien– crea. Compone, escribe letras, qué sé yo. La conclusión final era que la creatividad salía del inconsciente. Nada nuevo ahí. Lo interesante, lo que a a mí más me llamó la atención y aterró, fue la definición que el tal Jung le daba al inconsciente. Según él, es todo lo que sabemos pero que no estamos pensando.

O sea, es todo aquello de lo que alguna vez tuvimos conciencia, pero ya se nos olvidó. Algo así como el disco duro de los computadores. El disco duro que todos llevamos dentro, seamos compatibles o no. La luz se te puede cortar, te pueden robar el Mac, un virus te atacó, da lo mismo, tu disco duro sigue adentro, contigo, vayas donde vayas, hagas lo que hagas.

Disco Duro: no te hagas el que no te acuerdas.

Cuando McClure invitó a Baltasar a su programa de conversación *Polución Nocturna* (todos los domingos, a la hora de los grandes eventos, por Interferencia, 99,9 FM) llevó el temita al estudio y la conversación salió al aire. Los dos opinaron bastante al respecto y tocaron un par de temas de Sting y hasta llamaron por teléfono a Pascal Barros, pero estaba en Iquique, tocando en un festival contra la droga. Así que optaron por *The Sleeper Must Awaken*, el tema de Josh Remsen. Después de la pausa musical, Baltasar se puso a leer el artículo al salir al aire y McClure, incapaz de mandarlo a la mierda, enganchó y hasta dijo que la mente consciente actuaba como un filtro que ordenaba lo desconocido y nos protegía de que algún día todo nuestro inconsciente nos atacara, que regresara así, sin previo aviso, como un maremoto en un día de sol, justo cuando uno estaba en la playa, dormitando, aburrido. Crear, dijo Jung, o McClure, no me acuerdo bien, era unir –en buena– el inconsciente con aquello que tengo más claro.

Algo parecido a lo que estoy haciendo ahora. *¿Qué estás haciendo, brother; qué haces?*

Conocí a Baltasar en el taller. Primero lo conocí por escrito y, después, en vivo. Una semana antes de que partiera la primera sesión, me llamaron para que pasara a recoger un sobre. Dentro de él venían una carta de Néstor Quijano y una copia de *Caminos de tierra*, su primer libro de cuentos, pésimamente editado por Quimantú. También había una carta del director del Goethe Institut dándonos la bienvenida y otra de un tipo de una ONG que, aparte de felicitarnos, nos informaba que este taller contaba con el apoyo de los socialistas de la República Federal Alemana y que nos darían un estipendio mensual para «comprar libros, fotocopiar textos, ir al cine o al teatro o simplemente tomarse un café con los compañeros».

Como si eso fuera poco, dentro del sobre venía una carpeta con una serie de textos que tenía el fin de ser una suerte de currículum narrado o autobiografía instantánea. Días antes me habían pedido una a mí y, después de jalarme su gramo, cortesía de Damián Walker, escribí lo que terminó siendo una entrevista-fantasía en la que una periodista yanqui, sentada en una suite del Paramount de Nueva York, me hacía un perfil como escritor y modelo-top, «una combinación explosiva y absolutamente contemporánea». La titulé *Una vida modelo...*

Ahora bien, si yo hubiera sabido que eso iba a

ser leído por un montón de intelectuales-de-iz-
quierda desconocidos, me habría limitado a algo
más *comme-il-faut*. Debí de haber mentido descara-
damente. Obviamente les cargó lo que escribí y ese
prejuicio inicial nunca logré quebrarlo del todo.

Eso te pasa por andar exponiéndote por ahí.

Me acuerdo que mientras leía en el Metro las
distintas biografías, me iba imaginando a cada uno
de mis futuros compañeros, tratando de deducir si
eran mejores que yo y, más importante aún, intentando visualizarlos uno a uno. Sara C. Subiabre
partió su texto con un «cuando por fin pude abrir
a una mujer, supe que también podía escribir». Un
tal Mario Pastene relató cómo la DINA secuestró a
su padre mientras él jugaba con sus soldaditos de
plástico. Yolanda Lillo arremetió diciendo que era
fea, pero brillante y que si bien era incapaz de
seducir por lo físico, derretía con su mente (lo primero resultó cierto; lo segundo, no). A Ignacia ya
la conocía, pero su escueto texto sobre sus tics y
sus neuras («sólo escucho canciones en español,
no tolero a los hombres con zunga, no leo las cartas que me escriben a máquina, en los cines rotati-
vos me quedo a repetirme las sinopsis, amo todos
los filmes de Juliette Binoche, sólo fumo cigarrillos franceses, me gustan las barras de los bares,
siempre leo la página de espectáculos primero...»)
me pareció no sólo coherente sino absoluta e irremediablemente fascinante.

Algo parecido me ocurrió con lo que escribió

Baltasar. Curiosamente, no era muy original («Quizás deba empezar por el principio: mi madre conoció a mi padre en la fila de un banco...») pero la simpleza de su historia me cautivó desde el comienzo. Mientras iba leyendo su cuento, supe de inmediato que el tipo lo iba a lograr. Y con creces.

El día del taller, llegué temprano. Un tipo vestido con ropa muy bien elegida, con un look *very Ivy League*, casi sacado de una cinta de Merchant-Ivory, leía en forma compulsiva un libro en inglés. *The Art of Fiction*, me fijé. Estaba apoyado en un poste, a la entrada de la sala que nos habían asignado. No estaba bien afeitado, pero se veía bastante joven y sus lentes, redondos y metálicos, se le deslizaban por la nariz.

–Tú eres Andoni, ¿no?

–Sí, ¿cómo lo sabes?

–*Una vida modelo*... Lo leí. Se nota. Es obvio.

–¿Y tú?

–Daza, Baltasar Daza.

–¿Tú eres Baltasar Daza?

–Por lo general, sí.

–Te imaginaba distinto.

–Escribo distinto a como soy.

En eso llegó otro tipo, bajito y lleno de acné, con el pelo tieso y un horroroso chaleco tejido a mano color caqui. Después supimos que era Mario Pastene.

–¿Entremos?

–Bueno –le respondí.

Nos sentamos uno al lado del otro. Baltasar sacó su chaqueta vieja. Increíblemente, era Brook Brothers.

–Bonita chaqueta.

–Es usada. La encontré en Franklin.

–¿Qué lees?

–Henry James. Me ha bajado por leer yanquis antiguos. Soy socio del Chileno Norteamericano. La semana pasada me leí dos Edith Whartons y quiero leer algo de Eudora Welty. James está un tanto sobrevalorado, ¿no crees? Aunque este ensayo es bastante lúcido.

–No sé, nunca lo he leído. Primera vez que escucho su nombre. O el de toda esa gente que nombraste. Yo no leo mucho, la verdad. Voy más al cine. Y veo tele. Harta.

–Me estás hablando en serio, ¿no?

–Claro.

–Está bien, esto lo vamos a mantener en secreto, entre los dos, pero deberías leer más. Yo te puedo prestar un par de cosas si quieres. Si piensas escribir, leer es parte del juego.

Se quedó callado un rato. Justo en ese momento entró una mujer alta, maciza, con una nariz prominente y unos ojos acuosos casi inexistentes.

–La fea –le dije.

–Yolanda Lillo. Me moría de ganas de conocerla.

–Yo también.

–Es peor de lo que esperaba.

–Veamos cómo escribe...

En eso llegó Ignacia, con anteojos oscuros y un chaquetón tipo alpino, verde oliva. Se sentó entre los dos. Otro patrón de conducta se estaba forjando; yo no podía estar más entusiasmado. Ni me miró; de su bolso sacó una vieja cajita de metal que estaba llena de lápices. Después un bello cuaderno hecho a mano. Anotó algo. Entonces, me miró. Me miró tanto que se sacó los anteojos oscuros.

–Ese hotel que sale en tu biografía, ¿existe?

–Claro. Está de gran moda.

–Dale. Cuando leí lo tuyo pensé que ibas a poner el Chelsea. Todo el mundo pone el Chelsea.

–No soy «todo el mundo».

–Yo he estado en el Chelsea –comentó en forma fría Baltasar.

–¿Y es para tanto? –le preguntó.

–Perdón, ¿tu nombre?

–Urre. Ignacia Urre.

–«Me proyecto sola, en un gran departamento arrendado, jamás propio, con una gran vista, en una ciudad que no va a ser mía, viviendo una vida prestada, ajena, pero fascinante. Creo que voy a ser la otra mujer: la amante, la que entusiasma y provoca...».

–No debí haber escrito eso –le dijo–. Me da mucha vergüenza.

–Me encantó. Me lo aprendí de memoria.

–Así veo.

–No sé si tu prosa sea tan buena, pero tu

225

forma de enumerar el mundo me parece alucinante.

Miré a Ignacia y estaba roja. Abrió su bolso y mientras extraía una cajetilla de Gitanes, le devolvió una mirada a Baltasar, que creo estaba llena de complicidad, temor, vanidad y deseo.

–Así que es verdad que fumas sólo cigarrillos franceses –le dijo.

–Cuando escribo, no miento. Eso lo dejo para las fiestas y el ajetreo diario.

Antes de que Baltasar atinara a algo, le encendí el cigarrillo con su propio encendedor.

–Gracias, cariño.

–El gusto es mío.

–De los dos.

–Digamos de los tres –concluyó Baltasar–. Digamos de los tres.

¿De dónde salió todo esto?

¿Por qué ahora, por qué ellos?

Ésta es una introducción, lo sé. Es el contexto necesario para entender la obra en forma cabal, generosa, como si el que escribió esto no fuera un simple desconocido sino alguien que uno quiere, alguien con quien uno podría establecer cierto tipo de lazos.

¿Por qué pienso en ellos? Ninguno de los dos está acá. Ni siquiera están en Chile.

Meses después, las cartas estaban en la mesa y los libros empezaron a salir. Baltasar ganó su primer premio por su cuento *Por ahí* e Ignacia entró a la *Acné* y *Santiago*, SCL, su serie de columnas comenzaron a desestabilizar la ciudad entera. Yo, en tanto, conseguí mi primer contrato exclusivo como modelo: iba a ser el chico de la nueva crema de afeitar.

Andábamos siempre los tres. Juntos. Para arriba y para abajo. Entre las cosas que hacíamos era inventarles historias a los desconocidos. Íbamos a peñas y bares y restorans y malls. Siempre con la intención de especular y chismorrear a partir de vidas que nos imaginábamos. Por lo general eran vidas mediocres y predecibles: la mujer acabada, la amante despechada, el eyaculador precoz, el artista anónimo, el arribista infiltrado. A veces, cuando veíamos gente de veras fascinante, trenzábamos pasados ocultos, incestuosos, insuperables.

—Andoni, dime, ¿tú crees que yo voy a terminar como esa tía? ¿Crees que voy a terminar sola, arrugada, buscando carne joven?

—Creo que te vas a transformar en alguien parecido a ésa con la sombra de ojos azul: frustrada, con hijos que no te quieren, con un marido prematuramente senil, obsesionada con una liposucción que nunca podrás pagar.

—Si me caso contigo, claro.

—Tú jamás te vas a casar, Urre. No te viene.

—No me defino a partir del matrimonio, es cierto. No ando cronometrando mi reloj biológico.

Baltasar sólo miraba y, a veces, tomaba apuntes. Baltasar tenía la maldita costumbre de contarme cada una de sus ideas literarias. Me usaba como tubo de ensayo. Si me aburría, la historia no funcionaba y la despachaba de inmediato. Si era buena, me decía:

—Pobre que me la afanes, huevón, mira que te mato.

Baltasar sabía que yo deseaba escribir, que deseaba, de alguna manera, ser como él. Mal que mal, para eso estaba en el taller. Pero, curiosamente, no me tomaba en serio. Pelaba y criticaba a todos los del taller, menos a mí, como si yo no existiera, como si estuviera estipulado que yo era algo así como un *groupie* literario, no un autor en potencia. Balta tenía claro que yo no era competidor suyo y por eso era capaz de abrirse. Una vez, incluso, me lo dijo:

—A vos, brother, te gustaría ser como yo, sólo que mejor. ¿Crees que no lo sé? Serías como yo, pero con tu pinta y tu seguridad, obviamente destacarías más de lo que hoy destaco. El problema es que no eres yo y sólo te queda la pinta y la seguridad que, en rigor, no es tal.

Ésa era una típica frase baltasariana. Gratuita, ácida, un *one-liner* perfecto y espontáneo. Esas frases aparecían a cada rato, de la nada. Me las lanzaba a mí y a los otros integrantes del taller. Por algo le decían «el chacal». A veces, sus frasecitas tenían un tinte negativo, salían disparadas llenas de rabia o mala fe y calaban hondo y dolían. En otras ocasiones, hacían reír; eran pura ironía, con algo de ambigüedad, como que no quedaba del

228

todo claro si era un chiste o una sentencia, un elogio o un ataque.

—De todos modos, Andoni, no serías capaz de darte cuenta.

Típico.

Y daba por concluida la sesión. Y yo me quedaba relativamente triste porque sentía que, más allá de los insultos que me propagaba, en el fondo, era la forma que él tenía de acercarse a mí. Sin los insultos, las tallas, las burlas, las estocadas al pasar, la relación no hubiera existido.

—Balta, el otro día estaba pensando...

—¿Tú pensando? Cuánto me alegro, vamos por buen camino.

Hablábamos tantas huevadas que a veces terminaba agotado. Sus llamadas telefónicas podían durar horas y mientras hablaba y me resumía los argumentos que se le habían ocurrido la noche anterior, cambiaba los canales y me comentaba qué pasaba en la CNN o en Eco o en TNT.

—Larry King es un genio, ¿no crees? Hoy tiene de invitado a John Irving. Amo a John Irving. Algún día podríamos ir a Viena. Con Ignacia, ¿te parece?

Con mis otros amigos, sólo charlaba, intercambiábamos información o hacíamos planes. Con Baltasar, estuviera o no estuviera Ignacia, siempre hablábamos a fondo. Conversaciones eternas, íntimas, embarazosas, inútiles. Yo le decía que era raro que, siendo él tan intelectual, me tomara a mi como confidente:

—Eres más que eso, huevón, y no me hagas entrar en terreno emocional, mira que una vez que yo entro en eso no me saca nadie y tú sabes bien que no tolero perder el control.

Eso estaba claro. Baltasar podía escribir secuencias epifánicas que podían hacer llorar a cualquiera. Pero a la hora de la verdad, era casi incapaz de manejarse con sus sentimientos. Ignacia era casi la única que era capaz de llegar a él. Pero ella tenía sus propias ideas y ansias y deseos y ambos no siempre coincidían.

—Sabes cuál es mi sueño, brother: vivir lo que escribo. Ponerlo en práctica. Ser un poco como tú: pura práctica y nada de razón. Más sentimiento que distancia.

—¿Debo tomarlo como un insulto o un elogio?

—¿Qué crees tú?

Pero si era verdad eso de que yo sólo vivía y no escribía, entonces cómo se podían invertir los ingredientes sin tener que optar en forma tan drástica.

Yo sólo vivía, no escribía.

¿Qué?

—*En vez de preocuparse tanto de sus novelas, por qué no se preocupan de mí. Sería una gran heroína, lo saben. Lo que pasa es que ustedes no se atreven.*

Atreverse. Los grandes se atreven mientras los chicos se quedan mirándolos. Algo así. ¿Cómo era la frasecita?

—*Los grandes son siempre objeto de conversación de los pequeños.*

Exacto.

Shakespeare procesado vía Pascal Barros, que mal que mal algo sabe del tema. Baltasar sacaba la frasecita de su mente cada vez que criticaban algún libro suyo o cuando se enteraba de que lo habían estado pelando, haciendo comidillo de su nombre. Ignacia, para no ser menos, la usó en una de sus columnas, aunque en el caso de ella, todo era más relativo porque si ella era tan grande —y lo era—, por qué perdía tanto tiempo escribiendo sobre gente que, en su mayoría, no sólo era pequeña sino que se estructuraba en torno a pequeñeces. Tiempo después, Ignacia me lo respondió. Me lo dijo tal como ella siempre me decía las cosas: de casualidad, desfasada, a raíz de nada.

—Ser capaz de dejar de preocuparse de uno mismo es señal de grandeza, Andoni; fijarse en los demás, en sus triunfos, por pequeños que sean, tiene algo de humildad. Y mira quién te lo dice, amor.

Estaba tomando leche con plátano. Ignacia siempre pedía leche con algo. Despreciaba profundamente las malteadas (jamás hubiera dicho *milk-shake*) y cada vez que podía, solicitaba leche con plátano, o con lúcuma o con frutilla. No las tomaba con pajita sino directamente del vaso y su labio superior quedaba lleno de espuma, como un bigote.

—Límpiate.

—Tienes el mismo tic que Baltasar. Vamos, déjame terminar y después me limpio, para qué voy a estar limpiándome a cada rato.

Baltasar e Ignacia, la pareja del siglo. Yo siempre con ellos, tocando el violín, fijándome cada una de sus trilladuras, esperando colarme dentro, disolverlos, quedarme con ella sin tener que perder mi amistad con él.

—Respecto de la columna que escribiste sobre Pascal...

—No me digas que te enojaste, Andoni. Era una talla entre amigos. Escribí de ti lo que nunca me hubiera atrevido a decirte.

—Podrías atreverte.

—Mira quién habla.

—Me miras en menos.

—Andoni: no seas autorreferente. Por favor. Sé bueno y no ventiles tus inseguridades en público. Jamás vas a seducir a nadie así.

—Tú no entiendes nada.

—Entiendo más de lo crees. ¿Te vas a comer el resto de esa torta? No entiendo cómo puedes engullir tanto y no engordar nada. Te envidio.

—Hago ejercicios. Nado. Abdominales todas las mañanas. Es mi trabajo.

—Sí, qué lata, ¿no? Oye, pasando a otro tema: dime, qué le pareció la columna a tu amigo Pascal. ¿Le gustó?

—Dijo que eras una *groupie*. Sintió que lo

232

atacaste. Que se te pasó la mano con las ironías.

–Quizás un poco. No le iba a dar la breva pelada.

–Sintió que habló demasiado. Dijo que lo sacaste de contexto.

–Venga, soy periodista. ¿Qué esperaba?

–También me dijo que si se hubiera acostado contigo, lo habrías tratado mejor.

–Lo hubiera tratado peor. Mucho peor.

–¿Te hubieras acostado con él?

–¿No te parece que es una pregunta un tanto personal?

–¿Sí o no?

–No, pero igual me pareció divertido ponerlo nervioso. Me encanta torear a los tipos trancados.

–Pascal no es trancado.

–Todos los hombres chilenos son trancados. Vamos, sé de lo que hablo, créeme.

–¿Y Baltasar?

–Baltasar es lo mejor: me encanta, pero no se lo digas.

Obviamente, no se lo dije.

Pero todo se sabe y ahí está Baltasar, con esa chaqueta de tweed pagada al contado, jugueteando con la cera caliente de la vela; a su lado, Ignacia, toda de negro, su pálida piel iluminada por esa tenue luz que flirtea en su cara. El mozo se va a llevar el vaso pero él lo ataja; sabe que a ella le gusta chupetear los limones hinchados con la cachaça. Yo hubiera hecho lo mismo. Pero lo hizo él.

Tenían cosas en común. Él ya sabía cosas de ella que yo no.

–Andoni, ¿nunca viste *Willie y Phil*?

–No.

–Yo la vi una vez en el antiguo Normandie, en esas funciones de trasnoche. Me fascinó. No sabes cuánto. Me acuerdo que la fui a ver con la Mariela Ortiz...

–Nadie puede salir con alguien que se llame Mariela –comentó Ignacia.

–Y nadie puede vivir con alguien llamado Eugenio.

–No viví con él.

–Pero te enamoraste de él, que es peor.

–Por lo menos soy capaz de enamorarme.

–Y eso que hay entre tú y yo, ¿cómo se llama? ¿Odio?

No toleraba cuando peleaban así frente a mí. No eran realmente peleas ni discusiones. Eran algo parecido a bromas hirientes. Ninguno de los dos le perdonaba al otro su pasado. Era como si el hecho de no haberse encontrado antes lo asumieran como un fracaso, una fatalidad que empañaba el futuro de ambos, estuvieran juntos o separados.

–Sigue con la película, Balta.

La tipa con que andaba me tomó la mano. Siempre me tomaban la mano. Jessica o Silvana o Astrid, no me acuerdo el nombre exacto. Se me confunden. *Groupies*, fans, asistentes de producción, ejecutivas de cuentas. Daba lo mismo.

Estaba en mi período de compensación.

—Nadie puede llamarse Astrid —me dijo al oído Ignacia.

—La película, Balta. Sigue.

—Era sobre un tipo, Willie, que conoce a Phil, justo a la salida de un cine del Village. Ambos habían ido a ver *Jules et Jim*.

—De Truffaut —interrumpió Ignacia, mirando a Astrid o Silvana—. Lo conoces, ¿no?

Silvana o Astrid obviamente no tenía idea y me apretó la mano.

—Es un cineasta francés muy famoso —aclaró Baltasar—. A nosotros tres nos gusta mucho.

—No puedo creer que alguien no haya visto *Los cuatrocientos golpes*.

—Era el científico de *Encuentros cercanos* —le especifiqué.

—Ahora cachó —dijo la mina, mi mina, la tipa con que andaba; obviamente se quedó mirando a Ignacia. Estoy seguro de que la odió.

Baltasar pidió otra tabla de queso y siguió:

—Bueno, la cuestión es que Willie y Phil se hacen muy amigos, un poco como tú y yo, quizás más. Un tiempo después conocen a esta mujer, que no acuerdo cómo se llamaba, pero que era la Margot Kidder, que me encanta. La conocen un domingo justo en la fuente de Washington Square Park, donde está el Arco de Triunfo y donde vivió Henry James...

—Y que es donde Sally deja a Harry la primera

vez que llegan a Nueva York –interrumpió Ignacia.

–Eso.

–«La primera vez que Harry conoció a Sally, no se cayeron muy bien...». ¿Te acuerdas que la vimos juntos?

–Cómo no me voy a acordar –le respondió.

–Hay cosas que se te olvidan.

–Ese tipo de cosas no.

–Ya Balta, sigue –le dije.

Entonces Baltasar siguió contándonos sobre Willie y Phil y cómo los dos se enamoran de la misma mujer y cómo sus vidas se van trenzando a lo largo de los locos sesenta y los horrorosos setenta.

–Parece buena, pero yo me quedo con *Jules et Jim*; Jeanne Moreau es insuperable –sentenció Ignacia–. Los remakes, además, me tienen enferma; lo único que veo son remakes. Parece que ya nada es original. En el futuro hasta las fotocopias van a ser consideradas objeto de arte.

–Exageras.

–Lo sé –le respondió, seca–. Y tú, Andoni, ¿cuál prefieres: el remake o el original?

–No sé, no he visto ninguna de las dos.

–¿Pero dónde has estado metido, amor? –y me miró con cara de mamá que reta-pero-entiende y me revolvió el pelo y después besó a Balta en la boca y le dijo:

–Qué vamos a hacer con este chico Daza. Hay tanto que tenemos que enseñarle. Si sólo dejara el mundo de las cámaras y se pusiera a escribir. Podríamos escribir una novela los tres juntos. Tres puntos de vista. Tres voces. Una misma historia contada desde ángulos contradictorios y, a la vez, complementarios.

Balta miró a Ignacia y, luego de pensarlo un rato, se rió y, embriagado en una complicidad que me dejó enfermo, le dijo:

—A veces me aterra darme cuenta de todo lo que me conoces.

—¿Por qué?

—Porque podrías cagarme como quisieras.

—Pero ésa no es la idea —le dijo.

—Así lo espero.

—Mozo, tráeme otro de éstos.

—No tomes más, Ignacia. No me gusta que tomes. Me carga.

—No he tomado nada.

—Estás borracha.

—No lo estoy.

—Sí, estás de lo más suelta y liviana.

—¿Y eso te molesta?

—Me molesta que sólo te sueltes cuando tomas. Me imagino que cuando no tomas, te guardas cosas. Quedan allá adentro. Lejos de mí.

Después Balta le tomó la mano y le iba a acariciar el pelo, el mismo pelo largo que ella a veces mascaba, pero me miró y vio mi mirada y se abstuvo, dejó todo ahí, en suspenso, como lo hacía siempre.

–Bueno, Llovet, cuéntanos, ¿qué historias te andan rondando la cabeza?

Baltasar me conocía, me conocía bien. Pero tampoco lo sabía todo. Astrid o Silvana me dijo al oído que deseaba irse, que estaba aburrida.

–Tus amigos me enferman; se juran lo mejor.

Ignacia se dio cuenta de todo y comenzó a encender un cigarrillo.

–No fumes tanto –le pidió él.

Ella, que fumaba hacia arriba, con el cigarrillo-siempre-francés en su mano derecha apuntando al techo, lo aspiró dos veces y lo apagó. Después, se puso una pastilla de menta en su boca y lo besó, lo besó hondo.

–Por favor, vámonos –me rogó mi fan de turno–. Esta gente es tan rara.

A Baltasar no le gustaban los besos con olor a nicotina. Se lo decía a cada rato:

–Urre, si sigues fumando, no te voy a besar más.

Y ella, que era rápida, le respondía:

–Entonces, Daza, voy a tener que buscar besos en otras partes. Le voy a tener que pedir a tu amigo Andoni que te reemplace.

A mí, en cambio, la nicotina me agradaba, me olía a prohibida, me recordaba esa época no tan lejana cuando el que la besaba era yo, y no él.

–Nos vamos.

–Bueno, pero no te pierdas.

–Chao, brother. Cuídese. Lo quiero harto.

–Yo también –me susurró Ignacia.

Pero me fui con Astrid o con Silvana, tal como había ocurrido en tantas ocasiones, y les seguí el juego, ponía mis caras, trataba de pensar en otra cosa y les ofrecía unas líneas y salíamos a bailar o comprábamos chocolate y cerveza y de repente, si las minas eran muy malas, terminábamos en el mirador de La Pirámide; si eran más atractivas, más confiables y menos ansiosas, las llevaba a mi departamento de soltero, todo dependía de mis ganas. Esa noche la pasé a dejar a la casa de sus padres –casi todas vivían con sus padres, casi todas tenían veintiuno– y nos entretuvimos un rato en el auto y acabé en su boca y después trató de besarme las buenas noches, pero me dio un poco de asco, así que sólo le di un beso en la mejilla y le sequé el sudor de la frente y me pidió mi teléfono y yo se lo di con los números dados vuelta y quedamos en llamarnos, pero nunca sucedió y nunca la volví a ver, pero eso era típico, así no más era, así lo había establecido mucho antes.

¿Qué será de Ástrid, de Silvana, de Jéssica? ¿De Marusela y Denise y Gladys y Cecilia y Chantal y María Paz y Ximena?

¿Qué será de Valeria, de Valeria Lea-Plaza?

También se la presenté a los dos; nos encontramos en el lanzamiento de un libro, en el ICI, y después partimos a comer a un restorán japonés; Valeria nunca había probado la comida japonesa y le daba miedo, dijo.

–¿Miedo o asco? Son cosas distintas –le aclaró, celosamente, Ignacia.

Valeria no era tan descartable como la asumí. Era mayor que yo –un año– y vivía con una amiga en un departamento cerca de la Costanera y trabajaba como diseñadora gráfica en Leo Burnett. Tenía bonita letra –eso me conquistó– y me enviaba por correo extraños mensajes en papel kraft que me mataban.

Primero decidí seducirla por teléfono. Era mi especialidad porque trabajaba al cien por ciento los silencios, los doble-sentidos y los *one-liners;* en persona, en cambio, era mucho más aburrido, autoconsciente, preocupado más del «qué vendrá después» que del momento en sí.

No sé por qué me acordé de Valeria Lea-Plaza. Usaba jeans apretados y zapatos de taco alto y era ese tipo de mina que siempre parecía estar bronceada, invierno o verano. Usaba tantos perfumes distintos que olía como un ejemplar recién llegado de *Vanity Fair.* Mis amigos se reían de ella, la encontraban un tanto chula; había sido compañera de curso de Damián y él decía que se había acostado con la mitad del curso, aunque con él no. Tomás Gil juraba y rejuraba que una vez se la había comido en la playa, en Tongoy; nunca le pregunté a ella si era cierto, encontré nada que ver, todos tenemos pasado, nadie es tan limpio, las minas menos que nadie. Después de muchos mensajes, almuerzos al pasar en el Tavelli, llamadas telefónicas y dos spots que hicimos para Ecuador y Colombia, un día sábado por la tarde esta tal Valeria apareció, sin avisar, en mi departamento. Estaba lloviendo.

–¿Cómo supiste dónde vivía? Mi teléfono es privado; no salgo en la guía.

–Cálmate. Me lo diste tú. ¿Cómo crees que te enviaba esos mensajes?

–Tienes razón. Pura paranoia. Pero igual uno tiene que cuidarse; está lleno de sicópatas allá afuera.

Andaba con una bolsa de plástico de supermercado: traía vino blanco, Ron Rico, papas fritas importadas, una Coca-Cola de litro y medio y esos paquetes de pasas con maní.

–Vienes cargada, veo.

–Ya que no atinabas, atiné yo. Espero que no tengas nada que hacer.

–No mucho... Pensaba ver a Balta.

–Y esa mina que es su novia, a ti te gusta, ¿no?

–Somos muy amigos. La quiero mucho. Eso es todo.

–Les caí pésimo. Me encontraron fácil.

–No. Te encontraron rara.

–¿Rara o rasca?

–Rara.

Se quedó callada un instante. Después abrió las persianas y se puso a mirar cómo caía la lluvia. Tenía el pelo mojado y lo estrujaba con sus dedos. Andaba con un polerón color ladrillo. No tenía nada debajo, noté.

–¿Y?

–¿Y qué?

–¿Y qué te parece que esté aquí? Me imaginaba todo esto distinto.

–¿Más glamoroso?

–Más adolescente. Tu sabes: afiches de cine, plantas de marihuana, botellas vacías, calcetines sucios, olor a encierro.

–No hay que juzgar un libro por su tapa.

–Claro que hay que leer el libro primero.

–Primero hay que saber leer.

–Claro.

–¿Puedo fumar?

–Seguro.

Se produjo un silencio. Cambié la radio; puse un compact de Myriam Hernández, pero no me dijo nada. Me senté en el otro sofá. Seguía mirando por la ventana. Seguía lloviendo.

–¿Qué deseas Valeria? No tengo toda la noche.

–Conversar. Tomarnos unos tragos. Si todo va bien, en una de esas podríamos acostarnos. Ver si eres para tanto.

–Veo.

–¿Te da nervios?

–No, no creo. Un poco, quizás.

–¿Falta de experiencia?

–Por lo que intuyo, a la que le falta experiencia es a ti. Si no, no estarías aquí.

–No te equivoques. Una cosa son las ganas y otra las expectativas.

–Abramos el vino, será mejor. La conversación no está entre mis especialidades.

–Me gustaría saber cuáles son.

Nos quedamos mirando fijo hasta que nos largamos a reír. Todo era demasiado ridículo y tonto y engrupido.

–Has visto muchas películas, Valeria.

–¿Y tú no?

–Y si hubiera visto, qué.

No nos acostamos de inmediato. Primero atacamos el ron y la Coca-Cola y el maní y las pasas. Pedimos una pizza por teléfono y el tipo que la trajo me reconoció, así que le di una buena propina. Me acordé de Damián y el Felipe. El vino lo dejamos para el final y ella andaba con un video de unas tortas publicitarias con los mejores spots del festival de Cannes: terminamos en mi pieza, en la cama, con el vino, y el resto del ron, y la pizza, y después dejamos –en *mute*– ESPN, que transmitía desde Australia un campeonato de surf y, tal como estaba previsto, tiramos, tiramos bien, creo, tanto así que me quedó gustando. Tenía piernas de sobra: largas, duritas, lisas. Y no le hacía asco a nada. Tampoco hablaba demasiado o exageraba con los ruidos. Bien. Después me quedé dormido.

–¿Qué hora es? ¿A dónde vas?

–Tranquilo –me dijo–. Es temprano. Recién son las once y media.

–Quédate. Yo te puedo ir a dejar más tarde. O

si quieres te quedas toda la noche. No tengo problemas, te juro.

Ella se estaba terminando de vestir. Ya tenía puestos su jeans y sus tacos altos. Nada más. Miró su reloj.

–Lo siento, pero tengo una cita.

–Cancélala. Diles a tus amigas que surgió algo.

–Es con un tipo, Andoni. Con un mino. Ya estoy atrasada. Debe estar furia. Estoy pasada a pico; me voy a tener que duchar. Por suerte todo el mundo ahora sale a comer tarde.

No sabía qué decir. Estaba ahí en la cama, abrazado a una almohada, mirándola.

–Te ves bien, Llovet. Eres rico. Bien rico. Mejor de lo que me había imaginado. Peor, eso sí, de lo que me habían dicho.

–¿Qué te pasa?

–No me pasa nada. Por eso me voy. Si pasara, me quedaría aquí, ¿no? Ni huevona.

–Veo.

–Nada personal.

–Supongo que no me vas a llamar.

–No te creas. Oye, no voy a exigir que me devuelvan la plata. No te preocupes. Sólo que me tengo que ir. Además, igual no me hubieras invitado a salir. Lo tengo claro. No nací ayer.

–Chao, entonces.

–Chao y gracias.

–De nada –y me dio un largo beso y con una mano me acarició el paquete, todo dormido y arrugado.

Gracias a Dios por el cable, pensé, y puse HBO Olé antes de que cerrara la puerta. *El año que vivimos en peligro*, con Mel Gibson y Sigourney Weaver.

¿Qué más se podía pedir?

Obviamente, nunca volví a ver a Valeria Lea-Plaza. Falso, en Chile uno siempre vuelve a ver a alguien, especialmente a los que no quiere volver a ver. Nunca volví a hablar por teléfono con ella. Nunca le volví a hablar. Cuando me topaba con ella, miraba para otro lado; ella se reía y le decía algo a su amiga de turno. Típico.

¿Qué habrá sido de ella?

Me da lo mismo.

¿Qué habrá sido de todas ésas? Durante esos años, sobraban; llegar y llevar ese año. Ese año. Esos años.

¿Qué año fue?

El año que viví en peligro.

–Que vivimos, quieres decir.

Claro.

¿Pero qué fue de ti?

Ignacia.

Después ella se fue, claro. Ignacia se fue. Era lo que mejor sabía hacer porque dejaba una estela difícil de borrar. Pero eso fue mucho tiempo después. O ni tanto. Todos habíamos obtenido mucho más de lo que habíamos solicitado ese Año Nuevo en que los tres terminamos subiendo a pie uno de los cerros de Valparaíso y, entre abrazos y champaña con frutillas, nos prometimos cosas que nunca cumplimos (no separarnos, no hacernos daño) y pedimos deseos que, curiosamente, resultaron en hechos. Otra cosa: ese Año Nuevo, ese primero de enero en la playa de Las Torpederas, el triángulo todavía era triángulo; yo todavía estaba adentro.

Después se quebró; yo lo quebré.

Lo quebramos.

Duramos demasiado poco porque todo fue a escondidas. No queríamos que Baltasar se diera cuenta. Fue un pésimo momento porque justo veía a Balta a cada rato. Nunca volvimos a ser tan amigos como cuando más le mentí. Teníamos mil proyectos: formar una editorial, escribir una obra de teatro, una miniserie, crear un *sitcom*, planear una tira cómica.

–Es la historia de tres amigos que viven en un departamento.

–*Tres son multitud.*

–Guardaparques, entonces.

–Podría auspiciarnos Conaf.

–De más.

Los domingos en la noche, típico, se dejaba caer. Ritualmente. Siempre traía algo: pepinillos, salame, tequila y limones; yo ponía la sal. Baltasar todavía vivía en su casa, con sus viejos, y estaba terminando *Tiempo de sobra*. A veces llegaban también los integrantes del viejo «pub»: Damián, Tomás, Julián si no tenía mucho estudio, a veces

McClure, a veces el propio Pascal Barros, el inútil de Toyo Cox; después se integró ese pendejo maldito llamado Felipe que parecía intuirlo todo. Mi departamento se llenaba de humo; fumábamos pitos y jalábamos líneas –en esos días Damián siempre tenía jales de sobra– y ahí nos quedábamos, conversando como si tuviéramos todo el tiempo del mundo, como si siempre fuéramos a estar en la misma. Eran raros esos meetings en el pub porque, pasado cierto rato, todos comenzábamos a quedarnos callados, a irnos para adentro; nos juntábamos para desconectarnos en grupo. Pero lo que más recuerdo son los domingos en la noche cuando sólo llegaba Balta a resumir la semana.

–Estás con Baltasar, ¿no es cierto?

–Sí –le respondía por teléfono a Ignacia.

–¿Quién más?

–Nadie más; los otros se viraron.

–No puedes hablar.

–No.

–¿Qué están haciendo?

–Estoy con un amigo. Nada especial. Cambiando el mundo, tirando líneas, conversándonos una Escudo.

–¿Crees que se da cuenta?

–No, pero podría.

–¿Qué le vas a decir si pregunta quién era?

–Cualquier cosa.

–Te pone nervioso esto.

–Sabes que sí. A ti parece que te encanta.

–No, te juro que no.

–Hablemos más tarde.

–Vale.

–Bueno. ¿Un beso?

–Claro. Dos incluso.

Baltasar dejaba de ver la tele –foros políticos, algo de los Grandes Eventos– y me pasaba más cerveza y, casi pidiéndome permiso, me preguntaba:

–¿Y quién era?

–Una minita, compadre. Una minita que la tengo loca.

–¿La tienes o te tiene?

–La tengo –mentía–. Todavía falta su resto para que me tengan loco.

–No sé por qué pero te envidio. A mí nunca me han sobrado minas; más bien me han faltado. Nunca me ha sonado el teléfono a estas horas de la noche.

–¿Y la Ignacia?

–Es distinto. Tú sabes. Es mi... no sé... no es una mina... Yo también estoy involucrado, ¿ves? A veces hasta se pone denso. Esto no es un pololeo cualquiera, brother, es algo fijo, estable. Estable y mutante... No sé...: Es un enredo, pero de que la amo, la amo.

–¿La amas?

–Sabes que sí, huevón.

El tiempo, al final, pasó y todo lo pasó a llevar. Tal como estaba previsto, tal como lo imaginé, el triángulo terminó. Y dentro de la pareja que se

248

armó no hubo mucho lugar para mí. Por querer demasiado, perdí a los dos.

Incluso me perdí yo.

Cuando Ignacia finalmente decidió partir, en Líneas Aéras Paraguayas para así ahorrar plata, no me importó tanto. No fue algo imprevisto; todo lo contrario. Ya estaba preparado, sabía que el día iba a llegar. No fue como si, de un momento para el otro, decidiera arrancarse. Era parte de su carácter eso de huir, de explorar, de averiguar si se las podía arreglar por sí misma.

¿Cómo era ella?

Ella decía las cosas. Las decía incluso antes de pensarlas. Exigía absoluta lealtad, pero no sabía cómo retribuirla. Lo de Ignacia terminó antes que se fuera a Francia. Mucho antes. O quizás no, quizás sólo fue en aumento. Justo cuando uno cree tener dominio de las cosas, todo se te da vueltas.

—Estaba pensando.

—¿Tú pensando?

—Sí, Ignacia, aunque no lo creas. Estaba pensando si tú y yo somos amantes.

Íbamos subiendo en auto el camino a Farellones. Nos gustaba subir la cordillera en primavera, cuando ya no había gente ni nieve, sólo piedra y acantilados y caballos salvajes y mucho sol. Ella subía libros y me leía trozos y tomábamos sol y comíamos tonteras.

—¿En qué sentido? ¿Por lo del sexo?

—No, por lo de la infidelidad.

–Yo no soy infiel.

–Lo eres. Lo somos. Yo me siento infiel, siento que lo traiciono.

–No soy su novia. Vamos, no sé si soy su chica.

–Lo eres. Andas con él. Eres su polola o lo que sea. Y no le dices nada sobre mí.

–No me lo pregunta.

–Porque cree que somos amigos, Ignacia.

–Eso es lo que somos.

–¿Lo somos?

–Ya, hombre, no jodas. Si quieres no me meto más contigo y así quedas contento.

–Siempre discutimos definiciones, palabras. Nunca nada concreto.

–Las palabras importan.

–Los actos también.

–¿Lo dices tú?

–Eres una intelectual. Los actos te asustan.

–No hables de cosas que no sabes, Andoni.

Cuando ella se fue, Baltasar volvió a acercarse a mí; pero el muro del silencio de lo ocurrido con Ignacia era infranqueable. Sin ella, mi relación con Baltasar se volvió no sólo intensa sino competitiva y dependiente; eso de estar tan cerca, más que unirnos, nos frenaba y nos condujo, inevitablemente, al alejamiento. El triángulo era el triángulo y cada ángulo, se me ocurre, nos protegía no sólo de los otros dos sino de cada uno.

Antes de que ella se fuera, se fue de mi lado. Fue la primera ruptura, la primera de una seguidilla.

Cuando todo se quiebra, es mejor que todo se hunda rápido. Así es más fácil recuperar lo perdido porque no hay de qué sujetarse. Pero no a todos les sucede. La mayoría queda colgada, ni aquí ni allá, y terminan más ligados al pasado que a sí mismos.

–*Y tú ¿a qué estás ligado?*

Una tarde en su departamento de Bellavista. Enero. Sol y calor. Tarde de cama, de sudor, la ventana abierta mirando al cerro y la brisa con olor a zoológico moviendo las cortinas y un melón partido y un bol lleno de cuescos de guindas.

–¿Cómo eras antes? –le pregunté, tocándole el ombligo.

–¿Cuando chica?

–No, antes de conocerte.

–Una imbécil. Totalmente confusa. Peor que ahora, te lo aseguro. Me juntaba con la gente menos indicada.

Escuchábamos sus compacts: 10,000 Maniacs, Michelle Shocked, Tori Amos.

–¿Qué lees?

–*La educación sentimental.* Me lo prestó Balta.

–¿Tú crees que uno puede aprender a amar?, ¿que los sentimientos se educan?

–Tomaría cursos extras si los hubiera. Las minas son tan difíciles...

–Deberías leer mujeres, entonces.

–Son todas iguales. Demasiados rollos.

–Pliegues.

–¿Qué?

–Son pliegues, no rollos. Lee a Sylvia Plath. Me encanta.

–Cuando tenga tiempo.

–La mejor manera para entender a las mujeres es leer autoras femeninas. Hazme caso. Jamás vas a conquistar a una mujer de verdad si no las entiendes. Y en los libros se entiende todo.

–Yo ya te conquisté. Para qué quiero a otra. Soy monógamo, recuerda.

–A mí no me has conquistado, Andoni.

–Es un decir, no te enojes.

–Te falta leer mucho aún.

La quedé mirando un rato, tendida en la cama. No me respondió la mirada. Después se levantó.

–No te duches; no todavía –le dije.

Se puso una polera mía que me había robado, unos boxers de Balta y unas gotas de Obsession que una vez le regalé. Después se fue a la cocina. Me quedé un rato más, oliendo sus sábanas, echándola de menos. Cerré el libro. Cuando llegué estaba cortando y pelando pepinos y tomates.

–Ayúdame con el gazpacho. Pela un ajo y córtalo en lonjas.

–Podríamos ir al cine más tarde.

–Quedé de ir con Baltasar, lo siento.

Una vez que todo estuvo picado, lo puso en la juguera.

–Pásame el aceite de oliva virgen.

–Vale.

Después nos fuimos al living, cada uno con

un tazón de gazpacho lleno de hielo molido.

–Tenemos que hablar –partió.

–Y qué estamos haciendo: ¿comunicación interestelar?

–No estoy para bromas.

–¿Qué? Te molestó lo de las minas. Mañana parto y compro todo Virgina Woolf. Y el nuevo libro de la Subiabre.

–Esto se acaba.

–¿Qué?

–Que esto se acaba. Baltasar captó algo. Me preguntó.

–¿Qué te preguntó?

–¿Qué crees? Sobre nosotros. Estaba curioso. Quería saber y preguntó. Me preguntó si había algo entre nosotros dos. En realidad, me dijo si tú y yo nos acostábamos.

–¿Y qué le dijiste?

–Que no, claro. Vamos, qué le iba a decir, que hemos tirado hasta en el baño de su casa, mientras su madre preparaba el té.

–A mí también me preguntó.

–Sí, sé. Me lo dijo. Además, lo conozco. Y esto fue lo que más me cagó, quizás. Me dijo que había escuchado rumores y que, además, sospechaba y que por eso se atrevía a preguntarme. Me dijo que si era verdad, se lo dijera, que le iba a doler, pero más le dolería darse cuenta de que tú le habías mentido. Que él podría aceptar mentiras de amantes, que eso era casi lógico, parte de las reglas del juego, pero que un amigo, su mejor amigo, le mintiera era intolerable y significaba la mayor de las deslealtades. Dijo que, por ahora, estabas a prueba. Hasta que le quedara todo claro.

—¿Y qué le dijiste, qué le dijiste?

—Ya te dije: no. No. En todo caso, se la creyó. En ese aspecto, no te preocupes. De tu culpa, sí. Yo ya no tolero esta situación, así que ésta es la última vez... Me siento demasiado mal. No vale la pena.

—¿Qué no vale la pena?

—Andar engañándolo así como así.

—No es así como así, Ignacia.

—Necesito un trago.

Lo único que había era pisco. Y algo de Co-ca-Cola.

—¿Quieres?

—Bueno.

—Me carga la piscola. Demasiados malos recuerdos.

—Ahora vas a tener otro más —le dije.

—Así parece.

—¿Y esto se acaba, entonces?

—Pero podemos seguir siendo amigos...

—¿Qué?

—No debí haber dicho eso: es un cliché, lo sé. En situaciones como ésta, no debería usar clichés. Debería ser más creativa. Más asertiva, en realidad.

—Me da lata, mucha lata. No sé si quiero terminar...

—Andoni, no es por ser pesada, pero nadie

está preguntando cuál es tu opinión. Se acabó y se acabó. Punto. Si estás tan enredado, por qué no llamas a Balta. Es tu mejor amigo, él podrá aconsejarte. Claro que, conociéndolo, ya no podrás decirle la verdad. Tuviste tu oportunidad y te la farreaste. Si hay algo que Baltasar no tolera es que le mientan o lo agarren para el hueveo.

—Esto no es hueveo.

—Sí lo es.

—Pero...

—Pero qué.

—Lo que pasa, Ignacia, es...

—¿Qué?

—Que cuando estoy caminado por ahí, o cuando estoy en el auto y me toca una luz roja, empiezo a pensar en nosotros...

—¿Y?

—No sé si debería decirte esto...

—Entonces no me lo digas.

—Ya estoy acostumbrado. Me acostumbré. No podría ir al cine sin ti. Con quién comentaría...

—Nunca falta con quién.

—Tú me harías falta.

—No me digas eso. Me deprime.

—Imagínate los lugares donde podríamos ir. Tenía cualquier cantidad de planes, cosas que...

—No es por ser pesada, pero resume, Andoni. Me tengo que ir. Te juro.

—Dame una chance. Eso es todo. Creo que podría hacer por ti más de lo que crees. Te sorprendería, de veras. No soy desechable. Y por favor no me compares con Baltasar. Si ni siquiera yo ya me comparo con él.

—¿Quieres hablar, entonces?

—Creo que eso es lo que estoy haciendo, ¿no?

—¿Estás seguro?

—Te dije que sí.

—Pues bien, mira, lo único que te voy a decir es que siento más cosas por Baltasar que por ti.

—Cuidado, Ignacia. Esto no se me va a olvidar. No seas dura. Por favor.

—Baltasar me hace reír y llena mi cabeza de ideas y desafíos, ¿ya? Quizás no debería decirte esto, pero me carga andar contigo en la calle: me siento fea, siento que me opacas; todos te miran. Incluso los hombres. Es bochornoso.

—Pero no es mi culpa...

—Déjame terminar... Sucede que hay otra cosa.

—¿Qué?

—No te encuentro muy brillante. Lo siento, pero así es. A veces, incluso, me aburres. No creo que nunca llegues a escribir un libro, por ejemplo.

—Cómo puedes decirme todas estas cosas. Es como si yo no estuviera aquí. Como si yo fuera una amiga tuya o algo así.

—Es que te tengo confianza.

—Ése es el problema: cuando uno realmente ama a alguien, desconfía un poco. Hay cosas que uno jamás le diría al otro. Pequeños secretos que, no sé, forman eso que llaman misterio.

–Química. Se llama química.

–Que obviamente no tenemos. Tuvimos, creo... Allá en la cama sí que te gustó, pero...

–¿Pero qué?

–¿Quieres que resuma, huevona? Resumo, entonces: no se ama con el cerebro, que parece que es lo único que te funciona. Y hay huevadas que sencillamente no se pueden decir. No puedes decirme que te aburro o que soy simple...

–O que eres pura pinta, puro look...

–Exacto: no puedes decirme eso.

–Pero te lo dije igual.

–Y la cagaste, Ignacia.

–¿Te enojaste?

–¿Qué crees?

¿Qué creo? ¿Qué será de ella? ¿Qué será de él? *¿Importa?*

Importa, claro que importa.

El otro día vi una nota en *La Segunda*. A raíz de la publicación de *Famoso* en inglés (*Fifteen Minutes*, Atlantic Monthly Press, edición restringida).

Famoso por quince minutos.

Lo que llega rápido, se va igual.

Fifteen Minutes, qué traducción más perfecta.

Un año después de que Ignacia partiera, Baltasar, a quien había visto poco y nada (no toleraba mi viraje al espectáculo, destrozó por escrito la película que hice con Santillana), me llamó por teléfono:

–Aunque no lo creas, te invito al norte. Yo manejo, yo pago. *On the road*. Como en los viejos tiempos.

257

–Por qué habría de decir que sí.

–Porque te mueres de ganas y es la mejor forma de reconciliarnos sin que se note mucho ni desgaste a ninguno de los dos.

–No sabía que estuviéramos peleados.

–Buen punto. Pero te invito igual.

El que apareció por mi departamento fue él. Subió, me pasó un ejemplar de *Famoso* en su edición colombiana y abrió el refrigerador y se tomó el resto de Southern Comfort que compré en un duty free no sé dónde. Esto tiene que haber sido hace un año exacto. Agosto. Casi primavera. Cómo pasa el tiempo. Me acuerdo que estaba seriamente drogado. Había estado en un cóctel en el '73 con Cox, Julián y su primo Diego y después terminamos en departamento de un tal Enrique que estaba lleno de yuppies. Ya estaba viendo a Max y todo era horrible.

–Mi agente consiguió que se editara en México y quiere que vaya a la feria de Frankfurt, donde se cortan las traducciones. Hay posibilidades de que pase al inglés, al alemán y, no sé por qué, al holandés. Parto a Alemania en menos de un mes.

–Putas que te ha ido bien.

–Algo, pero a los gringos no les gustó. Casi no tuvo críticas. Y no ha vendido mucho.

–Pero estás en inglés.

–Oye, ¿y cuándo se estrena la película en España?

–En diez días más, aunque no se estrena; es

sólo una exhibición. Nos vamos a ir vía Miami Beach. Tengo que dar una entrevista a la MTV.

–¿Con el Pac-Man?

–Supongo. Todos nos quieren hacer algo. Hasta Don Francisco. Lo que pasa es que a la película le esta yendo bien, a nivel under y latino, claro. No tolero a Santillana, eso sí. Ojalá pudiera viajar solo.

–Vi tu foto en el *Paper*. Un poquito maraca para mi gusto, para qué te voy a decir una cosa por otra. Por suerte no te sacaste todo. Estarían hablando aún más.

–Es marketing, huevón. Yo no sé cuál es el escándalo. Igual en la película se ve todo.

–Sí, pero era una película.

–Una mala película y bastante fleta, por lo demás. Seamos sinceros.

–De ahí el éxito. Tuvo buen lobby. A los gringos les gusta eso. Vende.

–Quizás. Pero también es una oportunidad. Quién soy yo para decirles que me da vergüenza que en Chile vean que se me nota el paquete.

–*He's hot!, he's Latin!...*

–No todos podemos ser intelectuales.

–Es cosa de tratar.

Baltasar tenía auto nuevo, un auto que no era de escritor sino de modelo, de actor de cine. Corría rápido. Estaba casi repelentemente seguro de sí mismo. Yo ya estaba iniciando mi espiral de caída. Era inminente. El único dato que me faltaba era *cuándo*. Y *cómo*, claro.

–Cuando vayas a Europa, ¿piensas verla? –me preguntó.

Íbamos bajando la Cuesta del Melón muy rápido y yo miraba la orilla del camino y pensaba que cualquier falla técnica, un neumático que se reventara, lo que fuera, sería suficiente para que nos cayéramos cerro abajo.

–*Mucha noche* se va a estrenar en Barcelona, ¿no?

–Sitges. Festival de cine fantástico. Debe ser por las escenas de sueño y las alucinaciones. Por eso la seleccionaron. Y por lo del suceso yanqui.

–Te vas a encontrar con Ignacia, entonces. ¿En París?

–Si tú estuvieras en mi lugar, ¿no harías lo mismo?

–Pero no lo estoy.

–Da lo mismo: ¿la verías?

–Sí, pero como amigos, si es que eso fuera posible. De hecho creo que lo voy a hacer pronto. Le voy a mostrar mis escritos. Siempre fue una gran editora. La mejor.

–La mejor.

El día estaba impactantemente bien armado. El sol calentaba y el cielo estaba todo azul y había un viento helado muy fuerte que movía todos los árboles y los pastos y traía al campo el cercano olor del mar.

–¿Me podrías decir a dónde vamos? Yo a lo más tengo tres días. Estoy invitado al programa de

Alcaíno. Y tengo un evento de Guess.

–Al Elqui.

Miro por la ventana de mi cuarto: Termas de Cauquenes, Sexta Región, cualquier lugar menos aquí. El cuarto está cada vez más chico. Afuera llueve. Podría nevar pero hace demasiado frío. Está oscureciendo. Siento el olor a eucaliptos. Me golpean la puerta; me dicen que vaya a tomar el té. Les digo que no. Ni siquiera quiero darme una tina termal.

Sigo:

Baltasar estaba enamorado. Había conocido a una modelo free-lance que estudiaba literatura en Brown y que estaba haciendo un trabajo sobre los nuevos escritores latinoamericanos. Se habían conocido a raíz de una ponencia y ella decidió venirse a Chile unos meses a completar su tesis. Se vino al departamento de Balta. Optó por centrar su trabajo en él.

–Es increíble, compadre. Te mueres. No sabes cómo me gusta, lo bien que me hace. De lejos parece una relación enferma, pero no lo es porque ni siquiera le atrae tanto lo que escribo sino lo que simbolizo, algo así. Además, es aterradoramente independiente. Y madura. Segura de sí misma, calmada, atractiva, culta, desenrollada en la cama, divertida...

–Y por qué anda contigo, entonces.

–Te hablo en serio: esta mujer es total.

–Nadie puede ser tan total.

–Lo es.

–¿Y cómo se llama?

–Miranda.

–Ah, ¿es latina?

–Así se llama, huevón: Miranda, Miranda Ashmore. Es irlandesa. De Dublín.

–¿Vive ahí?

–Tiene una casa. La idea es irnos un tiempo. Quiero vivir una temporada allá.

–¿Y es mejor que la Ignacia?

–Es más centrada. No tiene esa cosa chilena que puede ser tan atractiva pero, a la larga, tan agobiante.

–Abandonaste a las chicas de las librerías.

–No tolero a las *groupies* literarias. Después de tirar, te leen sus cuentos.

–Mucho Anaïs Nin.

–Patético. Por suerte no acepté ese taller literario. Mi ego no está tan mal.

–Pero se conocen minas.

–Miranda es una mujer, no una mina. Por suerte. No tiene que mentirle a la mamá cuando no llega a alojar. Y eso que sólo tiene veintidós años, la edad más peligrosa.

–Veo.

–Pero sabes qué es lo mejor de todo. De lo de Miranda, digo. Que ya no tengo que esperar. Esperar a la Ignacia.

–¿Cómo?

–Bueno, cuando se fue, de alguna manera

prometí esperarla. Guardarme hasta que volviera. Total, pensé, voy a gastar energías de sobra escribiendo. Pero más que un acto de fidelidad, fue como...

–Fue como una excusa.

–Exacto. Porque estaba claro que no iba a volver así como así. Y si lo hacía, podría pasar cualquier cosa. Esperarla implicaba esconderse de una manera digna. Socialmente aprobada, por así decirlo. Cuando apareció esta gringa, lo primero que hice fue rechazarla y sacar, como un as bajo la manga, a la Ignacia.

–Comodín.

–Comodín. Tal cual. Y no sabes lo liberado que uno se siente cuando ya no tiene que esperar.

–Intuyo lo que sientes.

–Y otra cosa: nunca perdoné a la Ignacia. No podría ni hoy. No hay ataque más fuerte, agresión más grave, que alguien te abandone por eso que llaman libertad. Que te dejen de lado por vivir a la sombra de la Torre Eiffel.

–Nunca confié en ella, tampoco.

–Alguien que anduvo con los dos al mismo tiempo no merece mucha confianza.

–Yo no sabía que...

–Calma. Relájate. No es para tanto. Ya pasó.

Me quedé un rato en silencio, sintiendo cómo la incomodidad, la vergüenza, la ira, se iban disipando para ir dejando lugar a un espacio nada de vacío que podría definirse como algo parecido a la paz. O a dormir sienta tres horas.

–Balta, ahora, dime ¿por qué vamos rumbo al Elqui? La última vez que estuve allí fue para lo del cometa Halley. Ni siquiera lo vi.

–Vamos a encontrarnos con Miranda. Está allá.

Seguimos andando. Escuchábamos música country, no sé realmente por qué, pero le venía, no quebraba del todo el entorno. Antes de llegar a Pichidangui, a Balta se le ocurrió desviarse.

–¿Quieres mear? –le pregunté.

–Calma.

Terminamos en una caleta llamada Los Molles y al olor de almejas sólo le faltaba limón. Estacionamos arriba de un cerro, al lado de unas casas de veraneo abandonadas durante el invierno. Había un inmenso muro y una oxidada puerta de metal cerrada con candado.

–A saltar se ha dicho. Antes era llegar y pasar –me dijo.

Empezamos a caminar. Lo seguí al menos medio kilómetro por un sendero de piedras y tierra y cactus, bordeando unos acantilados impresionantes. Al frente se alzaban rocosas islas blanqueadas de guano donde pelícanos, pingüinos y lobos de mar aullaban como si hablaran por megáfonos.

–La última vez que estuve aquí me sentía horrible. Me odiaba, me acuerdo. Me quería morir. Tenía dieciocho: la peor edad.

–¿Seguro que es por aquí, Balta?

–Putas que me siento distinto.

No sabía adónde iba –una playa secreta, supuse–, pero Balta estaba totalmente inspirado, atento, como un inmigrante que regresa a su tierra natal. El sendero comenzó a subir y acercarse más a los acantilados. En las rocas cercanas alguien había pintado flechas blancas.

–¿Qué es esto? ¿Père-Lachaise? ¿Alguien famoso está enterrado aquí?

Comenzamos a subir unas escaleras que alguien incrustó en las piedras. Paré a tomar aire. El mar se abría potente, violento cerca de nosotros y calmo a lo lejos.

–Antes todo esto era más rústico. La civilización lo arruina todo. Por suerte no vamos a toparnos con nadie.

En la cima, entre varios acantilados, había una formación rocosa donde uno podía sentarse. Las piedras, me fijé, estaban mojadas o ásperas debido a una película de sal seca que lo tapizaba todo.

–Por fin: tal como lo recordaba.

El mar reventaba cerca, abajo, y el viento, helado y crispante, lo arrasaba todo, incluyendo mi seguridad.

–Escucha –me dijo–. Y mira.

Miré pero sólo vi el mar, azul y lleno de unos verde turquesas arbitrarios que se fundían en la espuma.

–Ahora, Llovet. Ahora.

Las rocas empezaron a crujir y un temblor sostenido empezó a apoderarse de nosotros. Era como si el mar empezara a entrar por debajo, como si el acantilado en que estábamos soltara definitivamente sus amarras. Entonces empezó el ruido. La sirena. Un eco agudo que crecía y crecía hasta que comenzó a doler.

–Qué mierda está pasando, huevón.

Y todo estalló y caí de espaldas, rociado. El agua empezó a surgir histérica y alegre hacia arriba, como un grifo que se rompe en un choque, lanzándose hacia arriba, a todo vapor, gritando como una ballena liberada que ya no quiere más.

–¿Qué es? ¿Un géyser?

–Es el puquén. Es un hoyo, una falla, entre las rocas. Las presión del mar choca con el aire y el agua sube.

–La cagó.

Segundos después, el ruido amenazó con llegar, pero no pasó nada. Traté de acercarme, pero –sin aviso– el agua brotó de nuevo, en forma violenta, como cuando uno abre sin querer una botella de agua mineral que se ha agitado más de la cuenta.

–Esta huevada me da miedo –le dije–. Virémonos, mejor.

Si uno se cayera, pensé, no sólo caería al mar y chocaría con las rocas y la cantera sino que sería tragado por ese túnel subterráneo.

Baltasar avanzó hasta colocarse directamente arriba del tal puquén. Sus zapatillas clavaban la tierra mojada y sus brazos extendidos, se agarraban de unas salientes mínimas.

–Esto es algo que siempre quise hacer.

El ruido comenzó y antes que me diera cuenta, Baltasar desapareció entre un humo de agua blanca y gritos de felicidad.

–¡Ven, ven! Yo te sujeto.

Baltasar me estiró la mano. Estilaba.

–Ni cagando. Estás loco.

El puquén estalló una vez más y yo comencé a asustarme de verdad. Abajo, el mar parecía ir fortaleciéndose cada vez más.

Baltasar volvió a mi lado. Yo andaba con un pito. A él le pareció un tanto artesa, pero lo aceptó igual. Baltasar olía a mar, me acuerdo.

Nos sentamos arriba de una inmensa roca que miraba sobre el famoso puquén y, más allá, una playa de rocas negras imposible de acceder. Faltaba un poco para que se pusiera el sol, pero había luz solar de sobra y todo era tan diáfano que molestaba.

–Oye, y este puquén, ¿funciona todo el día?

–Estalla cada tanto tiempo. Te lo puedo asegurar.

–Es confiable, entonces.

–Como los amigos.

Entonces empezamos a hablar en medio de ese viento helado que te despertaba de la modorra del pito. Efectivamente, cada tanto tiempo, el puquén estallaba. Y la sorpresa se transformó en reloj. En algo domable, casi, y ya no me impresionó tanto. Eso es típico en mí: primero me vuelvo loco y, al rato, me aburro. Me canso.

–¿Otra piteada?

–Bueno.

Después de interrogarme un tanto sobre mi vida disipada y criticar y mirar en menos el mundo de la moda, del cine y la televisión, pasó a cumplir su rol de hermano mayor y me dijo que me cuidara, que no fuera tan drogo, que no confiara en mis nuevos amigos, porque realmente no lo eran, sólo querían que parte de mi fama cayera sobre sus espaldas.

–Esto de la fama es lo peor –dijo–. La buscas como enfermo y después sólo deseas botarla como a una amante que no entiende que ya se acabó. Para ti, incluso, debe de ser peor. Primero nadie te conoce y no conoces a nadie. Ahora, todos te conocen y tú conoces a todos, pero en verdad, si lo piensas bien, no conoces realmente a nadie. Aun así, todos te conocen. Es un callejón sin salida.

–Peor sería volver a mi estado original. Te digo: antes, cuando nadie ni me saludaba, no era muy feliz. Quería más.

–¿Y ahora?

–Cambiemos de tema, ¿ya? El sol está por ponerse.

–Vos estás mal, lo presiento.

–Calma, ya...

–Lo has tenido muy fácil.

–Si tú lo dices.

Después nos quedamos callados un rato y me preguntó si tenía más, pero le mentí y le dije que no. El cielo comenzó a ponerse naranja y, a pesar de lo despejado que estaba todo, el horizonte tenía una leve bruma.

–Oye, estaba pensando... –le dije.

–¿Tú pensando?

–Muy gracioso. Mira, me quedó como dando vueltas todo eso de la fama y mi película y tus libros y, no sé, quería saber si a vos... Si a vos te interesaba que la historia te recordara.

Lo pensó un buen rato. Después me dijo:

–Estamos en confianza, ¿no?

–Así lo espero.

–Veamos –me respondió–. Lo que tú me preguntas es una de las grandes preguntas de todos los tiempos. Es justamente el tipo de pregunta que ninguna de estas minas feas y mediocres que te entrevistan te hacen.

–Contéstame y déjate de dártelas de ácido. Estás conmigo. Que yo vea, no hay grabadora a mano.

–Eso crees.

–Responde, imbécil.

–¿Si prefiero la felicidad o la fama?

–El reconocimiento, la posteridad: eso es más que fama.

–Es fama más tiempo. Es ser famoso a lo largo de la historia.

–Supongo, Balta.

–Buena pregunta... Difícil.

–Pero ya sabes la respuesta –le dije.

–Obvio... Me quedo con la felicidad. Mejor dicho: con la satisfacción. Con el presente, digamos. Prefiero estar contento conmigo mismo y que el resto me odie que viceversa. Lo importante es estar tranquilo, satisfecho. Orgulloso. Incluso uno puede estar deshecho, destrozado y seguir satisfecho. Lo básico es que a uno le guste lo que uno hace.

–¿Y a ti te gusta lo que haces?

–Si no, no lo haría. No soy tan sicópata. O sea, exponerse a las críticas y a las envidias y a los pelambres y siempre estar a punto de hacer el ridículo y vivir empelotándose y que además no te guste, me parece como mucho.

–¿Te da lo mismo cómo te recuerden?

–No me enredes, Llovet. El presente está aquí; el futuro también. Yo quiero que me lean hoy, no mañana. Si lo siguen haciendo, mejor. Prefiero pasar al olvido y sentir que me quisieron mientras viví. Creo. Tampoco iría a la Corte a probarlo. No sé.

–Pensaba que ibas a responder algo así.

–¿Y tú? Prefieres ser recordado, ¿no?

–Sí, no hay dónde perderse.

–Lo sabía.

–¿Por qué?

–Mira, Andoni, lo que sucede es que esto es como un trato. Pasando y pasando, ¿ves? El querer ser recordado implica ciertos sacrificios. Como despreocuparte por el presente, por la satisfacción.

Es como si uno reemplazara el destino y la salvación a cambio de permanecer, de ser recordado. Es un acuerdo, un contrato...

–... con el diablo.

–No, ni siquiera... Pero es optar por unas cosas y dejar de lado otras. Y es cosa no más de verte para saber cuál ha sido tu opción. Eso es todo.

–O sea, que me he vendido.

–No, no exageres. Pero de que te has postergado, eso está claro. Elegiste el camino fácil. Querías llegar y llegaste. Aunque no es por ser pesado, pero dudo que te recuerden mucho.

–No deberías medir a todo el mundo con tu vara. No todos somos iguales. A todos no les interesa la felicidad. No todos tenemos tu inteligencia.

–No te mientas, Andoni. No te mientas. Eres cien veces más inteligente que yo. Eres flojo, no más. Y eres bastante más sincero. Ése es tu problema: eres demasiado transparente. Tu ambición se huele, molesta. Quizás puedas engañar a tu público, pero a mí, al menos, no me vas a engañar. Te conozco bastante. Soy demasiado parecido a ti para que me andes contando cuentos.

–El que cuenta cuentos eres tú.

–Sólo porque tú eres incapaz de escribirlos.

Entonces, como si nada, cambió de tema y se levantó, agarró su chaqueta y dijo que ya era hora de seguir el viaje. Se estaba haciendo tarde; la idea era llegar hasta Tongoy. Ésa era la primera parada, ahí podíamos alojar sin problemas.

–¿Qué opinas sobre la traición?

–Por qué me haces todo este tipo de preguntas, Balta. Qué sé yo. Nadie tiene las cosas tan claras. Por suerte.

–De acuerdo, ¿pero qué piensas al respecto?

–Creo que el que delata daña a muchos, pero al que más daña es a sí mismo. Un delator nunca se va a salvar. Desde el momento que habla, está condenado. Por los otros y, peor aún, por sí mismo. Nunca se va a perdonar. Ese es su peor castigo.

–Putas que tienes opiniones al respecto.

–El tema me interesa –le respondí.

–¿Delatarías?

–¿No tienes otro tema?

–¿Lo harías?

–Ganas no me han faltado –le respondí.

–¿Me traicionarías a mí?

–No creo. No valdría la pena, Balta. Para qué. Me dañaría a mí mismo. Somos demasiado parecidos. Sentiría que estoy cagando a mi propio hermano. Al muerto. Y al vivo.

–No siempre.

–Sí, pero hay grados. Si delato a alguien, a alguien que me cae mal, por ejemplo, no es tan grave. Traición implica otra cosa. Es quebrar un lazo. Es pasárselo por la raja.

–Exacto.

–¿Cómo es esa frase? Es más fácil perdonar a un enemigo que a un amigo. Algo así, ¿no?

–¿Quién dijo eso?

–Tú.

–Un poquito excesivo, ¿no crees?

Después paramos a llenar el estanque con bencina. Yo eché de menos que no hubiera un Rutacentro. Ni siquiera una máquina para comprar bebidas: sólo la arena, salada y gris, la arena del mar y la arena del desierto, que se acercaba, se fundían en una sola manta descolorida, oscura. Y seguimos, Panamericana al norte.

–He estado pensando harto sobre *Disco Duro* –partió.

–¿Tú pensando? No puedo creerlo.

–No jodas.

–¿Qué?

–Que creo que estoy a punto de empezar. Por fin. Ya estoy lleno, listo. Ahora basta que me ponga a escribir.

–No empecemos a hablar de libros. Es demasiado autorrefente. Te interesa sólo a ti y a nadie más.

–Te lo voy a contar igual: ya no está centrado en mi álter ego. No es sólo una historia sino varias, todas paralelas. Vidas paralelas.

–No tiene nada que ver con tu idea original. Es otra cosa.

–La gente, como los libros, cambia, huevón. Éste es el caso típico, supongo. Es una saga esquizofrénica. La tesis es que todos los de nuestra generación somos básicamente iguales. Todos venimos de Plaza Sésamo.

–¿Y qué sucede: se organizan para matar al monstruo de las galletas?

–Nada. Ésa es la gracia.

–Balta, mira para adelante. Lo único que faltaría es que chocáramos o algo peor.

Algo peor. ¿Algo mejor?

Si no duele, no vale... Ahora voy a escribir de mí...

Choque... lo único que faltaría es que chocáramos...

Si no duele, no vale.

¿Qué más?

La noche cayó y el silencio también. El tocacassette se comió una vieja cinta de The Replacements y yo me enojé y la tiré al desierto y metimos otra de Neil Young, pero antes de que se destrozara, logré sacarla y nos quedamos sin música en el medio de la noche, cien, ciento veinte, ciento cuarenta como si nada, cualquier cosa con tal de llegar antes, de quebrar el silencio que yo, sin saber por qué, había instalado como protección porque ya estaba cansado y era tarde y el pito y *Disco Duro* y la idea de que si ya era capaz de escribir de mí mismo, de escribir de nosotros, de todos nosotros, era porque, de alguna manera, tenía la distancia necesaria. Y la distancia sólo se adquiere cuando se está lejos, cuando las cosas que te afectaban tanto ya no lo hacen, cuando todo, de alguna manera, ha terminado.

Entonces, mirando las estrellas que se reflejaban en el espejo retrovisor, tuve la mala ocurrencia de ponerme a llorar. Tal como había ocurrido en el matrimonio de McClure con la Pía. Esta vez venía peor, sentía que todo mi cuerpo tiritaba y que todo se abría como si fuera velcro y por un instante logré superar la valla de la vergüenza que siempre me había acompañado y hasta logré imaginarme que, si salía vivo de ésa, inundando de paso el auto de lágrimas acumuladas, el final iba a ser preciso, cómico, levemente bochornoso pero lleno de alivio, de ganas, de descanso.

Baltasar paró el auto. Sentí que me miró. No dijo nada. Apagó las luces y no se veía nada. Sólo se escuchaba el ruido fatigante y espantoso de mi llanto. Después hizo algo muy raro. Abrió la puerta y salió.

—Lo siento, pero no tolero ver a la gente llorar. No sé qué te pasa. No creo que haya dicho nada. Y si lo hubiera hecho, nada que ver responder así. Reaccionas como... Yo voy a salir a caminar un rato, ¿ya? Lo siento en el alma pero yo no soy así. No sé qué hacer.

Obviamente pude haberle dicho muchas cosas, pero no hice nada. Falso. Sí hice algo: paré inmediatamente de llorar. Hice un esfuerzo que no me costó nada y lo paré, en seco. No era difícil: estaba acostumbrado a tragarme las cosas. Me quedé en el auto, me acuerdo, demasiado cansado y herido para siquiera odiarlo. Pasaron varios minutos y no pensé en nada. Quince minutos después, apareció:

—Está lleno de coyotes y conejos —dijo.

Encendió el motor y comenzó a acelerar, andando varios kilómetros a oscuras hasta que, al llegar a una subida, la luz de un bus que estaba al otro lado iluminó el cielo como una luna a punto de salir.

—Qué bueno que se te quitó todo eso —interrumpió—. Por un momento pensé que el viaje se iba a arruinar. Me habían dicho que andabas sensible, pero pensé que era otro de los tanto pelambres que andan diciendo por ahí. Deberías hacerte ver. Ya te dije: no estás bien. Y no deberías hacerle a la droga.

—¿Por qué no me ayudas tú?

—Bueno, claro, pero ayudar de verdad, digo, porque yo no puedo. Te juro. Mientras caminaba allá atrás, lo pensé, pero no sé cómo. No me corresponde. Yo estoy bien, mejor que nunca, ¿sabes?, y si... Si me meto, me da... Tú sabes que tengo que viajar... Además, no me corresponde. No es normal: nadie se pone a llorar como animal porque sí. Ni siquiera una mina. Esto es para psicólogos o algo así. Si a ti te da lata, puedo hablar con Luisa Velásquez. La que habría sabido qué hacer en estos casos es la Ignacia.

—Ella siempre sabía qué hacer.

—No la mitifiquemos. Nunca sabía qué hacer. Por eso se arrancó.

En ese momento abrí la ventana y el viento polvoriento y helado del desierto comenzó a golpearme la cara como si se tratara del pasado. Baltasar comenzó a manejar más rápido y, si bien era obvio que tenía frío, no me dijo nada. No se atrevió, creo. A medida que avanzábamos, sólo pensaba en cómo insultarlo, cómo cargármelo, cómo lograr salir de ese viaje vivo.

Llegamos a Tongoy muy tarde, aunque quizás no. El balneario estaba vacío, inútil, sólo un local de flippers y un bar y el ruido molesto y reiterativo de las olas.

–Llegamos –me dijo.

Y me bajé; él también. Entró a una hostería cuyos toldos estaban desteñidos por el sol. Después apareció y abrió la maleta.

–Precio fuera de temporada. Una ganga. Desayuno incluido.

–Bien –mentí.

Pasamos por la recepción. Un tipo miraba Televisión Nacional. La pieza era chica, color lúcuma, con un cuadro de gaviotas y un velador que dividía las dos camas de una plaza. Baltasar entró al baño.

–Es lo mejor de la pieza –me gritó–. Me voy a dar una ducha.

–Voy a salir a caminar. A ver si encuentro algo para comer.

–Tráete chocolates. Y jugo.

Del cenicero que estaba bajo la lamparilla, saqué las llaves del auto. Pensé en manejar de vuelta a Santiago, pero no me atreví. Así que caminé. Por la caleta, alrededor de la península, por la playa. Jugué tres partidas de Pac-Man, pero no llegué siquiera al segundo nivel. Terminé durmiendo en el auto, frente a la playa. Me tapé con su chaquetón de cotelé y chiporro.

Cuando desperté, sudaba entero. El sol estaba afuera hacía rato y en el interior todo estaba caldeado. Mi cuello era un solo nervio y sentía las piernas acalambradas. Abrí los ojos y vi una mujer de unos cuarenta, bastante atractiva, bronceada que me miraba fijo mientras acomodaba alrededor de sus pechos una suerte de pareo polinésico. Sorprendido, alcé mi mano y toqué el vidrio, pero ella se alejó rumbo a la playa. Bajé el vidrio y el aire salino saneó mi cara. Lo subí, abrí la puerta y, al ponerle la llave, me di cuenta de que el reflejo del sol polarizaba el vidrio aún más, transformándolo en un verdadero espejo.

En la playa vacía, me fijé, a la mujer la esperaba un adolescente extremadamente alto y flaco, que andaba con unos shorts rosados que le llegaban más abajo de la rodilla y un chaleco tejido, me imaginé, por ella. Juntos comenzaron a deambular por la playa larga, justo por esa franja dura y reszbalosa que separa la arena seca de la mojada. Comencé a seguirlos hasta que, frente a un almacén, divisé a Baltasar. Él me gritó algo; decidí acercarme. Nos topamos a medio camino. Justo al lado de unos botes llenos de caparazones de jaibas.

–¿Te fuiste a carretear a La Serena o algo así?

–Dormí en el auto.

–Pensé que te habías ido o te habías enojado.

Por suerte vi el auto.

–Dormí en él. No me fui pero me voy. Y no estoy enojado pero tampoco estoy muy feliz.

– ¿Y a dónde te vas?

–Donde generalmente uno se va: a casa. A Santiago.

Desde entonces que no lo veo. Se me ocurre, no sé por qué, que nunca lo volveré a ver, pero eso es poco probable porque, si bien ahora está radicado en Irlanda, siempre tendrá que volver. No sabe escribir de otra cosa que de Chile. Y Chile, mal que mal, sólo está por estos lados. Además, yo ya lo perdoné, supongo. Si un tipo se me pone a llorar en medio de un camino, quizás haría lo mismo. Lo que no me queda tan claro es si él se ha perdonado a sí mismo. No debe de ser tan fácil abandonar a alguien así, que está mal, que está perdido, en medio de una playa calcinada y vacía. Después tomé el bus, claro. Nada muy tremendo. Pero esa imagen me sigue rondando. Casi como si le hubiera ocurrido a otra persona. Casi como si yo hubiera sido Baltasar y él un tipo de jean y polera que camina sin rumbo por una playa desértica y plana siguiendo, quién sabe por qué razón, a una mujer mayor descalza que camina y habla con su hijo que la sigue, protegiéndola del viento, las olas y quién sabe qué más.

¿Qué más?

Recuerda: si no duele, no vale.

Y esto, ¿vale?

Max me ha dicho que existe algo así como la memoria recuperada. De tanto indagar, uno descubre cosas olvidadas. Empieza a recordar aunque no quiera.

Veamos: yo antes siempre estaba cerca de Norma. De mi madre. Lo compartíamos todo. Desde chico, conversábamos horas y horas. Estaba al tanto no sólo de chismes familiares sino de sus penas, sus amores, sus desventuras. De Concepción nos trasladamos a Santiago. A un departamento en esos edificios de la rotonda Pérez Zujovic. Mi padre tenía su vida asegurada y nos dejó una pensión lo suficientemente buena como para que Norma no tuviera que trabajar. Mi madre siempre se reía con eso de que la vida de él estuviera asegurada y la de ella, no. Pero más allá del humor, la verdad es que esa pensión, más un par de propiedades y una increíble cuenta de ahorro, nos dejó bastante bien. Mucho mejor que como habíamos comenzado.

Habíamos...

Una vez, conversando con quizás mi único amigo del Liceo, le hable así, en plural. Le dije algo así como que *habíamos* ido al cine porque siempre íbamos al cine y a restoranes y obras de teatro y, a veces, a eventos a los que la invitaban o simplemente agarrábamos el auto y nos íbamos de picnic, al Cajón del Maipo o al mar o subíamos a Farellones cuando era verano y nos quemábamos bien quemados. Entonces, él, enredado, me preguntó qué quería decir, que no me entendía del todo. Que era casi como un tic mío. Quería saber si *nosotros* se refería a «él y yo» o a un grupo al que pertenecía o si tenía una novia que no le había presentado. Yo lo miré absolutamente extrañado y le dije:

–Cuando hablo, sin querer, de *nosotros*, me refiero a mi madre y a mí.

Ese amigo fue el único de mis amigos que estaba realmente al tanto. Una vez fue a alojar a mi casa porque teníamos una fiesta y llegamos bastante borrachos y, mientras nos desvestíamos, entró a la pieza Norma y nos dijo que no habláramos demasiado porque había un tipo en su pieza y yo le dije que claro y después le eché una talla que él no entendió. Mi amigo quedó medio saltón porque cuando mi madre entró a la pieza, él estaba en calzoncillos y yo desnudo, con puros calcetines con rombos, nada más. Esa noche apenas dormimos porque el alcohol me soltó la lengua y a él la curiosidad. Empezó a hacerme preguntas. Mi cama era de ésas que, debajo de ella, salía otra, muy baja, y mientras hablábamos en la oscuridad, su voz parecía emanar del suelo.

Le costaba creer que Norma entrara así a mi pieza, sin avisar. Que ella no dijera nada y que, peor aún, yo tampoco.

–Mis padres jamás me han visto desnudo –me dijo–. Mi madre, menos. Ni yo a ella, a Dios gracias, tampoco.

Después me preguntó si alguna vez me había

sorprendido masturbándome. Yo no lo tenía muy claro, pero después me acordé que sí, que una vez entró al baño mientras yo estaba bajo la ducha, detrás de las cortinas, jabonado entero, a punto de acabar; ella se sentó en la taza a orinar y me contó un cuento sobre una financiera y unos datos que le habían dado para invertir y yo seguí, mudo, hasta eyacular en los azulejos de la pared. Mi amigo, estoy seguro, empezó a calentarse y yo, de alguna manera, también. Eso me hizo exagerar algunos detalles más de la cuenta. Pero en esencia todo era verdad. Lo que pasaba era que, claro, contado así, en el medio de la noche, con mi madre tirando en la pieza del lado y mi amigo pajeándose un poquito más abajo, todo podía sonar promiscuo, indebido, raro. Pero no lo era. A la distancia, o fuera de contexto, el rito más arraigado puede sonar sucio, asqueroso. Y desde lejos, todo puede parecer imposible. Pero hay que estar ahí, hay que vivir las cosas para darse cuenta de que, en verdad, no es para tanto.

Y ésa es la verdad: no era para tanto. Pero esa noche, después de hablar y hablar, después de que él me dijera «no sigas contando más, ya me fui», mi amigo pasó de la calentura más descontrolada a un pudor o a una culpa arbitraria y furiosa. El hecho es que pronto mi pasado, lo que me mantenía satisfecho y seguro, sufrió un serio golpe cuando, de la nada, su discurso cambió. Después de interrogarme como funcionario policial, de retar-

me e insultarme y lanzar adjetivos y sacar conclusiones patológicas, no se le ocurrió nada mejor que
irse. Y cuando llegó el lunes, me evitó. Y antes del
viernes, varios tipos del curso cuchicheaban y en el
baño un rayado decía clara y explícitamente:

¡El Llovet se come a su vieja!

Nunca debí haberle confiado nada. Nunca
hay que contarle nada a alguien que no sea un amigo fiel; el problema es que la fidelidad, la lealtad,
sólo se puede medir vía el riesgo. El riesgo de contar cosas. No grandes secretos ni grandes revela-
laciones. La mayoría de la gente ni siquiera tiene
hechos oscuros que esconder ni guardar. Son esas
pequeñas cosas que uno se guarda las que más
cuentan a la larga. Son esas las cosas que uno quiere contar, compartir. Y son esas pequeñas cosas
por las que uno es juzgado y, al final, condenado,
no tanto por los que te tienen miedo sino por los
que se tienen miedo a sí mismos.

Como Balta, quizás. Y tanta otra gente.

Mi amigo, al final, se enteró de una serie de
cosas. Claro que ni la muerte de mi hermano ni el
suicidio de mi padre gatillaron algo en él. Lo que
a él le llamó la atención fue que Norma y yo estuviéramos tan unidos. Que hasta que me llegara la
pubertad nos ducháramos juntos. O eso de hablar
horas por teléfono y dejarnos notas cuando no nos
topábamos. No podía creer que, a veces, los fines
de semana durmiéramos juntos. Tampoco toleró,
creo, mi precoz vida sexual. Me preguntó si alguna

vez me excité frente a ella. Le dije que, de grande, nunca, porque no venía al caso; el hecho de que, de vez en cuando, me viera desnudo, no implicaba que nos acostáramos.

Lo otro que lo escandalizó –que lo calentó como nada– fue la pérdida de mi virginidad. Tenía once, creo. Ella, trece. Su padre había salido con mi madre. Era de esos fines de semana en que, por ley, a ella le tocaba estar con su padre. Por eso la dejó conmigo. Nos compraron helados y galletas y bebidas. En esa época no había videos pero vimos tele. Hasta tarde. Y tomamos trago. Esto ocurrió varias veces. Siempre en mi casa. En la cama matrimonial de Norma. Hasta que una noche, la cosa se puso más energética. Y nos imaginamos qué ocurría entre su padre y mi madre. No era demasiado complicado. Y a mí me encantó. Aún no sé si, en rigor, algo pasó, pero sí sé que algún grado de penetración hubo. Lo sentí. Sentí algo nuevo. La chica de trece se las traía y no tenía problema en experimentar. Estuvimos así un par de meses. Hasta que mi madre terminó con el tipo porque éste volvió a juntarse con la madre de mi nueva novia. Me acuerdo que le conté todo a mi madre. Se rió a gritos. Me dijo que la chica era una putilla, igual a su madre, pero que esperaba que yo lo hubiese pasado bien igual. Después agregó algo que aún no olvido.

–Ya estás creciendo. Pronto te vas a ir y me vas a dejar sola.

Cuando alguien a uno lo traiciona, no duele

tanto el dolor que se siente por la pérdida de la persona que a uno lo traicionó sino son los efectos secundarios los que afectan como nada. Lo primero que duele es el impacto inicial, claro. Es parecido a un estado de asombro. Pero se supera. Los que no se olvida así como así son los miedos y dudas que se apoderan de uno. Como, por ejemplo, darle la razón al enemigo. Desconfiar de uno mismo. Odiarse. Y, lo que es absolutamente letal, creer que todo el resto de la humanidad son traidores potenciales.

El problema es que, cuál más, cuál menos, lo son.

Mi madre, por ejemplo. Después de que apareciera el rayado en el Liceo, falté alrededor de una semana. Salía de la casa y me iba al centro. Jugaba video-games, miraba los salones de pool, compraba marihuana en el Santa Lucía, y fui cuatro veces seguidas –a las once de la mañana– a una casa de masajes donde me tiré a la misma puta que me decía que era el tipo más sano que había conocido en su vida.

Cuando volví al colegio, decidí vengarme de todos ellos. Fue en ese momento en que decidí, como creo que ya dije (estoy tan cansado que ya ni recuerdo), bajar de peso. Y así fue. Pero las drogas y las nuevas minas me alejaron de Norma, tal como ella lo había pronosticado. O quizás fue mi nuevo físico, mi nuevo look. A cada rato me decía que estaba buenmozo, rico; que seguro había salido a ella; que envidiaba a esas chulitas que se encerraban conmigo en mi pieza.

Mi madre, por esos días, entabló amistad con una vieja prima que antes había vivido en Bariloche y juntas decidieron dedicarse al turismo y las boutiques. Una noche, Norma me invitó a una fiesta. Estaba sola y no podía ir así, me dijo. Era en La Dehesa. La daba el gerente de una línea aérea americana que inauguraba su ruta a Chile. Yo estaba seriamente drogado. Coca y unas pastillas para bajar de peso llamadas Alipid. Tres o cuatro. Mi madre tomó bastante. Andaba con un vestido negro *strapless*. Todos los hombres la miraban. Se veía, de verdad, estupenda. Fina. Yo andaba con un terno crema. No me veía nada de mal.

–Deben creer que eres un gigoló –me dijo apretándome el brazo.

–O un cafiche.

Nos sentamos a una mesa redonda, como si fuera un matrimonio. Mi madre tomó mucho y coqueteó con un señor griego que a me pareció repelente y que estoy seguro estaba bastante más interesado en mí que en ella. Yo creo que ella se dio cuenta, pero no me lo dijo porque mientras hablaba con él, tocaba mi cara y bajaba sus dedos hasta mi cuello. Yo tomé y tomé y tomé. El griego nos servía y Norma se reía y yo mudo, coqueteando con el griego, coqueteando con mi madre.

–Bailemos, Andoni, mira que esta música me recuerda cuando era joven.

–Aún lo eres, pero baila con el griego.

–No, contigo.

–No quiero.

–Vas a bailar conmigo, jovencito. Punto.

Salimos a la pista. Tocaban algo de Neil Se-daka. Un rock and roll muy light y tonto. Después algo tropicaloide que mi madre reconoció como Trini López.

–Es portorriqueño, creo. A tu padre lo exas-peraba.

Aún no sé por qué me dijo eso. Yo estaba bien. Curado, ido, pero bien. Bailando, incluso. Pero cuando me dijo eso, cuando nombró a mi padre, de pronto sentí que la mina que movía sus caderas y sus hombros frente a mí, la misma vieja que me punteaba y me tocaba el cuello, era mi ma-dre, no un pinche. Entonces ocurrió algo raro: sentí que todos –incluyendo al griego– me mira-ban como un fenómeno, como un esperpento. Ya no era el atractivo y caro gigoló ni el estudiante universitario seducido. Era sólo un hijo. Su hijo. Un tipo de dieciséis que no tenía nada que hacer allí. La cocaína corría por mi cerebro. Cerré los ojos y paré de bailar.

¡El Llovet se come a su vieja!

Y el otro que vi pero que no quise asumir: *la mamá de Llovet se lo mama.*

–Ven, baila, no seas fome.

–No, no quiero.

–Ya, mi amor, no te hagas de rogar.

Nunca voy a saber qué pasó, pero se acercó tanto a mí, llenándome con su olor a perfume transpirado, que me puse demasiado nervioso. Primero me tocó la cintura y trató de apretar ese rollo que ya no estaba. Sus ojos me miraban y vi sus labios. Un brazo estaba detrás de mi nuca y me tocaba el pelo. Quizás sólo me iba a besar la mejilla. Y si hubiera sido en los labios, iba a ser sólo eso: en los labios como tantas otras veces. Pero la energía esa noche era demasiada; tanta, que pensé que si alguien no la paraba, podía pasar cualquier cosa. Así que la empujé. La empujé fuerte. Tan fuerte que cayó sobre una mesa y los vasos se quebraron. Es probable que pocos se hayan dado cuenta. De hecho, creo que así es. Yo me fui a la casa y me encerré en mi pieza. Ella llegó en la madrugada. Durante varios días la evité. Después, la vi pero no la vi. Salió con el griego y después, con el dueño de una agencia de viajes.

¿Qué más?

Nada más. Comenzó a cerrar la puerta hasta que apareció un amante que usaba unos gruesos anteojos de marco negro que a mí me parecían horribles. El tipo estaba casado y tenía varios niños y me hablaba de ellos como si nada. Se peinaba a la gomina y sus calcetines se le caían. Era muy católico. Eso da lo mismo, pero ésa fue la razón de que todo se terminara. Jamás iba a tener cojones para abandonar a su mujer, me dijo. Yo le dije que no me metiera en sus asuntos. Al poco tiempo apareció un arquitecto que estaba abonado a la filarmónica.

Después llegó un gringo. Galés, a decir verdad. Se casó con ése. Yo me fui a vivir por un tiempo con mis abuelos maternos que casi no hablaban y me trataban bien y se odiaban entre ellos, pero querían a todo el mundo. Norma vive ahora en todas partes. Primero fue Sudáfrica y luego Costa Rica. Ahora está en Estrasburgo, Francia. Ella nunca me perdonó. Y yo nunca perdoné a Norma. Hace años que no la veo. O sé algo de ella.

Pensar que éramos tan unidos.

Y así nos vamos, tú me hiciste ésa yo te la devuelvo. Te odio pero más de lo que tú me odias a mí. Siempre a punto de decir las cosas, pero no diciendo nada para no herir, para no molestar, incapaz de rebobinar para no toparse con escenas que uno ya no quiere vivir, que ni siquiera cree que vivió alguna vez.

Basta que uno le cuente algo a alguien para que, a la larga, lo sepa todo el mundo. Por eso yo ya no cuento; sólo escucho. Ahora la gente me cuenta cosas a mí. A veces les cuento esas mismas cosas a otros. Pero cada vez menos. Siento que tengo guardados tantos secretos ajenos que los míos desaparecen. Es como si esas vidas ajenas se hubieran apoderado de la mía.

Escuchar no es tan fácil. Cuesta. Desgasta. Escuchar implica no opinar, no interrumpir. Es estar ahí presente, interesado, ojalá comprometido. No hay nada peor que caminar por las calles con alguien y sentir ese silencio que grita, chilla y cruje. Ese silencio que aturde, que no deja hablar. Por eso cuando uno escucha, uno debe bajar la guardia lo suficiente para que el otro tenga claro que realmente tiene alguien a su lado.

¿Quién está a tu lado? ¿Quién te está escuchando?

A veces presiento que todo el mundo sabe mucho más de mí que yo mismo.

Eso es todo, creo. No tengo más que decir. No quiero decir más. Lo he dicho todo y, por esta vez, ya he dicho lo suficiente.

Está atardeciendo, pero yo sólo siento que todo se está apagando. Creo que voy a dormir un rato. Despertar en la mañana. O quizás baje de inmediato. Si tengo fuerzas, podría llegar hasta Rancagua. O quizás mañana, después de un baño termal y una caminata por el cerro. No sé.

Quizás todo lo anterior no concuerde demasiado con mi imagen, pero qué es una imagen sino un espejo donde la gente se ve reflejada a sí misma. Ésa es una frase de Flavia, que algo sabe de esto. Se me ocurre que uno vive la vida de un modo y la siente de otro. Tampoco me queda tan claro. Sólo que no soy el que todos creen que soy. Pero eso, supongo, lo dicen todos.

He decidido volver a Santiago, descender estos cerros antes de que sea demasiado tarde. La hora del crepúsculo está llegando y me siento extraordinariamente mal. Ésta es la hora más linda, la hora más triste. Es la hora en que la luz es la más especial, la hora en que gustaba que me fotografiaran. El sol está cayendo y mi ánimo, también. En horas como ésta, me preparaba para salir, esperaba la noche ansioso. Esperaba, al menos, ver a Ignacia y reírme un rato. Ahora sólo me espera la noche. Nada más. El vacío lo está invadiendo todo como un río que se rebasa, como el río que está más abajo. Y es raro porque me duele, pero es demente, intoxicante, seductor, y no puedo detenerlo. Me siento como debe sentirse alguien durante un fin de semana largo en una ciudad ajena, vacía, cerrada.

Así de solo me siento.

Siempre me he sentido así.

¿Dios, cómo llegué a esto? ¿En qué me he metido?

Quiero hablar con Max cuanto antes.

Espero que esta introducción les sirva de algo. Sé que se me pasó la mano. Y no sólo en extensión. Agradezco que la hayan leído. Me alegro de que no se vaya a publicar ni nada por el estilo. Ojalá todos los escritores pudieran escribir así, tan libremente, sin el temor de que sus palabras lo metan en peores embrollos que sus actos.

Les adjunto, como dije, *Cosas que pasan*, un cuento que –espero– tomen en consideración. Es sobre cosas que ocurren y cosas que, por suerte, pasan, trascienden, se olvidan. Gracias por su interés y que gane el mejor. Una mención honrosa no estaría mal. Cruzo los dedos para que les guste. Es lo mejor que he podido escribir. Hasta ahora. Si los aburrí con esta introducción, les pido perdón. Sucede que hay opiniones que uno tiene que manifestar en la vida mientras está vivo. La ficción no siempre acepta frases o comentarios donde uno puede decir algo así como una verdad. Aunque sólo sea la mía y todos crean que no es más que una mentira.

Revista *Acné*, columna «Santiago», SCL

Night and the City

Por Ignacia Urre

En apariencia, éste no es más que otro sábado por la noche, pero obviamente no lo es. Si lo fuera, yo no estaría aquí ni ustedes estarían leyendo esto. Así que no nos engañemos.

El sol primaveral se escondió más tarde de lo acostumbrado y los múltiples neones de Plaza Italia que anticipan el *skyline* del centro me hacen pensar que quizás esta ciudad no es tan fea como nos quieren hacer creer.

O quizás ya estoy empezando a echar de menos.

Sigo caminando rumbo a mi céntrico destino. Las hojas nuevas de los árboles del parque Gran Bretaña se mueven. Al frente, a la salida de una iglesia iluminada, una novia lucha contra el viento que le eleva su vestido blanco de gasa. La gente que la rodea, de pronto, aplaude.

Sucede que ésta es mi última columna. Por eso ando con este ánimo. Cuando salga publicada mis maletas tendrán etiquetas que digan PAR en vez de SCL, el código aéreo que designa a esta extraña, claustrofóbica y demente ciudad de Santiago. Cuando esta columna aparezca por última vez, yo ya no voy a estar aquí. No puedo decir que este final me pille de sorpresa; mal que mal, lo predije hace meses. Aun así, no pensé que me iba a afectar tanto. Pensé que era más dura, que podía ignorar mis propios sentimientos, que podía hacerme la distante.

Pero esta columna no es sobre mí, aunque un tipo al

que nunca le quedó claro que lo quise me dijo que Santiago sólo era una excusa, que en el fondo SCL era sobre mí. «Las calles de la ciudad son tus arterias, en los parques se esconde tu pasado y entre los sitios baldíos se reparte tu corazón». Me acuerdo que me enojé.

Me cargó eso de los «sitios baldíos». Pero él estaba en lo cierto. Sigue estando en lo cierto. La que me equivoqué fui yo. Total y desesperadamente.

La columna de esta semana, la última columna de esta azarosa serie, tiene que ver con el City Hotel. Allí es donde me dirijo. Allí es donde os quiero llevar.

La elegante invitación decía que «me esperaban» a las 20:30 a comer. ¿Pero qué pasa con el City? ¿Por qué incluso darse el trabajo de bajar hasta la Plaza de Armas y optar por pasar una de mis últimas noches capitalinas en un hotel antiguo, anónimo, venido a menos, que a lo más podría optar a dos estrellas y media?

¿Qué hay en el City, más allá de un sobrevalorado bar, un bello pero maltraído edificio gótico sacado de un filme de Tim Burton (o Fritz Lang), un mítico letrero de neón y una serie de habitaciones en oferta donde alojan vendedores viajeros de provincia o pasajeros escasos de divisas que llegan sólo de países vecinos?

Aún no lo sé, pero por lo que tengo entendido, por lo que he averiguado, el City tiene todo el deseo de transformarse en el epítome de lo que todos llaman «el espíritu metropolitano». Hoy se reinaugura después de haber estado cerrado durante casi todo un año por reparaciones. Lo de «reinaugurar» quizás sea excesivo porque, tal como me dijo mi editor, «cómo puede haber resurrección si antes no hubo vida».

Es un buen punto. Por algo es mi editor.

El City, en rigor, siempre ha existido, tal como existen decenas de otros hoteles que uno ni siquiera sabe o quiere saber. Lo que pasa es que el City ahora pertenece a un

294

grupo de gente entretenida que no sólo lo arregló sino que lo mutó en otra cosa.

–¿En qué? –fue la pregunta obvia que le hice por teléfono a Marisol Lagos, la controvertida agente literaria que acaba de asociarse con una recién repatriada Flavia Montessori. Ambas son las dueñas de *Hemisferio derecho*, una flamante agencia de talentos multidisciplinarios y de relaciones públicas. Las dos han sido parte vital en la imagen del nuevo City Hotel. Algunos dicen, incluso, que ellas pusieron el talento y «el concepto» a cambio de un respetable porcentaje de las acciones y que los socios se remitieron solamente a la plata.

–Mira –me dijo Marisol al momento de confirmar mi asistencia–, queremos que el City sea algo así como un centro cultural, una vitrina de lo que está realmente pasando, un recinto multimedia que, por ser un hotel, conecte al país con el resto del mundo. La idea es que cuando uno entre al City, entre a una realidad distinta.

Es viajar sin tener que recurrir a los aviones.

Esa misma noche me topo en un restorán mejicano de moda con la propia Flavia Montessori que anda con un new look realmente envidiable. Me presenta a José Ignacio Bascuñán, un yuppie de los de antes que ahora compra y vende propiedades a su antojo. Entre ellas, el City Hotel. Flavia me cuenta –con algo de acento español advenedizo– que la inversión no ha sido pequeña («estamos hablando de nueve cifras») y que entre los socios están Bascuñán, el corredor de acciones Germán Talavera, Pablo Skoknic (hijo del magnate textil Amadeo Skoknic) y nada menos que Pascal Barros, nuestro enfant terrible de exportación que no solamente se limitó a aportar dinero sino «ideas, pinturas originales y objetos de decoración».

–Pascal va a vivir permanentemente en el City –me informó Flavia mientras sorbía una frozen-margarita–. Se anexó una inmensa suite muy maja que es de su total exclusividad. Cada vez que está en Chile, estará ubicable allí. Vendió su cabaña en El Arrayán y optó por el downtown. El tipo es un precursor. Como en todo.

Los Montessori también. Su nueva agencia de talentos va a estar ubicada en el entrepiso del hotel.

–Cuando veas la oficina, te vas a morir. No podíamos instalarnos en otro lugar. Coño, hubiera sido un crimen.

Quizás el crimen sea otro.

Caminando por la Alameda, no puedo dejar de pensar en lo arriesgado que puede resultar que una chica como yo ande sola por el centro a estas horas. Da lo mismo que ni siquiera sea tan tarde. Cruzo Tenderini y miro a los tipos que reparten tarjetas de «saunas». Siento que uno me va a ofrecer trabajo. Por suerte ninguno se atreve a decirme algo.

La Alameda está que arde y su decadente intersección con San Antonio («la esquina más peligrosa de Chile») está atestada de micros, humo, vendedores callejeros, carritos con fritangas y miles de pasajeros proletariamente suburbanos que inician su regreso a los lejanos alrededores. Ésta es la noche y ésta es la ciudad. La ciudad de la furia. Y yo camino, camino rumbo al City en medio de este caos, pensando por qué alguien invertiría millones de dólares en un centro turístico ubicado en esta parte de la ciudad.

Cuando llego a Compañía y veo el City totalmente iluminado por focos y reflectores, brillando de un verdegris, con sus nuevos neones color chicle Bazooka, siento que, peligroso o decadente, el centro es el centro y nunca nada se va poder comparar. La gente está llegando (en autos, en taxis, a pie) y en el aire se respiran sofisticación, humor y frivolidad. Esto me gusta, pienso. Me gusta bastante.

Ingreso por un pasillo exterior cubierto de vidrio lleno de tal cantidad de flores y plantas que me siento en un invernadero. El lobby es puro art decó, muy Tamara de Lempicka, y la música que sale de los parlantes es decididamente Cole Porter. Los botones, con trajes teatralmente diseñados por Guido Serralde, parecen extras de un nuevo remake de *El gran Gatsby*. Algo extasiada, decido seguir los consejos del atractivo conserje y subo en un restauradísimo ascensor de reja hasta el último piso donde se ubica la terraza techada. Me recibe una Marisol Lagos totalmente envuelta en terciopelo lila. Me lleva a una mesa desde la cual se divisan diversas techumbres y rascacielos.

–¿No es como Nueva York? –me dice.

Miro cómo las luces de la torre Entel se reflejan en mi copa de champaña Veuve Clicquot y le respondo:

–Esto es mejor; mucho mejor.

Claro que sí. Este City es pura urbe, es puro estímulo. Visualmente es una fantasía posmoderna. Totalmente rediseñado y reconstruido gracias a la inesperado dupla de Simón Radic y Co Infante, el City se arma fusionando un gran respeto hacia el pasado y una enorme imagi-

nación extraída de la cultura pop. Cada pieza es una locura, llena de detalles que se agradecen (como las inmensas tinas con sus patitos de hule).

En el City hay de todo, como una radio interna propia y un sistema de videos las 24 horas, que funciona por room-service y que sólo se especializa en cintas raras, de culto (seleccionadas por el joven crítico Lucas García), cosas que uno sólo podría ver «en el Angelika de Nueva York», según me explicaron.

Cada piso, además, tiene su color y su inspiración; pero esto no es un hotel parejero. Que eso quede claro.

–Vamos a aceptar que gente venga a pasar su luna de miel, pero no vamos a arrendar habitaciones por hora. Lo mínimo es 24 horas. Como está en el centro, hay que cuidarse un poco –me comenta Flavia Montessori, que está radiante y feliz, rodeada de sus elegantes socios capitalistas. Sólo falta Pascal Barros que va a cantar en el bar más tarde, me informan.

La Flavia, que algo sabe de ventas, continúa:

–Los hoteles son a los 90 como los restoranes fueron a los 80. Es un lugar de reunión, un centro de comidas y baile, un lugar lúdico y fantasioso donde uno se junta *après-le-bureau* o después del teatro o la ópera.

José Ignacio Bascuñán opina:

–Pudimos construir un hotel nuevo en el barrio alto, pero no nos interesó. La gracia fue sacarle partido a este edificio y a este sector. Lo que Simón y la Co han hecho es un happening artístico que le devuelve luz y creatividad al centro. La Municipalidad debería premiarnos. Este nuevo City es una apuesta por el downtown. En el City comenzará la movida del *west-side* con sus viejos palacetes, casas con tres patios y lofts por doquier. Esto, en unos años más, será como el SoHo.

Germán Talavera, muy tomado de la mano de Consuelo Mansferrer, que no anima el tiempo pero sí tiene su propio programa en el cable, no duda de que el City se va transformar en un punto de encuentro:

–El concepto tiene que ver con el *cheap-chic*, es decir, hoteles sofisticados, con carisma e historia, que aun así están al alcance de la mano. El City no es para el millonario ni la pareja de ancianos que van rumbo a la Antártica. Queremos que los artistas que vengan a Santiago se alojen acá. El City es para gente joven, para parejas de enamorados, para aquellos que quieren algo más que un desayuno continental. Siempre he alucinado con aquellos hoteles adonde todo es tan fascinante que a uno no le dan ganas de conocer la ciudad con tal de sacarle provecho al lugar.

El City, en ese sentido, las tiene todas a su favor: una sala de lectura con todas las revistas internacionales imaginables, además de una alucinante biblioteca para los pasajeros que «se les olvidó traer algo», una sala de conferencias con un mural de Condorito y sus amigos pintado en el techo; un subterráneo con piscina olímpica temperada, sauna finlandés, gimnasio atómico con soloflex y una gran peluquería sacada de los años '30.

Si bien los precios son moderados, no son gratis. Pero para que no haya «pura gente con tarjeta de crédito», el City tendrá un piso con ribetes de albergue, donde extranjeros (ya figura en el nuevo *South American Handbook*) podrán alojar en piezas compartidas o bien, más chicas (pero igual de bellas) con el baño al final del pasillo. El hotel tiene una gran bodega para que los mochileros dejen sus bolsos, recorran el país y regresen a buscar sus cosas.

Pero el City quiere ser más que un hotel que deleite y sobreproteja a sus pasajeros. También va a ser «un lugar público» que puedan disfrutar los chilenos. Partiendo por la galería de arte donde ya está exponiendo el joven (y nada de feo) fotógrafo Tomás Domínguez, un chico esquiador de 21 años que, más allá de enfocar los rostros del rock, ayuda a la cotizadísima Co Infante, su

ex profesora y actual pareja (qué son diez años de diferencia si hay amor), a seguir diseñando lo que falta. La Co Infante, la misma que partió con esa boutique en los Dos Caracoles, ha llegado a su madurez visual. Junto a Simón Radic, han sobreestilizado todo, iluminando cada rincón, cada ranura, como si fuera un set.

Si todo en el City parece un tanto cinematográfico es porque, de alguna manera, lo es. Sucede que Luc Fernández y Pascal Barros salieron un día a recorrer el centro en busca de locaciones que podrían servirles para rodar el clip de *Pantofobia*, del álbum homónimo. Cuando Pascal vio el City quedó obsesionado y obligó a Radic a que fuera a conocerlo para ver si podía reproducir en un estudio parte de su atmósfera, ya que la idea era inundar los pasillos con agua. En eso estaban, tomando fotos y midiendo muros, cuando supieron de la quiebra del hotel. Barros atinó, llamó a algunos de sus amigos adinerados y al abogado Julián Assayas, y antes de una semana el hotel era de ellos. Mientras estaba siendo remodelado, Fernández aprovechó de filmar todo lo que necesitaba rodar. El clip, como se sabe, ganó el premio MTV como el mejor video latino.

Para integrar al público santiaguino con los pasajeros en tránsito, lo socios optaron por llenar el hotel de buenos restoranes. Son, según la Marisol Lagos, «los vasos comunicantes». El más «normal» de todos es el ya legendario City Bar, que tiene entrada directa desde la calle, lo que le da una cierta independencia. Aquí los diseñadores sacaron de raíz el aire tirolés que inundaba el bar y crearon un ambiente neoyorquino de los años '40 sin recurrir a «fotos de artistas de cine ni atrocidades por el estilo». La gracia del nuevo bar es que es simple, oscuro y real. Tiene elegancia y masculinidad. «Cuando por masculino se entendía abrigo oscuro, sombrero y bastón», acota Simón Radic.

Muy distinto, aunque con toques en común, resulta Ciudad Gótica, el gran restorán del hotel, ubicado en el segundo piso. Aquí, todo es muy mágico, muy *Batman*, con una estilización que recuerda esas cintas de los años '30 que imaginaban cómo iba a ser el futuro. A cargo de la comida está Wadeck Rafsaniyani, un joven chef polaco-iraní criado en Londres, que ha creado un menú que podría definirse como «nouvelle-cuisine chilena/californiana con toques thai y mesopotámicos». Rafsaniyani, que físicamente se parece al cantante Eros Ramazotti, también vigila la cocina de la terraza-grill Fin de Mundo que es mucho más «veraniega» y se especializa en desayunos, sandwiches, ensaladas y una vuelta de tuerca a la gastronomía chilota (chapaleles con salsa de erizos al eneldo).

Un mundo aparte es el pub-bar-antro del subterráneo llamado '73.

–Es como la Tatú, pero en buena. Es el centro carretero del hotel –me informa Flavia.

El '73 es el «hijo ilegítimo» de los diseñadores y la verdad es que es increíble. Uno no sabe si aplaudir o enfurecerse. De que están jugando con fuego, lo están. Es probable que sea rechazado por muchos.

–La idea fue de Pascal Barros –me cuenta la Co Infante, muy tomada de la mano de su Tomás que, hoy al menos, realmente parece su hijo–. Pascal quiso recrear la atmósfera y la estética de la Unidad Popular. Con el Simón empezamos a investigar. En un principio pensé hacerlo todo muy Patricio Manns, muy peña de los Parra, con velas, afiches de Valparaíso, tú sabes. Pero revisando revistas como *Paula* y *Eva*, pronto cachamos que el mundo de las peñas era tan restringido como lo es hoy. La UP quizás se filmó en blanco y negro, pero fue a todo color. Durante esos años, los sesenta se fusionaron con los setenta. Había algo pop, tipo Carnaby Street, mezclado con la cosa cubana y guerrillera. Una de nuestras grandes inspiraciones fue el bar lácteo de *La naranja mecánica*. También sacamos ideas de edificios de Unctad, que fue el primer fast-food de Sudamérica. Quisimos reproducir el Drugstore cuando estaba en el subterráneo. Vimos *Palomita Blanca* como doce veces.

Y eso es, más o menos, el '73. Las chicas que atienden usan minifalda y calcetines rayados, zuecos con plataforma y se pintan y peinan como en esos años. Los chicos de la cocina (que está a la vista) parecen atractivos clones del Che y en vez de estar de blanco, tienen trajes de militar. Detrás del escenario hay una inmensa foto del tamaño de la pared de la Junta Militar, donde Pinochet sale con sus aún hoy inconseguibles anteojos oscuros.

Pero eso no es todo: hay varios televisores Antú que cuelgan del cielo donde un centenar de imágenes (sacadas de *La batalla de Chile* o de los archivos de TVN), incluyendo hitos como Fidel Castro en el Nacional y el bombardeo de La Moneda, se repiten en forma sucesiva.

Cuando no hay tocatas, la música de fondo es totalmente 70-73 y va desde los hits de *Música Libre* a Víctor Jara.

En el '73 sí que hay fotos –intervenidas, claro– de Allende, de Neruda, la Tencha, la Payita, Altamirano, Teitelboim y todos los taquilla de la época. En la tapa del menú sale una foto con una interminable cola de viejas tratando de comprar pan. Los sandwiches tienen el nombre de guerrilleros (el Miguel Enríquez es un churrasco con quesillo derretido, porotos verdes y una mayonesa al ají verde) y las ensaladas se llaman Patria y Libertad y Plan Z. Lo más excéntrico del menú son las empanaditas fritas de chancho-chino que, según el propio chef, es un producto yanqui llamado Spam que importan directamente, pero que se parece bastante al original.

Respecto a la moral, la Co Infante no se queda corta:

–La UP es nuestro *Jurassic Park*. Son los grandes fracasados del siglo. Quisieron cambiar el mundo y no fueron capaces de cambiarse ellos. Por eso funaron. Aquí en el '73 los rojos podrán venir y sentirse en casa. Es volver atrás, como en una máquina del tiempo. Yo, personalmente, sería comunista, pero soy demasiado consumista, así que no puedo.

El local está lleno y hay muchísimo ánimo, aunque no se observan precisamente comunistas. Sí se nota que es noche de inauguración. Nos sentamos en una mesa cerca del escenario. Nos atiende una chica con una polera que dice GAP. Le digo que la reconozco.

–Me hiciste una nota hace años –me dice–. En el baño del Patagonia.

–Me acuerdo perfectamente. ¿Y qué estás haciendo ahora?

–De día diseño trajes de baño y toallas. Trabajo con mi primita Co. Las vamos a vender en la boutique del hotel. De noche estoy acá. Igual es una etapa. No voy a atender mesas toda mi vida.

Todos optamos por pedir un 11 de septiembre que es como un Bloody Mary, pero hecho con pisco Alto del Carmen. Miro a mi alrededor. Está lo que se llama «todo el mundo». El sueño mojado de una fotógrafa de vida social. Lo peor y lo mejor del jet-set joven. Gente de teatro, de telenovelas. Enzo Contese, sin afeitar, borracho, con una casaca de cuero y botas salpicadas de barro, le cuenta algo a un delgadísimo Gaspar Ferrada que además está calvo. Gonzalo McClure está sentado con Pía Bascur, su novísima esposa. Cerca de ellos, José Luis Cox, la voz de la Interferencia, disfruta de su éxito radial luciendo a una chica muy universidad privada. Al fondo, muy unidas, la políticamente correcta dupla de Amelia Cenci y Sara C. Subiabre. En la barra del bar, Eric Santillana luce un terno Versace color lavanda que no le viene a su abundante pelo rojizo y conversa con un durísimo Ricardo Román, aspirante a estrella, que siempre anda circulando por ahí.

Intoxicada con tanto estímulo, información y personas desagradables, me excuso un rato y huyo al baño que está tapizado de afiches políticos de la época que deben costar una fortuna. Cuando salgo, me topo nada menos que con Pascal Barros, que viene saliendo del baño de hombres. Me saluda algo distante, como es típico en él, y me invita al camarín del '73.

Conversamos un poco y tomamos agua mineral Socos y una botella de sidra argentina. Le digo que se ve más sano, más tranquilo.

–Los años no pasan en vano. Si la fama no te cambia, nada lo hará. Es la mejor iniciación posible.

Le cuento que este hotel va a ser la taquilla misma. Que incluso esta noche está la crème de la crème. Le pregunto qué se siente tener de fans a gente que yo sé que él desprecia.

–No puedo hacerme cargo de mis fans. Es descolocante saber que justamente el tipo de gente que antes te despreciaba, ahora te toma en cuenta porque eres famoso.

En eso golpean la puerta y le dicen que el público está ansioso. Le pregunto entonces por qué un rockero se involucra e invierte en un hotel, que no veo la conexión, que nunca me lo hubiera imaginado. Él me mira con esa mirada inocente que a veces puede tener, esa misma mirada que uno ha visto tantas veces en fotos afiches y discos, y me responde en forma concisa:

–Quería tener un hogar. Eso es todo. Un lugar que fuera mío y de mis amigos. Si uno no abre sus propios espacios, nadie te los va a abrir por ti.

Pascal sale del camarín y todo es tan distinto a esa primera vez que lo conocí cuando yo recién estaba partiendo con esta columna que ya se acaba. No porque no funcione, no porque no tuviera éxito, no porque no la quiera. La columna se acaba porque me voy. Pascal, está claro, se queda. Tiene un hogar. Ha abierto su propio espacio. Musicalmente, ya lo

había hecho qué rato. Yo, en cambio, siento que, de un tiempo a esta parte, mis espacios se han ido cerrando. Ya no tengo dónde estar. Por eso me voy. Parto. Huyo. La sola idea de pulular por entre las rendijas de espacios ajenos me aterra. Estoy aburrida de subarrendar, de pedir prestado, de habitar sitios que no son míos. Aún tengo un largo proceso de construcción por delante. Según ese tipo que nunca creyó que lo quise, tengo que partir botando muros. Él me dice que me quede porque los cimientos que se mueven terminan cayéndose. Yo le dije que no esperara más de lo que la gente puede dar. Yo por ahora me tengo que ir. Si no lo hago, toda mi vida me preguntaré: «qué hubiera pasado si...». Quizás sea un error, pero al menos ese error será mío. Y la sola idea de tener algo que pueda ser totalmente mío vale no solamente el riesgo, sino también la pena.

Gracias y hasta siempre.

Damián Walker
Cierta gente que solía conocer

Esta escena parece sacada de un cuadro. La he visto antes, de eso estoy seguro. Lo podría apostar.

A mi lado está Carla Awad con las piernas cruzadas y unas sandalias de taco alto. Me sorprende lo estupenda que está. Está mejor que antes y lo sabe. Anda con una polera sin mangas amarilla que contrasta con su piel extremadamente bronceada. No es demasiado flaca y eso me gusta; me parece más natural. Le digo que esta escena me parece familiar. Ella baja un tanto sus anteojos de sol y me fijo cómo sus ojos verdes recorren toda la terraza. Hemos visto demasiados comerciales de bebidas, me dice antes de abrir un tarro de cerveza Beck's cuya espuma me rocía levemente la cara.

Aún creo que todo esto es un cuadro famoso. El remedo de una pintura que cuelga en algún museo vacío donde he pasado de prisa, sólo por cumplir. O quizás esto es como un comercial, pero no de una gaseosa. Huelo la brisa tibia que llega hacia mí y reconozco el cloro que se confunde con el gel de zanahoria y aloe vera que le convidó a todos Myriam Weinberg. A un costado, un resto de carne se carboniza de a poco sobre la parrilla.

Damián, me susurra Carla, qué bueno que viniste. Después, me acaricia el pelo. Me dejo querer. Siempre me gustó Carla; era la más inteligente de todas. Lo sigue siendo.

Esto se parece a ese comercial de perfume, concluyo. Ése en el que un tipo está tomando sol a orillas de una piscina celeste que mira sobre un mar azul. La piscina está quieta y los rayos del sol rebotan en ella como si fuera un espejo. Una mujer nada, lentamente, bajo el agua. Tiene un cuerpo perfecto que apenas es cubierto por una diminuta tanga blanca. Cuando finalmente sale a la superficie a tomar aire, es para besar al tipo que la está esperando bajo el sol mediterráneo.

Ésta es la casa de Pancho Iturra y ésta es su terraza y ésta es su inmensa piscina color turquesa. En rigor, ésta es la casa de los padres de Pancho Iturra. El tipo, a pesar de haber sido uno de los más libres del curso, sigue viviendo con sus padres. Como casi todos los solteros de Chile. Otra característica que me separa de los demás.

En la piscina de los padres de Pancho Iturra nada Alonso Gudenschwager. Nada bajo el agua y suelta burbujas. Anda con un traje de baño beige y está totalmente blanco. Cuando sale del agua, me fijo que tiene la espalda y las piernas rosadas por el sol. A pesar de ser tan alto y flaco, tiene panza. Ya no es uno de los tipos más estupendos del curso. Esto me alegra sobremanera. Alonso Gudenschwager nunca tuvo buen gusto ni estilo. Lo único que tuvo a su favor fue juventud y eso ya lo está perdiendo. Como todos.

Asoleándose sobre el agua, tendida y estirada a lo largo sobre el tablón, yace Valeria Lea-Plaza. Está sola, totalmente lubricada con un aceite que la oscurece aún más. Está enfrascada en una tanga naranja que la hace ver muchísimo más atractiva y adulta y deseable que cuando estaba en el colegio y se levantaba el jumper durante el recreo para agarrar un poco de sol. Tiene puestos unos anteojos oscuros redondos con marcos rosados y un sombrero de paja que le queda grande. Valeria Lea-Plaza lee una revista llamada *Mirabella*, en la que sale Diane Keaton en la portada. Cuando armo mis papelillos, siempre uso revistas de moda porque están impresas en el mejor papel. Un papel brillante, sin poros, donde el polvo no se queda pegado. Casi siempre uso *Vogue, Harper's Bazaar y Elle*. Ahora voy a empezar a usar *Mirabella*.

Esta mina siempre llamando la atención, me comenta Carla. Si antes me caía mal, ahora me cae peor, agrega. Lo menos que podría hacer es integrarse. Esto ocurre una sola vez en la vida. Por suerte, le digo, aunque la verdad, no todo ha salido tan mal como esperaba. Incluso me atrevería a decir que lo he pasado bien.

Hace exactamente diez años, salimos del colegio. Nos graduamos de Cuarto Medio. Ya habíamos rendido la prueba de aptitud y ese día hizo un calor bastante espectacular y me acuerdo perfectamente de cómo mi abuela sudaba y se abanicaba con el programa. La fiesta de graduación no fue el mismo día que la ceremonia. Fue un viernes, dos días después. Me acuerdo de que esa noche era noche de Teletón y que pasé por una farmacia a comprar preservativos que después no usé. En la farmacia había un televisor y vi cómo Don Francisco coqueteaba con unas telefonistas e instaba a todo el país de Arica a Punta Arenas a donar lo que fuera para ayudar a los niños lisiados. Después de la fiesta, rumbo al aeropuerto a tomar un estúpido desayuno, la tipa a la que habíamos invitado –una tal Solange que hacía esgrima– quiso que paráramos en el Banco de Chile a donar algo. Yo estaba borracho y no quise. Ella se enojó y me dijo que era un insensible y que iba a terminar mal. Tenía razón.

Pancho Iturra me mira y sonríe y trata de decirme con la mirada que es cómplice mío y me quiere. Eso, al menos, es lo que capto. Quizás solamente está borracho y aturdido por el calor. Pancho Iturra está sentado en una mesa con quitasol cubierta de ramitas y nachos y un guacamole que se oscurece de a poco. Pancho Iturra anda con shorts y sandalias y con una polera gris Esprit y también tiene un poco de panza, me fijo. Pancho Iturra era el más despierto de todos, pero el que tenía peores notas. Pancho Iturra no se graduó con nosotros; terminó en el Liceo 11, pero igual fue a la fiesta. Ahora trabaja con su padre. Antes odiaba a su viejo; ahora lo acepta. Sucede. Su padre tiene cuatro ferreterías, una en cada uno de los malls. Las va bien. Pancho Iturra administra una. Gana harto. Veranea con sus amigos en distintos *resorts* para solteros. Ahí agarran minas que no vuelven a ver. En febrero quiere ir a Varadero. Pancho Iturra sigue a las masas, pero nunca se integra del todo. Está contento, dice. Le creo.

Pancho Iturra está con Toyo Cox, que fue uno de los organizadores de esta reunión. Mandó varios mensajes a través de su espacio de datos y carretes en la Interferencia. Me cuesta creer que conozco a Cox desde hace tanto tiempo. En el colegio no éramos para nada íntimos, aunque hicimos un programa de radio que nos hizo, por un instante, famosos. De todos los que están aquí, Cox es el único con que de verdad me junto. No sé por qué. Es el que está más ligado a lo que queda de mi grupo. Coincidimos, supongo, pero no lo siento realmente cercano. Mirándolo contar chistes, me doy cuenta de que lo miro en menos. Preferiría juntarme más con Pancho Iturra, pero no tengo mucho que decirle. No tenemos nada en común. Siempre quise ser amigo de Pancho Iturra. Siempre quise *ser* Pancho Iturra. Antes del asado se lo dije. Lo miré, lo agarré del hombro y le dije: me hubiera gustado ser más tu amigo. Te idolatraba, Pancho, te juro. Sentí que me llenaba de cosquillas, pero se lo dije igual. Ya me había tomado varias Coronas y tres líneas y me daba lo mismo. Puta, Walker, yo también, me respondió, pero tú siempre te aislaste; nos mirabas en menos. En eso tiene razón. Pero el tiempo pasa. Y Pancho Iturra ya no es Pancho Iturra. Y ya no me interesa tanto ser su amigo.

Me levanto y camino unos pasos y me siento junto a los perdedores del curso. Pablo Villegas, que ahora tiene lentes de contacto, me ofrece una cerveza. Ya me he tomado alrededor de doce, calculo. Pablo Villegas me cuenta que trabaja en un banco, en el centro, y practica natación en la Asociación Cristiana de Jóvenes. Pablo Villegas huele a Ice Blue. Su falta de sofisticación me apena. Después me cuenta que pololea con una cajera. Me pregunta si yo pololeo. Le digo que ni en broma. Él se ríe. Cree que es un chiste. Dejo que piense lo que quiera.

Desde este ángulo veo la piscina, los ventanales de la casa y cómo Fabio Stipcic enrolla pitos. Pablo Villegas, me fijo, se escandaliza un poco. Stipcic sigue reventado, me dice, y yo le respondo que la tragedia de todo es que la gente no cambia. Villegas no me entiende. Stipcic aún mantiene su pinta pero está cada vez más perdido. Pensar que yo antes lo consideraba un triunfador, tan seguro de sí mismo. Fabio Stipcic anda con una polera *Acceso al exceso* de Pascal Barros. Esto me deprime.

Que tipos que uno temía ahora anden con poleras con la cara de un amigo de uno estampada me parece sintomático. Fabio Stipcic debería andar, en vez, con una polera *Pantofobia*, el mejor álbum de Pascal, el disco que menos vendió. *Pantofobia*, el miedo a todo. A qué le tienes miedo, Pascal, le preguntaron en un diario. «A terminar solo; a no ser capaz de superar mis rollos y vivir una vida plena como la que he soñado». Pascal Barros es un gran tipo, un tipo que se la juega. No como yo. No como Fabio Stipcic, que quiere entrar al mundo de la televisión, pero no tiene posibilidad alguna. Ya pasó su cuarto de hora y nunca tuvo vuelo intelectual. Es, en todo caso, el héroe del curso. Fue parte de un ballet en un programa juvenil. Hizo un comercial de champú anticaspa. Fabio Stipcic es un pobre tipo y, como repitió Segundo Medio, debe de estar acercándose a los treinta. Por un instante lo siento cerca. Me dan ganas de ofrecerle algo gratis, gentileza de la casa, pero me arrepiento. Un regalo implica un lazo y si uno tiene muchos lazos, puede terminar atado.

Carla Awad, veo, le acepta el pito a Fabio Stipcic. Mientras lo aspira, me mira y se ríe y pone cara como de «a mi edad y haciendo esto». Carla Awad es lo mejor. De todas las mujeres del curso, es la única que no se ha casado. Por eso está con el grupo de los hombres. Siempre lo estuvo, era como la musa, pero nunca se metió con ninguno de ellos. La trataban de igual a igual. Ella era una suerte de informante y les enseñaba secretos de la ideología femenina que nunca supieron procesar del todo. Carla Awad ahora es ejecutiva de una empresa de telecomunicaciones y gana muchísimo. Vive sola en un departamento que se compró en El Golf. Dice que los tipos de mi generación le tienen miedo. Yo creo que le tienen pavor.

Al otro lado de la piscina, a la sombra, están casi todas las mujeres. Todas están casadas o a punto de estarlo, como Valeria Lea-Plaza que llegó con su novio, un yuppie que exporta tallarines a Italia. En cuanto se fue, ella se puso la tanga. Eso la retrata de cuerpo entero.

Incluso Roxana Plaza se casó. Llegó con su crío, saludó de lejos a los hombres, abrazó a sus amigas y después se fue, sin que nadie la echara de menos. Roxana Plaza es doctora; les sacó provecho a sus buenas notas. Está gorda como un croissant. Yo estaba seguro de que iba a terminar solterona. Fue la primera de todas en casarse. A nadie le falta Dios.

Qué miras, me pregunta, sensual como siempre, Susana Aldunate. Espero que aún no te guste la Lea-Plaza, agrega. Pablo Villegas nos deja y trata de buscar un grupo al cual integrarse. No lo encuentra. Del living, suena música disco que ahora se ha vuelto a poner de moda. Algunos, nostálgicos, la cantan. Eso me produce vergüenza ajena. Susana Aldunate debe ser la mujer más elegante de la reunión, pienso. Se ve más madura, pero más atractiva. Está casada, tiene dos niños y viene llegando de Boston, donde tanto ella como su marido hicieron un postgrado.

Eres una de las pocas que se salvaron, le digo. Casi todos acá están totalmente a la deriva. ¿Como tú?, me pregunta. Estaba hablando de los demás, le respondo. Supe que repartías pizzas, me dice. ¿Es rentable?, acota. Ahora reparto otras cosas, le digo. Ella no entiende pero tampoco ahonda más. Es una mujer discreta, pienso. Me podría llegar a gustar.

Con Susana Aldunate nos dedicamos a desgranar la concurrencia. Ella critica las pintas, los peinados, los sueños que quedaron en nada, aquellos que no están tan mal como era de esperar. Yo me limito a decir si estoy de acuerdo o no. El grupo de las mujeres es un verdadero club de canasta, sentencio. Eso de que las mujeres envejecen peor que los hombres es una verdad indiscutible. De todas, la más simpática y serena, concluyo, es Camila Assayas. No la veía desde hacía años. Ahora tiene dos hijos, me contó cuando me estaba sirviendo ensaladas. No trabaja porque no lo necesita. Me acuerdo de Julián, su hermano. Éramos bien amigos; coincidíamos en «el pub» de Andoni. Después lo vi menos, pero me compraba regularmente. Le llevaba pizzas especiales a su casa en La Dehesa. Era un buen cliente. Me cae bien.

Las miradas de ambos se cruzan en el patio, rozan el agua y se detienen al otro lado de la piscina donde su hermano Nico Aldunate sacude, como si fuera un perro, su pelo crespo, mojando de paso a Valeria Lea-Plaza que ya no está leyendo.

Ésos siempre se gustaron, le digo. Ella me responde que sí, que aún no se recuperan del romance que tuvieron en el viaje de estudios a Río. Durante esos años, Nico Aldunate fue ídolo absoluto. Lo tenía todo a su favor. Era rubio y alto y atleta y simpático y tenía plata y tantas minas que regalaba las que le sobraban. Ahora no alcanza a ser un holograma de lo que fue. Susana Aldunate me cuenta que tiene que cuidarlo. Siempre fue así, pero ahora lo dice de otro modo. Como Nico repitió, la madre los puso a los dos en el mismo curso. Así al menos Nico tendría con quién estudiar cuando llegara a casa. Nico Aldunate ahora es otra persona. Le hizo demasiado a las drogas. Yo nunca le vendí, pero supe por ahí que no pagaba sus deudas. Nico tiene una hija de una tipa con la que nunca se casó. Una noche, de puro pasado, chocó camino a Viña. Mató a una pareja de jubilados que volvían del Casino. Nico Aldunate tiene cicatrices en la cara y su pelo ya no está rubio sino grisáceo. Nico Aldunate me recuerda a Andoni Llovet, al final, cuando ya no había nada que hacer. Carla Awad me contó que una vez tuvieron que operar a Nico de emergencia. Se le reventó una úlcera o algo así en medio de una fiesta. Nico puede estar muy bronceado, pero tiene un inmenso tajo vertical que le atraviesa el vientre. Y está lento, desencajado, como si el choque –o las drogas– le hubieran aniquilado demasiadas neuronas. Nico Aldunate ahora vive con sus padres. Hace mandados, cobra cheques, cuida la casa. Hay días en que tiene veintinueve años; hay otros en que ni siquiera tiene nueve. Nico Aldunate podría ser el chico símbolo de mi generación.

El otro día conocí a tu hijo, me interrumpe Myriam Weinberg. Estaba en los ponys, con su madre; la Maca resultó ser amiga de una amiga. Se parece bastante a ti, agrega. Mi ex, le pregunto. No, el chico, me dice. Cómo se llama. Cristóbal, le digo. Cristóbal. Es una lástima que no hayan durado más, acota. Una pena, le digo, sin sentirlo. Susana Aldunate odia a Myriam Winberg. A la hora del almuerzo me dijo que no hay nada peor que una puta arrepentida.

Susana Aldunate se levanta, se excusa y se va. Myriam Weinberg se sienta a mi lado. Está más flaca y el pelo lo tiene más anaranjado. Y cuántos hijos tienes, Vasheta, le digo. No me digas Vasheta, me dice, dime Myriam. Mientras me recita los nombres, apodos y edades de sus críos, miro cómo Valeria Lea-Plaza se lanza al agua y revolotea en el fondo con Nico Aldunate. Siento que no conozco a nadie, me confiesa Myriam Weinberg. Como yo estuve tan poco en el colegio. El último año, no más, agrega. Todavía te gusta Barbra Streisand, le pregunto. La vi en Las Vegas, me cuenta. Casi me muero de emoción. Me llevó el Ari como regalo de aniversario. Y qué haces, Myriam, le pregunto

317

de puro amable. Tengo un instituto de cosmetología. Dos, casi, porque estoy a punto de abrir uno en La Serena. Verdad, le digo, he visto tu foto en *Casa-Avisos.* Sí, agrega, me ha ido de lo más bien, no me puedo quejar.

Permiso, le digo, y vuelvo donde Carla Awad que está con Allan Grana y Alfredo Pizarro hojeando un álbum de fotos de Río. No puedo creer lo joven que estabas, Damián, me dice Carla Awad. Le digo que no, que para qué. Alfredo Pizarro me pasa otra cerveza Corona. Alfredo Pizarro es el único del curso que está de novio y por algún motivo que no alcanzo a intuir, me cae poderosamente bien. Alfredo Pizarro huele a franela, me fijo. Antes del almuerzo, nos fumamos un pito que él tenía. Yo le hablé de otras drogas, para tantear el terreno, y me di cuenta de que lo de las drogas duras es un gusto adquirido, de minorías que son cada vez más minoritarias. Debería intentar cambiar de oficio. Un emprendedor siempre está a la altura de los tiempos. Quizás los vicios están cambiando.

Alfredo Pizarro trabaja de supervisor en los Fresh Market de Almac, pero siempre lo van rotando de sucursal en sucursal. Entró a estudiar ingeniería comercial en la Santiago, como casi todos mis compañeros, pero no terminó la carrera. Alfredo Pizarro gana bastante dinero y heredó una casa de su viejo que se murió de un ataque al corazón. Alfredo Pizarro siempre está alegre y debe ser bastante más feliz que yo. Una vez me lo topé en el supermercado donde estaba de turno. Yo andaba buscando como desesperado Jägermeister, un licor de hierbas alemán que es ideal para ayudar a bajar en caso que uno se quede corto de Zipeprol y el jale te tenga en la orilla. No había ni rastros, claro, por lo que opté por el viejo tequila. Me acuerdo que conversé un rato con Alfredo Pizarro, que estaba de blanco y tenía un broche que decía *Te entendemos, mamá*. Me acuerdo que me dijo que a cada rato se encontraba con gente del colegio, casi todos casados, comprando leche en polvo, pañales, cosas así. Dime lo que compras y te diré quién eres, me dijo. Cómo, le pregunté, pero justo lo llamaron y se tuvo que ir. Miré mi carro: una botella de tequila, limones y un tarro de almendras ahumadas. Me había delatado más de la cuenta.

Dime lo que aspiras y te diré quién eres, pienso.

Y cómo lo estás pasando, me dice Ricardo Román. Lo miro un rato y le digo que esto no es el cuartel de Investigaciones y que no tiene derecho de preguntarme nada. Ricardo se ríe y me sirve un vaso de mezcal que encontró en el bar. Ricardo Román es como Myriam Weinberg en el sentido que no conoce a todos. Se integró al curso en Cuarto Medio. Venía llegando de Sudáfrica, donde su viejo era agregado militar. Ricardo ha viajado por todo el mundo y ha vivido en lugares de Chile que quizás no deberían existir. El padre de Ricardo ha tenido una carrera meteórica y ahora es general. Con Ricardo Román salíamos en su auto con chofer a mover pitos. El chofer se llamaba Roger. Roger tenía una chaqueta de cuero y escuchaba cassettes de Nazareth y Led Zepellin. Una vez, a la salida de una fiesta, unos tipos del Liceo Fleming nos amenazaron con pegarnos por meternos con unas minas que supuestamente andaban con ellos. Uno de los tipos, además, no quiso pagarnos una caleta de pitos que Ricardo había movido. El lunes siguiente, Ricardo Román me contó que Roger y otros choferes les habían ido a sacar la cresta a los tipos en cuestión. Los golpearon con bates, en medio de la noche. A uno le sacaron un diente.

Ricardo Román siempre se pierde y siempre reaparece. Terminó como actor y estuvo metido en un antro llamado Impro-Show. Contaba chistes y hacía números. No le fue tan mal. El Ricardo es uno de esos tipos con los que uno siempre se topa. En un par de ocasiones me compró unos gramos. En una fiesta de Spandex lo vi bailando arriba de un cubo. Salía en la escena de la orgía en *Mucha noche*. El tipo también movía, supe. Era competencia directa. Se especializaba en GHB y Extásis y otras *designer drugs* que importaba vía valija diplomática. Esto lo supe por Felipe Iriarte que casi se fue a trabajar para él. La clientela de Ricardo estaba formada por gringos y japoneses. El tipo sabía usar sus contactos con los tiras. Después dejé de toparme con él. Y Ricardo Román dejó el negocio.

Ahora consume no más.

Lo que uno más quiere de sus amigos son sus defectos, me dice Ricardo Román mientras se sirve otro mezcal. Yo lo miro un rato y le respondo que si eso es verdad, entonces lo amo. Él se ríe y me dice que está achacado con la democracia, que todo lo que ha salido en los diarios y en la televisión lo ha afectado. Le quito la botella de mezcal y trago hasta que arde. Estoy seriamente pasado a transpiración, capto. Eso me pasa por dormir en lugares que no me corresponde. En la piscina, Valeria Lea-Plaza sale del agua; pensando que nadie la ve, se ajusta la parte de abajo de su tanga color naranja.

Así que vamos a estar viéndonos más, me dice Ricardo Román después de un buen rato de silencio forzoso. Dónde, le digo. Audicioné para Luc Fernández y voy a actuar en *Las hormigas asesinas*. Qué papel, le digo. Ivo Casals, me responde. Buen rol; Baltasar se inspiró en mí para ese personaje. No te creo, me dice, no te creo. En cosas mías, rectifico, y todos mis amigos. Pascal Barros va a ser el protagonista, me cuenta. Sí sé, le digo, es un viejo proyecto que casi queda en nada con todo lo que pasó.

De nuevo nos quedamos callados un rato. Pancho Iturra saca más cervezas del refrigerador y se las pasa, a través de una ventana que está abierta, a Toyo Cox. Así que tú vas a ser el dealer oficial de la película, me dice Ricardo Román. Tienes que exigir que te lo pongan en los créditos; bajo *catering*, quizás. Lo miro con odio y el tipo intenta cambiar de tema. Y qué estás haciendo, me pregunta. Nada, no hago nada, deambulo por la orilla oscura. Echo de menos el teatro, me dice, eso de tener todos los fines de semana ocupados me hacía la vida más fácil. Los sábados son mis mejores días, le digo. Nunca me deprimo los sábados; es día de trabajo. Es el día en que más vendo.

Me levanto de sopetón y entro a la casa, a la sombra. En el living hay un montón de personajillos. Pienso si yo he cambiado tanto, pero un espejo arriba del teléfono me confirma que no. Siento que no tengo nada que hacer aquí, que no pertenezco. Toda mi vida he estado solo y esta gente no hace más que confirmarlo. Toyo Cox, en un gesto sicópata, totalmente borracho y tratando de llamar aún más la atención, extrae de un bolso la revista del colegio. Son tales los gritos que emanan del living que cualquiera diría que hubiese entrado el propio Pascal Barros. Cox comienza a leer. Ya no queda nadie en la piscina. Valeria Lea-Plaza se sienta directamente en frente de mí y cruza sus piernas mientras con una toalla se seca cada uno de los dedos de sus pies. Se puso una polera blanca, lisa, sencilla. Se sacó la parte de arriba de su tanga y sus pezones húmedos han manchado la polera en forma leve. Valeria sigue con la parte de abajo de su tanga naranja. Sabe que la miro. Termina de secarse los dedos y con un palillo se toma todo el pelo en un moño que cae desordenado sobre su cuello.

Marco un número y espero. Felipe finalmente contesta. Dónde estabas, le digo. En la piscina, con una mina. Quién, le pregunto. Se llama Reyes y está dura. Esa droga la pagas tú, le advierto. Piola, piola, relájate, pareces viejo. No deberías usar la piscina, se supone que estás cuidando esa casa. Es sólo una fachada, me dice. Sí, le digo, pero la casa es real; alguien la podría comprar. Has vendido algo, le pregunto. Ha estado lento, pero para la noche hay pedidos. Oye, me dice. Qué. Por qué no nos metemos al BBS, yo tengo un módem. En las supercarreteras no hay tiras. Podríamos vender líneas en línea. No, le digo, no. No es buena idea. No vuelvas a repetirme una estupidez así. Después le corto. Y respiro. No me siento nada de bien. Nada, pero nada de bien.

Toyo Cox, capto, lleva leídas seis biografías. Ha cometido el error de ir seleccionando, por lo que hay gente que, para variar, queda marginada. Lee la biografía de Elisa Cousiño, que obviamente no está. Está en Stanford, casada, esperando un hijo, perfeccionándose. Mi nombre aparece en su biografía. Las mujeres casadas me miran como si se tratase de una enfermedad incurable. En el colegio me gustaba Elisa Cousiño. Hoy probablemente la despreciaría. Quizás no. Lamento que no haya venido. Me hubiera gustado, al menos, ver cómo estaba. Capaz que le hubiera podido vender algunos de los papelillos que ando trayendo en mi banano. Hay gente que cambia tanto. Hay gente que espera diez años para recién ser lo que siempre ha sido. Elisa Cousiño, eso sí, debe de estar igual. O mejor. Elisa Cousiño siempre quiso estar lejos de nosotros, siempre quiso estar lejos de mí. No la culpo.

Ahora le toca el turno a Rosario Lavín, que se pone colorada de inmediato. Rosario está casada, pero no tiene niños y vive a un costado del Parque Forestal, por lo que todos la tildan un tanto de intelectual. Frase típica, lee Cox: «¡Entiéndeme!» Todos se ríen. Regalo útil: «Un permiso para llegar tarde». Cox sigue leyendo. La biografía termina diciendo que ojalá le vaya bien y, tal como lo desea, conozca el mundo. Sin que nadie se lo pregunte, Rosario Lavín dice que lo logró, que conoció todo el mundo, que fue auxiliar de vuelo de Lan Chile por cinco años. Carla Awad me mira como diciendo «qué pena» y Toyo Cox sigue adelante. Ahora la víctima es Pablo Villegas.

Entro a la cocina y la nana de Pancho Iturra termina de lavar unos platos. Los viejos, por suerte, no están. La nana me dice que están en la casa de Rapel. Entra Valeria Lea-Plaza y le pregunta si tiene Bilz&Pap, la nueva gaseosa que acaban de lanzar. Le dice que con todo lo que ha sudado está un tanto deshidratada.

Cuál fue tu frase típica, le pregunto. «Nunca te importe», me responde. Y la tuya. «Esto es la nada», le digo. Cierto, me dice y después me queda mirando fijo. Tú siempre fuiste raro, agrega.

En el buen sentido. Eras más maduro que el resto. Más enrollado, quizás, le acoto. En todo caso, jamás me hubiera fijado en ti; en esa época me trastornaban los universitarios. Yo jamás fui a la universidad, le digo. Yo estudié en un instituto, me comenta. Valeria, lo sé, nos hemos topado antes en filmaciones y eventos. Supongo que te acuerdas. Varios amigos míos te conocen. Ella se queda quieta, sorbe su agua mineral y me dice: *so what*... Todavía mueves, me pregunta. Sí, pero hoy es gratis. Por los viejos tiempos.

Retiro mi banano de la sala de estar y subo al segundo piso y no puedo dejar de mirar la pieza de Pancho Iturra. Me sorprende que tenga un afiche de Josh Remsen colgado arriba de su cama de plaza y media. Entre sus escasos libros, me fijo, está *Disco duro*, la nueva novela de Baltasar.

Golpeo la puerta del baño. Valeria Lea-Plaza me abre. Nadie te vio, me pregunta. No, nadie, relájate. Saco mi material de trabajo y lo coloco sobre el lavatorio de mármol rosa que es muy grande y está rodeado de espejos. Limpio la superficie y preparo varias líneas bastante generosas. Saco mi pajilla de cristal que me trajeron de Manhattan y se la ofrezco. Tú primero, me dice. Cumplo. Filete, pienso, mercancía de primer orden, como yo acostumbro. Clase A. Puro polvo de marchar boliviano. Satisfacción garantizada o te devuelvo tu dinero.

Ahora le toca el turno a ella. Se toma su tiempo.

Al agacharse, su polera se le sube y sus cobrizas nalgas apretadas en esa lycra naranja quedan a centímetros mío. Sin medir las consecuencias, le toco levemente la cintura. La polera está mojada y huele a algodón, a Soft, a cloro. Valeria aspira el polvo y no me saca la mano. Tomo eso como una señal. La aprieto un poco más y me acerco a su espalda. Aspira a través del otro tabique, y mientras lo hace, mi mano se desliza hacia abajo. Siento su hueso bajo esa piel que parece no terminar. Toco esa lycra que sigue mojada. Miro el espejo y veo que ella alcanza a mirarme, pero rehúye mi mirada. No así la mano. Jala lo que quieras, le digo, hay de sobra. Mi dedo índice comienza a hurguetear bajo el elástico. Huelo los restos de su perfume y lamo el sudor que tiene en su cuello en forma de gotitas. Me percato que mi propio olor está demasiado fuerte, agrio incluso. Pero a ella no le molesta. Al ingresar mi dedo bajo la lycra, la siento reaccionar, violentarse casi. Me agarra la polera, justo a la altura de la axila. Comienza a olerme, a lengüetearme el antebrazo. Sin cambiar de posición, quedándome a sus espaldas, mi dedo índice ingresa por fin a ese territorio familiar, pero siempre desconocido. Primero esa piel extremadamente suave, herida casi por el apretado elástico que ha dejado su huella corrugada. Después siento esos pelitos ásperos, primero finos y escasos, después gruesos y abundantes, pero siempre fríos y algo empapados por el agua de la piscina. Decido seguir más adentro, donde está más tibio. Valeria se abre un poco para disminuir mi trabajo. Justo cuando dos de ellos ingresan y comienzan a escarbar en forma resbalosa, siento que ella vuelve a aspirar. Una de sus manos baja, me toca el jeans y me aprieta. Después me pide que pare. No quiero más, estuvo rico. Mi mano sigue abajo. Ella la sube y succiona los dos dedos que estuvieron dentro. El aroma que acarrean es intenso y me encanta. Trato de darle un beso pero no quiere. Estoy comprometida, Damián, recuerda. Me bajo el cierre y le digo que hagamos algo. No gracias, en serio. Gracias por el mote, estaba bueno. Sale. Me miro al espejo. Aún queda una línea en el lavatorio. Con mis dedos mojados, recojo el polvo y me lo paso por mis encías.

Dónde andabas metido, me pregunta en forma inocente Carla Awad. Tengo ganas de contarle lo que acaba de suceder, pero pienso que capaz que yo quede peor parado que Valeria Lea-Plaza. Leyeron tu biografía, me cuenta. Me la sé de memoria, le digo. Llevo años tratando de superarla.

Y todo el mundo dónde está, le pregunto. Abajo, en el living. Van a dar un video de la ceremonia de graduación. Lo grabó el papá de Alfredo Pizarro. Debe de ser una reliquia histórica, le comento. No recordaba que existían cámaras de video en esa época. No somos tan antiguos, me dice Carla Awad. Sabes que sí, le digo, sabes que sí. Lo que pasa es que te saltaste etapas, me agrega, eso envejece. Más que saltarme etapas, las perdí. Y no creo que hoy sea el momento para empezar a recuperarlas.

Creo que me voy a ir, le digo. Hoy me toca pasear a Cristóbal. Estás seguro, me pregunta; esto va a durar hasta tarde. Sí, ya vi a los que tenía que ver; no tengo más que hacer. Creo que ahora lo entiendo todo un poco mejor. Anda a verme, Damián, así podemos pelar a todos con más calma. Esto de reunirse es como una prueba, le digo, a ver quién triunfó y quién se dejó estar. Con esta gente te vas a comparar el resto de tu vida, me advierte Carla Awad. Por eso mismo me voy; ya estoy atrasado. Te apuesto que no vas a ir a verme, me dice. Capaz que sí, le digo, a ti no te tengo miedo.

Salgo a la calle. Está comenzando a anochecer. Ya no hace calor. Hey, me dice Pancho Iturra, lo menos que podrías hacer es despedirte. Para qué, le digo, si nos vamos a volver a ver. Oye, me dice, en serio, me gustaría conversar más contigo; podrías pasar por la ferretería. Claro, le digo, por qué no. No mientas, Damián, si yo sé que nos desprecias a todos. Te cuento un secreto: yo también. Pero qué le voy a hacer. Son mis amigos. Me crié con ellos. No tengo a nadie más.

Al final, lo que uno más quiere en los amigos son sus defectos, le comento.

Cómo, me dice, no te entiendo.

No esperaba que lo hicieras, Pancho. Chao, nos vemos en diez años más.

Salgo a la calle. Me gustaría alejarme de mí

mismo, pienso. Eso es lo que deseo. Toda mi vida escapando de la oscuridad, pero basta que oscurezca para que todo vuelva a aparecer.

Baltasar Daza, novelista joven:
Entrevista con un vampiro

Por Orieta Bizama

Baltasar Daza tiene 31 años y una carrera que más parece musical que literaria. Después que un crítico dijera que su primer libro de cuentos parecía más «un disco que un libro», Daza, tipo polémico y niñito terrible, arremete una vez más contra la literatura criolla y lanza, con bombos y platillos, *Disco Duro*, novela que, según sus editores, ya merece un disco de oro en ventas.

En un principio uno creería que esa chica tan de taco alto y traje dos piezas es su novia. Lo sigue de cerca, lo vigila, lo mima. Está a cargo de su «agenda», de sus horarios, de cada uno de los detalles que conforman su «brillante carrera».

Digámoslo de inmediato: para conseguir una entrevista con Baltasar Daza hay que pasar por esta chica/ejecutiva –la cada día más poderosa Marisol Lagos– que, después de autorizar «el pase», se comunica con el autor-de-moda y, amable ella dentro de su típico tonito RRPP, nos devuelve la llamada, citando el lugar y la hora.

Baltasar Daza, conviene decirlo, es chileno, aún mantiene un departamento a pocas cuadras de donde vive esta humilde reportera y, aunque una sepa de memoria su teléfono, no permite que lo llamen en forma directa.

–Lo siento, pero habla con Marisol. Ella está a cargo de esos asuntos.

–Pero por qué no paso por tu casa y hacemos la entrevista y ya.

–Yo ya no funciono así. Tómalo o déjalo. Tú verás.

Baltasar Daza tampoco recibe «a la prensa» en su departamento. Lo hace en distintos locales urbanos: el bar del City Hotel; el Au Bon Pain del centro; la terraza del Hotel Carrera, al lado de la piscina.

–Aquí arriba pareces el dueño del mundo.

–Te aseguro que no lo soy. Aquí hay buena vista y hay silencio. Y está super bien ubicado. ¿Hubieras preferido que te hubiera citado en El Arrayán? Te habrías demorado una hora en llegar.

Marisol Lagos toma sol en una chaise longue y habla con un editor holandés que, por desgracia, está en traje de baño. Marisol anda siempre de anteojos oscuros, como Jackie O, que también es editora, aunque de autores que venden bastante más. Marisol es perfecta y lo sabe. Por eso, como dicen sus autores, que evidentemente la aman, gana lo que gana. Marisol es famosa por su olfato, por dejarse llevar por su intuición y su hemisferio derecho. Junto a Flavia Montessori, su socia, manejan los talentos más diversos, aunque de un tiempo a esta parte el fuerte de la Lagos es la literatura. La leyenda dice que bastó que leyera un párrafo de un cuento del entonces imberbe Daza para que contratara al joven escritor en ciernes. También se especula que ella es la que elige los temas que ellos escriben y que es ella la que corrige a sus autores, casi todos jóvenes, todos decididamente hombres, casi ninguno feo ni mal vestido. Marisol Lagos, está claro, se lleva un buen porcentaje de los derechos de autor de cada uno de ellos; ahora ya no anda en un Civic sino en un Opel. Para aumentar el mito, no admite que la entrevisten. Dice que no tiene nada que decir. En cincuenta años más, señala riendo, capaz que publique sus memorias. Todavía no.

Después de presentarse (como si yo no la ubicara) decide presentarme al joven autor (como si yo no lo ubicara). En seguida me pasa otro ejemplar de la novela en cuestión y una carpeta con el logo de la editorial llena de folletos, fotos de estudio, fotocopias y faxes de notas aparecidas en distintos suplementos literarios del mundo. No me conmuevo.

–Tienen cuarenta y cinco minutos; luego vienen unos chicos de la *Acné* –me dice Marisol, toda amable; después me ofrece un trago.

–**¿Quién paga?**

–La editorial, por cierto.

Pido un Amaretto-sour; Daza, una Cachantún.

–**Antes tomabas bastante.**

–Eso lo dices tú.

Baltasar Daza ya no viste tan elegante; ahora cultiva un look como de pescador intelectual. Como dicen en España, está encantado de conocerse. De verdad, se ama.

Siguiendo la romántica tradición del autoexilio, Daza vive en Irlanda, en Bray, un balneario costero al norte de Dublín. Tiene con unos socios, entre ellos la ex modelo Miranda Ashmore (la chica de la portada –y del clip– del último disco de Pascal Barros), un bar llamado O'Higgins, verdadero antro de los mochileros sudacas diseñado por la dupla Co Infante-Simón Radic, sitio top donde han tocado algunos de los Commitments, The Frames y, dicen, el cada día más desaparecido Josh Remsen.

–**¿Cómo va el O'Higgins?**

–Bien, es un sitio divertido, un lugar para hacer tocatas y conversar y, típico, se juntan escritores locales a cambiar el mundo.

–**¿Es verdad que venden empanadas y vino tinto?**

–Sí, pero como talla, como anzuelo; no es algo nostálgico, te lo aseguro.

–**¿No echas de menos Chile?**

–Vengo a cada rato. Este valle es un gran lugar y lo quiero harto y a veces lo odio, pero anda siempre conmigo. Mientras siga escribiendo en español, seguiré siendo chileno. Eso es inevitable.

–¿Realmente crees que es un «valle»?

–Es un decir, no más.

–¿Qué hay de Miranda Ashmore, tu pareja? ¿Es verdad que está filmando un documental sobre unos chicos del MIR que fueron invitados por el IRA y que ahora son jonquis?

–Falso, falso, aunque ahí tienes una buena premisa para un cuento. ¿De dónde sacas esa información?

–Cuéntame de Miranda Ashmore. Aquí muchos la echan de menos. Todos pensaban que iba a tener una gran carrera...

–No hay nada que decir, la verdad.

–¿Vives con ella?

–Mi vida privada no creo que le interese a nadie.

–Yo creo que sí.

–Yo creo que no.

–Entonces, ¿cómo justificas que vendas tanto?

–Me gustaría tender a pensar que por lo que escribo. Quizás me equivoque.

–Pero tu mundillo jet-set crea una imagen a tu alrededor que invita a los lectores, aunque sea vica-riamente, a acceder a esa realidad de fantasía.

–Ésa es tu opinión, no la mía. Cuando publiqué mi primer libro no me conocía nadie y nunca me había subido a un jet. No confundamos las cosas.

–Yo no confundo, pero tú eres el que escribe sobre rockeros y New York y sales en fotos con modelos y en inauguraciones y publica afuera. Hartos logros para alguien con tan poca edad...

–¿Cambiemos de tema? Si quieres, podemos hablar de literatura. No voy a hablar de mí ni menos justificar mi tren de vida ni los temas que elijo. Si quieres seguir hablando, hablemos de *Disco Duro*. ¿Lo leíste?

–Sí y me decepcionó, te digo.

–No era mi intención herir tus susceptibilidades.

–Nada de eso; sólo me pareció un tanto ambicioso. Pero volviendo a lo estrictamente literario, ya que tú quieres hablar sólo de eso, dime cómo se puede vivir tan sobreexpuesto, inmerso en tal frivolidad, y

aún así tener tiempo y energía para escribir.

–Los escritores hacemos nuestro trabajo en la oscuridad; hacemos lo que podemos. Nuestra duda es nuestra pasión y nuestra pasión es nuestro deber. En todo caso, no siento que esté sobreexpuesto, para usar tu palabra; si yo viviera todo lo que escribo, obviamente no tendría ni tiempo ni salud para escribir. Tengo bastante imaginación. Y eso nunca está de más en un autor.

–Sí, pero partiendo del...

–Espera, aún no termino. Quiero decir algo más sobre la sobreexposición, palabrita que me hincha un tanto los huevos. ¿Qué significa estar sobreexpuesto? Por desgracia, lo que más me gusta hacer en el mundo es escribir y eso es público. Ahora bien, podría optar por dos cosas: no volver a escribir, lo que me implicaría no estar en la mira, y así satisfacer a periodistas como tú que reclaman que salgo mucho en los diarios y en la prensa. O, dos, puedo elegir pasarlo bien y asumir que sí, voy a salir en los diarios, pero que eso no es necesariamente malo, que todo está con la distancia y el equilibrio con que se asuma ¿Queda claro?

–No es por meterme, pero me consta que lo tuyo no es pura imaginación, como dijiste anteriormente. Incluso diría que tus escritos son bastante autorreferentes.

–¿Qué significa autorreferente? Obviamente escribo sobre cosas que me han pasado, que he visto, que me han interesado. Escribir es un placer y un dolor, cuesta y entretiene, por eso prefiero escribir sobre cosas que me interesan a mí que, por ejemplo, cosas que podrían interesarte a ti. Ya que soy el que me doy el trabajo, tengo todo el derecho de jugar con mis propias obsesiones. En todo caso, esta vieja pregunta de lo autobiográfico se responde así: por un lado, *Disco Duro* es una novela extremadamente personal puesto que la escribí yo, por lo tanto, están mi mirada, mis opiniones, mi forma de procesar toda la información que es la materia prima de un creador; por otro lado cito al cineasta Paul Schrader, que una vez dijo que sus cintas fantasiosas eran mucho más personales que sus filmes autobiográficos, puesto que uno no tiene mucho control sobre lo que le ocurrió y sí sobre lo que le gustaría que pasara.

¿Se entiende?

–Algunos críticos, incluso narradores como Sara Subiabre, han señalado que tus libros, en especial este último, no son más que una seguidilla de chistes para tus amigos. Esto reforzaría la teoría de la autorreferencia...

–¿Qué críticos? Yo nunca he leído de que digan eso. ¿Estás segura que son críticos? ¿No serán tus amigas? En todo caso, no soy humorista, aunque tengo bastante sentido del humor. Quizás hoy sea la excepción.

–Lo niegues o no, es vox populi que escribes sobre cierta gente del mundillo local. *Famoso*, se sabe, está inspirada en Pascal Barros y, al parecer, el personaje de Cristóbal Zegers se basó en Andoni Llovet, el conocido actor y modelo...

–Eso es relativo. Cada uno cree lo que quiere creer...

–Bueno, pero hay semejanzas... Lo que quería preguntarte es lo siguiente: cuánto hay de cierto que, después de que Llovet se suicidara, lanzando su auto por un barranco, de vuelta del camino de las Termas de Cauquenes, la policía encontró un grueso manuscrito...

–No sé nada al respecto.

–Pero eran muy amigos. Tu novela eso lo afirma, aunque hay fuentes que dicen lo contrario...

–¿Qué es esto? ¿Un interrogatorio? Andoni Llovet fue un tipo muy talentoso y complejo que se perdió en medio de un torbellino de drogas, fama y estupidez, buena parte surgida de los llamados medios de comunicación que tú tan bien representas. Fue muy amigo mío, nos conocimos en un taller literario, y cuando supe de su fin, me afectó mucho, aunque reconozco que no me sorprendió del todo.

–Según mis fuentes, Marisol Lagos piensa publicar ese manuscrito, que es como una carta introducción que tiene mucho de memoria personal, pero que no lo ha hecho porque varios de sus autores aparecen ahí y no quedan muy bien...

–Falso, falso, falso. El legado literario del señor Llovet no es mi tema. Por lo que yo sé, no escribió más que los comienzos de un par de cuentos que nunca terminó.

–El libro póstumo de Lovet, he averiguado, se armaría –además– con una serie de entrevistas y con un prólogo tuyo y, más importante aún, con una nouvelle llamada *Cosas que pasan*, que se encontró en un disquette. ¿Qué hay de esto?

–Mira, no lo sé. No lo sé. Lo dudo, en todo caso. Para cambiar de tema, te voy a adelantar sólo una cosa: antes de morir, Llovet se acercó bastante al cineasta Luc Fernández. Hablaron muchísimo de un proyecto cinematográfico que era una vieja idea de Llovet. Incluso Fernández grabó cintas con esas sesiones y Llovet dejó en su oficina una serie de apuntes. El asunto es que esa idea se está transformando en guión. Lo estoy escribiendo en conjunto con Luc Fernández, inspirado en la memoria y en la idea de Andoni. El pasado mes, Luc estuvo unas semanas en Bray. Si todo sale bien, capaz que se filme a fines de año. Pero es sólo un proyecto que, se supone, debía haber sido secreto.

–¿Cómo se llama? ¿Quién va actuar?

–No lo sé ni te lo diría. Habla con Luc Fernández si estás tan interesada. El cine no es mi terreno; la literatura, sí.

–Está bien. Tu primer libro, el de los cuentos, se llamaba *Tiempo de sobra*, lo que, por cierto, te trajo varios ataques académicos de gente que te tildó de extranjerizante. Quizás eso incidió en que el libro se considerara un fracaso comercial. Mi pregunta es

la siguiente: **¿te consideras
tú un freak o es pura pose?**

–Todos tenemos algo de
freak, de marginado. Basta
ser un poco original, un poco enrollado, para acceder a
esa gran categoría. Gracias a
Dios soy un poco freak.
Freak implica ser raro, distinto, único; es estar juntos
pero, a la vez, seguir solo.
Eso: juntos y solos, así estamos. Ahora bien, hay freaks
y freaks y yo, por ejemplo,
no me siento en la misma categoría de muchísimos freaks
que conozco y desprecio. Pero ésa es mi opinión y seguro
que muchos dirán que es pura pose. Así es la vida.

**–¿Y *Disco Duro*, qué
quiere decir?**

–Es una idea, un juego. Es
moderno, remite a los computadores y a los discos, o a
los compacts, debería decir.
Y lo duro, lo heavy, tiene que
ver con la agresión y las drogas. Pero, más que nada, tiene que ver con nuestra memoria colectiva, con nuestro
inconsciente, con aquello
que tenemos insertado en el
cerebro y no podemos bo-
rrar. En un principio pensé

en llamarlo *Caída libre*, pero
pienso que *Disco duro* funciona de maravillas. Es un título perfecto, y resume cabal-
mente el espíritu del libro
que, me parece, es bastante
generacional.

**–Tú te crees algo así co-
mo la voz de la generación
perdida...**

–Mira, primero que nada,
yo no soy vocero de nadie.
No tolero la gente que habla
–o piensa– en plural. Respecto a lo otro: suena bien y
todo, bastante marketeable
incluso, pero me parece pretencioso. Para perderse, primero hay que haberse en-
contrado, y tanto yo como
casi todos los de mi generación están lejos de encontrarse. Más que perdernos, queremos llegar. Eso es todo.

**–Pero tienes que reco-
nocer que, si bien no están
del todo perdidos, actúan
como si lo estuvieran. mejor dicho: la impresión que
me dan los de tu genera-
ción es que quieren todo
lo bueno que implica ser
adulto pero siguen actuando como chicos. No cre-
cen. Son como niños ha-**

338

ciéndose los grandes, con alguien pagándole la mesada.

–¿Esto lo dices por experiencia personal? En todo caso, estoy de acuerdo... Puede ser, aunque de un tiempo a esta parte trato de evitar sociologizar a mis pares. Lo que quiero que entiendas es que, si bien la adultez es una meta, no estamos muy al tanto del tema. No tuvimos buen ejemplo.

–**¿Y hasta cuándo crees que puede durar esta actitud de no compromiso, por ponerlo de algún modo?**

–La verdad es que no sé. Supongo que durará mientras seamos jóvenes,

–**Una de las cosas que me llamó la atención de** *Disco Duro* **es la obsesión que tienen tus personajes con respecto al futuro. Todos planean muy bien sus vidas, aunque después no les resulten sus planes. Estuve averiguando entre tus compañeros de periodismo, carrera que no terminaste pero que, leyendo tus libros, absorbiste bastante...**

–Algo. No tanto.

–**De acuerdo, pero déjame seguir. Según tus ex compañeros de periodismo, siempre fuiste extremadamente ambicioso, egocéntrico, te juntabas sólo con aquellos que destacaban intelectualmente...**

–Ni siquiera te voy a responder esta pregunta. Creí que se te había pasado la histeria inicial. Me equivoqué.

–**No sé por qué te pones así. Para ser el autor de un best-seller llamado** *Famoso* **toleras la fama bastante mal. Yo creo que ya sería bueno que te asumieras como la figura pública que eres. Mal que mal, hay cosas de la fama que obviamente te gustan.**

–Yo sabré cuándo decida ser o no ser tal o cual cosa. Dudo que una periodista arriba del techo de un hotel me ilumine. Respecto a eso de ser figura pública, sería bueno recordar a Flaubert, que es un escritor francés que ya murió, por si no lo sabes. Según él, el novelista es aquel que quiere desaparecer tras su obra. O sea, renunciar al papel de hombre público. Kundera, a su vez, dice que renunciar a esto es impresionantemente complicado, en especial ahora que todo, por poco importante que sea, está ligado a los medios de comunicación y al marketing. Kundera, en todo caso, ya no habla con la prensa. Lo envidio como nadie, te digo. Volviendo a Flaubert: él dice que al prestarse al papel de hombre público, el novelista pone en peligro su obra, corre el riesgo de ser considerado un simple apéndice de sus gestos, de sus declaraciones, de sus tomas de posición. El novelista no es portavoz de nadie; ni siquiera es portavoz de sus propias ideas. Estoy totalmente de acuerdo, aunque, por tu cara, veo que tú no.

–**Mi opinión no está en juego aquí.**

–¿Cómo que no? Tiñe cada una de tus palabras.

–**Si tú lo dices...**

–No te vengas a hacer ahora la estudiante en práctica. Estoy bastante aburrido de que cada vez que me toca

dar una entrevista en este país, en vez de hablar de lo que escribí, tenga que defenderme como si lo que hubiera hecho fuera un crimen. Me agota.

–**¿Algo más?**

–Sí, ¿tú siempre eres tan agresiva con tus entrevistados?

–**No todo se te puede dar tan fácil.**

–¿Y quién eres tú? ¿San Pedro? ¿Quién te ha dicho que a mí se me ha dado fácil?

–**Da lo mismo... antes de terminar, dime qué es lo peor que han dicho de ti.**

–Que escribo como si odiara el español.

–**Me refiero a nivel personal; no literario...**

–En este lugar, a uno le pueden decir muchas cosas. De hecho, lo dicen. Es parte del juego, supongo, aunque yo todavía no me acostumbro. En todo caso creo que lo peor que me han dicho, al menos lo que más me ha dolido, es que me hayan tratado de vampiro. Eso me dolió. Todavía me duele.

–**¿En qué sentido?**

–En que chupo sangre ajena, o sea, vidas, historias para mi propio deleite y existencia. Que lo paso bien a costa del dolor de otros. Creo que esa acusación es falsa, malvada y sólo viene de una herida o una envidia muy grande.

–Yo he escuchado eso antes. Incluso una vez escribiste una columna al respecto. Si el río suena, es porque piedras trae, ¿no? De hecho, varias amigas mías han aparecido en tus cuentos.

–Eso a ti no te incumbe. Además, no te consta.

–Me consta.

–Mira, a lo mejor he extraído cosas de la vida de los otros, siempre ha sido desde la llamada república del cariño, incluso cuando han sido historias negativas. No hay nada más alucinante que tomar la vida de un enemigo y empezar a escribir como esa persona; rápidamente uno se olvida por qué ese determinado personaje te cae mal y lo vas entendiendo, vas asumiendo su voz. Acusar a alguien de vampiro es algo muy grave. Está lleno de connotaciones que me duelen. Yo no le he succionado vida a nadie: a lo más, he pedido prestado un par de historias, un par de rasgos. Es más: si a alguien lo han vampirizado, es a mí. Por suerte tengo sangre de sobra.

–¿De sobra?

–Sí, ¿quieres un poco?

Pascal Barros
Pantofobia

Querido Julián:

Estoy en Albania, no me preguntes por qué. Siempre me ha obsesionado este país culeado. Desde que mi abuelo me lo mostró en el mapa; me acuerdo que era rosado como los chicles Bazooka. Falso. Te mienten desde chicos los muy hijos de puta. El paisaje es más bien amarillo-marrón, como la nicotina que te mancha los dientes. Algo así, no el típico lugar donde uno va de veraneo, pero así son las cosas y ahora estoy aquí. No fue fácil llegar, te digo, aunque quizás ésa sea la mayor gracia de este país tan requete perdido y al margen.

Una vez, no hace mucho, me enredé (tropecé, caí, metí) con una chica que conocí en el Malasangre (estaba aburrido, lo admito). Me reconoció (cuéntame una nueva) y entablamos algo semejante a una conversación (ella hablaba, yo tomaba). La minita estudiaba antropología (según ella, todos los hombres chilenos, desde O'Higgins en adelante, son huachos y carecen de padre, ya sea literal o metafóricamente) y se pintaba las uñas naranjas, te juro. Para ser una chica que se pintaba las uñas naranjas y andaba ligando rockeros por la calle, no era fea. He caído peor, eso lo sabes. Después, me di cuenta de que la minita vivía en una buhardilla llena de afiches de pinturas de Francis Bacon. Inmediatamente supe que estaba en problemas. Me quedé.

—¿Estás de acuerdo con la visión que tiene del riesgo?

—¿La visión de quién? —le dije.

—De Bacon. ¿Hay otro?

—No sé de lo que me estás hablando, perdona.

—Bacon dice que, en el arte, uno puede arriesgarlo todo. Da lo mismo porque uno no corre peligro. No así con la vida. En la vida no hay que tomar riesgos porque uno puede perder en forma fatal.

—Supongo que tiene razón.

—Tiene *toda* la razón. Claro que Bacon se dio cuenta demasiado tarde porque primero experimentó con su vida. Con su cuerpo, en rigor. Y terminó pésimo. Murió antes de lo debido porque le hizo a todo, te digo. A *todo*.

—Sí, en el arte uno se puede arriesgar.

—Como por desgracia no soy artista, mis riesgos los vivo a mil.

—Jamás lo dudé —le respondí, pero ya era medio tarde y el aroma a sexo ya estaba medio heavy.

Como te puedes imaginar, Julián, no resultó

ser la chica de mi vida (is there something as-the-girl-of-my-life?). En especial porque tenía un aro en uno de sus pezones (that's so fucking sick, man). Típico de sudaca que va a Londres (tú sabes: London kills you). Odio a la gente que se pone aros en lugares raros. ¿Tú crees que una mina así puede dar de mamar? O sea, ¿no le saldría disparada la leche por todas partes? A veces, Julián, creo que nunca encontraré una chica que no me ataque, asuste o abandone. Creo que tienes razón, amigo: no la voy a encontrar en un bar un jueves por la noche. Por eso es mejor ni siquiera tratar. Lo único que tengo clarísimo es que no puede ser «del ambiente» (suena a frase de puta). Lástima que no soy capaz de salir «del ambiente».

Da lo mismo. Mejor no hablar de ciertas cosas. Sigo:

Lo importante de la mina (su nombre empezaba con G, lo podría jurar) es que vivía en la calle Triana. La cosa es que salimos del Malasangre y nos fuimos caminando, por Providencia hacia abajo, hablando de una escritora de nombre Agota Kristoff (ella, yo no) y el porqué tantos jóvenes extranjeros se estaban radicando en el país (¿un nuevo sistema de autoflagelación?). Finalmente (ya estaba medio exhausto) llegamos a la famosa calle Triana y fue, «hey, así que vives en la calle Triana, la capital de Albania, esto es más que una casualidad, he estado obsesionado con Albania desde siempre».

Julián, por si no lo sabes, la calle Triana es una calle curva, en forma de herradura, que está al final de Eliodoro Yañez y tiene casas muy raras y antiguas aunque heladas que no te cuento (¿hay algo peor que tirar con frío, onda con calcetines y estufa catalítica?). Anyway, el asunto es que la mina (¿Gisela?), (¿Gabriela?, ¿Graciela?) me mira y me dice que es *Tirana*, no Triana.

—¿Qué?

—La capital de Albania es Tirana, como en *tirano*.

Después se largó a reír, pero en buena, y eso como que me calentó aunque igual supe que no podría confiar en ella (tenía todos mis cassettes, lo que la transformaba en una *groupie* al cubo, o sea, no sólo le gusto sino que le gusta lo que hago: puaaaafff!!!). Terminamos en su cama (un futón, con plumón; típico) y después de un rato, me aburrí y le pregunté (al son de Peter Murphy, típico) si ella me la podía correr y me dijo que le daba un poco de asco así que lo hice solito (experiencia tengo) y acabé arriba de sus gomas que no estaban nada de mal, te digo.

Eso es todo. Tengo hambre y tengo que recargar mi PowerBook. La electricidad en este país es última.

Saludos a todos, en especial a tu hermano Gabriel.

Un abrazo,
Pascal B.

Mi muy querido Luc:

¿Qué tal? ¿Cómo va ese *Lapiz Labial?* Aún no entiendo qué le ves a ese texto. Más vale que sea caliente, con harto tortilleo, te digo, es la única manera que funcione y pase algo. ¿No has pensado en hacerlo con travestis? Ganarías el Festival de las Nuevas Tendencias sin siquiera tener que estrenar.

Estoy –por fin– en Albania, compadre, y no quiero más. Ahora entiendo en forma cabal ese aviso de Benneton (el que nos impactó tanto). ¿Te acuerdas? Ése con el barco repleto de albaneses, algunos de ellos cayéndose al mar, todos esqueléticos y mal vestidos (buenos, quizás *no* tan mal vestidos), cada uno luchando como podía para resistir. Trataban de emigrar a Italia (que está muy cerca, cruzando el Adriático), pero los devolvieron a todos. ¿Te acuerdas?

Da lo mismo, Luc, pero Albania es un lugar raro, de espaldas a la modernidad, un lugar con más pasado que futuro y, lo que impacta más, sin un presente claro (un poco como tú, compadre). Tirana (para hacerla corta) es como Linares con apagón, pero no te preocupes, estoy bien, cero depre.

Dato freak: ¿sabías que los abuelos de John Belushi eran albaneses? Claro que acá jamás han dado sus películas. Demasiado occidentales y decadentes.

Estoy componiendo un par de temas que me

tienen embalado. Me conseguí una suite en el Hotel Dajti que no te explico (US$ 20 diarios). Tiene un feroz escritorio de caoba y la tina de azulejos verdes con unas llaves de acero verdoso que parecen pequeños dragones en celo. Cuando abres el agua, sale caliente, amarilla y con olor a huevos duros, pero me encanta, me tiene hipnotizado. Todo el edificio (casi vacío porque nadie viene a Albania) es enorme y muy art nouveau y todo huele a goulasch y deja al Château Marmont de Elei como ese motel donde una vez tuvimos que parar en Los Vilos.

El hotel da a la plaza Skendenberg donde venden unos anticuchos de riñones que son un tanto viscosos y picantes. El Dajti tiene mala fama porque, en tiempos de Hoxha, la Sigurimi (gran nombre) tenía su base aquí. La Sigurimi era la policía secreta (algo de CNI, mucho de Gestapo, con un toque musulmán) y aún andan dando vueltas (como allá). Una de las torturas típicas de la Siguirimi era rapar al enemigo disidente, llenar su cráneo de espesa miel y lanzar un montón de moscas, piojos y abejas hambrientas arriba. Luego, lo empelotaban, llenaban sus bolas y axilas con más miel, y le amarraban sus extremidades para que no pudiera rascarse. Entonces, cerraban la puerta y esperaban que se volviera loco.

Lo lograban.

En todo caso (y no se lo cuentes a nadie) hice algo freak. Me metí a una suerte de sanatorio, que

estaba arriba de unas termas de donde sale esta
agua sulfurada (las encargadas son unas ancianas
obesas que se visten de negro y están siempre mojadas por el vapor). El asunto es... es que me rapé,
y para no quedarme ahí, me depilé entero, piernas
y todo (menos mis cejas). Me veo monstruoso,
(cuando estoy vestido ni tanto), pero desnudo,
frente a un espejo, parezco salido de un film de
aliens, es como si fuera de goma y, bajo el agua
amarilla, es como si un sea-monkey hubiera muta-
do en un albino no-desarrollado. Sé que te puede
sonar terminal, viejo, pero entre lanzar televisores
por la ventana y pelearse, por lo menos no le hago
mal a nadie. Mal que mal, soy rockero. No me lo
creo ni yo (ni nadie acá en Albania), pero a veces
siento que tengo que actuar más como la estrella
que se supone que soy y no como el ermitaño en
que me estoy convirtiendo. Lo único malo de mi
numerito es que esto fue hace como dos semanas
y me estoy llenando de cañones en los lugares más
extraños e incómodos. Por suerte traje ese gorro
chilote.

A propósito de freaks, he compuesto un tema
onda acústico que me tiene absolutamente satisfecho. Es lento y regresivo y hasta reiterativo y creo
que un video blanco y negro podría venirle como
anillo al dedo. Algo medio Richard Avedon, con
harto contraste y poco movimiento. Me lo imagino ambientado en las minas cerca de Macedonia,
pero lo podríamos filmar en Lota, con los del car-

bón, que (ahora que lo pienso) es como un pueblo en blanco y negro. Me imagino un montón de albinos, embetunados de hollín, perdidos en la oscura mina, cantando el coro del tema. Dile a la Marisol Lagos que ponga un aviso en la Zona y que comience un casting ad hoc. *Estrella de rock busca jóvenes albinos menores de 25 años para video conceptual...*

Ya, me cansé.

Esto sería todo. Tengo una proposición indecente que hacerte pero te escribo pronto y te cuento. Uno aquí piensa harto y eso, claro, tiene su lado bueno y otro que apesta de verdad.

That's all.

Tu amigo,

PASCAL.

Dear Miranda:

How have you been? How's the O'Higgins doing? Believe it or not, I'm in Albania. Finally.

Let's see: I met this American girl (from Madison, Wisconsin) and she had one of those Swiss Army watches, just like you do (or did), so I said to myself «now that I have so much fucking time on my hands, I'm gonna write Miranda».

With Shyla I traveled around (not an easy task here). We went to the beach, to a port-town called

Durrës and stayed in this place called Hotel Adriatic (it was under Zog's castle) and got fucking drunk with this licorish-like Raki (el pisco de los albanos).

Believe it or not, I've been reading Dostoievski. *Notes from the Underground,* which (by the way) is a great title for an album. I've underlined it a lot. Consider this:

In every man's memories there are such things as he will reveal not to everyone, but perhaps only to friends. There are also such as he will reveal not even to friends, but only to himself, and that in secret. Then, finally, there are such as a man is afraid to reveal even to himself, and every decent man will have accumulated quite a few things of this sort. That is, one might even say: the more decent a man is, the more of them he will have. At least I myself have only recently resolved to recall some of my former adventures, which till now I have always avoided, even with a certain uneasiness. Now, ho-wever, when I not only recall them but am even resolved to write them down, now I want precisely to make a test: is it possible to be perfectly candid with oneself and not be afraid of the whole truth?

Es raro, Miranda, pero escribir en inglés es tanto más fácil para mí. Así y todo (contradicción de contradicciones), sólo puedo cantar en español. Antes no era así, claro, pero ahora casi ni puedo tararear en inglés. Son cosas que suceden and I'm glad that I have you to write in English to because, as Dostoievski says, it's not the same talking somthing than writing it out. You must know, about having been with Balta for so long.

I'm not sure where I'm planning to go next. Guess I'll stay here for a while. Then a little more Eastern Europe or Italy, perhaps. Then the States. I'm not going up to Bray. Sorry. I've had enough Ireland for a while.

Hope everything with Balta works out. Iowa will do him good.

Let's hope so.

Let's not loose touch.

Yours,

Pascal Mud.

Querido Gonzalo:

Estoy en la estación ferroviaria de Bari, esperando (bajo un sol que calcina y mata) el tren a Roma desde donde, después de comprar discos y revistas para enchufarme a la civilización, partiré rumbo a California. Lo que pasa es que, después de llegar a puerto y de dormir como diez horas en un hotelito al lado del mar, no se me ocurrió nada mejor que llamar a mi vieja y, no sé cómo, terminó invitándome a pasar unos días en Sacramento. Es raro, porque a pesar de que he estado un par de veces en Miami (y en Atlanta), siento que, desde que me fui, nunca he regresado de verdad a USA y, claro, a lo que fue mi hogar (nunca volví a tocar suelo californiano).

La decisión ya está tomada y ya tengo vuelo y reserva y todo. Mi plan inicial (dentro del no-plan) era ir a Sicilia y, no sé, subir a Toscana y de ahí ir a Praga (donde todo está pasando, es el París de los años '20 pero actualizado) e incluso vagar por Bulgaria y Rumania, pero eso ya se desechó y en 72 horas I'll be back in the good old USA.

Albania estuvo bien y raro y, como todo país ajeno, fue como volver al pasado, a un lugar que te suena pero que, en el fondo, te es totalmente ajeno. Como encontrarse con un viejo amigo. O una ex.

En Albania dormí mucho y viajé por el interior del país con una chica pecosa llamada Shyla que usaba bototos y chombas peruanas y creía que todo en América Latina era realismo mágico y canciones de Víctor Jara y Pablo Milanés. Compuse un par de temas que creo podrían funcionar bien para un disco que podría grabar cuando vuelva (si es que vuelvo). Uno se llama *Albinos en Albania* y el otro (que es mejor) se podría llamar *Nadie te conoce* y es sobre estar en un lugar donde nadie te ubica y cómo eso te puede rayar y hacerte sentir más solo que la chucha.

Conocí un tipo repiola. Es un poeta inédito (suena horrible, lo sé, pero es total) y se llama Remzi y es un ser muy huesudo color ceniza cuya barba lo hacía prácticamente desaparecer. Remzi fue mi mejor amigo por unos días y eso, supongo, lo convierte en amigo para toda la vida. Tomamos vodka picante y raki (que sabe a anís, como todo lo nuevo) y comimos queso feta envuelto en hojitas de parra. Me contó su vida y sus desgracias y el tipo de cosas secretas que uno podría revelarle sólo a alguien que sabe que nunca volverá a ver. Remzi es un gran tipo, sensible que llega a dar miedo, en especial por el medio en que le tocó vivir, aunque él dice que da lo mismo, que si bien nunca ha salido de Albania, se imagina que ningún lugar del mundo es el adecuado para alguien vulnerable cuya única defensa es poetizarlo todo. Un poeta, me dijo, es un poeta más allá de si quiere serlo o no. No es una opción, es una demanda. Publicar, en ese sentido, es casi irrelevante. El único público válido es sí mismo, puesto que quizás nadie más que él podría entenderlo del todo.

¿Entiendes a lo que quiero llegar?

Remzi me dijo que cuando volviera al mundo real (así le dicen a Europa y Occidente) leyera un libro que él leyó (de contrabando) en italiano. Espero comprarlo en inglés. Se llama *Cristo paró en Eboli* y está ambientado en Sicilia. Según Remzi, ambas regiones (que están cerca) son muy parecidas aunque los sicilianos luchan y los albaneses aceptan. El autor escribió una frase que siempre le ha quedado dando vueltas a Remzi y por eso la anotó en su cuaderno que acarrea a todas partes. «Todo aquel que ha venido a esta tierra se ha acercado como enemigo, conquistador o visitante incapaz de entender.» Remzi dice que esa tierra perfectamente podría ser Albania, un país que decidió cerrarse en sí mismo. Yo le dije que esa frase perfectamente podría aplicarse a mí. Remzi tuvo el buen gusto de callar.

Son ya las seis y si bien el verano ya se fue, la luz aquí impresiona y el mar se ve distinto que al otro lado. El tren ya está estacionado pero no parte hasta en una hora más. Capaz que vaya al local de la esquina y me pida unos fettucini frutti di mare. El viaje no es largo pero, por otra parte, recién se está iniciando.

Un abrazo.

Gracias por todo.

Eres uno de mis grandes amigos porque, pensándolo, te puedo contar cosas como las que te cuento y te puedo pasar a ver sin tener que avisarte primero. Incluso te puedo llamar los domingos.

Saludos a la Pía. Tienes mucha suerte. Supongo que lo sabes.

Te quiere,

Pascal.

Querido Luc:

Te la voy a hacer corta. Son las 4:17 de la

mañana y estoy arriba de un Alitalia rumbo a New York donde espero depositarte esta carta (perdona la letra pero me he acostumbrado al PowerBook). En JFK tengo que esperar dos horas y después me toca un TWA que me depositará en San Francisco donde (y aunque no lo creas), me recogerá mi vieja y Bob. Pero eso no es todo: de ahí nos iremos al interior porque los dos viven en Sacramento (la capital de California, por si no lo sabías); Bob ahora trabaja en algo relacionado con el gobierno federal (un burócrata, en el fondo, tal como mi padre).

Sigo masticando la idea de hacer un nueva película y quiero que la hagamos juntos, antes o después de *Lápiz Labial*, me da lo mismo. No me cabe ninguna duda que, si trabajamos bien y la Marisol se mueve como acostumbra, la película podría pegar. No creo que, a estas alturas, el financiamiento sea problema (Julián maneja mis platas y me dice que el City está generando muchísimo). Capacidad de gestión tenemos y uno que otro pituto internacional también (aunque cada vez me queda más claro que soy un producto local; eso de ser rechazado en Argentina me parece intolerable).

Aún no estoy en condiciones de enviarte el guión, pero en Sacramento voy a imprimir mis apuntes para que vayas entrando en onda y comiences a visualizar las escenas. Perfectamente podríamos trabajar el guión juntos aunque igual quiero ver si Baltasar me quiere echar una mano. Ahora está en Iowa y estoy seriamente pensando en volar (o manejar) hasta allá y encerrarme a trabajar con él un resto.

Creo que he estado un tanto alcohólico, lo que me sorprende porque hace siglos que no tomaba, pero ya sabes cómo es Europa Oriental. En USA espero volver a la normalidad y devorar té helado como la gente decente.

Luc, entiendo que cuando leas lo que te envié quizás todo te resulte excesivamente autobiográfico (mío, no tuyo), pero todas mis canciones igual lo son (de hecho la película está inspirada en *Pantofobia* y obviamente hay que usar la canción). Además, ya era hora de contar lo que ocurrió. Ya sabes: si lo puedes contar no es para tanto. Y no te asustes si te parece semejante a *Toque de queda*; lo es sólo en apariencia. El gringo regresa a Chile es cierto, pero enfrenta otro tipo de muerte. No es un thriller político; es un musical existencial (suena pretencioso, lo sé). Como verás, a poco andar ya no tiene nada que ver con *Toque de queda*. Menos aún con su tono ni con su estética. Eso te lo dejo a ti: tú eres el maestro del celuloide, ¿no?

Ahora me voy. Van a dar la película. Es con Goldie Hawn. Siento que ya estoy en casa.

Chao.

P.B.

Querido Baltasar:

Hola, sicópata, ¿en qué estás?

Te escribo a Iowa, tal como acordamos. Vi en el cable que ya comienza a hacer frío por allá. Aquí, todo soleado, como debe ser. Estoy en Sacramento (no te lo había dicho), donde ahora vive mi madre desde que a Bob lo subieron de puesto (de gobierno municipal en Eureka, a estatal en esta ciudad donde no pasa nada y todo cierra a las cinco).

No sé bien lo que quiero hacer (a lo mejor andar en tren, recorrer el desierto) pero sí sé que no deseo volver a Chile por un tiempo. Albania estuvo intenso y me sirvió. Supongo que no es del todo cierto, pero si uno no se convence de que los viajes le sirvieron, cuál es el punto de hacer tanto esfuerzo. Sí, compuse unos temas (pienso hacer un disco «ambientado» en el City) y, lo más importante, tengo una idea para un guión (more of that later).

Como te dije, no sé mucho qué hacer. La sola idea de estar en Santiago me revuelve el estómago; claro que estar más de lo necesario en Sacramento es francamente peligroso. Por suerte tengo plata de sobra por lo que puedo hacer lo que me dé la puta gana. Estuve pensando en irme a Seattle y tomar el ferry a Alaska (pero el frío me deprime). Capaz que te vaya a ver a Iowa, siempre y cuando me invites, claro. Escríbeme y avisa, ¿ya? Así me podrías ayudar con el guión que, obviamente, sería dirigido por Luc. A veces siento que lo único que me interesa en la vida es actuar, que esto de cantar y los discos son sólo un hobby. El asunto es que tampoco me queda claro.

Tirana estuvo total pero terminó tiranizándome (no pude resistir el chiste) aunque, para variar, no es culpa de Albania sino de mí. Me rapé pero ya tengo algo de pelo y todos aquí en Sacramento me miran como si fuera un neo-nazi. Lo único que hago es ver los canales de public access en el cable y pasearme por los malls.

No sé si lo sabes pero Luc y nuestra Marisol hicieron lo posible para que *Las hormigas asesinas* se exhibiera en Venecia, pero ni mis pitutos de la época de *Toque de queda* sirvieron. Al parecer, la mostra está muy cine arte y la invasión asiática es cosa seria. Los vietnamitas están hot, te digo. Los chilenos ya tuvimos nuestra oportunidad y un filme con ese título los escandaliza (¿qué opinas de que Indonesia nos compre y Argentina no?). Yo ya no sé qué hacer. Richard Peña, del New York Festival, esperaba «algo más Raúl Ruiz» y La Habana deseaba algo «más en la línea de Littin». A la mierda los festivales. Me niego a ir al de Toronto y si no la quieren comprar en otras partes, allá ellos. Mientras arrase en Turquía y Ecuador, estoy satisfecho. En todo caso, hay una leve chance de ir a Berlín. Si logramos seleccionar, voy de todas maneras. ¿Tú podrías? Hay vuelo directo desde Chicago, ya averigüé.

Creo que estoy en una etapa de descompresión (la necesitaba, qué rato). Mi veraneo italiano y albanés no sólo me inspiró a nivel musical sino que me hizo sacar del baúl de los recuerdos mi viejo proyecto de the-story-of-my-bloody-life (la base del guión que quiero que hagamos). Creo que podríamos hacer algo bueno de verdad. Tus aportes a *Las hormigas asesinas* fueron claves y nunca me quedó claro si lo que decía eran frases mías, tuyas o de Andoni. Supongo que ésa fue la gracia, ¿no? Siempre me acuerdo de la escena que filmamos en ese departamento frente al parque Bustamante, ¿te acuerdas? Es mi favorita. Creo que salió de verdad. Era set cerrado y sólo estaba Luc y dos o tres tipos más y yo y Miranda, en la cama, desnudos, levemente iluminados, con la ventana abierta, a punto de tirar y entonces, entre besos y manoseos lo más ardientemente posibles, ocurre lo inesperado.

–No tengo protección –le digo.

Y ella me responde:

–Da lo mismo, tonto. El amor es peligroso per se. Nunca vas a poder protegerte del todo.

Y me quedo callado, como si me fuera, como si todos mis miedos se apoderaran de mí y, sin que se note (pero se nota, ésa es la gracia), me distancio, me arranco, huyo.

–¿Te pasa algo? –me pregunta apenas.

–Más de lo que puedo soportar.

Fin de la escena.

Me gusta porque, por un lado, se está hablando

de lo cotidiano, de enfermedades y riesgos y qué sé yo, pero el mensaje implícito (el subtexto como decía Luc al dirigirnos) llegaba al callo.

Eso es todo por ahora. Si llego a viajar, envíame lo que quieras acá a la casa de mi vieja y ella me lo podrá mandar vía UPS a donde quiera que esté.

Espero que escribas o que aprendas o lo que sea que se supone tienes que hacer allá. Ojo con estar rodeado de tantos escritores. Puede ser peligroso.

See you soon,
PASCAL.

Querida Marisol:

Te escribo desde Tucson, Arizona, un gran lugar donde el sol cae duro y las puestas de sol transforman el cielo en algo tan grande que uno siente que tiene que andar agachado.

Estoy alojado en un hotel digno de admiración (a todo esto: ¿cómo está nuestro City?). Ya llevo más días aquí de los que esperaba. Llegué en tren (lo tomé en Elei) y la verdad es que cuando me bajé pensaba agarrar un taxi y alojar en cualquier Holiday Inn o algo así. Pero justo al frente de la estación, en pleno downtown, divisé al Hotel Congress y quedé pagando. Primero, por el look.

Como medio español, medio art decó (fue fundado por unos gangsters). Segundo porque, aunque no lo creas, jamás pensé que el famoso Congress existiera (abajo hay un club y tocan buenas bandas; la otra noche casi toqué pero me prometí nunca volver a tocar en USA, ni siquiera en forma anónima).

Siempre me ha rayado *The Bathtubs of the Congress Hotel* (uno de los más autistas compuestos por Josh Remsen) pero, no sé, creía que todo era ficticio, como el Hotel California de The Eagles. En todo caso, lo tengo claro: en mi próximo disco pienso hacer un cover, así que te recomiendo desde ya comenzar a conseguirte los derechos ad hoc:

*In the middle of the desert,
in the middle of myself
sinking in a bathtub
in the Congress Hotel*

Tal como te puedes imaginar, me he dado hartas tinas ya que el calor aquí es cosa seria y por mucha onda que dé el ventilador en el techo, igual la temperatura achaca.

¿Qué hay del New York Film Festival? ¿Y Miami, qué onda? Que el macaco del Santillana te pase sus contactos. Bueno, Marisol, promocióname bien, cásate pronto y busca la manera de cómo producir *Pantofobia, the movie*. Creo que Balta podría ayudarme, tal como la otra vez. Llama a Luc para más detalles.

Besos, abrazos y todo eso.
Sin ti, soy nadie. Espero que lo tengas claro.
Yours,
Pascal.

Queridísimo Freak:

Tu carta me sorprendió gratamente. Cuando vi el matasello de Iowa City, me llené de calor, te juro. Me hizo reír y emocionarme. No la esperaba, por lo tanto, me sorprendió. Como que me conecté con hartas cosas. Por algo eres escritor. A lo mejor no escribes buenos libros (broma), pero tus cartas valen oro.

Sigo en Sacramento, valle central, norte de California, en el medio de la nada. Estoy aquí, chewing time, doing nothing, recuperándome de años de debacle, echando de menos (sin querer) Chile, tomando sol en el jacuzzi, andando en bicicleta, vagando por el mall, comprando CD-Roms interactivos, mirando videos hard-to-get in Chile, leyendo demasiado fanzines y empezando a componer una vez más.

Estoy con mi vieja y Bob. Esto, Balta, es como un libro de Carver, pero sin los dramas ni la tensión. O sea, minimalismo mínimo. Los suburbios de Sacramento son como Bullet Park sin los bullets. Todo es estilo español-cute y no hay postes de teléfonos y la gente entra a sus casas por el garaje. Muy Don DeLillo, qué quieres que te diga. Aquí todas las calles tienen 8 pistas y no hay buses ni taxis ni peatones. ¿Te acuerdas de *Ocho son suficientes*, esa serial de TV? Bueno, esa serie se filmó acá. ¿Es necesario que siga?

Tengo harto tiempo para estar solo. Ése fue mi plan. Ni siquiera suena el teléfono ya que mi vieja no tiene muchos amigos (eso es tan yanqui). Respecto al tema de la sobreexposición (¿dos carillas sobre el tema, Balta, no crees que es como mucho?), lo único que te puedo decir es: no tengo ni la más puta idea. Why the fuck uno se expone a mostrar cosas íntimas a la masa para que sólo te vuelen la raja es algo demasiado misterioso como para ni siquiera intentar buscar una explicación. ¿Qué es lo que uno quiere? ¿Cariño, respeto, odio? ¿Es porque el arte alguna vez nos salvó y ahora queremos salvar a otros? No lo sé, Balta. Y si lo supiera, no te lo diría.

Respecto a tu frase «me siento terriblemente aliviado de no ser un escritor chileno de éxito porque no me interesa que mi éxito pase por lo chileno», I couldn't agree more. Claro que una cosa es que no te respeten y otra, muy distinta, tener éxito. Tienes una y te falta la otra.

Eso es todo. El Bob acaba de llegar y va a querer ver las noticias.

Un abrazo incondicional.

PASCAL.

PD: ¿Y? ¿Me invitas? Tengo una propuesta que hacerte. Algo (tal como te lo imaginabas) relacionado con un guión.

Querido Balta:

Sigo en Sacramento pero da lo mismo. Esta carta va larga así que anda a buscarte algo para tomar, sácate los zapatos and sit down and relax.

Tal como te lo prometí, he aquí los antecedentes morales del guión. Veamos:

La película narra un itinerario terminal en la vida de Marco Antonio Sierra Ochagavía, 22 años, alias (aka) Mark Sierra. Mark es chileno. O casi. Nació en ese delgado país austral que está al final de todo, pero su español es más bien primario y se reduce a palabras como *amigo*, *taco*, *burrito*, *nachos*, *bandido*, *olé* y *cerveza* (hopefully Dos Equis).

Mark abandonó Chile a los seis años en compañía de sus padres que partieron –sin pensarlo dos veces– al exilio. Desde entonces, Mark está

367

huyendo. Siente que toda su vida ha estado en tránsito. «Mi vida es como un aeropuerto que funciona mal; tengo a mi haber más aterrizajes que despegues».

El padre de Mark es (fue) nada menos que Octavio Sierra Ibáñez, famoso dirigente socialista, uno de los ministros más jóvenes de Allende, figura controvertida que se transformó en uno de los pilares del exilio chileno. Pero Octavio Sierra poco tiene que ver con su hijo. Después de estar dos años exiliados en Austria, él se traslada a París, donde ejerce su poder e influencia. Octavio Sierra es considerado un santo, pero en verdad es un déspota, un tipo egoísta y vanidoso que no se preocupa de su único hijo. Años después, cuando Mark decide viajar a París a ajustar cuentas, cancela abruptamente el viaje. Una bomba de tiempo explota en el ascensor del edificio donde tenía su despacho el ex ministro. Mueren seis personas, incluido su padre que se transforma en un mártir. La revista *Time* le dedica tres páginas y lo coloca en la portada de su edición para América Latina.

Años antes, Angélica, su esposa, percibe rápidamente que su marido es un hipócrita y huye a los Estados Unidos, donde vive una hermana. Por esas cosas de la vida, termina radicándose al norte de San Francisco, en un pueblito llamado Eureka. Se casa con un tipo que combatió en Corea de nombre Robert (Bob) Reynolds. Reynolds, que antes estuvo casado pero nunca tuvo hijos, posee una vieja mansión victoriana que da a un bosque y al río. Mark, por lo tanto, ser cría allá, con el inglés como idioma y el american way of life como norma. Ajeno a Chile, distanciado de su padre, Mark nada tiene que ver con política. O con la cultura del exilio. Es más: tampoco se siente cercano a la cultura latina. Le parece un tanto patética. Mark, digámoslo, es un gringo de pura cepa.

Eso es lo que cree, al menos.

Veintidós años no es tan poca edad. En Estados Unidos, menos aún. Veintidós años son suficientes para haber ido y regresado varias veces. Mark ha visto hartas cosas y ha sentido aún más. Mejor dicho: se ha guardado tantas emociones que no sería raro que un día explotara.

Eureka es un bonito lugar, pero no te gustaría vivir allí. Lo mejor que puedes hacer en un pueblo chico es marcharte, canta Lou Reed y John Cale. Y tienen razón. Eureka se parece al sur de Chile, pero con mejor red vial. Hay mar y bosques y mucho verde y ríos y la cordillera no está muy lejos y la lluvia cae en forma incesante. El pueblito más lindo está casi vacío y se llama Gualala. Durante el invierno una niebla espesa entra por la bahía Humboldt, forrándolo todo como si fuera una frazada que se quedó a la intemperie.

El mayor acontecimiento que le ocurrió a Eureka durante los ochenta fue cuando una compañía hollywoodense llegó con camiones y trailers a filmar escenas de una estúpida cinta de piratas producida por Steven Spielberg llamada *The Goonies*. Mark, junto con el resto del pueblo, faltó a clases para mirar la filmación y se transformó en un verdadero adicto al rodaje. Incluso viajó con su mejor amigo Chris a Mendocino, donde filmaron otras escenas. De esas agitadas tres semanas, Mark recuerda haberle dado un beso en la mejilla a Martha Plimpton, encenderle un pito a Corey Feldman y pedirle un autógrafo a Sean Astin. Mark tenía catorce años, qué más se le podía pedir. Mark aún conserva ese autógrafo.

Lo espectacular que ocurrió en Eureka fue lo que todos llamaron el «pacto mortal»: cuatro amigos, todos compañeros del curso de Mark, volvieron un día de clases, se encerraron en el garaje, se subieron al Camaro verde nilo del hermano mayor de uno de ellos, enrollaron pitos con marihuana de Oregón y pusieron el cassette de *If You Want Blood, You've Got it* de AC/DC. Después encendieron el motor. Mark aún se acuerda de lo dolido que se sintió al percatarse de que ni siquiera lo habían invitado. Fue tal la rabia que sintió que no fue al funeral. Esa tarde, Mark trató de componer un tema, pero no sabía cómo. Eso es horrible: querer expresarse y no poder.

Bob Reynolds, el padrastro de Mark, no era un tipo violento, aunque tomaba bourbon con leche sin parar. Lo que pasa es que ni siquiera sabía deletrear la palabra cariño. Angélica, su madre, que empezó a tomar bourbon con hielo, tampoco. No lo querían en la casa. Así que le pavimentaron el camino para que trabajara, para que se ganara sus dólares en locales de fast-food (Der Wienerschnitzel, Carl's Jr, Taco Bell) y en disquerías (Sam Goody's).

A los dieciséis, Reynolds le regaló un Pacer, un auto hecho de casi puro vidrio que salió al mercado a principios de los setenta y que fracasó más que el Tucker. El auto, color azul cielo, le dio a Mark cierto status, pero también le dio la señal: *go west, my son, go west*. En California, no se puede ir más al oeste sin mojarse en el Pacífico, así que Mark partió al sur. Comenzó a cantar de blue-collars blues. Trabajos malos, departamentos compartidos, chaquetas de franela, paseos dominicales por malls vacíos. Estuvo en Mendocino, en Petaluma, en Sausalito. Cargó cajas en Bodega Bay; trabajó en el minimarket de unos hindúes en Santa Clara; limpió los vidrios de las mansiones de Marin County.

Al final, deseoso de algo más, cruzó el Golden Gate y vagó por San Francisco, metiéndose de lleno en la onda rock alternativo. Después de servir burritos y tequilas al desayuno en el Country & Western, un antro de slackers de la calle Haight, Mark consiguió un trabajo que lo marcó: limpiar la piscina pintada de graffitis del Phoenix Hotel y lavar los platos sucios de Miss Pearl's Jam House, el restorán jamaicano que el hotel tenía a un costado, por la calle Eddy. El Phoenix, en rigor, era un motel venido a menos que se transformó en el hotel de los rockeros. Quedaba en el Tenderloin, el barrio del matadero, donde estaban los negocios pornos manejados por los vietnamitas y el Great American Music Hall, un viejo teatro de ópera construido durante la fiebre del oro donde por las noches tocaban bandas que recién estaban empezando.

Con sus nuevos amigos haitianos y canadienses, Mark comenzó con las drogas. Y escuchó, en vivo, un extraño recital de John Zorn que aún lo persigue. En el Phoenix, conoció a hartos famosos: Wim Wenders, Michael Stipe, un Elvis Costello totalmente borracho, John Turturro, Richard Ford. El Phoenix era un hotel de perdedores que habían ganado. Mark se sentía parte de ellos. Una vez Tom Araya, de Slayer, estaba tomando sol al lado de la piscina y Mark se acercó y le dijo que él era chileno y comenzaron a hablar hasta que llegó el manager del hotel y lo despidió. Araya, en un acto solidario, abandonó su habitación y trasladó a toda su banda al elegantísimo Mark Hopkins. Mark agradeció el gesto, pero igual tuvo que regresar a su pieza del distrito mejicano de The Misson. Pensó que era mejor partir, que su vida era más que un colchón con olor a enchiladas y una chica de nombre Alison que trabajaba en Wasteland, una tienda de ropa usada. Así que enfiló rumbo al sur: terminó en Santa Cruz.

Santa Cruz está al norte de la bahía de Monterrey. Es quizás uno de los lugares más bellos del planeta. Pasa lloviendo mojado, pero todo es natural. Quizás es más fácil describir Santa Cruz diciendo que ahí se filmaron dos cintas relativamente conocidas: *Generación perdida*, ésa de los chicos vampiros; e *Impacto fulminante*, una de la serie *Dirty Harry* de Clint Eastwood. Santa Cruz es pobre, no elegante, ni sofisticada como Carmel y Big Sur. Es tierra de estudiantes (U.C. Santa Cruz), de surfistas viejos, de pintores no descubiertos. Hay hartos mejicanos que hacen tortillas y trabajos sucios. Y los gringos que vegetan ahí van a la playa, arreglan autos, trabajan en bencineras y pierden el tiempo vagando por boardwalk, que es el paseo obligado, el mismo que sale en esas películas: el muelle, el carrusel, los juegos, la famosa –y eterna– montaña rusa. Santa Cruz se quedó en los años cuarenta, cuando los marinos que volvían de la guerra llevaban a sus chicas a bailar, a comer camarones fritos con ketchup y a tirar dardos hasta reventar un globo y llevarse un peluche a casa.

En Santa Cruz, Mark comenzó a asentarse. Conoció gente que conocía gente y pronto tuvo un círculo de amistades. Arrendaron una vieja casa consumida por la humedad y la sal que daba a la playa. Seis personas vivían ahí. Formaron una banda –Motel TV– y tocaban covers en The Catalyst, un bar de surfistas nazis. Ahí comenzaron los problemas. Comenzaron a hacerse conocidos.

Uno de ellos, un tipo totalmente genial y autodestructivo de nombre Garth, quiso que la banda fuera algo más. Disolvieron la agrupación. Tres de ellos arrendaron un departamento y, por las noches, después del trabajo (Mark servía chili de lentejas en el legendario Saturn Café), componían y ensayaban. Se drogaban, también. Garth le hacía a la heroína; Craig al crack; Mark a lo que fuere. La banda se llamó White Trash. Empezaron a tocar por todo Santa Cruz. El semanario college *Good Times* los puso en la portada. Una vez subieron a San Francisco y tuvieron una tocata en el Cow Palace. Comenzaron a transformarse en héroes locales. Cuando llegó el verano, llegó el éxito. Y la caída.

Quizás Mark tenga cara de inocente pero está lejos de serlo. O quizás aún lo es. A pesar de todo. Su pinta de niño-bueno-pero-taimado sólo refleja su cáscara. Tiene pinta de bacán, de rockero californiano, es cierto, pero por dentro tiene embotellado dolor, desarraigo y soledad. Se ve a sí mismo como autosuficiente, pero no lo es. He ahí el problema.

En Santa Cruz ocurrió algo de lo que no se quiere acordar.

A veces, se acuerda sin querer.

Mark ha visto cosas que no debió haber visto. Mark ha hecho cosas que jamás pensó hacer. Se le nota en la cara. Es cosa de mirarlo fijo; siempre rehúye la mirada. ¿Y ese autismo se debe a que no tiene nada que decir o ya no quiere decir más? De que Mark escapa, escapa. Y si eligió Chile, no fue tanto porque ahí están sus orígenes sino porque ningún país está más lejos.

Estación terminal, todos los pasajeros deben descender.

Es en este estado que Mark aterriza en Pudahuel.

No tiene nada claro. Sólo que ya no puede caer más.

Bueno, Balta, con este background, supongo que tienes material de sobra para entrar en materia. Al final, voy a ir en avión. Llegaré a Cedar Rapids el próximo viernes en United. Vía Denver. Te llamo igual.

Espero verte pronto.

Pascal.

Querido Luc:

Gracias por responder tan pronto. Mi vieja me envió tu carta vía UPS aquí a Eureka (estoy en mi vieja casa). La llamé y le dije si había novedades. Me dijo que sí y ahora acabo de leer tu carta.

Aquí va la estructura que me pediste. Yo la definiría como «postales desde el abismo». Algo así. Anyway, tal como te dije, esta cinta no es más que el relato interior de una caída. Y la búsqueda, infructuosa, de una posible resurrección. «He decidido cambiar. Una vez más. Éste es mi *yo* número 425. Veamos si resulta...».

La fortaleza de Mark radica en su debilidad. Ése es su secreto. Todos creen tenerlo calado. Ni siquiera se imaginan a quién tienen enfrente.

Como si importara tanto, piensa.

En esta película, Luc, el protagonista no es tanto Mark sino su voz. Su estado de ánimo. En su interior se produce el choque, el desarraigo, el proceso de ajuste de cuentas. Esto es lo que deseo captar. Un tono, una voz, un lamento. Mark habla poco, pero todo lo asimila. La idea, Luc, es estructurar el filme alrededor de esos intentos comunicativos de un tipo que, por así decirlo, se está muriendo. De alguien que necesita hablar y no tiene el idioma, las armas, la confianza. Vamos a escuchar muchas cosas en esta cinta: postales, cartas, llamadas telefónicas, letras de canciones, una suerte de diario de vida, conversaciones de pasillos. Los monólogos los quiero en inglés, el idioma de Mark. El idioma en que piensa, el idioma que lo hace ver las cosas distintas. Creo que está de más decirte que yo sería el protagonista ideal. No va a ser fácil, en todo caso, pero, como dicen por ahí, qué lo es.

La próxima vez te mando algo del guión. Parto a Iowa el sábado y Balta dice que está listo para ponerse a trabajar en forma firme. Así lo espero.

Nos vemos.

Pascal.

Querido Luc:

Perdona la tardanza. Sigo moviéndome. Te escribo desde Iowa City, desde el departamentillo del Balta. Afuera está todo nevado. Me gusta este pueblito. Los cafés son totales y anoche tocó Pavement en un local llamado The Field House. Balta te manda saludos. Aquí va una idea de lo que estamos empeñados en hacer.

Part One: Mark llega a Chile

El interior de un 747, semilleno. Muy tarde en la noche. Puede ser cualquier hora. Casi todos duermen. Se escucha una música muy fuerte, muy sucia y agresiva. Nadie se inmuta. Una steadicam recorre, cada vez más rápida, un pasillo de avión. Suerte de zoom-in pulsante a Mark que está durmiendo. La cámara se detiene en un primerísimo plano. Mark abre los ojos en forma sorpresiva. Mira la cámara, asustado. Se saca los audífonos. Silencio total.

Otro plano:

Escena en blanco y negro; todo saltón y granuloso y sin demasiada coherencia. No hay sonido; sólo el ruido del avión en vuelo.

Playa de Santa Cruz, California. Llueve. Grupo de rock sale de un bar donde han tenido una tocata. Son unos cinco tipos (entre ellos Mark, con otra pinta a la actual) y una chica muy posmoderna y sensual que muestra sus atributos. Departamento desordenado y sucio: música, drogas, un tipo se inyecta. La chica baila arriba de una mesa. Coquetea con todos. Comienza una suerte de orgía. Dos tipos comienzan a besarla y a tocarla. Los otros tres bailan entre ellos. La chica comienza a frenarse. Les dice algo a los tipos que bailan. Se nota tensión. Miradas se cruzan. Mark trata de besarla. Alguien se pincha. Alguien la pincha a ella. Comienzan a sacarle la ropa. Los tipos se sacan la suya. Empieza la violación. La chica grita, llora. Alguien la abofetea. Mark grita. Mark ríe. Una mano le tapa la boca a Mark. Los ojos de Mark reflejan pánico.

La pantalla se funde a negro.

Se escucha el ruido de un avión aterrizando. Hay una gran mezcla de ruidos que incluso llega a saturar: *the local time is three fifteen... the temperature at Arturo Merino Benítez airport is approximately ninety-two degrees Fahrenheit...* hay ruidos de motores, de tren de aterrizaje, de muchedumbre, de aduana...

Sin previo aviso, la pantalla estalla con luz y hay un silencio total. Una luz cegadora que da paso a una panorámica general de Santiago captada aproximadamente desde Las Rejas: la ciudad se extiende, fea, gris y vieja, bajo un sol implacable. La cordillera, imponente, se ve vacía, sin nieve. Lo que vemos es el punto de vista de Mark.

MARK: *(en off; desanimado)* So this is Chile...

MARK: un tipo de 22 años, con cara de inocente y un peinado tipo mohicano, mira la ciudad con un asombro que delata decepción. Está sentado al medio de la corrida de atrás de un Peugeot 205. Tiene los ojos rojos por no haber dormido y por fumarse un pito en el baño. Anda con una polera Looney Toons (Piolín, Pato Lucas, Porky), un reloj de color rojo con el ratón Mickey como puntero, shorts escoceses que le llegan pasado las rodillas y pesados bototos negros.

En el asiento de adelante hay dos mujeres de unos cuarenta y cinco años. La que maneja es DOLORES; la que va en el asiento del copiloto es ELENA, la tía de MARK por parte de su madre. ELENA anda con anteojos oscuros, pero los tiene sobre el pelo.

ELENA: *(mirando para atrás, hacia MARK, que está impasible)* Ésta es la primera impresión, lo sé. No te deprimas, Dolores es mi cuñada, hermana de tu tío Francisco, ¿te acuerdas de él? Ella vive en un barrio mucho

mejor, más moderno...Viven en un suburbio... Ahí vas a vivir hasta que te instales mejor... Ellos te mostrarán la ciudad.

DOLORES: *(en mal inglés; incómoda)*
We live in a suburb... you know... like Encino... in Elei... You know? You understand?

ELENA: No le hables en inglés, Dolores, no ves que la gracia es que aprenda castellano lo antes posible. ¿No es cierto, Marco
Antonio? ¿No te molesta que te diga Marco
Antonio?

MARK: An-to-nio.
DOLORES: *(mirando por el espejo retrovisor)* Por Dios que está cambiado este niño...
¿Hace cuántos años que no lo veía? Más de
quince... qué horror, cómo pasa el tiempo...

Se inicia la secuencia de créditos; las
imágenes que se suceden, en una primera ins-
tancia y en forma bastante rápida y arbitraria,
son diversas escenas de rincones de Santiago,
a partir del punto de vista de alguien que viaja en auto; el acompañamiento musical es leve pero posee un aire perturbador y enervan-
te; el día es domingo, y todo está vacío; al pasar frente al Estadio Nacional, se ve cómo la
hinchada está saliendo de un partido. El reco-

rrido es de poniente a oriente, para terminar en La Reina. Mientras estas imágenes se suceden, se escucha una conversación en off (en inglés, con subtítulos) que está llena de interferencias y ruidos electrónicos. Más o menos a la mitad de esta conversación, las imágenes de Santiago se confundirán con un largo paneo por el vacío aeropuerto de Bogotá, donde está MARK hablando por teléfono, con la misma ropa que tiene puesta. La cámara se va acercando hasta terminar en el dolorido rostro de MARK; corte y regresar a imágenes de Santiago oriente.

MARK: *(en off)* Buenas noches,,, ¿habla inglés?

OPERADORA: *(en off; mal acento inglés)* Yes... may I help you?

MARK: *(en off)* Sure... I'll like to make a collect call to San Francisco USA... person to person, right?... ah, the area code is 415... and the number is... wait... yeah, the number is 564-0315... I'll like to speak to Alison, please... Alison Shepard...

OPERADORA: *(en off)* And your name, sir?

MARK: *(en off)* Mark... Mark Sierra

OPERADORA: *(en off)* Thank you... please wait...

Hay un silencio, después hay ruido como de comunicación internacional y se escucha a la OPERADORA hablando con OPERADORA II, una colega gringa; después se escuchan varios ring y una voz femenina soñolienta que intenta despertar; es ALISON.

OPERADORA II: *(en off)* This is the AT&T operator... Is this Alison Shepard?

ALISON: *(en off)* Yeah...

OPERADORA II: *(en off)* You have a long dis-tance person-to-person collect call from Mr. Mark Sierra... Do you accept?

ALISON: *(en off)* Mark? Where is he calling from? LA?

OPERADORA II: *(en off)* From Bogotá, Co-lombia... Do you accept this call?

ALISON: *(en off)* I guess... Yeah... Put him on...

MARK: *(ya en cámara)* Hi... Long time, huh? Did I wake you up?

ALISON: *(en off)* You're fucking sick, man... What are you doing in Colombia? Jesus, I thought it was my dealer or something... You're not in jail or busted, are you?

MARK: Not this time... I'm clean... clean and sober... I'm at this airport, just a stop-over... a long stop-over... It was cheaper than flying non-stop, you know?

ALISON: *(en off)* Hey, wait a second... Flying where? It's not like I see you everyday, you know... You call in the middle of the night... You're so fucked-up... So, like, I don't get it, Mark... you need some money; is that it? That's why you're calling? Are you gonna stay there?

MARK: It's just a stop... I'm going to Chile... I'm going to see... planning to stay there, too.

ALISON *(en off)* But you have never been down there, right? Since you were a kid, right?

MARK: So?

ALISON: *(en off)* Look this is not my problem, not any more... If you want to go, go... Or should I say escape... like, what do I care?

MARK: Right... what do you care... I don't know why I even called you...

ALISON: *(en off)* You never know anything... Story of your life...

MARK: You don't know anything about my life...

ALISON: *(en off)* I sure fucking tried Mark...

MARK: Are you with some one right now?

ALISON: *(en off)* You had your turn...

MARK: I didn't even have a chance.

Mark cuelga el fono. Se escucha el ruido de monedas que caen. La música regresa, el auto avanza y se llega a La Reina, una casa-parcela de la avenida Echeñique. El auto se detiene. Primer plano de Mark absoluta y definitivamente aterrado.

¿Dónde está, qué ha hecho, en qué se ha metido?

Historia:

El filme parte con la llegada de Mark a Chile. Lo están esperando unas tías (eso ya está listo, como pudiste darte cuenta). Mark se queda en una de estas casas unos días; con los hijos que siguen viviendo allí como parásitos. Mark se da cuenta de que es un error haberse venido a un país tan raro, con tradiciones y ritos tan extraños. Cuando lo sorprenden viendo video-clips pornográficos, le piden que se vaya. Se va a vivir entonces a la vieja casona de su aristocrática abuela y se dedica a conocer la alucinante obra de su abuelo pintor, un viejo que fue adicto al opio (quiero escenas de Mark vagando, drogado, por el Bellas Artes; las pinturas podrína ser tipo Matta).

Después parte un tren rumbo a Valdivia (esto es puro invento, pero es ideal para meterle más paisajes a la cinta y hacer de la ciudad y sus alrededores –hay que usar Corral y Niebla– una metáfora del país). Su tía Elena es de Valdivia y vive allá junto a su marido y su hijo, un tipo algo menor que Mark.

En Valdivia, como era de esperar, Mark se transforma en una novedad. La juventud del partido de su padre quiere «adoptarlo» como símbolo y le ofrecen apoyo y hasta lo llevan a la estación de radio local, pero Mark no engancha. La ciudad le parece aburrida pero –curiosamente– dominable.

El ambiente universitario lo acoge. Y, con amigos que conoce ahí, decide formar una banda de rock, explotando eso que él es gringo y raro pero, a la vez, famoso por ser hijo de Octavio Sierra.

Moralmente, Mark remece Valdivia. Su mirada no-nonsense, su falta de prejuicios, su afán auodestructivo, su capacidad para poner el dedo en la llaga lo transforman en una celebridad. Las minas lo aman, los tipos desean ser como él. Mark empieza a tener influencia, a ser tomado en cuenta. Algo que, por cierto, nunca tuvo en California. Mark, sin embargo, comete un error: se aprovecha de su influencia para decir lo que piensa.

En su música y en sus declaraciones, Mark va más allá. En su comportamiento, también. Maybe he doesn't give a shit, but the fucking bastards sure do. Mark pisa demasiado fuerte y no mide las consecuencias. No se da cuenta de quién es el verdadero enemigo. Y, como en las buenas tragedias, el aciago final comienza a cernirse sobre él.

Nota final:

Hasta ahí llego por ahora. Como vez, brother, la trama está lo suficientemente abierta como para que acepte modificaciones. Lo del inglés, además, nos ayudaría con la distribución internacional. En todo caso, eso no lo transo. Tendríamos que filmar unos días en California, pero lo hacemos a la chilena, sin permiso de los sindicatos. Josh sería ideal para el rol de Garth que, si optamos por el viejo truquillo del flash-back, aumentaría en importancia.

Quizás opines que esto no corresponde a mi vida actual. De acuerdo. Ya no siento así. Ni me siento así. Pero es una suerte de homenaje a mí mismo cuando estaba down & out, ¿entiendes? Esta cinta va a estar dedicada a todos aquellos totalmente ahogados en el vaso de agua de la desesperación, de la falta de ganas. Es sobre esa época horrible cuando uno duda de todo, sobre todo de uno mismo. Cuando no te quieres y nadie te quiere y no te perdonas quién sabe qué. Ya sé: no te perdonas haber sacado tu propia voz y haber decepcionado a los tuyos. No te perdonas ser menos de lo que esperabas ser.

Quizás todo te parezca un tanto sophmore, como dicen aquí en Iowa. A lo mejor. Pero a veces un leve acto de sinceridad por parte de uno puede realmente ayudar a alguien que está allá afuera totalmente a la deriva. Ésas son las únicas películas –y canciones– que me interesan. Las otras, ¿para qué?

Hablando de sinceridad: el final es más o menos así:

Mark está en la cima de su éxito en Valdivia, a punto de viajar a Santiago a firmar contratos y todo. Afiches con su cara adornan las paredes y las radios tocan su demo.

La noche del desenlace el gimnasio está lleno: no cabe un alma. Afuera, llueve. Mark sube al escenario con su grupo y comienza a cantar. Mira al público y ve a Karin, su ex mina, una niñita alemana de la zona, quince años, aunque se cree de treinta y tira como sólo tiran las de veintiuno. Mark se sorprende porque ya no tiene nada que ver con ella; hace unos días se agarraron en forma violenta cuando él le dijo que no quería nada concreto, formal. Ella no aceptó un «no» como respuesta. Detrás de Karin, se fija, hay un montón de policías.

La canción se llama algo así como *Las verdades duelen* y es un tanto obvia, pero no es tan mala, y se supone que denuncia la hipocresía local. Mark se lanza a cantarla. El público estalla enardecido. Los fans lo aman. Karin se acerca a uno y le dice algo en la oreja. Éste le dice algo a otro. Así, sucesivamente, en forma frenética, hasta que, de pronto, todos los fans son enemigos: se les nota en la cara, en los ojos. Ahora lo que llena el gimnasio es odio, ira. Comienzan a tirarle botellas, escupos. Una piedra le roza la frente; Mark sangra.

Las puertas se abren y entran policías con perros rabiosos. En medio del público, Mark ve a uno de los gringos de Santa Cruz, uno de los de la banda. El tipo levanta el dedo. Lo acusa de algo. Aterrado, Mark ve cómo la masa se le va encima. Los ojos de terror de la película en blanco y negro del comienzo se repiten. Una mano le tapa la boca. Lo tiran hacia abajo. La masa se hace una y se transforma en algo así como un slam-dance de la muerte. Toma final: un montón de botas saliendo del gimnasio. Están manchadas de sangre, Mark yace muerto, al centro de la pista, desfigurado a patadas y tajadas de cuchillo.

Sé que esto va a parecer mucho. Casi argentino. Sé que el final es un tanto paranoico. Lo acepto. Pero es lo que quiero. Además, tienes que reconocer que los adolescentes van a eyacular con la escena.

Eso es todo, Me aburrí.

No tomes ninguna decisión drástica.

Balta te manda saludos.
Incondicionalmente,
Pascal.

PD3: ¿Quieres saber lo que realmente pasó?
Violamos a la tipa en masa. Tratamos de hacerla pedazos. Y me gustó. Pero después, dos de ellos trataron de violarme a mí. Uno de ellos era Garth, que estaba hecho un animal. Me logré zafar. Yo no sabía qué hacer. La mina fue llevada al hospital. Casi se muere. La policía empezó a rondar. Así que hablé. Fui a la estación y los denuncié a todos. A cambio de información, conmutaron mi pena. Y me viré cuanto antes. Espero que no sepan que vivo en Chile. Aún no me atrevo a volver a Santa Cruz. Seguro que a estas alturas ya están libres. Yo, en cambio, siempre voy a estar preso.

Las hormigas asesinas
No se puede vivir sin amor

Por Lucas García Infante

Las hormigas asesinas es una película hecha y derecha. Funciona, entretiene y, cosa rara en el cine chileno, emociona.

Hasta las lágrimas.

De que está bien filmada, lo está. Casi demasiado, con exceso de virtuosismo sólo vistos en consagrados directores yanquis (Brian de Palma, dedícate a otra cosa). El trabajo fotográfico de Patricio Ruiz-Tagle abandona la típica estética del videoclip/spot publicitario y pinta los planos con un brío nunca visto sobre nuestras descosidas pantallas. Amarillos y cafés y grises, en la primera parte; rojos, azules y púrpuras en la segunda. Ruiz-Tagle eyacula colores y va del realismo figurativo de Claudio Bravo a un surrealismo digno de Roberto Matta en la esquizofrénica secuencia final. Entonces, ¿cuál es el problema? ¿Por qué no le gusta a todo el mundo?

Por el viejo asunto del «tema», claro. No faltó la vieja crítica de cine con by-pass que comentó «ay, pero por qué este niñito no hace cosas menos violentas; si talento no le falta». Por eso mismo, señora. El talento no se usa para lavar platos sino para quebrarlos. Por suerte la vieja huevona no tuvo hijos, digo yo. Quizás a qué se hubieran dedicado.

Las hormigas asesinas abre una nueva etapa en el cine chileno y si funciona bien es porque tiene pocos elementos locales. Sin embargo, y como ocurre tan a menudo con las obras que trascienden, la historia (por rara que sea) *sólo* podría ocurrir acá. Acá, al final del mundo y en ninguna otra parte. A ratos, la película es tan intrínsecamente chilena que da asco. Y escalofríos.

Las hormigas asesinas es una cinta con moral «B» hecha con presupuesto «A». Quizás no sea perfecta, pero a estas alturas quién lo es. Quizás la historia tenga baches del tamaño del Gran Cañón, pero nuestra Constitución también los tiene. Quizás el filme se alarga más que la noche de clausura del Festival de Viña. De acuerdo. Pero que es atrevida, es atrevida. Loca hasta decir basta. Aún no me queda claro si es pretenciosa, pero sí apuesto mis huevos (y el sueldo de todos los que escriben aquí en *Acné*) a que es arriesgada. Cómo no lo va a ser si desde el casting (Pascal Barros como un nerd inocente; Enzo Contese como un fotógrafo freak; las supermodelos Pía Bascur y Mi-

randa Ashmore como arpías ansiosas de sexo; el debutante Ricardo Román como un sex-killer yupie redimido) hasta la puesta en escena, pasando por todo el trabajo de sonido, el montaje y, sobre todo, la mejor banda sonora jamás compilada para una cinta criolla, todo (y digo todo) parece haber sido estimulado por el glorioso peyote de San Pedro (esta información la obtuve vía diversos asistentes que estudian comunicación en institutos privados, usan patillas y bototos negros, viven en Santiago poniente y ahora toman fotos para este respetable pasquín alternativo).

¿Dónde iba?

Sucede que los responsables de la cinta, encabezados por el hoy ídolo Luc Fernández, quisieron rodar una cinta de entretención y terminaron estrenando algo que es otra cosa. Es como esas madres solteras, ninfómanas y analfabetas, que terminan pariendo un premio Nobel en física. Sé que a mis colegiados les cargó. Les pareció tonta, excéntrica, autista. Algunos sesudos aficionados al Festival de La Habana, que les tienen miedo a los celulares, los Power books y los jóvenes, dijeron que la cinta era «inútil y extranjerizante». ¿Qué otra cosa hubieran podido decir? No hay que pedirle peras al olmo. Ni mamadas a chicas con frenillos.

Las hormigas asesinas es ese tipo de cinta a la que no se invita a mamá. En un país donde las creaciones artísticas siempre están hechas para conquistar a la mayor cantidad de gente posible, Luc Fernández tuvo el coraje de pasarse todo por la raja. Menos sus propias ambiciones, claro. Así las cosas, *Las hormigas asesinas*, sin quererqueriendo, se va a transformar en una cinta de culto. No apunta a los críticos; apunta a los cinéfilos. Por eso no sólo hay que apoyar esta película sino tomarla como bandera de lucha.

No solidarizar con *Las hormigas asesinas* implica trabajar para el enemigo.

Lo digo ahora y me da lo mismo que después, cuando tenga panza y canas, me arrepienta: el cine chileno se va a dividir entre *antes* y *después* de esta notablemente extraña realización de Luc Fernández.

¿Quién lo hubiera dicho?

Desde luego, yo no. Es cierto que sus video-clips para Pascal Barros eran originales, con look de sobra (en especial *Pantofobia*, con toda esa gente corriendo por los pasillos del City). Con *Dulce de membrillo*, su debut cinematográfico, Fernández (tenía 24 años) tuvo aciertos, pero al no contar con un guión lo suficientemente sólido, sus actores vanguardistas terminaron haciendo lo que quisieron (por suerte no se les ocurrió pisar pollitos). Rodada en los intrincados y «pintorescos» cerros de Valparaíso, la ciudad fetiche del cine chileno, el debut de Fernández contaba la inútil y enredada historia de un pintor alcohólico (Enzo Contese) que se enamora de una actriz polaca (la película dentro de la película) quien, a su vez, está en el puerto filmando una pretenciosa película de un cineasta demasiado parecido al sobrevalorado Raúl Ruiz (Gaspar Ferreda, con veinte kilos de sobrepeso y unas horripilantes chombas chilotas). Lo increíble de *Dulce de membrillo* era que resultaba mucho más intrigante la cinta del supuesto Ruiz (la película dentro de la película) que el resto del filme, mezcla de *Hijo de ladrón* con *El lugar sin límites*, más algo de *Víctor/Victoria* para intentar conquistar al mercado internacional (no lo logró; ni siquiera obtuvo un premio en Huelva).

Con ese certificado de antecedentes, nada hacía anticipar esta catedral fílmica titulada *Las hormigas asesinas* que bien merece verse de rodillas.

Pero la pregunta que todos se hacen mientras mascan sus cabritas y sorben su Limón Soda es ¿cómo alguien como Luc Fernández logra pasar de tener una mirada obnubilada y reiterativa a lucir una mirada tan precisa como inspirada?

Quizás se deba al guión. Y a los actores. Pero yo creo que el éxito de *Las hormigas asesinas* reside en que todo resultó porque hubo buena onda, amistad y todos sintonizaron la misma frecuencia. Ésa es la única receta válida. Y la única receta que no se puede comprar.

Pero eso no es todo, claro. El guión de la cinta es de Baltasar Daza y Luc Fernández, a partir de una idea original de Andoni Llovet. Esto ya es novedad porque, la verdad, de Llovet (QEPD) no se podía esperar mucho. Recordemos que Llovet fue el modelo-top, el repelente Polo de ese elefante blanco de los culebrones nacionales denominado *Cuarto «C»* y el ambiguo y narciso insomne-/*garçon fatal* de ese sobrevalorado bodrio del autopromocionado Eric Santillana titulado *Mucha noche*, cinta de culto del circuito gay santiaguino que contó con un sospechoso lobby por parte de cierto sector de la prensa y la crítica. Pero la redención al parecer existe y Llovet como Lázaro, resucitó no como niño bonito de un comercial de colchones sino como el autor intelectual de uno de los filmes más freaks y sentidos que yo haya visto (y eso que he visto demasiado).

Al parecer, *Las hormigas asesinas* era el gran proyecto de Llovet. Dicen que pensaba escribir una novela a partir del tema, pero todo quedó en apuntes y referencias orales cuando el tipo se autodesbarrancó en la cordillera. En todo caso, la controvertida primera parte de *Las hormigas asesinas*, que muchos consideran no sólo larga sino que ajena al resto de la médula, no fue concebida por Llovet sino corresponde a la imaginación (y biografía) de Baltasar Daza. Si bien esa primera parte es, en rigor, arbitraria, creo que la cinta hubiera fallado sin ella. El personaje de Paul Kazán, además, no se hubiera entendido del todo sin ese itinerario moral previo. Para entender qué le pasó a Kazán, por qué vive tan aislado, es vital conocerlo cuando era normal. Con ese antecedente, el protagonista no es sólo

el típico freak que pulula por la noche sino que se transforma en un solitario con ribetes de santo, en un tipo que alguna vez estuvo circulando pero que, por algún motivo que es absorbido por la gran elipsis (¿será una metáfora?, ¿aún otra referencia política?), termina encerrado en sí mismo.

Respecto al otro autor, es cierto que no he sido un gran seguidor de la literatura de Baltasar Daza, aunque durante un buen tiempo tuvo una controvertida columna en este mismo espinilludo medio (mandaba todo por fax, nunca se dignaba a venir por aquí). No he leído *Famoso*, su muy vendida novela, porque, la verdad de las cosas, me niego a leer un libro con ese título (ya me tragué *Fama* de Alan Parker y aún no me recupero), pero aquí Daza (obviamente inspirado) se la juega mejor de lo que él mismo es capaz de darse cuenta. Bastante mejor que la calculada prosa adolescente que desplegó en la colección *Tiempo de sobra*, por mencionar un ejemplo.

Párrafo aparte merece Pascal Barros. ¿Qué más se puede decir de este autodestructivo pero talentosísimo ídolo local que ya está arrasando por todas partes? Musicalmente, su carrera va en alza porque ha tenido el buen olfato de rehacerse con cada álbum (*Pantofobia* sigue siendo mi placa favorita). Pero Barros es más que rock. En sus cada vez más escasos recitales, el tipo chorrea carisma. Sus clips son, en verdad, loables. Pero es como actor donde quizás Barros mejor luce ese dolor interno que siempre ha acarreado. A'un no me consta si el tipo es, en rigor, un intérprete. Hasta ahora sus dos roles han sido facetas de sí mismo: como el álter ego del malogrado fotógrafo chileno-yanqui Rodrigo Rojas Denegri en la sincera, aunque quizás demasiado políticamente correcta, *Toque de queda* (León de Plata de Venecia) y, a partir de este viernes, como Paul Kazan, al autista noctámbulo incapaz de amar.

Respecto a la publicitada banda sonora, seleccionada con humor y certeza por el cada día más poderoso e influyente Gonzalo McClure, hay que señalar que es algo así como el *who's-who* del rock-and-pop criollo (el soundtrack, editado por Sony Music, es uno de esos clásicos instantáneos que hay que tener). Mientras la mayoría de los cineastas nacionales optan por azucaradas cuerdas o ejercicios nostálgicos ligados a la nueva ola (¡no más Cecilia, no más Peter Rock!), McClure y Fernández reclutaron temas de artistas tan diversos (y desaparecidos) como Emociones Clandestinas, Bistec y los Pobres, Engrupo y los Muertos Vivos. También se escuchan *El amor después del amor*, de Fito Páez y *No se puede vivir del amor*, del gran Calamaro, dos temazos trasandinos que calzan a la perfección, con la atmósfera general. Pascal Barros, una vez más, opta por no cantar en pantalla. Sí se escuchan los dos covers que grabó para el filme *Amor Violento*, de Los Tres, en dúo con Myriam Hernández; y la alucinante versión de *No se puede vivir sin amor*, de Síndrome (el tipo de la máscara), tema que es algo así como el himno –y leitmotiv– de la cinta (ojo, también se escucha la interpretación original).

Las hormigas asesinas, está claro, puede ser muchas cosas: cinta de aprendizaje, retrato neorrealista, fresco social, filme político, película de terror. Pero, más que nada, es una obra acerca de la imposibilidad de amar y de lo inútil que se vuelve todo al no haber eso que llaman amor. La coyuntura de Kazán no es sólo de él; es de una generación. Aquellos que creen que pueden esperar toda la vida están equivocados. Basta ver el filme para darse cuenta de que el reloj hace tic para todos. Incluso para mí.

José Luis Cox
Nada que hacer

—BIENVENIDOS AL AEROPUERTO Arturo Merino Benítez de Santiago —dice con una voz toda gangosa la jefa de cabina que es bastante potable, aunque tiene una pinta de frígida que no se la puede. Me recuerda, sin querer, a la Rosario Lavín.

Con el Pancho Iturra una vez nos levantamos dos auxiliares que estaban en el Seriatutix todas parqueadas y aburridas. Eran peruanas, de American, y juraban que Santiago era como lo máximo. En serio. Nos hablaron de las fiestas Spandex y del Deux Magots y el Santa Fe y me acuerdo que casi les pregunto «si son tan bacanes, qué hacen aquí», pero eso hubiera sido cagar la onda así que terminamos bailando en Las Brujas, que a ellas lógicamente las mató, les juro. De ahí nos fuimos a la casa del Pancho, que estaba vacía porque los viejos andaban en Viña; al final terminamos tirando los cuatro en la cama de los viejos del Pancho, en la más *Forum*. Mientras a los dos nos las estaban mamando, una de ellas, la del Pancho, le agarró la corneta como si fuera un micrófono y dijo, en forma lenta pero segura: «Bienvenidos al aeropuerto internacional Arturo Merino Benítez...».

–Hora local: veinte horas con cincuenta y cinco minutos.

La Maca Fontecilla, que está al lado de la ventanilla y mirando para afuera, me dice certera:

–Obvio que es hora local. No hemos salido de Chile. Hay que ser muy huevona.

–Es el manual. Rutina. Se lo saben de memoria.

–A vos, Cox, te gustan las azafatas, te tengo cachadito. Siempre salías con ellas, me acuerdo.

El inglés de esta jefa de cabina es vergonzoso. Nos dice que no nos levantemos hasta que el avión esté completamente detenido. De inmediato, todos se levantan y comienzan a abrir los compartimentos y sacar sus atestados bolsos de mano. La Macarena saca uno de lona estampado y una bolsa de plástico que dice Zofri que está llena de cajas Fisher-Price y un tocacintas/grabadora My First Sony que es totalmente roja.

–Cristóbal va a quedar loco –me dice, echándose el pelo, que lo tiene corto y ondulado, para atrás. Después se arregla su ajada chaqueta de cuero negro que estoy seguro nunca fue de Damián. Veo que le cuesta enganchar el cierre. Estoy a punto de ofrecerle ayuda pero ella lo logra por sí sola. Es una chica grande, después de todo, aunque tenga una huella anoréxica que delata algo que probablemente no sé.

La Macarena Fontecilla, por si acaso, estuvo levemente casada con Damián Walker. Duraron muy poco. Algo así como siete meses. Se casaron por el civil, tres meses antes que naciera el Cristóbal. Damián nombró como padrino al Tomás Gil, aunque yo estuve entre los finalistas. En serio. Cuatro meses después, claro, Damián volvió al «pub». Andoni ya no vivía ahí. Yo lo había reemplazado; heredé su pieza y una cómoda estilo quiteño que me regaló y estaba ahí, no más. Damián se instaló en la casa con el Gil y conmigo. Hasta que al Gil le dio por casarse –todo un rollo– y yo arrendé mi propio depto. Ahora Damián vaga por todas partes, aunque tiene un piso de un ambiente por Irarrázaval, cerca de la Plaza Ñuñoa.

–No puedo creer que no hayas comprado nada –me dice la Maca, empujándome para que avance por el estrecho pasillo atestado de pasajeros nacionales.

–¿Qué iba a traer de Antofagasta? ¿Sal?

–Verdad que te suspendí Iquique. ¿Y cómo estuvo Calama?

–Seco. El hotel, eso sí, insuperable. Una cuestión francesa en el medio del desierto, lejos del pueblo. Sólido. Cinco estrellas. Comí como cerdo y nadé toda la tarde. Bien.

–Vida de estrella...

–Es un trabajo sucio pero alguien tiene que hacerlo, como diría Andoni. Además, pagan bien.

–Yo pago. Así que dame las gracias a mí.

–La Macarena Fontecilla es coordinadora de medios y eventos de Bilz&Pap, la nueva gaseosa que combina «lo mejor de los dos mundos». La Bilz&Pap decidió organizar un gran festival de música estudiantil. Se lo ha gastado todo en promoción. Han armado festivales en todas las ciudades del país. A mí me tocó animar en algunas partes del norte: Copiapó, Calama, Antofagasta. La Interferencia sólo llega a Santiago y, cuando no está lloviendo, a Rancagua. *Surcos*, el programa de videos que ahora auspicia Bilz&Pap, llega al sur, no al norte. Eso ayudó a que no me reconocieran. Salvé. Por unos días, al menos, estaba dado: me sentí libre de hacer lo que quería. Lo único malo es que no se me ocurrió nada, así que no pude aprovechar las circunstancias. Eso me bajoneó un resto.

–Hasta luego –me dice la jefa de cabina que, como buena santiaguina, es más que probable que me reconozca. O quizás es sólo paranoia-positiva, algo así como el deseo irresistible de que me reconozcan, que no dejen de dorarme el ego. Pero la mina es ahí no más y no atina. Sólo agrega, en forma casi innecesaria:

–Gracias por volar con nosotros.

La Maca, que puede ser muy pesada, le responde:

–Queríamos Ladeco, pero estaba lleno.

La azafata que ha sido bien entrenada, no acusa recibo y comienza a despedirse de una anciana con pelo azul que viene detrás de nosotros.

Comenzamos a bajar la escalerilla.

–Nos podía haber tocado la terminal nueva; quería ingresar a través de una manga –me dice.

–A los vuelos nacionales les toca el edificio viejo. Ahí sólo tienen una manga.

–¿Sí?

–La manga de huevones...

Ella se ríe y me pega en el pecho.

–Eres un pesado. Y lo sabes.

La noche está extraña, intensa, como de película de terror. Hay luna llena pero está tapada por inmensas nubes negras y blancas que avanzan por un cielo de lo más amenazante. Todo está mojado, pero ya no llueve y la atmósfera está tan limpia y húmeda que las nubes bajas que están sobre Santiago resplandecen como si fueran cobalto.

–Gran vista –le digo–. Neto.

–Se nota que no has estado en Elei; ahí sí que hay luces.

Ya en la losa, nos subimos al bus y ella deja sus paquetes en el suelo. Parece que el resto de los buses están en pana o sin chofer porque éste lo llenan hasta dejarlo como carro de metro a las siete de la tarde.

–Esto me parece pavoroso –me dice.

El bus parte y yo la aplasto algo y siento su piel y su perfume y lo helada que está su chaqueta. Nos quedamos mirando fijo y la expresión de enojo se transforma, por un instante, en algo más, aunque quizás sea puro rollo mío.

–¿Sólo trajiste eso? –me dice.

–Sí, para qué más.

–Envidio a los hombres; se las pueden arreglar con tan poco.

–Necesitamos más de lo que crees.

Su segundo bolso no aparece aún. Miramos cómo las maletas dan vueltas en la correa transportadora.

–Uno puede juzgar a la gente por sus bolsos –me dice.

Pienso en algo certero para responderle, pero no se me ocurre nada, así que me quedo callado hasta que veo su bolso aparecer y entonces me queda más claro que sí, uno puede juzgar a alguien por su bolso. De más. O al menos hacerse una idea. Como intuir por qué el pobre Damián resistió tan poco. La Maca le da cancha, tiro y lado. El Damián no tuvo chance. Y eso que estaba más que embalado.

–Bueno –le digo–, gracias por un gran vuelo. Y por acordarte de mí. Si hay más festivales, cuenta conmigo. Recuerda: «El mundo ahora es de Bilz&Pap».

Ella aprieta un botón que está en un pilar y le habla a una suerte de walkie-talkie.

–¿Sí? –dice una voz lejana llena de acoples y chicharreo.

–Para custodia; terminal nacional, por favor.

–¿Dejaste el auto acá? –le pregunto.

–Pero claro. Yo te paso a dejar.

–Pensaba tomar un transfer. O un taxi.

–Nadie puede. Yo te llevo. No me cuesta nada.

Una camioneta pickup nos lleva hasta un estacionamiento de tierra que está más allá del nuevo estacionamiento supersónico de la terminal internacional que es toda de cristal y brilla en medio de esa extraña noche. El viento es ahora más fuerte y más tibio, y las banderas chilenas flamean con tanta fuerza que pareciera que aullaran. En serio.

La Macarena Fontecilla, como toda basura-demall, tiene un Volkswagen Golf color acero que está seriamente sucio. Del espejo retrovisor cuelga una pelota ámbar que dice Bilz&Pap y que me dan ganas de apretar porque es de una espuma muy rara y adictiva.

Enciende el motor. De su cartera saca unos anteojos con unos delgados marcos de carey.

–¿Usas anteojos? –le digo.

–Sólo para manejar. ¿Me veo mal acaso?

–Rara.

–Son Armani. Me los compré el año pasado en Chicago. No te cuento lo que me costaron.

A la salida de custodia, un tipo le saca la cuenta y le cobra una cifra moderada. Le presto cien pesos porque el tipo no tiene sencillo y la Maca sólo anda con billetes grandes.

–Ponte el cinturón de seguridad, Cox, mira que la que maneja soy yo.

Salimos del aeropuerto internacional y saco del walkman un cassette de Warren Zevon. Lo coloco en la Blaupunkt desmontable de la Maca y lo adelanto hasta dejarlo en *Searching for a Heart* que es un temazo. Sólido. Warren Zevon es un gran valor pero no me dejan tocarlo mucho en la radio.

–¿Me encuentras masculina?

–¿Qué?

–Que si me encuentras masculina. El otro día un tipo de la oficina me lo dijo. ¿Y tú que crees?

–Tienes más energía y bolas que muchos de mis amigos...

–¿Como Damián?

–No metamos a Damián en esto. Me parece nada que ver.

–De acuerdo. Pero Damián no es muy energético. Es tan fácil pasarlo a llevar.

–Como hiciste con él.

–¿Eso te contó?

–No, si es tan piola que nunca ha hablado mal de ti. Él se echa toda la culpa.

–Por lo menos es honesto. Él tuvo toda la culpa y lo sabes.

–Si hay dos involucrados, la culpa no puede ser sólo de uno.

–¿Quieres un pito?

–No fumo; me dañan la garganta. Ni siquiera fumo mentolados.

–¿Tienes prisa?

–No necesariamente.

–Te voy a enseñar un escondite, entonces. Uno de mis lugares favoritos.

–Seguro.

La Macarena señaliza y nos salimos de la carretera y nos internamos por un oscurísimo camino de tierra y piedras rodeado de álamos y alambres de púa.

–¿Adónde vamos?

–Calma, mamá está aquí.

Al final del camino hay un claro y una serie de rejas y unos letreros oxidados que dicen «peligro» y «no entrar». La Maca estaciona el auto.

–¿Dónde estamos? –le pregunto.

–Al final de la pista de aterrizaje. O al comienzo. Algunos le dicen la entrada norte.

–Parece que Julián Assayas me habló una vez de este lugar.

–Es posible. Tenemos una sensibilidad parecida. Una vez salimos juntos.

–¿Sí?

–Sí.

Abrimos las puertas y ella apaga las luces y todo queda implacablemente oscuro. El aire aquí está tibio y huele a hinojos, a acequia, a río.

–Si fuera verano estaríamos rodeados de mosquitos. Y grillos. El Mapocho pasa por aquí cerca.

La espesura de la noche es tal que pareciera que fuera alguna alta hora de la madrugada; la luna, pese a estar llena, no alcanza a iluminar el capó del auto donde ambos ahora estamos tendidos. Siento el frío del vidrio del parabrisas en mi cuello. A nuestras espaldas, la seguidilla de luces azules y rojas de la pista parece no terminar nunca.

–Seguro que no quieres una piteada.

–Seguro. Aspiraré tu humo.

–Me lo regaló una amiga. Lo dejé en el auto. Me dio miedo viajar con drogas. Después me olfatean esos perros y me agarran. Te imaginas la vergüenza, el horror. Y presa y el Damián muy libre, gracias. Eso es lo que se llama injusticia.

La Macarena Fontecilla se baja del capó y desaparece dentro de la noche. La brisa me devuelve su olor a pito. De pronto, unas nubes dejan ver la luna y todos los árboles y pastizales de mi alrededor se iluminan un instante antes de volver a desaparecer.

–Mira esa luz –me grita desde alguna parte–. Directamente arriba tuyo. Es un avión.

La Maca se sube al capó y éste se hunde un resto.

–A partir de ahora, quédate quieto y no levantes la cabeza. Ni en broma.

La luz que está en el cielo comienza, de a poco, a agrandarse. Demora un buen tiempo hasta que los focos nos alumbran. Aun así, por la oscuridad y las nubes, no queda claro si lo que estamos esperando es un avión, un ovni o simplemente un efecto óptico. Entonces irrumpen el ruido y el aire caliente. Ya es demasiado tarde.

–¡Se nos va a caer encima!

–¡Aguanta! –y me toma la mano, firme.

Arriba de nosotros, un gigantesco avión se desliza en cámara lenta. Con levantar la mano,

rozaríamos ese vientre plateado que brilla hasta en-
ceguecernos. Los gruesos neumáticos giran y gritan y todo es velocidad, olor a nafta, pánico. Nada
avanza, sólo el vértigo del vacío y esa mole suspen-
dida arriba de nuestras cabezas. Hasta que, de
pronto, un viento lleno de polvo nos envuelve, el
ruido ensordecedor regresa y el avión ya no está.

–Date vuelta.

El avión, un poco más allá, se lanza a tierra y,
justo antes de chocar, las ruedas topan la losa y el
agua de la pista se evapora y los frenos entran en
acción hasta que, de pronto, ya no está, desaparece al final de la pista oscura. Ella me mira y ahí
mismo me da un intenso beso que sabe a adrenali-
na y me gusta, me gusta bastante, era justo lo que
necesitaba. Decido respondérselo e intento abrazarla, pero siento que se desliza por el auto.

–Ya, calma –me dice y salta al pasto–. ¿Qué te
pareció?

–¿El beso?

–El aterrizaje.

–Neto. Me podría acostumbrar.

–Es un vicio; uno se vuelve adictivo. Dan ganas
de regresar de vez en cuando para volver a sentirlo todo de nuevo.

–Cuando quieras –le digo totalmente caliente,
sintiendo que nunca lo había tenido tan parado como hoy.

–Cada aterrizaje es como una lotería. Siempre
está la posibilidad de que todo va a fallar, que uno

no sólo va a ser testigo sino partícipe.

–Que todo estalle da lo mismo.

–Ven –le digo, estirando mi brazo–. Estoy muy caliente. Toca.

Ella pone su mano dentro de mi bolsillo trasero y se acerca a mí.

–Cox, no te imaginaba en ésa.

–Mentira.

Yo la atraigo más cerca y comienzo a besarla para que deje de hablar. Siento que transpiro, que palpito, que me estoy dejando llevar a mil.

–Hace tiempo que quería hacer esto –le susurro mientras siento su lengua debajo de mi lóbulo.

–No cantes victoria –me dice, alejándose.

–¿Qué?

–Está lloviendo. Vámonos.

–No puedo. Ven, un poco más. Te juro.

–El agua te va a enfriar. Podemos ir a tu casa si quieres. Mejor virémonos, mira que si esto se llena de barro no salimos de aquí ni con grúa.

Gruesas gotas de lluvia golpean el parabrisas. Las que caen en el techo retumban. Estamos en silencio. Nuestros alientos llenan de vaho los vidrios. Por fin enciende las luces y prende el motor. Los limpiaparabrisas inician su acción. No sé qué decir. Tampoco sé qué sentir. Estoy más tranquilo aunque mucho más nervioso. Por algún extraño motivo siento que he pecado. Que he cometido una indiscreción. Es como si le hubiera sido infiel a alguien. ¿Pero a quién? Damián es mi amigo, pero está lejos de ser mi mejor amigo. Además ya no está casado con ella. Llevan separados por lo menos dos años. Yo no estoy comprometido ni pololeo, así que no le he sido infiel a nadie.

–¿En qué piensas? –me pregunta de improviso.

–En nada.

–Es imposible no pensar en nada.

–Pienso que deberías encender el defroster y poner la ventilación. Aquí no se puede respirar.

–Cierto.

Partimos, en medio de la lluvia, que va en aumento.

–Cada aterrizaje es una lotería –me repite–. Siempre está presente el secreto terror de que todo va a fallar.

–Hay que venir con cámara entonces. Nos haríamos millonarios.

–Cada aterrizaje reafirma la idea de que uno, mal que mal, es un sobreviviente.

–Si tú lo dices.

–Contigo no se puede hablar en serio, veo. Una lástima. No sé si lo sabes, pero la comunicación no es un mal afrodisiaco.

El silencio se vuelve a entrometer. A lo mejor he sido infiel conmigo mismo, pienso, pero eso me parece demasiado. No es para tanto. No puede ser para tanto.

–Este camino apesta –le digo–. Vas a dañar el auto.

–He estado en lugares peores.

La Maca enciende la radio y mi voz sale por sus cuatro parlantes. Digo puras huevadas y cuando me río, las ventanas del auto tiritan.

—Yo juraba que era en directo —me dice.

—A veces lo es. Pero esta vez se supone que estaba en el norte.

—¿Improvisas o hay libreto?

—Invento. No es difícil. Es puro hueveo.

—Es puro toyo.

—A veces es toyo. Otras veces es verdad. En serio.

Por las ondas, despido el programa y anuncio *Polución nocturna* con Gonzalo McClure.

—¿Sabías que Damián nunca tuvo una?

—¿Tuvo qué?

—Una polución nocturna. Un sueño mojado, como se dice. ¿Y tú?

—Supongo. Cuando era chico. Me da lo mismo. Qué te importa.

—Lo que pasa es que Damián es tan reprimido que ni en sueños es capaz de soltarse. Él mismo me lo confesó. Una vez se lo pregunté.

—No deberías contarme los secretos de otra persona. Eso no se hace ni en broma.

—¿Damián no te había contado?

—¿Por qué habría de hacerlo? Los hombres no hablamos sólo de sexo. No somos minas.

—No les da ni para eso.

—Sube el volumen. Me encanta esta canción. Deberíamos tocarla más.

Cierro el espacio con 29, de los Gin Blossoms. La música parte; bajo un poco la ventana. El aire que entra es frío. Total.

–*Twenty-nine you'd think I'd know better, living like a kid...*

–¿Tú eliges la música?

–A medias con Pedrito, el control. Y el director artístico. También hay pedidos. Cartas, fax. Lo típico.

Salimos a la carretera pavimentada. Casi no circulan autos. La Macarena Fontecilla maneja rápido. Apago la radio. Quedamos en silencio.

–Las huevas –dice.

–Qué.

–Que las huevas que uno no está solo.

Miro el letrero caminero. *En Santiago usted no está solo,* dice.

–Hay uno antes de cada ciudad –le digo–. Banmédica está en todas partes.

–Pero yo sólo estoy aquí.

Seguimos callados. No sé qué decir. Debí haberme tomado un taxi. Lo barato, al final, sale caro.

–¿No tienes cassettes?

–No creo en los cassettes. Son predecibles. Sé qué tema viene a continuación. Me carga eso: saber lo que viene. La radio siempre te sorprende. Aunque sea en mala.

–Pongamos otra radio –le sugiero–. No quiero escuchar a mi jefe. Va a entrevistar por teléfono a Baltasar Daza. Está en Irlanda.

–Odio a Baltasar Daza.

–¿Leíste *Disco duro?*

–Me cargó.

Sintonizo radio Nina. Chris Isaak canta *Wicked Game*, lo que me parece un cliché de lo más ad hoc. Frente a nosotros se alza otro letrero caminero. Es totalmente negro. Sus letras blancas dicen: *Santiago está bajo control.* Ninguno de los dos dice una palabra. Después de un rato, le pregunto:

–¿Te sientes mal?

La Macarena detiene el auto en la berma.

–Por qué los hombres siempre creen que cuando uno no habla está mal. Todo está bien, ¿ya? Si planeas seguir molestándome, voy a tener que pedir que te bajes.

Lo pienso un instante. Sólo hay cerros y fábricas cerradas.

–Con razón Damián te dejó –le digo sin creérmelo del todo.

Enciende el motor una vez más y antes de poner primera, me besa. Y la alejo de mí y le digo:

–Si nos vamos a besar, que sea yo el que inicie el asunto.

–Cómo tan inseguro.

La beso en forma profunda, graciosa, líquida.

–Eso –le digo–. Ahora vámonos. Tengo hambre y frío.

Ella parte y acelera hasta los ciento veinte. Cambio la radio; sintonizo Futuro.

–Odio la música new-age. Es a nadie. No tolero la música que no me permite tararear su melodía. Prefiero mil veces la música A.M.

—Me quedo con lo alternativo –le digo.

—Todo ahora es alternativo. Hasta Bilz&Pap es alternativo.

—Yo no soy alternativo. Soy total y corruptamente *mainstream*.

—En todo caso, Toyo, Damián no me dejó.

—¿Cómo?

—Yo lo dejé. Por suerte. Hubiera podido seguir poniéndole el gorro y él habría seguido perdonándome. Decía que yo hacía las cosas sin querer. Que no me daba cuenta. Uno siempre se da cuenta. En especial cuando hace daño. ¿Qué crees?

—No hay quiebre sin dolor.

—Exacto.

—Si te separas de alguien y no te duele, entonces sigues enganchado. O nunca te importó.

—Damián es una sombra.

—*Una sombra ya pronto serás, una sombra lo mismo que yo...*

—Tú no eres una sombra, Toyo. Eres un chiste.

—Voy a tomar eso como una alabanza de tu parte.

—Estamos empezando a sintonizar.

—No hablemos más de Damián. Mal que mal, es mi amigo y me sé otra versión.

—¿Y tú le crees a él?

—Lógico. Aunque mienta, le creo.

—Hombres...

–Si llegara a mentirme, por algo será. Estoy a su favor. Siempre. Si no, no sería su amigo.

–Eso es lo único bueno que tienen ustedes: son leales. Se apoyan.

–Una cosa más...

–En serio. No más Damián, ¿ya?

En esta parte de la ciudad, la lluvia es más escasa, cae en forma más delicada. De perfil, la Macarena Fontecilla se ve más hábil, más caprichosa. La podría mirar por horas. pero ella no lo permitiría. No es de esas minas que se quedan quietas. No es del tipo de mina con la que normalmente me involucraría.

–Estuvo bueno eso del aeropuerto –le digo, interrumpiendo sus pensamientos que estaban un poco densos.

–¿Cómo?

–Estuvo bueno estar ahí en la pista. Me encantan los aeropuertos.

–A mí me cargan. No los tolero. Me traen pésimos recuerdos..

–Cuesta entenderte.

–Al menos no soy previsible.

–¿Por qué no te gustan los aeropuertos? Para qué te vas a instalar a la pista, entonces. No es demasiado lógico, ¿no crees?

–La lógica no entra en juego aquí. Si uno tomara en cuenta la lógica, nunca podría meterse con nadie. Toda relación sería absolutamente injustificable.

—Como lo tuyo con Damián.

—Por ejemplo.

—Yo nunca lo entendí, la verdad. Menos ahora que te conozco un poco más.

—Para que veas. Hasta la mejor gente comete errores.

—Entonces...

—¿De verdad quieres saberlo?

—¿Saber qué?

—Por qué me casé con él.

—Por sus ojos. Te hundiste en ellos y casi te ahogas.

—De pura cagada, no más,

—Maca, sé lo de Cristóbal. Todo Chile sabe que te casaste apurada.

—Atrasada, será. Tenía como seis meses de embarazo.

—Lo que yo no cacho es que cómo tan volada. Alguna experiencia tenías. Tú sabes que ahora existen unas pildoritas. Y unos globitos que se colocan en...

—Fue a propósito.

—¿Sí?

—Sí y no. No lo sé. Estaba loca. Mal.

—Damián no podía creerlo.

—Tu pobre amigo era virgen.

—Ser virgen no es un pecado.

—En esta sociedad sí lo es.

—Estás loca.

—Damián no tenía mala pinta. Me gustaba. Todavía me gusta.

–¿Y?

–Es imposible... El pobre es un trancado. No sabe lo que quiere. Estoy absolutamente segura de que nunca se ha vuelto a meter con otra mina.

–¿Por qué te metiste con él?

–Quería sacarle celos a un tipo. Y me despertaba algo. Era tierno.

–Y fácil de dominar...

–No me vengas a juzgar, huevón. Tú menos que nadie.

A estas alturas vamos frente al Parque del Recuerdo. Ya no llueve y hay dos pistas. Un poco más allá se alza el San Cristóbal y la cuesta. Estamos acercándonos a mi casa.

–Damián se enamoró de ti hasta las patas.

–Se enamoró de la idea, Cox.

–¿Tú también?

–La verdad es que no lo sé.

Me acuerdo perfectamente de esos meses. Damián embalado, en la más segura, juntando plata, organizando todo. Pasar de solitario recalcitrante a padre feliz y a separado drogo en menos de un año es para traumar a cualquiera.

–Nuestros padres son unos pobres huevones –me dice la Maca.

–De más.

–No crecen nunca. Lo más triste del caso es que uno jura y rejura que no va a cometer los mismo errores que ellos y aquí estoy, separada y con un hijo que me va a salir con quién sabe qué tara

420

porque su padre es un pobre huevón y ni lo cotiza.

—No seas tan siquiátrica, Maca. No todo el mundo acarrea traumas.

—Las familias quitan más de lo que dan.

—¿Y qué esperabas?

Por fin cruzamos el puente sobre el Mapocho y entramos a Américo Vespucio.

—¿Por dónde? –me pregunta.

—Sigue derecho hasta Colón. Después doblas hacia abajo.

Apago la radio. Miro la hora: un poco más de las once de la noche. Se nota que es domingo. No hay nadie en las calles. Mejor. Le indico la mía. Estacionamos frente a mi edificio.

—¿Tan elegante?

—No es tan elegante, te lo aseguro. Es ahí no más.

—¿Arriendas?

—Estoy pagando los dividendos.

—No eres mal partido, Toyo. Quién lo hubiera dicho. De todos los amigos de Damián, eras el que tenías menos posibilidades de triunfar.

—No he triunfado. Tengo una hipoteca y cuento chistes en la radio. Tengo que ser ordenado. No voy a ser joven toda la vida. Capaz que quede cesante a los treinta. Voy a terminar de productor de eventos o algo peor.

Saco mi bolso de la maleta y el nochero nos abre la puerta. Me queda mirando más de la cuenta, tratando de entablar una complicidad que me niego a aceptar.

—Hola, buenas noches, cómo está.

—Muy bien, señorita. Gracias.

—Hasta luego —le dice la Maca antes de ingresar al ascensor.

—Que descansen —agrega el nochero que, en rigor, es algo así como un espía. O al menos eso siento. Siento que me vigila. Que lleva la cuenta de quién entra y quién no. Aprieto el botón del último piso.

—No debiste haber saludado al nochero. Es un espía.

—Si no tiene nada que hacer.

—Como nosotros.

—¿Te da lata que te vea conmigo? ¿Sientes que te vigila, que te lleva la cuenta?

—No.

—¿Entonces, qué problema hay?

—Da lo mismo. Olvídalo.

—¿Tienes un penthouse?

—Es más bien la buhardilla. Donde se cortan las rasantes. Tiene buena vista, pero no es muy grande.

Abro la puerta, enciendo la luz y entramos.

—¿Quieres algo?

—Todavía no.

—Ya vuelvo.

Entro a mi pieza y compruebo, aliviado, que la empleada sí vino y que todo está más o menos en orden. Dejo mi bolso en la silla. Entro al baño, me lavo los dientes rápido y me enjuago con Plax.

Después me echo desodorante y un poco de Quorum. Me pongo un poco de talco en las bolas porque están demasiado transpiradas. Salgo a la pieza y veo que está ella, sentada en la cama, hojeando la *TV y Novelas* donde sale una entrevista que me hicieron.

–¿Refrescándote?

–Algo. Pasa, siéntate cómoda.

–Lo estoy, gracias. Así que eres Piscis, el basurero de los signos.

–Y mido uno setenta y nueve. Sí.

–Tu contestador está que revienta. No para de pestañear.

–Déjame revisarlos por si hay algo importante y estamos dados.

–¿Quieres que me vaya? O me tape los oídos.

–No, para qué.

–Yo jamás escucharía mis mensajes delante de otra persona. Preferiría que leyeran mis cartas. O mi diario de vida.

–No tengo nada que ocultar.

–¿Seguro?

–No seas insidiosa, Maca. No seas tan mina para tus cosas.

–Calma.

–¿Seguro que no quieres un trago?

–Haz lo que tienes que hacer y después vemos.

–Vale.

Aprieto el rewind y siento el ruido de la cinta al rebobinar. Se demora bastante. Tengo hartos mensajes.

—Alguien te dejó una novela, parece.

—Estuve varios días afuera.

—Lo sé, querido. Viajamos juntos. Recuerda.

Agarro un block que dice Banco de A. Edwards y un lápiz Bic que tiene un resto de cocaína en su interior y comienzo a anotar.

Beep.

—Toyo, aquí Pancho Iturra. Quería recordarte que el domingo es el cumpleaños de la Carla. El Tumba va a ir con la Judith y, no sé, de repente podríamos pasar a buscar al Nico. Si te parece, llámame. Ah, ¿qué hay del Damián? Hace tiempo que no sé nada de él. Llámalo y dile que vaya. A mí me da lata llamarlo. No sabría qué decirle.

Miro a la Maca y siento algo de vergüenza como si algo malo hubiera ocurrido, pero no se inmuta. Por suerte.

Beep.

—Aló, Toyo, habla Lucas. Terminé el libreto del piloto. Está mortal. Espero que no lo encuentres bomb. Te quería leer un trozo pero nunca tan urgido. Nos vemos mañana en la radio. Espero que le guste al Gonzalo. Nada más. Hasta la vista, baby.

Beep.

—Aló, Toyito, habla la José Domínguez. Hola, qué tal. Qué bueno que cambiaste tu mensaje. El anterior era muy agresivo. Espero que hayas llegado bien y no demasiado agotado. Llamaba para recordarte que el lunes tenemos una reunión a las once en la agencia de publicidad. Parece que hay un nuevo auspiciador para tu programa. Gonzalo también va a estar presente. Ah, te anda buscando una periodista de la revista *Acné*. Quiere hacerte una nota. No le di tu teléfono, pero me dio la impresión de que lo tenía igual. Eso es todo. Un beso. Nos vemos el lunes en la radio.

Beep.

–Toyo, habla Gil. Se me olvidó que no estabas. Estaba lateado; nada nuevo. Llámame cuando llegues, da lo mismo la hora. Eso. Cambio y fuera. En diez segundos este mensaje se autodestruirá.

Beep.

–Puta, qué bajón. Oye, Toyo, habla Felipe Iriarte. Ando buscando al saco de huevas del Damián. No he podido cacharlo en ninguna parte. Puta... Oye, si es que aparece, dile que atine y se contacte. Dile que el Pelado Talavera anda más que urgido y necesita tres. Y en breve. Chao.

Beep.

–José Luis, hablas con la Pía Bascur. Hola, cómo estás. Espero que bien. Siempre escucho tu programa: me encanta. Te llamaba para invitarte al cumpleaños de Gonzalo. Es el próximo jueves. No es una fiesta sorpresa, así que no te preocupes. Invité a harta gente de la radio y un montón de personas más. Espero que no faltes. Así que anótalo en tu agenda. Chao, entonces. Hasta el jueves.

Beep.

–Aló, José Luis Cox, hablas con Nicole, ¿te acuerdas de mí? ¿La de la Oz? ¿La amiga de la Titi? Bueno, da lo mismo. Ella me dio tu número. Quería invitarte a salir. Qué lata que no estés. Quizás para el otro fin de semana. Chao, entonces. Nos vemos.

Miro a la Maca que me observa con una sonrisa sarcástica.

–Te juro que no me acuerdo de ella –le digo.

–Deberías.

Beep.

–Ay, me cargan estas máquinas. Aló, ¿José Luis? ¿No estás? ¿Seguro que no estás por ahí? Es tu madre. Quería invitarte a almorzar el domingo. Van a venir tus abuelos. Te vi en *La Segunda*, en la vida social. Salías regio. ¿Quién es esa niña? Bueno, llámame. Y cuídate, por Dios. Un beso. Tu madre.

Beep.

–Joselo, contesta, habla tu hermano. Un, dos tres... Ya, puh, no seas maraco y contesta... Mira, si llegas, contáctate, ¿ya? O estoy en mi casa o en el depto de Lerner. Su número está en la guía. Bajo Andrés Lerner... Andamos buscando a tu buen amigo Damián y no pasa nada de nada. Tampoco hemos podido comunicarnos ni con el Diego ni con el Ricardo Román. Supongo que andan juntos. Eso dijo, al menos. Bueno, si cualquier vuelo de Avianca aterriza, comunícate. El Lerner dice que está dispuesto a pagar comisión. Espero que este teléfono no esté intervenido. Chao.

Miro a la Maca. Está seria. Hojea la revista.

Beep.

–Joselo, tu hermano otra vez. Uno, dos, tres, cuatro... ¿Dónde chucha te has metido? Atina, ¿ya? Ahora estamos en mi depto. Recuerda que te puede dar sida, así que espero que no andes culeando por ahí. Tu amigo *dealer*, en todo caso, vale callampa. Ni siquiera el sobrino del Matías está ubicable. Bueno, nos vemos mañana donde los viejos. Chao.

La Maca ahora está tensa. Se nota.

Beep.

–José Luis, qué tal. Habla tu padre. Lástima que no te ubiqué. Conseguí plata, así que acabo de depositarte lo que te debía. Gracias por la gauchada. Espero que no me cobres interés. Otra cosa con la que me podrías ayudar: la Maca está de cumpleaños y quería regalarle, entre otras cosas, unos compact, ya que recién le compré un equipo y tiene puros cassettes. Como tú te dedicas a esto, pensé que me podrías aconsejar. No quiero quedar como un ganso muy años sesenta. Adiós y gracias.

Beep. Beep. Beep.

Aprieto el botón y todo vuelve a rebobinarse.

–¿Tu padre anda con una mina llamada Maca?

–Y es menor que tú. Y que yo. Eso no es todo: una vez casi salí con ella. Pero andaba con Julián. Cáchate.

–Oye, ¿y esa Nicole?

–No hablo de mi vida privada.

–Los hombres son un asco.

–Pero en la cama salvamos, ¿no?

–Algunos. Damián, no.

–Córtala con Damián, ¿ya? Para llevar tanto tiempo separados, hablas demasiado de él.

–Sigue de *dealer*, veo.

–Lo sabes perfectamente bien. No creo que te sorprenda.

–Lo que me sorprende es la cantidad de llamadas que recibes. Eres muy popular, Cox. Envidiable, qué quieres que te diga.

–Pasemos al living.

Abro las cortinas para sacarle jugo a la vista. Prendo el equipo y coloco a Morrisey, que es ideal para tirar. Siento como si hubiera vivido esto antes. De hecho, lo he vivido. No con ella, pero con otras. Lo raro es que, desde que la conozco, he querido que ella esté así, a solas, conmigo. Esto me pone un tanto nervioso. Pienso que, por alguna razón, estoy a prueba. Que ella me está juzgando. Que me va a poner nota. Rezo por un cinco-cinco. Me conformo con un cinco.

–¿Quieres algo?

–Ahora sí.

Entramos a la cocina. Ella abre el refrigerador.

–Tu nana te hizo leche nevada –me dice–. Me enternece.

–Ideal para el desayuno.

Revisamos los tragos.

–¿No tienes nada normal? Vodka, por ejemplo. ¿Gin?

–No me gustan mucho los tragos.

–Pero ni tequila. Todos los hombres tienen tequila. Es tan de ellos.

–Tenía. Vinieron unos amigos...

–Típico.

–Te ofrezco Jägermeister. No es muy bueno, pero lo mezclas con cerveza y salva. Bastante. En serio.

La Maca inspecciona la botella.

–Es licor de hierbas. ¿Qué tiene? ¿Perejil? ¿Boldo?

–Tengo Sake, también. Pero ese hay que entibiarlo en el microondas.

–Dame una cerveza y un poco de esa tontera.

–Tiene 35 grados de alcohol. Es ideal para bajar.

–¿Bajar a dónde?

–Cuando estas jalado. Damián me enseñó el truco. Él siempre tiene una botella a mano.

–Antes no tenía esos secretos de la naturaleza.

–Lo aprendió de River Phoenix. Lo leyó en una revista. Cuando murió le encontraron medio litro de Jägermeister en el estómago. Fue la mejor publicidad. Al día siguiente, el trago se agotó.

–Pésima publicidad. No le sirvió de nada. Murió igual.

–Es que tenía de todo adentro. La huevada sirve para la coca, no para la heroína.

–Quiero pura cerveza. Me carga hablar de

drogas. Es tan infantil.

Le sirvo una Beck's y yo me quedo con una Royal a la que le agrego tanto Jägermeister que la espuma termina café, como si fuera una malta.

–Tengo maní.

–Comimos bastante en el avión –me dice–. Además, hace pésimo para el cutis.

Volvemos al living. Nos sentamos en el sofá. Me siento de quince años. La Maca se saca la chaqueta de cuero y mira su reloj.

–Así que éste es tu harem.

–No precisamente.

–¿Nunca has vivido con alguna mujer?

–Generalmente se van antes del desayuno. O me voy. Una vez veraneé con una tipa. La Javiera del Villar, ¿la conoces? Amiga de la Ignacia Urre.

–No tolero a esa tipa. Me cae pésimo. Se cree la muerte.

–Con la Javiera recorrimos todo el norte. En jeep. Lo pasamos bien, pero a veces me aburría estar siempre con ella, así en la parejita-perfecta. Terminamos una vez que llegamos a Santiago.

–Lógico. No hay nada que ponga más a prueba un amor que un viaje. La luna de miel debe ser antes de la boda.

–¿Con Damián a dónde fueron?

–A ninguna parte. Bueno, dos noches a Concón. A la casa de un primo mío. Yo estaba con náuseas y antojos. Damián estaba aterrado. Pensaba que me iba a morir. Para más remate nos tocó temporal. En un principio pensamos ir a Brasil. En bus. Pero con Cristóbal era imposible. Además todo se fue a la cresta tan rápido.

—¿Antes de que naciera, incluso?

—Antes de casarnos, te diría.

—¿Por qué?

—¿No habíamos quedado en no hablar de Damián?

—Verdad.

—Hablemos, me da lo mismo. Hay que hablar, dicen. Hace bien. ¿Tienes un cigarrillo?

—Tengo para las visitas.

Le paso una cajetilla de Camel.

—Son tuyos. Gentileza de la casa.

—Gracias. ¿Tienes otra cerveza?

—Royal, no más.

—Bueno. Y ponme un poco de ese jarabe para bajar.

Vuelvo de la cocina; ella está sentada sobre sus rodillas. Se ve indesmentiblemente bien.

—Yo nunca lo quise, pero te juro que me gustaba. Al principio, al menos. Me gustaba harto. Era entretenido. Jamás debimos habernos involucrado, así en serio. Él no estaba preparado. Yo tampoco, supongo.

—Se creyó el cuento.

—¿Sabes dónde la cagó tu amigo?

—¿Dónde?

—Dejó de ser él. Se transformó en un bulto. No podía vivir sin mí. ¿Sabes lo que es el infierno?

–¿Trabajar en una radio AM?

–Es llegar a ser dominado brutalmente por alguien.

–Sentiste que no tenías vida propia. Que te quitaba tu espacio...

–No hagamos análisis baratos, ¿ya?

–Bueno.

–Damián era fácil de dominar. Siempre lo supe. Calculé mal, no más. Pero al menos tengo a Cristóbal. Eso era lo que quería. Mierda.

–¿Qué?

–Préstame tu teléfono.

–Claro. En la pieza.

Apago una luz y devuelvo el compacto al surco uno para que dure más. Dejo uno de The Smiths al lado, por si lo necesito. Con el control, bajo el volumen para escuchar mejor.

–¿Aló, Celina? Buenas noches, cómo está todo... ¿Y Cristóbal...? ¿Se ha portado bien...? Cuánto me alegro... Sabe, Celina, la llamo desde La Serena, desde el aeropuerto... ¿Aló? Es que la comunicación no está muy buena... Como le decía, el avión está con problemas... No, no, no se preocupe... Nos van a llevar a un hotel y a la mañana continuamos viaje... Si lo arreglan antes, llego antes... Usted acuéstese, no más... ¿Comió? ¿Y mi mamá qué dijo...? ¿Llamó su padre...? ¿Y usted cómo ha estado...? Qué bueno... Tengo que colgarle... Gracias de nuevo, Celina... No sabría qué hacer sin usted...

–Así que en La Serena...

–No deberías escuchar conversaciones ajenas.

–Poco menos que gritaste. Estabas en la Cuarta Región, no en Hong Kong.

–Así es más creíble.

–¿Le tienes miedo a tu empleada?

–Celina es la mejor nana del mundo.

–Pero te controla.

–Son cosas de las que no tiene por qué enterarse. Eso es todo. Además, qué te importa. Es mi vida, no la tuya. No tienes un hijo. Ni siquiera eres capaz de tener una relación estable.

Entonces se acerca a mí, se agacha y comienza a besarme.

–Rico –le digo y sorbo un poco de mi brebaje.

–Espero que no seas como Damián.

–No te preocupes.

Estamos tirados arriba del sofá. La Maca se ha sacado sus botas y yo mis bototos que pesan una tonelada. Ella tiene su mano bajo mi polerón y yo trato de desabrocharle el sostén.

–Cuidado con tus dedos. No me gusta que me...

–Calma.

–Pero no empieces con cosas raras que...

Esto me incomoda algo porque no me atrevo a hacer mucho con mis manos. Por lo general, parto con los dedos y, luego comienzo a abrirlas y sorbetearlas con la lengua. Además es una gran táctica porque las minas, después de superar la incomodidad inicial, quedan como agradecidas y se van directo a donde más lo necesitas. Es como un chantaje emocional: yo te lo hice a ti, ahora tú a mí. Pero a la Maca no le gusta. Eso dice. Nunca hay que hablar de sexo. Es lo peor. Inhibe y complica. Enreda. En serio. Ahora sé demasiado de ella y no me sirve.

Estoy empezando a calentarme de verdad. Tengo ganas de subir sus piernas a mis hombros y metérselo hasta adentro, hasta que le duela. Nunca me he tirado a una madre antes. Debe tenerlo interminable, se me ocurre. O quizás lo contrario.

—Cuidado.

—Qué te cuesta.

—De a poco.

—Calma.

—¿Te gusta?

—Harto.

—Bien.

Le bajo el cierre y trato de bajarle sus apretadísimos jeans. Anda con unos calzoncitos Calvin Klein grises que se parecen a unos que tengo yo. Se ve bien. Tiene el pelo enredado. Seguimos besándonos. Le acaricio los muslos, pero sus manos me alejan de ahí.

—¡Córtala!

La Maca, en todo caso besa como nadie. Ella misma se saca la polera y el sostén. Me mira directamente a los ojos. Es de esas miradas de aquí-la-que-mando-soy-yo-pero-estoy-perdiendo-el-control-así-que-atina.

–¿Sigo?

–Sí.

–Mi lengua se va de hacha a su ombligo y comienzo a subir. Me saco el polerón y la polera. Ella me esparce el sudor que tengo en la espalda y con la otra me rasguña el interior de la axila.

–Vamos a tu cama mejor.

Me tiro de espaldas y reboto. Coloco mis brazos detrás de mi nuca. La Maca me desabrocha el cinturón, me baja el cierre y comienza a bajarme los jeans.

–Ésta es la parte que más me gusta –le digo.

Con los pies, termino de sacarme los pantalones y los calcetines mientras ella se posa sobre mí. Volvemos a besarnos. Intento bajarle los calzones.

–Nada de manos, ¿ya? Déjame el trabajo a mí.

–Amárrame si quieres.

–No seas kitsch.

Siento cómo su lengua moja mi ombligo. Lo llena de saliva.

–Así que usas boxers...

–Son Gap.

Estoy totalmente expuesto, duro, resbaloso. Listo.

–¿Puedo?

–Toda tuya. Para eso está.

Sin bajármelos, lo inserta en su boca.

–¡Puaj! ¡Está pasado a talco!

Cierro lo ojos avergonzado y me estiro aún más y levanto mi pelvis para que entre hasta el fondo. Lo lame un par de veces pero lo suelta.

–Me da asco. Lo siento.

Lo del talco fue una pésima idea. Igual estoy transpirado entero.

–Te quiero follar –le digo con acento.

–No estoy tomando pastillas. Ando de vacaciones.

–¿Quieres que me ponga un condón?

–Más tarde. Y te lo pones tú. Yo no pienso ponértelo.

–Relájate.

–Estoy relajada. Lo que pasa es que no me has visto tensa.

Con el pulgar de mi pie, comienzo a bajarle el calzón. Ella termina el trabajo y se sienta arriba de mi torso. Volvemos a besarnos. Entonces el teléfono suena. Ella no se inmuta. Alargo tanto mis piernas que siento un calambre que me podría partir. Ella me saca los boxers y acaricia mis pelotas llenas de talco.

–Déjalo sonar –me dice.

Nos damos vuelta, posición cucharita. Siento ganas de metérselo sin permiso. Suena el cuarto ring. La máquina se enciende:

–Como te puedes dar cuenta, no estoy. Nada personal, pero así es la vida. Después del beep, ya sabes lo que tienes que hacer. Espero.

Beep.

–Toyo, aquí Damián...

Siento como su cuerpo se enfría –y se tensa– de inmediato. Me empuja lejos, como si el tipo

436

estuviera dentro de la pieza. Como si todo fuera mi culpa.

—¿No estás? Puta, que lata... Supe que tu hermano mayor me andaba buscando... Ando con unos motes... Pensé que podríamos conversarnos unas líneas, como en los viejos tiempos... Cómo te fue en tu viaje... Supe que mi ex andaba por allá... Seguro que se agarró a alguien; a ver si me cuentas con quién... Oye, si llegas, llámame, da lo mismo la hora... Dudo que me quede dormido pronto... Estoy como las huevas. Para variar. No me vendría mal conversar con un amigo... No sé qué más decir... Chao.

Beeeeeeep.

Abro los ojos y me tapo la cara de vergüenza. No sé qué decir. Siento cómo ella intenta vestirse. El reloj de la tele marca las 01:25.

—Debí desconectar la máquina —le digo.

—Da lo mismo.

—Esto es como una escena de una película de tele.

Ella ya está semivestida.

—¿No quieres un trago...?

—No te preocupes.

—Quédate a dormir si quieres

—No fuerces las cosas, Cox.

Me acerco a ella y trato de abrazarla. Ella reacciona violentamente y me catapulta de vuelta a la cama.

—¡Te dije que no! ¡No es no! ¿Entiendes, imbécil?

–Perdona.

–Esto nunca ha ocurrido, ¿ya?

–Claro.

–Júrame que no le vas a contar a nadie.

–A quién se lo voy a contar.

–¡Júramelo?

–Te lo juro.

Va hacia el living. Encuentro mis boxers; me los pongo. Ya no estoy caliente pero aún conservo mi modesta erección. Ella termina de colocarse sus Doc Martens.

–Perdona –le digo.

–No es tu culpa, supongo.

–Me gustaría volver a verte.

–Yo espero no volver a verte nunca más en mi vida –sentencia.

Agarra su cartera y se la cuelga. Después me da un beso en la mejilla y abre la puerta. La luz del pasillo me hiere los ojos.

Cierro la puerta, le pongo candado. Vuelvo a la cama. Me saco los boxers y me corro una paja que se derrama tibia arriba de mi vientre. Con la mano esparzo toda la baba y siento cómo se va secando, pegándose a todos mis pelillos. Por unos instantes, me quedo dormido. Sueño con el avión, sueño que aterrizo. Del baño extraigo mi bata de toalla. Me la pongo. Voy a la cocina. Con una cuchara sorbo un poco de leche nevada. Me sirvo un vaso de Coca-Cola que no tiene gas. Vuelvo a mi cama. Enciendo la tele, pero no hay nada en el cable que me interese. Dejo MTV en mute. Lo mejor de los videos de Aerosmith es Alicia Silverstone, concluyo. Decido llamar a Tomás Gil. Al segundo ring, contesta.

–¿Aló?

–Gil.

–Cox, qué tal.

–Más o menos. ¿En qué estabas?

–Estaba terminando de correrme una paja. La segunda de la noche.

–No te creo. Yo también.

–¿Dos?

–Una.

–¿Estás jalado?

–No. ¿Tú?

–Algo. El Damián y el Diego anduvieron por acá. Ya se fueron. Me quedé sin Diazepán. Ni siquiera tengo Tricalma. Decidí recurrir al sistema natural para conciliar el sueño.

–¿No tenías Jägermeister?

–Soy alérgico a las hierbas, recuerda.

–Cierto.

–Desde que me separé, las pajas no han estado mal.

–¿Qué?

–En serio. Cuando estaba casado, me tenía que encerrar en el baño. Ahora no. Una cosa por otra.

–Cosas bien distintas.

–Al final, no tirábamos nunca. Pura paja,

–Me niego a seguir conversando sobre masturbación.

439

–Por qué, ¿te estás calentando?

–Quisieras.

–¿Has llamado al phone-sex? –me pregunta.

–Cambiemos de tema, Gil. Esto es demasiado adolescente.

–Habla el maduro.

–Oye, ¿y tu viejo? ¿No lo desperté?

–Salió. Con una tipa. Una retornada. Yo creo que ya no se va alojar acá.

–¿Y?

–El huevón tiene más vida sexual que yo.

–Eso no es tan difícil.

–Habló el cachero...

–Más que tú, te lo aseguro.

–Ya no tolero vivir más aquí.

–Cámbiate.

–No tengo plata. ¿No quieres vivir conmigo?

–Una vez fue suficiente.

–La Jose se está llevando más del tercio de mi sueldo. La huevona gana tres veces más que yo y así y todo me saca plata.

–Eres el padre de su hija. Es lógico.

–Ella quiso tenerla. Le dije que esperáramos para ver qué onda.

–¿Y?

–Que todo se fue a la mierda. Nunca vamos a volver. Eso está claro.

–Nunca te lo va a perdonar, Tomás.

–¿Qué?

–Que la dejaste sola cuando estaba embarazada.

Eso no se hace.

–Pero tú sabes cómo estábamos.

–Sí sé, pero las minas se ponen raras cuando están así. Debiste esperar.

–No opines sobre lo que no sabes. Volví a casa antes de que naciera.

–Pero todo se funó igual.

–Me lo dices a mí.

–¿Así que tu viejo anda de parranda? –le digo, cambiando de tema.

–No hay nada peor que un padre que regresa a la adolescencia.

–Te podrías ir a vivir con tu vieja...

–Prefiero vivir con mi viejo. Ahora que está sola, reza. Es dama de no sé qué color. Está totalmente loca.

–La mía va al gimnasio y después se pone a tomar Camparis y ve telenovelas toda la tarde.

–Por lo menos tiene plata.

–No si sigue gastando como gasta –le digo.

–En todos los meses que llevo acá, mi padre nunca me ha hablado de la Jose, de la Amparo. Ni siquiera de mi madre. ¿Te parece eso normal?

–Toda tu vida quisiste tener un padre; ahora lo tienes.

–Y no pasa nada. Lo que yo quería, Toyo, era un viejo como los de la tele. Como ese comercial de Nescafé en que el tipo va a pescar con su viejo.

–Tú no tienes la pinta de ese tipo.

–¿Y?

–Que no puedes esperar tener ese tipo de relaciones. La gente bonita tiene relaciones más bellas. Eso lo decía siempre el Andoni. El mundo quiere a la gente atractiva y desprecia a los feos. Sólo los bonitos tienen hijos bonitos.

–¿Tú encuentras a la Amparo fea?

–Se parece un poco a Yoda.

–Ya no.

–De acuerdo, pero no es para el comercial de pañales.

–¿Lo viste?

–Me pidieron que hiciera la voz en off. Va segmentado a los padres jóvenes.

–Cada vez que veo ese reclame me dan ganas de ponerme a llorar. Me dan ganas de tener un hijo.

–Pero ya tienes uno –le digo.

–Un hijo. No una hija. Las hijas nunca son de uno.

–Los hijos tampoco, huevón. Los hijos siempre son de la mamá.

–...

–...

–¿Trabajas mañana? –le pregunto.

–Sí, huevón. A las ocho y media.

–La última vez que me levanté a esa hora tuve que tomar un avión.

–Puta, perdona.

–Y cómo va todo.

–Ahí no más. Se supone que estamos en un boom pesquero y no podría importarme menos.

Creo que me voy a ir.

–¿A dónde?

–Existe la posibilidad de pedir un traslado. A Puerto Montt. ¿Te tinca?

–*Sentado frente al mar...*

–*Pamparam pamparam pam pam...*

–Yo me iría mañana mismo.

–Me da miedo no conocer a nadie.

–No vas a estar más solo de lo que estás aquí –le digo.

–Espero.

–Te lo aseguro.

–Supongo que será como partir de nuevo. Ésta sería como la sexta vez que empiezo de nuevo.

–¿Y?

–Además me darían un departamento y asignación de zona. Lo único que quiero es irme de esta casa. Ya no necesito un padre. Necesito una mina.

–Vete, huevón. Es la oportunidad del año.

–Toda mi vida voy a estar rodeado de pescados. Yo quería otra cosa.

–Pero vas a estar al lado del mar. El aire allá es total.

–¿Me irías a ver?

–Claro.

–Vería tarde, mal y nunca a la Amparo.

–Como ahora.

–No me digas eso.

–Capaz que termines casándote con una alemana.

–Nunca voy a volver a casarme.

–No digas de esta agua no beberé.

–De esta agua salada. Trabajo en una pesquera y ni siquiera tengo agallas. Mi vida es un gran condoro.

–Espérate un segundo.

Me quito la bata, me pongo la misma polera y me meto en la cama. En la tele, Rage Against the Machine se transforma en el nuevo de Roxette. Hago un poco de surf por los diversos çanales. Lo dejo en TV española. Un noticiario matinal. Muestran el tráfico de las calles. Aquí son las 02:33. Allá el sol recién está asomándose.

–Ya.

–¿Qué hiciste?

–Me acosté.

–¿Qué estás viendo?

–Cable. ¿Y tú?

–Nada. Mi viejo no tiene cable.

–¿Verdad que es comunista?

–Ya no.

–¿Cómo?

–Nunca fue comunista. Fue del Mapu. Igual lo echaron del Banco del Estado.

–Los malos hábitos nunca se quitan.

–Por lo menos no es facho.

–Nadie es perfecto.

En mi televisor aparece Pac-Man. Envidio sus camisas. Tiene un peinado nuevo, eso sí, que no le viene. Yo haría cualquier cosa por tener su vida. Y su facha.

–Me gustaría vivir en Miami –le digo.

–Puros gusanos.

–No seas retro, Gil. Por favor.

–Tú siempre quieres estar en otra parte.

–Un tic más que respetable.

–¿Qué hay en Miami que no haya aquí?

–¿Realmente quieres que responda esa pregunta?

–No.

–Quiero ser como el Pac-Man. Él la hizo de oro –le digo.

–Nada personal, compadre, pero tú no tienes su pinta. Un canal privado no es lo mismo que MTV.

–A veces odio a los huevones con buena pinta.

–Tú no tienes mala pinta, Cox.

–Estaba esperando que dijeras eso.

–Sólo que, a nivel internacional, no pasa mucho. No eres Andoni.

–Yo a veces odiaba a Andoni –le confieso.

–Yo siempre lo odiaba. Pero en buena.

–A veces lo echo de menos. El otro día soñé con él, Tomás.

–¿Qué soñaste?

–Que andaba con él en auto y se lanzaba conmigo al vacío.

–Si tú hubieras estado, no lo habría hecho.

–Pero nadie estaba.

–Lo hubiera hecho igual –me afirma.

–¿Tú crees que se suicidó?

445

–Sí.

–No crees que fue un accidente, entonces.

–Para nada –me responde.

–Me gustaría saber qué estaba escribiendo. La gente del hotel dice que escribía todo el día.

–Ese manuscrito tiene que haberse quemado al estallar el auto.

–Supongo.

–¿Y la novela?

–No había ninguna novela, Gil. Eran apuntes, anotaciones. Se lo dijo a un mozo de las termas. Andoni no era capaz de terminar nada.

–Excepto su vida.

–Claro.

–Lo echo de menos, te juro.

–Lo sé.

–Antes, cuando estábamos todos juntos, todo funcionaba.

–La época del pub...

–Todos terminamos aglutinándonos en torno a Andoni –me dice.

–Tenía ese don.

–Y todos seguimos más o menos ligados. Menos él.

–Así son las cosas.

–¿Vas a ir a ver la película?

–Pero todavía falta. El otro día hablé con Pascal. Tienen problemas de dinero. Aún no terminan el montaje.

–Pero cuando la den, Toyo, ¿vas a ir?

–Supongo.

–Yo no sé.

–¿Cómo que no?

–Baltasar se metió demasiado en ese guión. No es su historia. Es de Andoni. Es nuestra. Baltasar no era parte del pub.

–Andoni nunca escribió ese guión. Una historia necesita escribirse para que funcione.

–Funcionaba para mí –me dice con la voz entrecortada.

–Sí, sé.

–El protagonista era yo. Estaba basado en mí.

–En ti y en Damián y en Pascal y en Andoni.

–Y en ti, Cox.

–En los del pub.

–El otro día pensé que un tipo en la calle era él.

–No fue tu culpa, Tomás.

–Sí, sé. Me estoy desahogando no más.

–Cuando estrenen *Las hormigas asesinas*, vamos juntos, ¿ya?

–Está bien –me dice.

–Qué bueno.

–Ya no me afeito con su crema. La crema que publicitaba Andoni. Me da cosa.

–Yo tampoco, no te preocupes.

–No sé si te pasa...

–¿Qué?

–Bueno cada vez que hojeo una revista y veo a todos esos modelos...

–¿Y?

–Como que me frustro. ¿Tú crees, Cox, que si yo tuviera mejor pinta. como la del Andoni, me iría mejor?

–A Andoni no le fue muy bien –le respondo.

–Con las minas, digo.

–A ti no te va mal con las minas. Alguien que se casó con la Jose Domínguez no puede decir que tiene mala suerte. Aunque nunca vuelvas a salir con otra tipa en tu puta vida.

–La Jose está saliendo con alguien, ¿sabías?

–Algo.

–Dicen que es un abogado que además es crítico de música.

–Fatal combinación.

–¿Lo conoces?

–De vista. Le he dicho hola. Circula por la radio.

–¿Es mejor que yo?

–En qué sentido.

–Físicamente.

–Sí.

–¿Sexualmente?

–No sé cómo eres sexualmente, Gil.

–¿Crees que se acuesten?

–No sé. Aún no. La Jose no es así.

–Cierto.

–A ti todavía te gusta.

–¿Qué crees?

–¿La echas de menos?

–Tanto que a veces me paraliza. Odio eso.

–Córtala, entonces. Si sigues atado vas a terminar

como el Damián que nunca se ha vuelto a meter con otra mina.

–¿Tú crees?

–No sé, huevón. Pura especulación. No deberíamos pelarlo.

–Damián hoy andaba super bajado –me cuenta–. Salimos a caminar por las calles vacías. Después apareció el Diego.

–Veo.

–No hay nada mejor que caminar por las calles los domingos en la noche.

–En especial si estás duro.

–Exacto.

–¿Y?

–Nada.

–Ah.

–Oye, ¿la Jose te ha hablado de mí?

–¿Te importa?

–Me importa.

–Indirectamente. Me dijo que estaba tramitando el divorcio.

–En Chile no hay divorcio –me responde seco.

–Da lo mismo.

–Necesito un abogado. Los que conoce mi viejo son todos expertos en recursos de amparo.

–¿Y Julián Assayas?

–Pensé en él, pero cobra demasiado.

–Pero es amigo tuyo.

–Por eso mismo me da lata molestarlo. Se sentiría obligado.

–Yo voy a hablar con él.

–No le digas que te dije.

–Seguro. Oye.

–Qué.

–Quizás no debería decirte esto...

–¿Qué? Dime.

–Mejor que no.

–Ya hablaste. ¿Qué?

–El abogado de la Jose es su pololo. El crítico de rock.

–¡Están pololeando!

–Dije pololo por decir algo. Novio. Amigo. Mino. Pareja.

–Me cargan los huevones que hablan de pareja –me dice.

–O compañera.

–El que me cagó fue Max, mi cuñado. Ese huevón me hizo la guerra desde el primer día.

–Quizás te analizó.

–¿Debo reírme? ¿Es una talla?

–Puta, perdona.

–El Damián me contó que el Max Domínguez está totalmente cagado. Dejó su consulta. Ya no atiende pacientes.

–No tenía idea.

–Está en la peor.

–Se cumplió tu venganza –le digo.

–Parece que se rayó con lo que le pasó al Andoni. Se sintió culpable.

–No es para menos.

–Incluso se siente culpable por mí. Ni siquiera me odia.

–Max es el tipo que más has odiado en tu vida, ¿no?

–Después de mí, sí.

–Oye, ¿y el Damián cómo sabe todo esto?

–Le vende motes –me cuenta.

–Me estás hueveando.

–Está entre sus mejores clientes.

–No te creo.

–No me creas.

–Así que Damián ahora es terapeuta ambulante.

–Algo así. Max se lo confiesa todo. Me da un poco de pena el huevón. Claro que se merece lo que le está pasando.

–Al final, todo se paga.

–Su mina lo dejó.

–O sea, te identificas.

–Tenemos un par de cosas en común.

–¡Quién lo hubiera dicho!

En la tele surge la inconfundible cara de Pascal Barros. Este video lo he visto mil veces. *Acceso al exceso*. Un clásico.

–Pascal Barros es un ídolo –le digo.

–¿Qué?

–Pascal está en la tele. *Acceso al exceso*.

–Me encanta esa canción.

–El video es total.

–¿Cuánto le pagarán cada vez que tocan una de sus canciones?

–Poco. Pero si sumas y sumas.

–Ahora quiere comprarse un hotel en Valpo –me dice.

–¿Sí?

–La vieja aduana la va transformar en un hotel lleno de lofts.

–Pascal está loco –le digo.

–Si ya tiene el City, para qué quiere otro más.

–Dice que compone bien en los hoteles. *Dormir en ciudades ajenas.*

–Gran disco. Ese título se lo dio Andoni.

–Surgió en el pub, ¿te acuerdas? Como la noche que le pidió a Pascal que se comprometiera con *Las hormigas asesinas.*

–Era pura fantasía. Pero al final se logró.

–Todos nos sentíamos identificados con el tema de la película –le digo.

–Todos.

–El que no ama, muere.

–Y el que ama, caga.

–¿Vas a ir a verla?

–Ya te dije que sí. Cuando la estrenen, claro. Cómo no voy a ir.

En MTV ahora aparece Pearl Jam. Odio a Pearl Jam. Pongo TNT. Dan una película antigua coloreada. Odio las películas coloreadas. Pongo CNN. Noticias.

–¡Oye! –me dice.

–¿Qué?

–¿Qué hora es?

–Van a ser las tres.

–No es tan tarde.

–Tuve un largo día –le explico.

–¿Has visto a la Consuelo?

–¿La Co?

–La Consuelo Masferrer. Sabes perfectamente de quién te hablo.

–La semana pasada. Fuimos al cine.

–¿Y?

–Nada especial.

–¿Te la estás comiendo?

–A veces.

–¿Y cómo es?

–Cuando acaba, le salen litros –le cuento.

–Me caen bien las minas así. ¿Y te gusta?

–Algo, pero no la encuentro tan rica. Ahí no más. Podría ser mejor. Tomando en cuenta quién soy, espero más.

–Está más ajada que cuando salía en la tele, pero igual salva.

–Lo que pasa es que no me gusta mucho su cuerpo.

–Grave problema.

–No sé de qué hablarle.

–La Jose siempre hablaba.

–Ella no habla.

–¿Pero va a pololear o algo?

–¿Para qué? Me la como igual.

–Ah, veo que cupido te flechó.

–¿De dónde sacas esas expresiones, Gil? ¿Los

453

pescadores hablan así?

–No son pescadores.

–Da lo mismo –le digo.

–¿En qué etapa están?

–¿Cómo?

–Que en qué etapa están.

–¿Con la Consuelo?

–Sí.

–En la etapa en que se establece la confianza. Estamos empezando a conocernos.

–Pero te la comes igual –me dice.

–¿Qué tiene que ver?

–Nada. ¿Pero no es pololeo?

–No quiere que la gente sepa que andamos –le digo.

–Pero, en rigor, no andan.

–No.

–O sea, está bien que la gente no sepa que no pasa nada.

–Igual pasa.

–A lo mejor le das vergüenza, Cox.

–Ella me da un poco de vergüenza.

–La primera etapa es la peor etapa. La que más me cuesta.

–También es la mejor. Siempre y cuando la minita te guste.

–Yo generalmente llego a esa etapa, no más. Después, me viro. Tiro la toalla. Me doy por vencido.

–Yo igual. O casi.

–Entonces, no te la vas a jugar –me dice.

–No. Prefiero esperar a que llegue alguien mejor.

–¿Y si llega una peor?

–No me deprimas. No seas gil, Gil.

–Y si no llega nadie.

–Mejor solo que mal acompañado.

–Eso lo dices porque nunca te falta.

–A nadie le falta. Es cosa de querer. Las minas sueltan el coño así de fácil. Les aterra la idea de estar solas.

–A los hombres también.

–A mí no.

–A mí sí. Me aterra.

–Deberíamos salir a buscar ganado el jueves. Yo invito. ¿Has culeado desde que te dejó?

–No me dejó. Yo me fui.

–Porque no te quedó otra. ¿Y? ¿Lo has hecho?

–¿Qué te importa?

–Estoy tratando de ayudarte. Puedo vivir sin la información.

–No.

–¿Cuántos meses ya?

–Ocho.

–¡Ocho!

–El otro día casi entro a una casa de masajes en el centro.

–¿Y?

–O sea, entré y la mina me hizo pasar y me dijo que esperara y se me hizo y me fui.

–Estás en problemas –le digo.

–No es tan anormal. Damián lleva casto años.

–Damián no cuenta.

–Para mí que el jale le baja los impulsos.

–Damián no tiene impulsos.

–Ahora anda todo el día con ese pendejo –me cuenta.

–¿Felipe?

–Ese

–Ah.

–¿Tú crees que Damián sea gay?

–¿Qué?

–¡Que si crees que Damián sea raro!

–Todos somos raros.

–Raro, raro. Tú sabes.

–Las madres usan esa palabra –le digo.

–No me huevees. Crees que sea medio fleto ¿sí o no?

–Eres patético, Gil. Con razón la Jose te dejó. Para ti, todo es blanco o negro.

–¿Pero qué crees?

–No confundas trancado con desviado. Si Damián es gay, tú eres un travesti.

–Era una duda, no más.

–Todos hemos tenido dudas.

–Yo no.

–Tú más que nadie –le digo.

–Da lo mismo, ¿ya?

–Se nota que trabajas en una pesquera. Tienes la sensibilidad de un jurel.

–Puta que te dolió el tema. ¿Por qué lo defiendes tanto?

–Te apuesto que vos eras de ese tipo de gallo que le daba vergüenza usar un Montgomery para ir al colegio.

–Sólo los fletos usan Montgomery.

–Me acabo de comprar uno.

–De ti, Cox, todo se puede esperar.

–De vos, también.

–Bueno, Damián entonces debería ser cura.

–Recibe más confesiones que muchos curas que conozco.

–Tú no conoces curas.

–Antes sí –le digo.

–En vez de hostias, reparte motes.

–El evangelio según San Damián.

–Me carga San Damián. Van puros pernos.

–Nadie te obliga a ir.

–Da lo mismo. El tiempo lo dirá.

–El tiempo es una mierda –le digo.

–El futuro es una mierda.

–...

–Estoy aburrido de pensar en el futuro y odio pensar en el pasado.

–Tu presente no da para más –le digo.

–Exacto.

–¿Qué piensas?

–Que estás cagado.

–Espera.

Apago la tele. Quedo totalmente a oscuras.

–Oye, Tomás.

–¿Qué?

–Tengo que contarte algo.

–¿Morboso?

–Un resto.

–¿Qué?

–Una mina... Es sobre una mina.

–¿La Consuelo?

–No, otra. Para eso te llamé.

–¿Te corriste la paja pensando en ella?

–Se podría decir que sí. Pero córtala con lo de las pajas, ¿ya? Eres incansable.

–Bueno, ¿y?

–La conocí en el viaje.

–Oye, perdona, pero ¿viste a la Maca?

–¿Qué?

–El Damián andaba hoy obsesionado con ella. La odia. Y la ama.

–Y eso que es gay...

–Damián no es gay. Es raro, no más. Es incapaz de amar.

–Y de tirar.

–Bueno, y ¿estuviste con la Maca?

–Sí –le digo, algo nervioso–. ¿Por qué?

–Damián te llamó a tu casa. ¿Recibiste el recado? Llamó desde acá.

–Lo recibí, sí. No sé dónde está. Todos lo andan buscando.

–Todavía debe de estar caminando. Cuando el huevón está muy jalado, camina horas.

–He caminado con él.

–Damián te idolatra.

458

–Damián idolatra a todo el mundo.

–Idolatraba al Andoni.

–Todos –le digo.

–Sí.

–¿Y?

–¿Y viste a la Maca?

–Te dije que sí.

–¿Andaba con alguien?

–No sé.

–Cómo que no sabes. Es bastante puta esa huevona...

–Como todas las minas.

–La Jose no era puta.

–La excepción confirma la regla.

–Damián casi se puso a llorar hoy. Tuve que abrazarlo.

–¿Camaradería masculina...?

–No me huevees. Estaba mal.

–¿Cagado?

–Destrozado.

–Pasan los años y el huevón empeora.

–¿Sabes lo que me dijo?

–¿Qué?

–Me dijo que la única vez que ha sido feliz fue con ella.

–Nada nuevo –le respondo.

–Me dijo que nunca se había sentido tan conectado con la vida como cuando estaba con ella.

–...

–Se sentía seguro.

–Capaz de cualquier cosa.

–Exacto. Se sentía tomado en cuenta.

–Lógico.

–Cree que nunca va a volver a sentirse así. No es que la eche de menos; echa de menos esa sensación.

–Sucede.

–A mí me sucedió.

–Damián debería dejar de jalar –le digo.

–Llámalo. Quiere verte. Dice que ahora que Andoni no está, sólo tú puedes comprenderlo.

–Baltasar sabía manejarlo.

–Baltasar es un manipulador.

–Supongo.

–En todo caso, llámalo. Quiere que le cuentes sobre la Maca. Quiere saber en qué andaba esa arpía.

–Bueno. Pero mañana. Ya es tarde. Y no es una arpía.

–Si tú lo dices...

–...

–Oye, ¿y la mina? ¿Qué pasó?

–¿Qué mina?

–La del viaje. ¿La conociste en Calama?

–No.

–¿En Iquique?

–Sí –le miento.

–¿Una fan?

–Supongo.

–¿Y qué pasó?

–¿Cómo?

–Que qué pasó.

–Lo típico.

–¿Qué?

–Da lo mismo.

–Puta, si vos me llamaste. ¿Te la comiste?

–Claro.

–¿Detrás del escenario?

–Durante el festival –le invento.

–¿Y era rica?

–Supongo.

–¿Cómo que supones? ¿Sí o no?

–Da lo mismo.

–¿Te pasa algo?

–Sueño. Tengo sueño.

–Dejémoslo hasta aquí entonces.

–Mejor.

–No quiero seguir hablando.

–Está bien –le digo.

–Oye.

–¡Qué!

–¿Echas de menos el pub?

–Claro.

–Yo también.

–Sí, sé. Cómo no voy a saberlo.

–Claro.

–...

–...

–Es raro esto del tiempo –le digo–. Esto que todo pasa y nada queda...

–Sí.

–Raro.

–Raro.

–Mejor no hablemos más. No nos conviene.

–Nunca nos conviene. Nunca.

–Bajón.

–Bajón.

–Hablamos, entonces.

–Claro.

–Hablemos.

–Hablemos –le digo.

–¿Chao?

–Chao, entonces.

–Chao.

Diario *La República*, Suplemento «Creaciones y Ocio»

Pascal Barros, «Habitación 506»,
Sony Music; 58 minutos, 12 segundos

Problemas de ventilación

Por Claudio Videla

Pascal Barros, nuestro «Vicente Huidobro del rock», el chico anglo-criollo, el príncipe del barrio alto, el hijo descarriado del socialismo, el símbolo del país jaguar que conquista con garra, nos ataca nuevamente. Esta vez, por suerte, la invasión es sólo auditiva y no cinematográfica.

Si en algo vale este farragoso e interminable nuevo álbum (que aparece hoy en todas las disquerías del país) es que deja total constancia de algo que ya mucho habíamos predicho con el estreno de ese intrascendente bochorno llamado *Las hormigas asesinas*: Pascal Barros es, ante todo, un actor, un ser que cambia y muta a su conveniencia, que se mueve y desliza como un «músico y artista», pero que no es más que un hábil impostor, algo así como una marioneta de los nuevos tiempos que se alimenta de la supuesta alienación juvenil en boga, marchando triste y confuso por el dial de las reaccionarias FM *alternativas* con el estandarte de la supuesta generación X-Y-Z flameando al viento. Barros es el flautista de Hamelin en versión punk-grunge-hard. Juzgándolo por esta nueva producción, el abismo está cerca. Así y todo, las ratas lo siguen.

Si alguna vez Barros interesó fue, básicamente, por dos motivos: su currículum y porque su música era totalmente distinta a la que hasta entonces se hacía en el país. Barros era gusto de chicos, no de grandes. Los adolescentes podían confiar en él porque su música no sólo no les gustaba a sus padres sino que los ahuyentaba. Hoy, en cambio, Barros es idolatrado por todos. Es una moda, un estigma, un rompefilas del ondismo. Y representa lo peor de un mundillo que se refocila en la mediocridad y el consumismo cultural.

Habitación 506, tal como él mismo lo explica en la carátula, es su «suite permanente» en el Hotel City, ese monumento al círculo cerrado y vicioso que, no por casualidad, es de su propiedad. Años atrás, Barros al menos era pobre y tenía hambre y ansia de fama. Ahora, intoxicado con una celebridad que, en ciertos medios y zonas, raya en la canonización, el tipo da rienda suelta a su narcisismo y arma un disco que se estructura en torno a su pieza.

La propuesta de la placa, como ya lo dije, tiene relación directa con el autorreferente título. El álbum gira

en banda, choca con las paredes de la autobiografía y deja claro que tanto la habitación 506, como el propio Barros, tienen un serio problema de ventilación. Aquí hay aire viciado, olor a encierro, papel enmohecido y sábanas húmedas de lastimosas secreciones que, no me cabe la menor duda, serán aplaudidas como «honestas, sinceras y reales» por los imberbes analfabetos llenos de acné que ahora polutan las secciones de espectáculos y las revistas marginales-con-distribución-nacional. Lo que a Barros le hace falta es una vida. Y amigos que, en vez de succionarle la vanidad, le pongan un espejo por delante. Barros cree que este disco es sobre «hoteles, viajes, itinerarios y hermandades cósmicas». Se equivoca: *Habitación 506* es un disco provinciano, limitado y distante, que huele a superproducción, estupidez y ego atrofiado. Barros quiere hacernos creer que ha triunfado en el mundo cuando sólo impacta al sur del río Grande.

El disco abre con un temita acústico llamado *Albinos en Albania* que, además de querer ser exótico y lúdico, exuda fascismo y paranoia. De ahí se salta, geográficamente al menos, a Tucson, Arizona, donde Barros, en un acto prepubescente e inútil, recrea el clásico tema de Josh Remsen, *The Bathtubs of the Congress Hotel*. Remsen, que en sus días fue un talento indiscutible y un torbellino de energía e irreverencia, debe de haberse empantanado con la edad y la reclusión porque no sólo participa con un intenso solo de guitarra sino que participa junto a Barros en un tema que compusieron a medias. Qué ve Remsen en Barros es algo que supera la imaginación más perversa. En todo caso, y más allá de la guitarra y el coro de Remsen, Barros se da el lujo de arruinar *The Bathtubs of the Congress Hotel* sólo para demostrar que el tipo es amigo de un ídolo mundial (aunque under) y sabe inglés.

Subiéndose a la moda de lo acústico, los dos siguientes temas son melancólicas baladas sobre la soledad y el desamor que seguramente matarán a las chicas de doce. *Lavando platos en el Phoenix* y *Bread and Breakfast (solo en Galway)* son clásicos ejemplos del nuevo Pascal Barros: sensible, cosmopolita y falso. *Secretos del City* tiene el misterio de un concurso de belleza. Con una base rítmica que quiere ser comercial pero que es sólo pegajosa, el tema (el primer single del disco) posee una estructura melódica paralela que no funciona. El tema se inicia con un elaborado montaje a base de sampleo de conversaciones privadas (¿extraídas de las piezas del hotel?) que remite a ciertas prácticas llevadas a cabo por los servicios de inteligencia durante los diecisiete años de dictadura que Barros se saltó en casi su totalidad.

La segunda parte es una nueva apertura hacia el reconocimiento de estilos musicalmente consolidados, provenientes del cada vez menos alternativo circuito alternativo. *Abajo y arriba* intenta contar la historia de un chico que lo echan de la casa por traficar. Quizás el chico es inocente, pero Barros es culpable de chantaje emocional, una melodía pop bulliciosa y un sonido saturado que quiere ser callejero, pero termina sonando simplemente amateur.

McVida, el tema siguiente, funciona. No me queda claro, eso sí, si al nivel que Barros se lo propuso. A mí, al menos, me pareció una crítica lacerante a los imbéciles de su generación que viven buscando la gratificación instantánea. Barros, estoy seguro, quiso homenajear a sus marcos de referencias. El tiro, por suerte, le salió por la culata.

Nadie te conoce es una canción que parece haberle sobrado de *Pantofobia*, su «cumbre» creativa. «Tienes mucho que dar y nadie te lo percibe, por eso es mejor no amar, mira quién te lo pide», cantado a lo Lou Reed, con ruido de botas en el cemento y un saxo que sale de quién sabe dónde. A *Looney Tune*, su dúo con Josh Remsen,

funciona por lo extraño del proyecto: es como un jam session desenchufado y violento donde Barros y Remsen, tanto en español como en inglés, juegan con los principales temas incidentales de los mejores programas de monitos animados. La placa termina con dos actos desafiantes y autocomplacientes que, por un problema de espacio y cansancio, ni siquiera voy a mencionar.

En resumen, *Habitación 506* confirma que Pascal Barros tiene oficio y ambición pero cada día menos talento y pudor. Su disco no transgrede ni busca representar algo más amplio que su limitada experiencia. Intentar pedirle identidad musical a alguien que, al parecer, ni siquiera tiene una, es pecar de exigente. Barros, como su música, es un híbrido incoherente e inconexo. Alguna fauna urbana dirá que es *cool*, *freak*, *cult* o alguna estupidez de ese tipo. Algunos incluso llegarán a decir que representa nuestro tiempo. Yo soy de los que creen que no. Espero no ser el único.

Gonzalo McClure
Adulto contemporáneo

ES DOMINGO, TARDE, los programas políticos ya han terminado y afuera hay un viento caliente que anuncia lluvia. La radio de la competencia programa algo new-age que me agrada, que me parece del todo adecuado. Pía está en la cocina preparando panqueques. Panqueques con ricotta. Su primer antojo, según ella. Enciende la juguera. Aprieta todas la teclas. En orden. In crescendo. Lo hace porque sí, porque le parece un juego, porque siempre ha sido maniáticamente ordenada y curiosa.

Esta tarde, después de la siesta, me lo contó. Vas a ser papá, me dijo. Me lo susurró al oído y le creí, de inmediato, como nunca le he creído algo a alguien. Fue tan escueto, tan preciso. Ni siquiera trató de ser original. No necesitaba.

Estábamos acurrucados en la cama, con las cortinas abiertas de par en par, mirando cómo la cinta de un cassette, enredada quién sabe por qué en las ramas peladas de un castaño, volaba con la brisa. No había sol, sólo nubes negras, pero la cinta brillaba con tal soltura, centelleando leves chispas, que Pía empezó a imaginarse qué tipo de música tendría almacenada. Música clásica, le respondí. Brahms, seguramente. A lo mejor Mahler. Ella dijo Air Supply y empezó a cantar uno de sus temas. A mí me pareció absolutamente estúpida la conversación y le dije que Air Supply jamás, que quizás The Carpenters, que seguramente el cassette cayó de una avioneta, alguien la botó porque se cortó, porque se le atascó, seguro que era nacional. En eso estábamos, tarareando temas de The Carpenters, canciones como *Rainy Days and Mondays* o *We've Only Just Begun*, cuando Pía se quedó pegada con lo de *we've only just begun to live, white lace and promises, a kiss for luck and we're on our way...* y me lo dijo.

–Vas a ser papá –me susurró.

Como no sabía bien qué responderle, aunque reconozco que «gracias» y «te amo» pasaron por mi mente, le dije:

–Te has dado cuenta de los que has hecho. Ahora cada vez que escuche esta cancioncita, me voy a acordar de este momento.

–Lo sé.

–¿Por qué no elegiste otro tema, entonces? Recuerda que fui crítico de música, que soy director artístico de la radio. ¡Putas, casi soy el dueño mayoritario...! ¿Qué pretendes que haga, que cambie la programación, que transforme la radio en una para el adulto-joven?

–Tú eres un adulto-joven. Lo somos.

–¡Pero no quiero serlo! Estoy bien como estoy. ¿Los Carpenters? Por qué no elegiste algo de Neil Diamond, por último. ¿Sabías que *We've Only Just Begun* comenzó como un jingle comercial para un aviso de un banco o de una AFP o una compañía de seguros o algo tan espantoso como eso?

–No tenía idea. Ahora lo sé.

–¿Y el viaje a Nueva York?

–Podemos ir igual. Aunque creo que debe-ríamos empezar a ahorrar, Gonzalo. Por suerte estamos afiliados. Y tenemos esas acciones.

–Pía...

–Lo sé; estás asustado. Es lógico. No te preocupes, yo estoy aquí. A ti, al menos, no te va a pasar nada.

–Se supone que yo soy el que debería cuidarte.

–Ya lo has hecho. Y ya lo harás. Serás el mejor papá del mundo.

–No quiero ser como el mío.

–El tuyo no fue tan malo. Era asustadizo, no más. Si no fuera por él, no te tendría.

–Me hubieras tenido igual.

–Cierto.

Después me dio un beso y desapareció, deján-dome en la cama, mirando cómo esa cinta flotaba y ondeaba con el viento como si fuera mi destino o mi vida o eso tan intangible pero vital que se denomina independencia. Entonces me puse a pensar, a aislarme de tal manera dentro de mí que me asusté. Me asustó tanto como la idea de ser padre. Sentí, entre otras cosas, que ahora sí el matrimonio era para siempre, que no me iba a poder escapar, que a partir de ahora, hiciera lo que hiciera, nunca iba a volver a ser libre. Fue tanta la desesperación que me tuve que levantar y meterme a la ducha para despertar de un estado que, la verdad, me avergonzó, me hizo sentir cobarde, mal agradecido. Quise decírselo de inmediato –eso ha sido clave entre nosotros: contarnos todo, como cuando recién empezamos a conocernos–, pero no estaba. En la cama encontré una nota:

Vuelvo en un par de horas. Fui a tomar té con mi madre. Y a contarle la noticia. Pensé que podrías necesitar estar solo. Oye, Gonzalo, lo que tú sientes ahora fue lo que yo sentí la tarde antes de casarnos. Pensé que deberías saberlo.

Besos, Pía.

Doblé la nota y la guardé instintivamente en mi billetera. Después me vestí, me preparé una taza de café, le lancé un chorro de Cointreau y me vine al escritorio donde no se me ocurrió otra cosa que empezar a escribir todo esto. Antes, claro, llamé a mi vieja amiga Luisa Velásquez, pero ella no estaba. Su contestador me recordó que andaba «buscando algo más», esta vez por el Caribe. Entonces capté que ese algo más yo ya lo había encontrado. Por un instante vislumbré cómo mi futuro se esparcía frente a mí. Y me gustó.

Ya está oscuro, el castaño desapareció de vista

y los edificios del frente, poco a poco, van apagando sus luces. Se me ocurre que detrás de esas cortinas de colores que diviso en el séptimo, hay una pareja que está terminando de bañar y acostar a sus niños. Mañana, mal que mal, es día de clases. Ya es hora de leerles un cuento.

O de contarlo, como decía Balta, a quien no veo hace tanto tiempo.

Antes odiaba mi voz. No la toleraba. Me parecía falsa, ajena, llena de quiebres y chirridos, nada que ver con mi cara o con el tono que le imprimía. Ahora que las cosas son radicalmente distintas, me doy cuenta de que mi voz siempre ha sido la misma. Lo que pasa es que antes no me gustaba escucharme. No podía. Incluso no toleraba que me escucharan.

Pero eso fue antes y esto, claro está, es ahora. Sería capaz de confesar que incluso me gusta. Ya no me retumba ni me aliena. Es más: creo que –por fin– encontró su tono, su timbre, su decibel. Y eso que no han transcurrido tantos años. Aún tiene sus desajustes, claro; sus gallitos locos por ahí, pero todo el mundo tiene sus días negros. Mis parientes, esa gente que opina y opina y que seguro se enorgullecen de lo bien que me ha ido, dicen que mi voz se parece a la de mi padre, que murió hace un par de años. Creo que tienen algo de razón: es algo ronca, algo desbalanceada, levemente triste, notoriamente estirada. Mi padre murió de cáncer a la garganta. Fumaba demasiado y no alcanzó a decir mucho, la verdad. Siempre fue un hombre callado, triste y severo, en especial consigo mismo. A veces pienso que no es casual que yo haya sacado la voz. Pía me dice que sólo comencé a hablar una vez que él no me pudo escuchar. Yo creo que, en rigor, ahora hablo por él. Es más, hay noches en que siento que me escucha. Atento.

–Tú eres McClure, ¿no? ¿Gonzalo McClure?

–Sí, claro.

–Genial. Te reconocí por tu voz. No puedo creerlo: *Polución nocturna*. Incluso lo dejé grabando. Esta noche me tocó turno...

–Entiendo –le respondí, asombrado ante esa voz femenina postadolescente.

–Ésta debe ser la primera vez, ¿o no? Que te cachen por la voz, digo.

–No, ni tanto.

–Siempre te escucho. Al Toyo Cox, también. Me encanta. Deberían hacer un programa juntos... En realidad, tú me encantas... Lo siento, parece que me desubiqué... Veamos, te repito tu orden: un Big Mac, un jugo de naranjas, un pastel de manzanas.

–Exacto.

–Son mil quinientos cincuenta. Avanza tu auto hasta la primera ventanilla y me pagas allí.

Ese día me marcó. Siempre lo recuerdo y siempre se lo cuento a todos, como anécdota. Nunca me ha vuelto a suceder. Sólo cuando contesto el teléfono en la radio, pero eso no vale.Ese día, en el McDonald's, ocurrió algo. Esa chica me transmitió algo que no me quedaba del todo claro que poseía: confianza. La base de todo.

Un par de horas después, en la fiesta de aniversario de la revista *Acné*, conocí a Pía Bascur. La miré de lejos, asombrado ante su belleza, envidioso de todos los tipos con pinta de modelos que la rodeaban. De pronto, su mirada se detuvo en la mía y me sonrió. Dejó a la concurrencia y caminó hacia mí.

—Así que tú eres McClure. Tenía ganas de conocerte.

—¿Sí?

—Siempre escucho tu programa. Me mata.

—Gracias.

—Tienes sentido del humor. Eres irónico. No te tomas demasiado en serio.

—Antes me tomaba muy en serio.

—Y tienes que haberlo pasado fatal.

—Totalmente.

—Oye, ¿te puedo decir algo?

—Claro.

—Te reconocí por una foto que salió en una revista.

—En la *Acné*. Tú estabas en la portada.

—No me tomes a mal, pero creo que no deberías dejar que te fotografíen.

—Tan feo me encuentras.

—Me pareces extremadamente atractivo. Por eso mismo no deberías dar la cara. Lo que seduce es tu voz. Es lo que sugiere.

–¿Sí?

–Pero claro. Además, la sola idea de que sepan quién eres me da celos.

–¿Me estás invitando a salir?

–No, pero te acepto un trago.

–Supe que ya no estás viendo a Julián –me atreví a decirle–. Somos relativamente amigos, no sé si lo sabes. Nos vemos de vez en cuando.

–Lo sé. Siempre le dije que te quería conocer. Le daba celos.

–¿Yo le daba celos?

–No te subestimes, Gonzalo. Las mujeres queremos otro tipo de cosas.

Aún no tengo claro qué es lo que las mujeres desean, pero sí sé lo que Pía necesita. Y, de un tiempo a esta parte, estoy haciendo lo humanamente posible para que no se decepcione.

Fue un gran día ese. Después de tanto tiempo de vagar solo, había perdido la esperanza. Pero esa noche la vi. No la andaba buscando, pero la vi. La Pía me dice que lo supo de inmediato. Yo me negué a creerlo. Aun hoy, me cuesta. Pero ya no me preocupo. La Pía ya no actúa, ya no modela. No anda inventándose una persona. Dejó eso. Ella dice que yo la salvé; yo creo que es al revés. Ahora ella es fotógrafa. Y de las buenas. Tiene ojo pero, por sobre todo, mirada. Está al otro lado de las cosas. Oculta. Como yo. Pero ya no nos escondemos. No lo necesitamos. ¿Para qué? Nos tenemos el uno al otro. Y ahora vamos a ser tres.

Nunca he entendido cómo el destino trenza sus hilos. Cómo una vida desemboca en una cosa y cómo otra se enreda y se pierde. Nunca me imaginé que iba a estar en este puesto, en esta realidad, en esta casa. Al principio, cuando recién estaba comenzando a vivir, pensé que la vida me iba a proteger. Pero las cosas cambian. Gracias a Dios.

Mi familia, no la que tengo sino de la que provengo, es una familia silenciosa. No callada, sino silenciosa, que es casi peor porque cuando en mi familia hablamos, aun así se entromete el silencio que nunca nos deja decir lo que pensamos. O lo que es más importante: lo que sentimos.

Hablar de mi familia no es algo fácil. Entre otras cosas porque necesariamente implica hablar de mí y eso no me atrae en lo más mínimo. Hasta hace un par de años, mi pasado, mi presente y acaso mi futuro eran temas que intentaba evitar. Pero llega un momento en la vida en que las opiniones que uno puede tener sobre determinadas situaciones se desvanecen y dejan de tener importancia. Y aunque uno no esté de acuerdo, algo superior lo impulsa a seguir. El silencio se quiebra. Y la interferencia se cuela.

En rigor, todo es un asunto de sacar la voz. No necesariamente hablar fuerte sino seguro. Hablar de lo que uno sabe. Y de lo que desea. Básicamente la Interferencia nació de la nada, de la ausencia, de un lugar vacío, de una necesidad insatisfecha. Nos propusimos (mis socios y yo) hacer una radio común, con gente común y con sentido común. Una radio metida en una ciudad real, en un país vivo y contradictorio. Sabíamos que Santiago estaba lleno de gente rara, sola, que necesitaba conectarse, sentirse parte de algo, porque, de alguna manera, éramos como ellos. Y no nos sentíamos parte. Al menos yo no.

La Interferencia nació a partir de las radios piratas, de la idea de robarse el aire y controlar el dial. Quisimos interferir, molestar, indagar. Optamos por cierto tipo de música, pero también por todo lo que esa música representaba. Hicimos la radio que nunca habíamos escuchado, pero con la que siempre habíamos soñado. Quisimos armar una estación que sólo escucharan nuestros amigos, arriesgándonos a tener una sintonía de no más de cien personas. Mis años de crítico me sirvieron para seleccionar las parrillas musicales, pero a la hora de hablar frente al micrófono (no teníamos presupuesto para locutores de verdad) sólo me sirvió la intuición. Y la fe.

Dicen que la mayor diferencia entre la familia y el círculo de amigos del cual uno forma parte es que a los amigos uno los elige y la familia simplemente se hereda. Si bien nunca fui parte esencial del famoso pub de Andoni, sí recuerdo el sentido familiar que se generaba ahí. Me acuerdo cómo idolatraban a Andoni, cómo lo seguían aun cuando el propio Andoni no tenía idea a dónde ir. El pub congregaba a puros tipos botados y solos, de alguna manera huérfanos, que se juntaban para pasar el rato pero, por sobre todo, para protegerse. Yo era una poco mayor que ellos y menos libre, también. Desde luego no vivía en esa casa destartalada. Pero cuando iba, me sentía bien. Me sentía parte del grupo del cual nunca fui parte en el colegio. Que el hermano menor de Patricio Cox fuera uno de los voceros del pub siempre me pareció del todo simbólico. Andoni y sus seguidores me aceptaban como era. No me juzgaban ni me exigían. Por eso seguí yendo.

En esa casa, en ese pub, pasaron muchas cosas y, curiosamente, surgieron más talentos de los que ninguno de los informales integrantes se hubiera imaginado. Pascal, desde luego, y Baltasar, que llegó más bien al final, de la mano de Andoni que, erróneamente, quiso legitimarse culturalmente cuando era el más legítimo de todos.

Si bien nunca lo hablamos (más bien sólo tomábamos e intercambiábamos trivia) intuíamos que íbamos a ser algo así como una generación, un equipo. Nada nos iba a separar. No ocurrió, claro. Es más, a veces siento que el único que salió ganando fui yo. Es como si hubiera recogido las migas de los demás para armar mi propio pan. Algo así. Por eso barrí para adentro al Toyo Cox que resultó ser todo un aporte para la radio. Damián, con todo lo perspicaz que era, siempre fue un alma perdida y generaba desidia y desdén. Damián fue el que trajo la droga. Los meetings pasaron a ser fiestas de coca. Todos se juntaban a jalar para desconectarse. Todos se quedaban callados, se iban para dentro, todos lo pasaban mal.

Lo otro que destrozó el grupo fue el tiempo. Como era de esperar, cada uno inició su rumbo. Algunos olvidaron sus raíces. Otros no pudieron superarlas. Tomás Gil se enredó en un infierno amoroso que nunca debió haber ocurrido y que no tenía por dónde resultar. La Jose, en rigor, no tenía nada que hacer con él y hoy, que está tan cerca mío, me doy cuenta de que tuvo que haber estado muy mal, muy descontenta, para tropezar no sólo con Tomás sino con todos nosotros. Tomás ahora está en Puerto Montt y es probable que inicie una nueva vida. Así lo espero. Nunca fue un mal tipo. Me acuerdo de la primera vez que llegó con la Jose al pub. Se produjo un verdadero shock. De inmediato surgieron celos, rabia, sentimientos de traición. Ellos dos, claro, se encerraron en su pieza y todos quedamos anonadados. Andoni dijo que las mujeres quebraban cualquier grupo. No lo creo. Uno no deja de ver a los amigos porque una mujer se intercala. Uno los deja de ver porque crece y ellos se quedaron atrás. Porque dejaron de tener los mismos intereses. La otra razón por la cual uno deja de ver a sus amigos es porque uno de ellos muere.

Dicen que la manera más limpia y sana para salir de un presente que agobia y que no vislumbra ningún futuro es poner marcha atrás e internarse en el pasado. Sólo el pasado, con sus hechos y sus recuerdos, podrá esclarecer lo que hoy nos parece tan enredado y oscuro. Quizás. Pero entiendo a los que se niegan a rebobinar hacia cualquier lado. Si algo teníamos en común todos nosotros era que no queríamos ni mirar ni sentir. Nuestra única convicción era no volver a tener ninguna.

Años atrás, cuando tenía las cosas aún menos claras de lo que las tengo hoy, decidí de improviso que la mejor manera de entender y zafar era intentar ser famoso. Hasta que conocí a Andoni Llovet y vi su ansiedad. Me sentí cerca de él de inmediato. Tanto así que rápidamente vi nuestras diferencias. Y supe que, en rigor, no teníamos tanto en común. Llovet tenía un odio y un resentimiento que lo impulsaban a entregarlo todo, incluso su vida. El plan de Andoni era simple pero totalizador. Según él, la fama era la forma más fácil de lograr cariño y afecto sin comprometer la intimidad. Estoy de acuerdo. Es cosa de ver los resultados. Sin intimidad, solamente puede haber soledad. Y cuando uno está solo, nadie, ni los más cercanos, te pueden ayudar.

La Pía, que lo conocía desde siempre, intuyó su desenlace. Lo que le pasó a Andoni la hizo reflexionar y dejar ese mundo inmoralmente ligero y lastimado. Sólo volvió a él cuando Pascal y Baltasar le pidieron que actuara en su película. Esa cinta fue el legado de Andoni. Cuando éste se mató, algo se quebró. Para algunos del grupo, fue la vitalidad. Para otros, las últimas amarras con un pasado cuya única gracia era que estaba plagado de buenos recuerdos. Eso era todo. Con la muerte de Andoni, murió el grupo. Andoni fue el síntoma. Por algo era el líder. Y antes de que todos nos fuéramos al abismo, él se arrojó primero.

Nunca se lo he dicho a nadie pero, de alguna manera, siempre he culpado a Baltasar por lo que le ocurrió a Andoni. Baltasar llegó al grupo tarde y siempre lo sentimos como un advenedizo, algo así como un espía que, algún día, podría usarnos como material. Con el tiempo me hice muy amigo de Baltasar. Desde luego era más fácil hablar con él que con Andoni. Era más inteligente, también. Pero uno no tiene amigos por la inteligencia; generalmente es al revés. La razón por la cual culpo a Baltasar no tiene que ver con lo de Ignacia y ese estúpido y desgastador triángulo. Lo que ocurrió entre Andoni e Ignacia fue, creo, lo mejor que le pudo haber pasado. No se trata de eso. Si culpo a Baltasar es porque, a pesar de que era consciente de la influencia que tenía sobre Andoni, no fue capaz de sacarle de la cabeza sus afanes literarios. Baltasar apostó por la vocación literaria de Andoni, porque andaba buscando un par, un hermano. No le importó que Andoni no estuviera a la altura, que no fuera capaz. Andoni no tenía disciplina, era incapaz de controlar sus impulsos. Ésa, quizás, era su gracia, lo que lo hacía distinto.

Una vez, entrevistando a Baltasar en el aire,

éste me dijo que no sé qué autor pensaba que la literatura no resolvía los problemas sino que, por el contrario, los creaba. En vez de hacer feliz a la gente, la acerca aún más a la infelicidad. Leer hace mal, me dijo. Si uno no está preparado para escribir, mejor ni siquiera intentarlo. Uno puede abrir puertas que es mejor dejar cerradas, concluyó.

Por cierto que pensé en Andoni, pero no le comenté nada, porque me pareció que mi actitud era paternalista y no venía al caso. Andoni podía hacer lo que deseaba. Nadie me atajó cuando empecé con la radio. Nadie me dijo que jamás podría, que no tenía ni voz u onda o feeling. Así que callé. Pero Balta pudo haber hecho algo. Ignacia, por cierto, también. Quedándose acá, por ejemplo.

Nunca he hablado de esto con Baltasar. El tema de Andoni se ha evitado del todo. Con excepción de *Las hormigas asesinas*, que nos reunió en un proyecto absolutamente catártico. Que Baltasar haya tomado la voz y la historia de Andoni me parece más que simbólico y refuerza mis sospechas de la culpa, de lo dañino que fue esa vocación y lo maldito que resultó ese taller. Baltasar decidió escribir sobre Andoni, pero terminó escribiendo sobre sí mismo. Era el ángulo que necesitaba, la grieta por la cual entrar a su propia historia. *Las hormigas asesinas*, al final, fue un filme colectivo, un filme sobre todos nosotros.

Siempre me pareció que, a pesar de las diferencias obvias, Baltasar y Andoni eran relativamente iguales. Tenían ansias y miedos parecidos. Parecidos a los míos, incluso. Las vidas de las personas, después de todo, no son tan distintas como la gente cree. Todos han vivido cosas relativamente similares. Las buenas historias, como me lo dijo una vez Baltasar, no son aquellas que nos dicen lo que ya sabemos sino justamente aquellas que nos iluminan aquello que no queremos ver.

Cuando uno ha visto demasiado, ya no puede volver a cerrar los ojos.

Baltasar terminó su relación con Miranda Ashmore, que siempre le escribe a Pía e insiste en que la vayamos a visitar. Baltasar estuvo una temporada en el *writer's workshop* de la Universidad de Iowa; ahora está acá, solo, radicado en el sur, en la costa de Chiloé, escribiendo una novela totalmente ficticia sobre un asunto que se niega a revelar por considerarlo mala suerte.

Durante su etapa irlandesa, donde fundó un pub llamado O'Higgins, Baltasar escribió una novela corta llamada *Los adoquines de Dublín*, subtitulada *Un día en la corta vida de Ramón O'Donald Quezada*, que fue un total fracaso, tanto de crítica como de venta. Ni la propia editorial fue capaz de poner en efecto la magia del marketing. El problema del libro era que trataba de imitar al *Ulises* de Joyce. No lo lograba, claro. Era sobre un humilde futbolista chillanejo, de origen irlandés, que triunfa a lo Zamorano y es enviado a Irlanda. La novela narra un día en su vida: el día en que su mujer lo abandona. El mayor problema del libro es que el futbolista nunca se alza como tal: es sólo Baltasar, pero lo peor de él: autorreferente, borracho, tratando de inspirar piedad, citando todo su legajo literario. Un escritor nunca debe escribir sobre cosas que no sabe o no ama. Y Baltasar siempre ha detestado el fútbol. La novela estaba condenada antes de escribirse. Curiosamente, la dedicó tanto a Pía como a mí. Así y todo, nos sentimos orgullosos.

Respecto a Ignacia, nunca más se supo. Dicen que ahora vive en Marrakesh. Durante un tiempo envió despachos desde París. No vino al entierro de Andoni, aunque sí sabemos que se enteró. Yo creo que aún falta mucho para que Ignacia regrese. Cuando uno escapa de prisa, se demora un montón en volver.

Pascal, curiosamente, está menos autodestructivo y bastante contento. En un avión conoció a una chica y ahora reparte su tiempo entre su City Hotel y una vieja casa victoriana en Eureka, al norte de California. Siguiendo las huellas de Josh Remsen, Pascal no toca en vivo hace tiempo. Ahora está abocado a grabar su nuevo disco: *Perdidos, interferidos, desenchufados*. Es, claro, un disco acústico, *unplugged*. Tiene más de veinte temas listos. El otro día me envió algunos demos. Están notables, en especial uno llamado *Daño permanente*.

Las hormigas asesinas no tuvo el éxito que todos esperábamos. Ni en Chile ni en el exterior. Aquí, aparte de un par de intensas y elogiosas críticas de la prensa under y juvenil (recuerdo particularmente la de Lucas García, que ahora trabaja conmigo como creativo en la radio), la mayoría de los críticos masacraron la cinta sin piedad. El distribuidor local se asustó y la mató antes de que naciera. Duró una semana en el barrio alto y dos en el centro. Curiosamente, en el Cinemark del mall de La Florida se transformó en un objeto de culto. Duró diez semanas y posteriormente comenzaron a exhibirla a la medianoche. Aún es muy pronto para saber qué destino tendrá. Aún no sale en video y nadie ha deseado incluirla en algún ciclo. Pero siempre me llegan cartas de esos fans recalcitrantes de los lugares más insólitos –Ovalle, Molina, Corral– solicitándome que programe la versión que Pascal hizo de *No se puede vivir sin amor*.

Las hormigas asesinas tampoco triunfó en Berlín. El corresponsal de *Variety* la destrozó sin piedad y dijo que Barros no tenía ningún carisma actoral. El filme fue comprado por distribuidores de sólo cuatro países: Turquía, Chipre, Indonesia y Ecuador (Pascal Barros ahora arrasa en Ecuador gracias al apoyo de Pac-Man y MTV). En Indonesia, la cinta tuvo más de 650 mil espectadores. Pascal fue para allá y se convirtió en ídolo. Cantó en la televisión y su sello editó sus discos. Luc Fernández ahora hace comerciales y uno que otro clip. Está tratando de llevar *Lápiz labial* a la pantalla ancha. Aún no consigue financiamiento.

Damián terminó mal, claro, aunque no llegó a

los extremos de Andoni. Damián fue sorprendido en medio de una transa. Sus clientes resultaron ser detectives. Cayó preso pero no alcanzó a salir en los diarios. Su madre, que nunca se preocupó por él, habló con la policía y, a cambio de cierta información relacionada con su ex marido, un americano que resultó estar ligado a los servicios de seguridad, Damián salió libre bajo fianza. Una de las exigencias fue que tenía que salir del país. Damián lo hizo. No alcanzó a despedirse de nadie. Eso es muy de él. Dicen que está en los Estados Unidos, junto a su padre, el mismo del cual nunca nos habló. Quién sabe dónde realmente está. El hecho es que Damián ya no circula por estos lados. Es de esperar que algún día vuelva. O que al menos se encuentre. Hay lugares, en ese sentido, que son más aptos para esa tarea. Creo que a Damián le hará bien estar lejos.

Felipe Iriarte, en tanto, también cayó. No sólo estaba traficando sino que ya era un adicto. Sus padres, cada uno por su lado, optaron por internarlo en Puente Bretaña, un centro de desintoxicación. Era eso o la cárcel de menores. Felipe Iriarte nunca me gustó. Sentía que nos observaba, que nos criticaba, que despreciaba nuestra vida. Felipe odiaba a los adultos. Conociendo su origen, no lo culpo. Felipe me recordaba a Matías, su padrino. Mi antiguo amigo, mi antiguo rival. Pero Matías al menos tenía deseos de salvarse. Felipe, en cambio, se refocilaba en el infierno.

Julián Assayas, en tanto, está bien aunque debido a lo de Pía, siento que es mejor no vernos. Es una tontera, lo sé. Julián siempre ha sido un gran tipo y una de los miembros del pub con quien más me entendía. Hace unos meses nos encontramos en la fila de un cine con Gabriel, su hermano. Andaba con una chica que usaba anteojos como los que a veces se ponía Ignacia. Pía saludó a Gabriel con gran cariño y éste le contó que estaba haciendo su internado. La propia Pía le preguntó por Julián y Gabriel nos contó que estaba muy bien, conviviendo con una procuradora, ganando bastante. Por un instante el tema me molestó, pero cuando Pía me tomó la mano me di cuenta de que si hay algo que no vale la pena, que no conduce a nada, es sentir celos por el pasado.

O amarrarse a él. O creerse joven para siempre.

El otro día, por ejemplo, llegó a la radio un tipo que no podría tener más de veinte. Venía recomendado. Quería trabajar como controlador aunque se autodenominaba «un dejota de tomo y lomo». El tipo hablaba con el mismo sonsonete de Felipe Iriarte y vestía de la misma manera. Partió diciéndome que me imaginaba más alto. Después me confesó que la radio le parecía demasiado comercial, poco alternativa y que no estaba ni ahí con esto ni con lo otro y que él tenía varias ideas para volver a transformar a la Interferencia en «algo bacán». Entonces me ocurrió algo. Mientras me hablaba, dejé de escucharlo. Me pareció tonto, adolescente, engrupido. Entonces dudé: ¿lo dejo entrar a la radio? ¿Por qué? ¿Qué razones tenía? Ahí me di cuenta de que el chico estaba asustado y me estaba chantajeando. Me lanzaba su juventud a la cara y estaba seguro de que, por miedo a ser criticado, a quedar como viejo, yo lo iba a aceptar a pies juntillas. Ya había caído en esa actitud demasiadas veces. El horror al fantasma del adulto-joven. Entonces le dije al chico que gracias, que se notaba que era creativo, pero que aún no estaba listo.

–Cuando crezcas, ven a verme.

–¿Onda el próximo año?

–Claro –le dije–. En un año pueden pasar muchas cosas.

Después pasé por el control y le dije a Pedrito que tocara *All Apologies*. Puros perdones. Pero ya no tenía que pedirle perdón a nadie. Ya me había perdonado a mí mismo.

No se explica de otro modo.

A veces pienso que estoy bendecido; que hay alguien allá arriba que en verdad me quiere. Yo he tenido suerte. He salido adelante.

Una vez, cuando la Interferencia llegó por primera vez a la cima de los ratings, me hicieron una pequeña entrevista telefónica. Me preguntaron si me quería mucho, poquito o nada. Yo respondí que más me interesaba saber cuánto era capaz de querer yo porque estaba comprobado que el amor era directamente proporcional. Fue una respuesta buena, creo, aunque no del todo sincera porque yo aún no quería de verdad. Era más un deseo que una realidad.

Ahora siento que me quieren. Dios, quiero a tanta gente que a veces no sé qué hacer. Y ahora estoy queriendo a éste que está adentro de la Pía. Porque es ella la que está detrás de todo esto. Ella tiene mucho que ver. Lo que más le agradezco, además, es que sea independiente. Que tenga su propia vida. Y que haya elegido vivirla junto a mí. No a través mío sino al lado. Tenemos aire. Nos permitimos respirar. Nos gusta ir al supermercado. Cada ida es una aventura.

Cuando recién fundamos la Interferencia nos pusimos como meta llegar al segmento joven, es decir, a los que tienen entre 18 y 24 años. Rápidamente nos dimos cuenta de que nos escuchaba gente muchísimo menor. Y, curiosamente, mayor. Comenzamos a robarle público al segmento 24-40, que es lo que se denomina adulto-joven. Las radios para ese público creen que la vida se acaba a los 24 y a partir de entonces la gente quiere escuchar cosas lentas, livianas, melódicas. Música de romance, de descanso; canciones que no alteren esa paz que supuestamente tanto les ha costado conseguir. A lo mejor soy la excepción, pero siento que mi vida recién empezó a ponerse agitada y atractiva a medida que fui acercándome a los treinta.

—Gonzalo, los panqueques van a estar listos.

—Pía.

—¿Qué?

–Nosotros somos adultos jóvenes, ¿no? No somos el segmento de la Infinita.

–No.

–Estadísticamente, sí.

–Qué te importan las estadísticas. Si algo somos, somos adultos contemporáneos.

–Contemporary adults.

–¿Qué?

–Que hay un tipo de radios en Estados Unidos que programan ese tipo de música.

–¿Qué música?

–La que les gusta a los adultos contemporáneos.

–Mira, Gonzalo, si te gusta a ti, me va gustar a mí. Déjate llevar por tus instintos. Nunca te sientas culpable por la música que escuches.

Quizás sea cierto. Se me ocurre que no se trata tanto de armarse un mundo sino saber cómo insertarse en él. Pensar que antes lo único que deseaba era formar una banda. Ahora sólo quiero formar una familia. Dios, cómo nos cambia la vida.

Biografía

Alberto Fuguet nació en Santiago de Chile, aunque pasó su infancia en Encino, California. De vuelta en Santiago, terminó el colegio y estudió periodismo en la Universidad de Chile. A partir de ahí, inició una meteórica y multifacética carrera como reportero, crítico de cine, columnista, guionista y escritor.

Con su libro de cuentos *Sobredosis (1990)* inició el fenómeno literario conocido como «la nueva narrativa chilena». *Mala onda*, novela escrita cuando tenía veinticinco años, lo consagró como uno de los mejores narradores de su generación. *Por favor, rebobinar*, su segunda novela, demostró que Alberto Fuguet contaba con un mundo y una mirada propios.

Ha sido co-editor de tres antologías, entre ellas la polémica *McOndo*. Sus artículos, reportajes y colummnas se encuentran recopilados en el libro *Primera Parte*. Sus obras han sido traducidas al inglés, italiano y portugués. En 1999, la revista

Time y CNN lo eligieron como uno de los cincuenta líderes latinoamericanos del nuevo milenio.

En el 2000, se estrenó la película *En un lugar de la noche*, basada en un guión original suyo. Ese mismo año, su tercera novela *Tinta roja* (1996) fue adaptada al cine por el director peruano Francisco Lombardi.

En octubre del 2003, lanzó, conjuntamente en América Latina y en Estados Unidos, su cuarta novela: *Las películas de mi vida*.

Al año siguiente publicó el volumen de cuentos *Cortos*, y en 2005 estrenó su primera película como director, *Se arrienda*.